新时代文学批评丛书

吴义勤 主编

长篇小说的深意

谢有顺 著

山东文艺出版社

图书在版编目（CIP）数据

长篇小说的深意 / 谢有顺著. -- 济南 : 山东文艺
出版社，2024.10
（新时代文学批评丛书 / 吴义勤主编）
ISBN 978-7-5329-7158-9

Ⅰ. ①长… Ⅱ. ①谢… Ⅲ. ①长篇小说－小说研究－
中国－当代 Ⅳ. ①I207.425

中国国家版本馆 CIP 数据核字(2024)第 071239 号

长篇小说的深意

CHANGPIAN XIAOSHUO DE SHENYI

谢有顺　著

主管单位	山东出版传媒股份有限公司	
出版发行	山东文艺出版社	
社　　址	山东省济南市英雄山路 189 号	
邮　　编	250002	
网　　址	www.sdwypress.com	
读者服务	0531-82098776（总编室）	
	0531-82098775（市场营销部）	
电子邮箱	sdwy@sdpress.com.cn	
印　　刷	山东华立印务有限公司	
开　　本	710 毫米 ×1000 毫米　1/16	
印　　张	23.25	
字　　数	275 千	
版　　次	2024 年 10 月第 1 版	
印　　次	2024 年 10 月第 1 次印刷	
书　　号	ISBN 978-7-5329-7158-9	
定　　价	79.00 元	

开辟文学批评的新时代

——"新时代文学批评丛书"总序

吴义勤

　　党的十八大以来，中国特色社会主义进入新时代，中国文学也翻开了崭新的一页。置身新时代新征程，面对丰富的史诗性伟大实践，广大作家胸怀"国之大者"，牢记初心使命，深入生活，扎根人民，与时代共振，与人民共情，用心用情用功书写新时代的中国故事，展现中国人民昂扬的精神风貌，谱写了新时代文学的辉煌篇章。

　　文学批评与文学创作是文学发展的车之两轮、鸟之两翼，一个时代的文学发展既需要广大作家的笔耕不辍、创新创造，也需要批评家的积极呼应、理论引领。在新时代文学不断攀登高峰的历史进程中，新时代文学批评也发挥了至关重要的作用，取得了丰硕的发展成果，形成了独特的新时代文学批评景观。习近平总书记高度重视文学批评工作，近年来就繁荣新时代文学批评发表了一系列重要讲话，做出了一系列重要指示批示。我们策划这套"新时代文学批评丛书"，就是要全面学习贯彻落实总书记关于文学批评的讲话与指示批示精神，一方面旨在呈现新时代文学批评的基本样貌、发展成果，另一方面也希望从中获得推动文学批评发展的经验和启示，为推动新时代文学理论批评建设和新时代文学繁荣提供有益的镜鉴。

本丛书遴选的作者都是长期持续坚守在新时代文学批评现场并卓有成就的优秀批评家。从年龄结构上，他们涵盖了"60后""70后""80后"，这也是当下文学批评的主力军；从批评对象的文学门类上，覆盖了小说、诗歌、散文等多个当下最具影响力的艺术门类，可以说是对新时代文学的全面阐释和研究。通过这套批评丛书，读者一方面可以深入了解新时代文学批评的丰富实践，同时可以通过文学批评了解新时代文学发展的基本风貌和历史特征。

在内容上，本丛书侧重于遴选研究新时代文学的评论文章，以对新时代十年来具有代表性的作家作品、有广泛影响的新文学现象、引人关注的文学热点事件以及文学发展中存在的症候性问题为主要研究对象，是对围绕新时代文学展开的文学批评成果的一次全面梳理和集中展示。我们希望以出版批评丛书的方式，深入总结文学批评发展的历史经验，同时吸引更多研究力量来增强对新时代文学研究的力度和深度。

本丛书的出版要感谢山东出版传媒股份有限公司副总经理李运才、山东文艺出版社社长徐迪南，他们提供了非常多的支持和帮助，也提出了许多富有建设性的意见和建议。新世纪之初，我曾和山东文艺出版社共同策划出版了一套"e批评丛书"，在学术界产生了良好的反响。今年，又再次在山东文艺出版社出版这套"新时代文学批评丛书"，可谓是一种极为特殊也极为难得的缘分，也体现了山东文艺出版社多年来一直积极参与、支持中国当代文学批评事业发展的出版精神。在此，我代表丛书编委会向山东文艺出版社表示衷心的感谢并致以崇高的敬意。

两套丛书虽然出版时间不同，但在内容上又有着一种延续性和整体性。"e批评丛书"着力呈现的是二十世纪九十年代文学批评的发展成果，也是当时年轻的"60后"批评家的一次集体亮相。"新时代文学批评丛书"更侧重于展现新世纪尤其是新时代以来的文学批评成果，参与作者既包括了"e 批评丛书"中的部分作者，又吸纳了"70 后""80 后"等新生批评力量。两套丛书虽然侧重点不同，但形成了一种巧妙的呼应，构成了一种互补关系，具有了批评史意义上的"整体性"，某种意义上，它们就是一种特殊形态的近三十年来中国文学批评的发展史。

当然，对于新时代文学批评成果的总结展示并不意味着我们回避当下文学批评存在的问题。新时代以来，随着时代语境和文学生态的不断变化，文学批评面临着更为复杂严峻的形势和挑战，文学批评如何更好地发挥作用，真正成为助推文学发展的"磨刀石"和"利器"？这是所有文学批评者面临的共同课题和任务。出版这套丛书，我们一方面意在梳理总结这一时段文学批评发展的成果和经验，同时也希望能够从中析出当下文学批评发展存在的一些问题，以史为镜，为未来更好地推动中国文学批评发展，更好地发挥文学批评引导创作、推出精品、提高审美、引领风尚的作用提供启示和帮助。

新征程是充满光荣与梦想的远征，新时代文学正在我们面前浩浩荡荡地展开，作为文学发展的重要一翼，中国文学批评也正在砥砺前行，积极开辟一个文学批评的新时代。

是为序。

长篇小说的深意

目 录

第一辑

小说的写法

文学写作的几个关键词

很多人都知道，研究小说是一门学问，但未必同意小说写作本身也是一门学问，生命的学问。小说是对心灵的勘探、生命的写实，小说的复杂性，也正是源于生命的丰富和深刻。不研究生命的情状，不留意生命展开的过程，就难以写出小说那生动的质感。

所谓生命的学问，自然包含着对生命本身的考据、实证，并进一步探求生命的义理；要洞悉小说的秘密，就必须通达小说所呈现的这个生命世界。因此，只有看到小说和生活在共享同一个生命世界时，对小说的研究才不会变成单一的对知识、材料或写作技艺的解析，而是会去体察作者的用心、细节的情理、灵魂的激荡，并由此认识一种生命的存在。这令我想起弗吉尼亚·伍尔夫一句话："你可以解剖一只青蛙，但是你却没法使它跳跃；不幸得很，还存在着一种叫做生命的东西。"①

写作既是对生活的还原，也是对生命的落实，那些语言的针脚、细节的雕刻，不过是在为生命创造一个舒展的空间，从而辨识它已有的踪迹，确证它的存在处境。而在这个生命落实的过程中，小说的写作总是与几个关键词有关的。

一、地方

所谓地方，就是说，好作家都有原产地的。或者说，每一个人都有故

---

① 〔英〕弗吉尼亚·伍尔夫：《评〈小说解剖学〉》，见《论小说与小说家》，瞿世镜译，上海译文出版社 2009 年版，第 333 页。

乡，都有一个精神的来源地，一个埋藏记忆的地方。

这个地方，不仅是指地理意义上的，也是指精神意义或经验意义上的。但凡好的写作，它总有一个精神扎根的地方，根一旦扎得深，开掘出的空间就会很大。

一些作家的写作为何总是形成不了自己的风格？就和他还没找到自己的写作边界，没找到可供自己长久用力的地方有关。很多人在写作时是跟风的，别人写什么，他也写什么，他很少检索自己的记忆，也不明白自己所熟悉的地方、生活、人群到底是什么，写作观念上茫然，没有目标，不断地变换自己的写作领域，结果是哪一个领域都没有写好。

相反，在很多大作家的笔下，总有一群人，是他的笔墨一直在书写的，也总有一个地方，是他一直念兹在兹的。比如鲁迅笔下的鲁镇、未庄，沈从文笔下的湘西，莫言笔下的高密东北乡，韩少功笔下的马桥，贾平凹笔下的商州，史铁生笔下的地坛，福克纳笔下那个像邮票一样大小的故乡，或者马尔克斯笔下的那个小镇……当我们想起这些作家的时候，自然就会想到他们所写的这些地方，包括其中的风土人情、世态万象，都成了一个地理、经验、精神意义上的写作符号。

这个符号可能寄托着作家对世界的深切看法，也埋藏着他们记忆中最难忘怀的那些经验和细节；有时，写作就是不断地在回望这个地方，不断地在辨析这些经验。

你把这一个地方写实了、写透了，一种有自己风格的写作可能就建立起来了。

如果一个作家无限地扩张自己的写作边界，贸然去写自己不熟悉的生活，或者对自己所写的人群并没有多少感受，他就很难把自己的写作落实，容易陷入一种任意编造的虚假之中。把写作的边界定得小一些，反而能把一个人的写作才能集中起来，使之具有在一个点上往下钻探的力量。

我强调这样的小，是希望看见一种写作能写出"灵魂的深"（鲁迅语），而不仅是写一些表层的事物。中国社会有一个特点，比较崇尚大的东西，也有浓厚的历史情结。空间的大，时间的久，会让很多人觉得庄严。很多人喜欢用"中国"这样的词来描述事物，明明只有几个志同道合的人在一起，偏要命名为中国什么联盟。现在很多学校改名，也是越改越大。北京广播电视学院本来是所名校，很多优秀的主持人都毕业于这所学校，前些年改名为"中国传媒大学"，之前毕业的很多人对母校的感情反而无处落实了；相反，世界上不少著名的大学，往往是以小镇作为自己的名字的，如哈佛、剑桥等，以一个小镇做名字，并不影响它们的知名度。

　　其实，过分地尚大可能会流于空洞，而从一个小的地方开始深入下去，反而有可能见到一番不同景象。好比我们在大学指导硕士生、博士生写论文，很多老师往往喜欢开口小但挖掘得深的那种，相反，起一个宏大的题目，所有的材料都往里面装，得出的也是放之四海而皆准的结论，这样的论文反而无可观之处了。

　　这种尚大之风，也在影响作家的写作思维。

　　很多小说，动不动就写百年历史、家族五代史，上下几百年，纵横几千里，还动不动就被冠以"史诗"的称号。但这种小说写得好的，很少，多数是大而空，不着边际。这么漫长的历史，几代人生活环境、精神历程的变迁，作家如果没有做专门的研究，没有花案头工夫去熟悉和钻研，他怎么能写得好？他笔下爷爷和儿子说的话差不多，奶奶和孙女想的问题没什么变化，明朝的人用着民国的语言，民国的人又使用着当下的器物，这如何让人对你的写作产生信任？

　　作家靠有限的生活经验要写好几代人的生活，是困难的，他只有成为他所写的生活的专家，以一个研究者的态度进入那个时代的情境，才有可能把他所要写的落到实处，使之具有真实感。事实上，写好一个村庄，有时比写好一个城市还难，就如写好一个事件的横断面，有时比写好一段历史还难一样。

　　波兰诗人米沃什说："我到过许多城市、许多国家，但没有养成世界主义的习惯。相反，我保持着一个小地方人的谨慎。"① 这话给我留下了深刻的印象。在今天这样一个全球化的消费主义时代，写作是很容易养成世界主义的表达习惯的，也有不少人以此为炫耀，他们在作品中列举世界

---

① 转引自西川：《米沃什的另一个欧洲》，见〔波〕切斯瓦夫·米沃什：《米沃什词典》，西川、北塔译，生活·读书·新知三联书店2004年版，第12页。

名牌，或者在诗作的后面标明写于不同国家的城市，好像这样就表明自己国际化了，其实这浅薄得很。米沃什所说的小地方人的"谨慎"，其实是对自己的限制：我在这样一个地方扎根，我所写的经验和材料都是有来源的，我知道这个人物是在哪个地方成长的，他说的话、吃的东西、穿的衣服，都是有来历、有地方烙印的。你不能让人觉得，把一个人的生活、语言，放在北方、南方，放在北京、西藏或海南都可以。

你所写的生活缺乏地方性，就证明你对这种生活不熟悉，没有什么不可磨灭的感受，你用的多是公共话语、公共思想，也是在用别人的感受来表现自己笔下的生活和人物。这样的公共写作是不可能成功的。就此而言，小说的写作，有时不应是扩张性的，反而应是一种退守。退到一个自己有兴趣的地方，慢慢经营、研究、深入，从小处开出一个丰富的世界来。假如想起一个作家就会想起一个或几个人物，或者想起一个地方就会想起一个作家，这样的写作就开始风格化了。

写作是想象力的实验。作家笔下的地方未必是实有的，强调地方，就是强调作家要有自己的写作根据地。小说不同于诗歌，诗歌可以是不及物的写作，它重在抒怀，修辞上也多比喻和夸张，但小说多数时候是一种实证，它更多的是对生活世界的还原，读者必然会追问你笔下的材料、故事以及情感是从何而来的，所谓根据地，其实就是要找到这些材料和情感的落实地。

没有根据地，就意味着没有情感的沉淀之地，一旦写作既没有了对过去的深情，也没有了对未来的想望，就会流于空洞、粗疏。尽管写作是进入一个想象的世界，但这个想象，终归是从一种生活根系里长出来的。因此，作家的出生地、成长地和个体人生之间的关系，就不仅具有地理学的意义，它也必然是一种伦理关系、道德关系——出生地和成长地的一事一物，都可以作为个体人生的见证人，记录和刻写下他曾经的悲伤与快乐。

没有一个作家可以摆脱对事物的记忆，因此，那些和自己的成长经验相关的事物，就自然成了个人精神自传的重要材料，比如，鲁迅笔下的中药铺，周作人笔下的乌篷船，沈从文笔下的水，莫言笔下的高粱，贾平凹笔下的苞谷或红薯，王安忆笔下的弄堂……耿占春在《失去象征的世界》一书中说："思想有它的可见性，和一种视觉上的起源。是地理空间中的某些事物、形态与事件唤起了这些感受。要探究和描述这些感受就要恰当地描述产生这种感受的具体事物及其形态。描写经验就意味着描写产生这种经验的经验环境，对感受的描述就是描述感受在其中形成的感知空间。这既是一种对经验与感受的表达方式，也是检验经验与感受的真实力量的方式。没有经验环境就没有真实的经验，没有描述感受产生的事物秩序，感受就是空洞无物的概念。"①

从这个意义上说，分析作家笔下的地方主义经验，以及经验形成的环境，确实可以更好地理解他的写作。尽管布罗茨基曾说，一个人无法抓住他的经验，他和他的经验之间越是被时间所隔绝，他越是不能理解他的经验，认识到这一点是令人无法忍受的；但越是无法抓住的事物，作家可能越是想抓住，越是想书写和澄明它，这就是写作的难度，它也构成了一个作家的语言处境。

真实的写作，总是起源于作家对自己最熟悉的人、事、物的基本感受，也总是扎根于他自身的存在状态的，离开了这个连接点，写作就会流于虚假、浮泛。从终极意义上说，写作都是朝向故乡的一次精神扎根，无根的写作，只会是一种精神造假。而根在哪里，写作的经验也就从哪里来，尤其是小说，它从来是以具体写抽象，以琐细的经验写精神的形状的，它写的是实有，呈现的却可能是一个虚无的世界，曹雪芹、张爱玲的写作就是明证。所以，在中国，写作自古以来就有一种仪式感，诗人、作家就如同语言的巫师，扮演的也是宗教中祭司的角色——祭司献祭的时候，用的是实物，如牛、羊、鸽子、斑鸠之类，但最终抵达的却是一个神性的世界；而诗人、作家写作的时候，所用的实物，是那些地方的经验和个人的细节，也是要抵达一个虚无之境，并试图把这种虚无指证为一种精神的实存。

可见，写作者其实是一个精神的祭司，但献祭的地方，必然和作家所熟悉、扎根的地方相重合，因为只有在这里，作家才能找到真正的祭物，那些属于他的、带着他的记忆和口气的经验与材料。

---

①耿占春：《自我的地理学》，见《失去象征的世界》，北京大学出版社 2008 年版。部分内容载《读书》2007 年第 5 期，全文收入作者《失去象征的世界》一书。

二、物质

小说写作既是精神问题，也是物质问题。

但我发现，很多作家并不重视作品物质外壳的建构。这个物质外壳，既是小说写作的地基，也是小说承载精神的容器。小说的底子是人世和俗生活，这和诗歌讲情境、情怀，实有不同。小说的物质外壳其实就是它通俗的部分，而所谓的通俗，通向的正是人世，"有限的社会而涵无限的风景，这是人世"①。这是胡兰成的话，所以他说中国的文学是人世的，而西洋的文学是社会的。

诗歌是因为重抒怀，不太写实，人世的景象不够，才追求立境，以境写心，所以诗歌里的游山玩水、琴箫相和、迎来送往等场景，都是经过艺术处理的，是一种仪式。诗人的重点并不在于写人世里那些温暖的细节，他即便写人世，也多是抽象化的，没有多少家常感。小说则不同，它写的人世应该是家常的、日用的、世俗的，是为多数人所通晓的。所谓"文不能通而俗可通"，"通"即理解，即体悟人世，这也是小说具有大众性的缘由所在。

世俗里也是藏着人生的真理的，小说家要发现的，正是这种个体的真理。

钱穆说："世俗即是道义，道义即是世俗，这是中国文化的最特殊处。"②确实，梅兰竹菊这些物里可以寄寓精神，王羲之的书法也可用来记账。中国人的神和人都是活在人世的，所以中国人一方面看重世俗生活，另一方面也看重文庙、族谱、祠堂、祖坟等实物，因为这里面也藏着道义。中国小说的发生，显然和这种文化精神是相通的。

蔑视世俗和物质的人，写不好小说。

很多作家蔑视物质层面的实证工作，也无心于世俗中的器物和心事，写作只是往一个理念上奔，结果，小说就会充满逻辑、情理和常识方面的

---

① 胡兰成：《中国文学史话》，上海社会科学院出版社 2004 年版，第 5 页。
② 钱穆：《中国史学发微》，生活·读书·新知三联书店 2009 年版，第 88 页。

破绽，无法说服读者相信他所写的，更谈不上能感动人了。这种失败，往往不是因为作家没有伟大的写作理想和文学抱负，而是他在执行自己的写作契约、建筑自己的小说地基的过程中，没有很好地遵循写作的纪律，没能为自己所要表达的精神问题找到合适、严密的容器——结果，他的很多想法，都被一种空洞而缺乏实证精神的写作给损毁了，这是很可惜的事情。

如果说文学中的灵魂是水的话，那么，作家在作品中所建筑起来的语言世界，就是装水的布袋，这个布袋的针脚设若不够细密、严实，稍微有一些漏洞，水就会流失，直到最后只剩下一个空袋子。尤其是小说写作，特别需要注意语言针脚的绵密。这个针脚，就密布在小说的细节、人物的性格逻辑，甚至某些词语的使用中。

读者对一部小说的信任，正是来源于它在细节和经验中一点一点累积起来的真实感。

王安忆说："我年轻的时候不太喜欢福楼拜的作品，我觉得福楼拜的东西太物质了，我当然会喜欢屠格涅夫的作品，喜欢《红楼梦》，不食人间烟火，完全务虚。但是现在年长以后，我觉得，福楼拜真像机械钟表的仪器一样，严丝合缝，它的转动那么有效率。有时候小说真的很像钟表，好的境界就像科学，它嵌得那么好，很美观，你一眼看过去，它那么周密，如此平衡，而这种平衡会产生力度，会有效率。"① 王安忆所说的，其实是一个很高的境界。小说要写得像科学一样精密，完全和物质生活世界严丝合缝，甚至可以被真实地还原出来，这需要小说家有出色的写实才能。因此，作家要完成好自己和现实签订的写作契约，首先还不是考虑在作品中表达什么样的精神，而是要先打好一部作品的物质基础。

精神、灵魂需要有一个容器来使之呈现出来，一个由经验、细节和材料所建构起来的物质外壳，就是这样的容器。很多作家，哪怕是一些大作家，都容易忽略这一点。他们想表达一个伟大的主题，可是在作品推进的过程中，逻辑性、可信度、经验的真实性，都受到了读者的质疑，以致小说的精神和它的物质外壳镶嵌时不合身，发生了裂缝，这样的小说，就算不上是好小说。

---

① 王安忆：《小说的当下处境》，《大家》2005年第6期。

好的小说是要还原一个物质世界，一种俗世生活的。

回想二十世纪以来的中国文学，由于过度崇尚想象和虚构，以致现在的作家，几乎都热衷于成为纸上的虚构者，而不再用自己的眼睛和耳朵写作，也忘记了自己身上还有鼻子和舌头。于是，作家的想象越来越怪异、荒诞，但作家的感官对世界的接触和感知却被全面窒息，以致他们的写作常常撕裂想象和生活之间的逻辑联系。

很多小说，我们读完之后，会有一个明显的感觉：这个作家并不熟悉他所写的生活，他毫无事实根据的编造，对读者来说，也因为虚假而毫无说服力。真正的小说家，必须对他所描绘的生活有专门的研究，通过研究、调查和论证，建立起关于这些生活的基本常识。有了这些常识，他所写的生活，才会具备可信的物质证据。

现在的小说受消费文化的影响很大，很多作家都渴望写一部畅销小说。畅销的第一要义是讲一个好看的故事。所以，你看现在的小说，作家一门心思就在那构造紧张的情节，快速度地推进情节的发展，悬念一个接着一个，好看是好看，但读起来，你总觉得缺少些什么。缺少什么呢？缺少节奏感，缺少舒缓的东西。湍急的小溪喧闹，宽阔的大海平静。小说如果只有喧闹，格局就显得小了。一部好的小说，应该既有小溪般的热闹，也有大海般的平静，有急的地方，也有舒缓的地方。中国传统小说的叙事有个特点，注重闲笔，也就是说，在"正笔"之外，还要有"陪笔"，这样，整部小说的叙事风格有张有弛，才显得舒缓、优雅而大气。所以，中国传统小说中，常常有信手拈来的东西，你也可以说这是出于说书的需要，比如，写一桌酒菜的丰盛，写一个人穿着的贵气，写一个地方的风俗，看似和情节的发展没有多大的关系，但在这些物质外壳的建构上，你会发现作家的心是大的，有耐心的，他不急于把结果告诉你，而是引导你留意周围的一切，这种由闲笔而来的叙事耐心，往往极大地丰富了作品的想象空间。

中国传统的小说，不仅仅是故事，你也可以把它当作文章来读——是文章，就有文章的风格，而不能只做故事和情节的奴隶。小说的叙事如果只知道一直往前赶，不知道停下来，那就不是高明的写法，它表明作家缺少写作耐心。比如，中国当代的小说中，你几乎找不到好的、传神的风景描写，就跟这种写作耐心的失去有很大的关系。

二十世纪以来，写风景写得最好的中国作家，我以为有两个，一个是鲁迅，一个是沈从文。在鲁迅的小说里，寥寥数笔，一幅苍凉的风景画就展现在了我们面前；沈从文的小说也注重风景的刻画，他花的笔墨多，写得也详细，但那些景物，都是在别人笔下读不到的，他是用自己的眼睛在看，在发现。——他们的写作都不仅是在讲故事，而是贯注着作家的写作情怀，所以，他们的小说具有一种少见的抒情风格，这跟他们不忽略风景描写是不无关系的。我非常喜欢鲁迅和沈从文小说中的抒情性，苍凉、优美而感伤。胡适在《〈老残游记〉序》一文里曾说，描写风景的能力在旧小说里简直没有；这和古代诗文比起来，确实太过悬殊。五四以后，小说彻底成了文人的个体写作，风景描写也是文学现代性特征之一种，在新文学写作里得到了强化。如今，这种风景描写的能力在当代日渐衰微，固然和时代的浮躁、阅读耐心的失去大有关系，但更重要的，是说明作家的感觉日益麻木，写实能力也正在退化。

现代社会正在使我们的感官变得麻木。

尤其是在城市里，我们所看见、听见的，吃的、住的、玩的，几乎都千篇一律，那些精微的、地方性的、小视角的、生机勃勃的经验和记忆，正在被一种粗暴的消费文化所分割和抹平。没有人在乎你那点私人的感受，时代的喧嚣足以粉碎一切，甚至连你生活的时间和空间，这些最本质的东西，都可能是被时代的暴力作用过的，它早已不属于你个人：你到一个地方旅行，可能是置身于一种复制的人造景观的空间假象中；你接到很多短信，朋友们向你表示节日的问候，可这样的节日（时间的象征符号）和你的生活、历史、信仰毫无关系。

我们正在成为失去记忆的一帮人。而在失去记忆之前，我们先失去的可能是感觉；正如我们的心麻木以前，我们的感觉系统其实早已麻木了。我想起多年前的一次乡下之行，傍晚的时候，看到暮霭把万物一点点地吞噬，才猛然发现，自己有好多年没有看到真正原始的黄昏和凌晨了。城市的灯光工程消灭了黄昏的感觉，而夜生活的习惯又使我们一次又一次地与凌晨失之交臂，这就是我们的现代生活，一种没有黄昏和凌晨的生活，一种不需要动用感觉也能知道怎样生活的公共生活。很多作家都可能有过这种感受，只是，未必觉得这种感受背后存在着一种很深的危机——我们正在失去一个具有生气和情意的物质世界。

中国堪称是一个以情为本体的国度，尤其是在诗人和作家笔下，物不仅是物，而是一种人情，一种人伦，以物写人，物我两忘，是极为常见的文学主题，一个情意绵绵的中国，也常常是通过人与物的对话来塑造的。假若小说只剩下了情节和冲突，而不再对世界进行有情的写实，不再通过一种物质外壳的建构来安顿一种生命的情态，小说也就失了艺术的韵致了；没有器物的质感，没有现实生活的烟火味，小说的肌理就不丰富。

因此，物质既是写实的框架，也是一种情理的实证，忽略物质的考证和书写，小说写作的及物性和真实感就无从建立。而小说一旦无法建构起坚不可摧的物质外壳，那作家所写的灵魂，无论再高大，读者也不会相信的。

三、感官

要让小说里的人物和生活有着牢不可破的真实感，除了要解决好写作中的物质问题之外，还有一个问题值得探讨，那就是写作和感官之间的关系。很多人都知道，写作和心灵的关系极其重要，但我现在要强调的是，写作和眼睛、耳朵、鼻子、舌头，即写作和感官世界之间也关系密切。尤其是小说，如果没有感官世界的解放，一个作家即便有再超迈、伟大的灵魂，他的小说也一定不会是生动的，他笔下的文学世界可能会因为缺少声音、色彩和味道，而显得枯燥、单调。

确实，好的作品，往往能让我们感受到，作家的眼睛是睁着的，鼻子是灵敏的，耳朵是竖起来的，舌头也是生动的。我们能在他们的作品中，看到花的开放、田野的颜色，听到鸟的鸣叫、人心的呢喃，甚至能够闻到气息、尝到味道。

现在的小说为何单调？我想，很大的原因是作家对物质世界、感官世界越来越没有兴趣，他们忙于讲故事，却忽略了世界的另一种丰富性——没有了声音、色彩和气味的世界，不正是心灵世界日渐贫乏的象征吗？除了这种心灵的贫乏，感觉的枯竭同样值得警惕。沙僧为何不如猪八戒生动？就因为沙僧是一个对什么事情都没感觉的人；很多小说以疯子、傻瓜、狂人、白痴为叙事者，为何我们读不到疯、傻、痴、狂的味道？就因为作者根本无法进入这些叙事者那非常态的感觉之中。感觉的迟钝或者错位，常常让小说变得枯燥，有些是充满说教，有些是观念的图解，总是缺乏形象的力量。"开口便见喉咙，安能动人？"

小说最重要的是用形象说话，而形象的创造，正是经由语言对感觉的捕捉和塑造来完成的。

记得阿·托尔斯泰在《感觉、视点、结构》一文中说过：当您描写一个人的时候，要努力找到能概括他内心状态的手势。比如您描写一个人走进屋子。应当怎么描写他呢？您不会说，他有两条腿、两只手、一个鼻子。这些用不着说。您必须看出这个人最主要的东西——他用手势表现出来的内心状态。走进来一个心情激动的人。您就说："走进来一个头发蓬乱的人。"这句话就说明了关于这个人您主要想说的东西。或者您说："走进来一个人，他直拧自己的扣子。"显然，一个人直拧扣子不是没有原因的，这说明他心里发生了什么事。

有时候写一个人，仅仅一个动作是不够的，还要找到这种心理动作，让人物自己呈现自己。

阿·托尔斯泰的意思就是要找到准确的感觉，把人物的特征写出来，这个感觉并不是虚写，而是被分解到了各种心理动作之中，以动作的实来描绘一个人内心的状态，这就是感觉的塑形。海明威也说，作家要写出活的人物，不是机械地去描写他，而是要根据你所知道的去感受和塑造他。

作家进入写作状态时，他的全部感觉都应该是打开的，那一刻，他是敏感的人，也是一个以人物之心为心的人——"如果是一位国王在说话，就须尽量模仿王侯的严肃；如果是一位老年人在说话，就要显出他谦虚，肯思考；如果写男女相爱，就要写出动人的情感。"这是十七世纪西班牙戏剧家洛普·德·维迪教导我们的话。

中国小说跟着潮流、市场走了好多年了，到今天，可能又得回到一些基本问题上来寻找出路，比如，感觉的活跃，感官的解放，对于恢复一个生动的小说世界来说，就有不可替代的意义。以情节为主导的叙事，大多重视悬念或冲突，但人物的内心未必生动，感觉也未必丰富。情节要被感觉所浸透，动作要和内心相连，小说才能不做情节的奴隶，而成为生命富有想象力的演出。

余华曾经这样解释自己的写作："当人物最需要内心表达的时候，我学会了如何让人物的心脏停止跳动，同时让他们的眼睛睁开，让他们的耳朵蠢起，让他们的身体活跃起来，我知道了这时候人物的状态比什么都重要，因为只有它才真正具有了表达丰富内心的能力。"[1]我相信这是真的。陀思妥耶夫斯基的《罪与罚》里就有这样的场景，当拉斯科尔尼科夫举起斧头砍向那个放高利贷的老太婆时，作者没有马上写斧头砍下去的惨状，而是细致地写到了老太婆头巾、头发、辫子、梳子，这是在提醒读者，一切都是"和往常一样"；你越觉得一切如常，就越会感到斧头的暴力是多么的不能容忍，这个时候的陀思妥耶夫斯基，就是一个睁着眼睛写作的作家，因为他的感官全面参与了这一个暴力事件，所以他笔下的恐怖就被无限地放大和延长。

真正的恐怖，是在应该恐怖的时候他不觉得恐怖；正如真正的痛苦，是在本应痛苦的时候他不觉得痛苦。这样的例子，我们还可以想到鲁迅笔下的阿Q。他在被杀之前，立志把那个圆圈画得圆，但那可恶的笔不但沉重，而且不听话，偏是画成一个瓜子模样了，阿Q羞惭自己画得不圆，可"那人却不计较，早已掣了纸笔去，许多人又将他第二次抓进栅栏门"。这一段是读来真正让人感到悲哀的，看起来幽默，其实是一种沉重的严肃。阿Q终归是一个人，他再没有知识，再不堪，也有一种不愿被人笑话的心理，他想把圆圈画圆，可是画不圆，而且周围的人根本不容许他有多余的时间把圆圈画圆，也根本不在乎他画得圆不圆；阿Q那唯一的、渺小的画圆的心思，也被忽略了，这才是大可悲哀之事。生活中，有多少渺小的愿望就这样被忽略和践踏了啊。鲁迅的伟大，就在于别人忽视阿Q这点愿望的时候，他注意到了，他感受到了阿Q那点自尊和悲哀。这个时候，鲁迅的人生，是跑到阿Q的人生里了，所以，他的感受，真是成了阿Q的感受。

作家一旦睁眼看、侧耳听之后，他就会从个人的感官世界找到非常独特的感受，而一个作家的风格，常常就是通过这样一些独特的个人感受建

---

[1] 余华：《内心之死》，见《我能否相信自己》，人民日报出版社1998年版，第40页。

立起来的。川端康成写一个母亲看着自己死去的女儿，说女儿生平第一次化妆，就像是将要出嫁的新娘；他写男人的手掌第一次放在少女的乳房上时，感觉手都大起来了。卡夫卡笔下的乡村医生，觉得有时看病人的伤口像玫瑰花。鲁迅写冬日里的枯草，一根根像铁丝一样。——这些是奇崛的感受，非常独特，但合乎人物那个时候的异常心理。

契诃夫写一个农民第一次面对大海，是说"海是大的"；汪曾祺写一个乡下孩子在大草原看到各种各样的花，觉得像"上了颜色一样"。——这些是过于平常的感受，可只有这种平常感受，才合乎人物的身份。你想，一个农民，面对大海，只能是觉得大，如果非要他觉得大海蔚蓝、浩瀚什么的，那就假了；一个乡下来的孩子，第一次见到那么多花，他的记忆里不可能有姹紫嫣红之类的词，他感觉像是上了颜色一样，这既朴素，又真实。

这就是一个作家的感受。

它不是来自抽象的观念，不是去重复别人已经有的感受，而是学习用自己的眼睛看，自己的耳朵听，自己的心去体察。沈从文告诫年轻的作家说，写小说的时候，要贴着人物写。这个"贴"字，就表明要用人物自身的感觉来观察世界，用人物自己的心来感受世界。你不能让一个农民用知识分子的口吻说话，你也不能让一个孩子像大人那样说话，正如你不能让古代的人一日行千里路，也不能让现代人不知道中国之外还有美国和希腊。

这是写作的美学纪律，很基本的东西，但是非常考验一个作家的写作才能。所谓一滴水里可以看到一片大海，有时，一个细节里也可以看到一个作家的家底。

重提写作与感官的关系，其实是基于对当下写作界感觉普遍钝化、麻木这一现状的不满。不是说作家没有精神，而是他往往没能找到好的解析方法，把他的精神充分表达出来；更有些人，盲目崇尚写大部头的、史诗性的作品，在细节、情理、常识层面不愿下苦功夫，结果是以小失大，基础性的东西没有了，写作成了一种造假。曾有记者来问我当代文学最大的症结在哪里？我的回答是一个字：假。细节的假，是一种表象；精神的造假，却是内在的病因。也正因为这种假，当代的作品失去了最基本的感动人的力量。张艺谋的《十面埋伏》写了悲情，却不能感人，因为太多细节是假的了；姜文的《太阳照常升起》写了命运，也不能感人，因为导演专断的意志代替了人物的一切想法，这是另外一种的假。

文学就更是如此了。让一个六七岁的孩子对另一个孩子说我们"情同手足"，在一个法律题材中看不到一个作家对法律知识的基本了解，甚至连情节都是抄社会新闻或好莱坞影碟来的，这样的文学如何会有希望？相反，我在一些简单的片段里，反而能读到感人至深的东西。我记得汪曾祺写过一篇怀念他的老师沈从文的文章，他写遗体告别仪式上，沈先生安然地躺在那里，像活着一样，从他身边走过，"我看他一眼，又看一眼，我哭了。"没有花哨的词汇，却饱含着作者深切的感情，令我震动。我还记得一个九岁的得白血病的小女孩张冰儿写的小诗，她说："妈妈，你真不容易 / 我病了那么久，你仍然那么地爱我。"也很简单，但也能感动我。可见，真实的、感动过作者自己的文字，才能真正地感动读者。有感而发本来是一切写作的精神起点，现在，却成了稀有的写作品质了。新的假大空的写作，脱离真实生活、忽视逻辑和情理的写作，正在消费文化的包装下大行其道。

强调写作和感官的关系，归结起来，其实就是强调写作的两点常识：一是要真实生动，一是要合情合理。作家在谈论精神、灵魂之前，首先要把自己的感官活跃起来，先从细节、情理、常识开始，恢复一种写作的专业精神，从而恢复读者对文学最为基本的信任感，恢复文学写作中那种生机勃勃的气质。

四、历史

很多人可能都同意，中国人普遍有两个情结，一是土地情结，一是历史情结。前者使中国文学产生了大量和自然、故土、行走有关的作品，后者则直接影响了中国人的人生观——在中国，历史即人生，人生即历史，甚至文学也常常被当作历史来读，这一点，钱穆多有论述。

事实上，中国的小说也的确贯注着传统的历史精神。比如，《三国演义》把曹操塑造成奸雄之前，史书对曹操多有正面的评价，连朱熹也自称，他的书法曾学曹操，可见，那时朱子至少还把曹操看作是一个艺术家。然而，对曹操的人格判断之变最后由一个小说家做出，并非作者无视曹操在政治、军事、文学上的成就，而是他洞明了曹操的居心——以心论人，固然出自一种文学想象，但也未尝不是一种历史精神。好的小说本是观心之作，而心史亦为历史之一种，这种内心的真实，其实是对历史真实的有益补充。

古人推崇通人，所谓通物、通史、通天地，这是大境界。小说则要通心。因为有心这个维度，它对事实、人物的描绘，更多的就遵循想象、情理的逻辑，它所呈现的生活，其实也参与对历史记忆的塑造，只不过，小说写的是活着的历史。这种历史，可能是野史、稗史，但它有细节，有温度，有血有肉，有了它的存在，历史叙事才变得如此饱满、丰盈。

中国是一个重史，同时也是一个很早就有历史感的国度。如果从《尚书》《春秋》开始算起，也就是在三千年前，中国人就有了写史的意识。这比西方要早得多，西方是几百年前才开始有比较明晰的历史意识的。但按正统的历史观念，小说家言是不可信的，小说家所创造的历史景观是一种虚构，它和重事实、物证、考据的历史观之间，有着巨大的不同。但有一个现象很有意思。比如，很多人都说，读巴尔扎克的小说，比读同一时期的历史学家的著作更能了解法国社会。恩格斯就认为，从巴尔扎克的《人间喜剧》，包括在经济细节方面（如革命的动产和不动产的重新分配）所学到的东西，要比上学时从所有职业的历史学家、经济学家和统计学家那里学到的全部东西还要多。法朗士干脆称巴尔扎克是他那个时代洞察入微的"历史家"，"他比任何人都善于使我们更好地了解从旧制度向新制度的过渡"。[1] 在认识社会、了解时代这点上，文学的意义居然超过了历史。胡适也说过类似的话。他说《水浒传》"是一部奇书，在中国文学史上占的地位比《左传》《史记》还要重大的多"。[2] 这当然是夸张之辞，

①〔法〕巴尔扎克：《高老头·译本序》，张冠尧译，人民文学出版社2002年版，第2页。

②胡适：《〈水浒传〉考证》，见《中国章回小说考证》，北京师范大学出版社2013年版，第7页。

但也由此可知，中国过去一直否认小说的地位，把小说视为小道、小技，显然是一个文学错误。假若奏折、碑铭、笔记都算文学，小说、戏曲却不算文学，以致连《红楼梦》这样的作品都不配称为文学，这种文学观肯定出了大问题。

进入二十世纪，为小说正名也就自然而然的了。

这涉及一个对史的认识问题。中国人重史，其实也就是重人世。很多人迷信历史，把史家的笔墨看得无比神圣，但对历史的真实却缺乏基本的怀疑精神，所以就有了正史与野史、正说与戏说的争议。直到现在，很多人看电影、电视剧，还为哪些是正史、哪些是戏说争论不休。可是，真的存在一个可靠的正史吗？假若《戏说乾隆》是稗史，那《雍正王朝》就一定是正史吗？电视剧里写的那些人和事，他们的对话、斗争、谋略，难道不也是作家想象的产物？一个历史人物想什么，说什么，当时有谁在场？又有谁作了记录？没有。由于中国人对文字过于迷信，对圣人、史家过于盲从，许多时候把虚构也看作是信史，所以才有那么多人把《三国演义》《水浒传》都当作是历史书来读。甚至中国文人评价一部文学作品好不好，用的表述也是"春秋笔法""史记传统"之类的话——《春秋》《史记》都是历史著作，这表明，在中国文人眼中，把文学写成了历史，才算是达到了文学的最高境界。

把历史的真实看作是最高的真实，这种观念直接影响了中国小说的写作。中国小说一直不发达，也和束缚于这种观念大有关系。只有从这种观念中解放出来，认识到虚构这种真实的意义，小说写作才能进入一个自由王国。其实从哲学意义上说，虚构的真实有时比现实的真实还更可靠。那些现实中的材料、物证，都是速朽的，经由虚构所达到的心理、精神的真实，却可以一直持续地产生影响。曹雪芹生活的痕迹早已经不在了，他的尸骨也都灰飞烟灭了，但他所创造的人物，以及这些人物所经历的幸福和痛苦，今日读起来还如在眼前，这就是文学的力量。

因此，在史学家写就的历史以外，还要有小说家所书写的历史——小说家笔下的真实，可以为历史补上许多细节和肌理。如果没有这些血肉，所谓的历史，可能就只剩下干巴巴的结论，只剩下时间、地点、事情，以及那些没有内心生活的人物。历史是人事，小说却是人生；只有人事没有人生的历史，就太单调了。历史关乎世运的兴衰，而小说呢，写的更多的是小民的生活史——这种生活，还多是俗世的生活。俗世生活是世界的肉身状态，它保存世界的气息，记录它变化、生长的模样。所以，以生活为旨归的小说，是对枯燥历史的有效补充。事实上，那些好的历史著作，也多采用文学的手法来增添历史叙事的魅力。包括《史记》，里面也有很多是文学笔法，有一些，明显就是小说叙事了。比如《史记·项羽本纪》里写到"霸王别姬"时项羽唱歌的情形，"歌数阕，美人和之；项王泣数行下，左右皆泣，莫能仰视"，这是《项羽本纪》里很著名的一段。项王哭了，怎么个哭法？眼泪是"数行下"，不是一行，是好几行往下流，旁边的将士也跟着哭，哭到什么程度呢？连脸都仰不起了。画面感多强啊，但这不是历史，而是文学，是写作者对当时情景的合理想象。

就此而言，历史叙事和小说叙事之间，有很多共同的地方；历史的真实有时需要借助文学的真实来强化。

读历史著作，可以认识很多历史人物；读文学著作，也可以结识很多文学人物。但是，到底历史人物真实还是文学人物真实？这就很难说。有一些历史人物，当时很重要，但没有文学作品对他的书写，慢慢就被世人淡忘了；相反，一些并不重要的历史人物，甚至无关历史之大势的人，因为成了文学人物，一代代相传，他反而变成了重要的历史人物。比如陶渊明，一个小官，对当时的社会进程可谓毫无影响，但因为文学，他在中国人的观念中，早已是重要的历史人物了。又如伯夷、叔齐这两人，不食周粟而饿死，他们并非什么大人物，对当时的朝代兴亡也不重要，但他们的故事太具文学性了，所以，即便《史记》，也都为之作传，他们的故事，几千年后还被传颂，知道他们的人，甚至比知道周武王的人还多。这可以说是人生即文学的最好诠释。

文学把一种历史的真实放大或再造了，即便世人知道这是文学叙事，也还是愿意把它当作信史来看。而更多的文学人物，历史上查无此人，完全出自作者的虚构，可由于他们活在文学作品里，在很多人的观念中，也就成了历史人物了。比如鲁迅笔下的祥林嫂，完全是虚拟人物，但读完《祝福》，你会觉得她比鲁迅的夫人朱安还真实。朱安是历史中实有其人的，但对多数读者而言，虚构的祥林嫂比朱安更真实。祥林嫂的悲哀和麻木，被鲁迅写得入木三分，之后我们只要在生活中遇见类似的人，自然就会想起祥林嫂，甚至会直接形容一个人"像祥林嫂似的"——此刻，祥林嫂已不再是文学人物，她也成历史人物了，她仿佛真实存在过，而且就像是我们周围所熟知的某一个人。

看《红楼梦》就更是如此了，像贾宝玉、林黛玉这样的人物，谁还会觉得他们是虚构的、不存在的人？一旦理解了他们的人生之后，你就会觉得他们在那个时代，是真实地爱过、恨过、活过和死过的人。由此可见，文学所创造的真实，已经成了我们生活中的一部分，甚至也成了我们精神中的一部分。这就是文学历史化的过程，文学不仅成了历史，而且还是活着的历史。

文学所创造的精神真实，也成了历史真实的一部分。真正的历史真实，即所谓的客观真实，它是不存在的，我们所能拥有的不过是主观的、"我"所理解的真实。真实是在变化的，也是在不断被重写的。此刻真实的，放在一个更长的时间里来看，就可能不真实了。时间一直在损毁、模糊真实。比如，今天看这张讲台桌，很真实，是木头做的，方形，摆在这里，很多人都用过，是再真实不过了，但你们想一想，三十年后，这张讲台桌会在哪里？可能它已损坏，甚至被当作柴火烧掉了，或者腐烂了。也就是说，此刻你认为的真实，三十年后可能就不真实了；此刻你认为它存在，三十年后它可能就不存在了。现实中的桌子消失了，剩下的只是我们对这张桌子的记忆。于是，记忆的真实就代替了关于这张桌子的客观真实。记忆是文学的，客观的真实是历史的，但更多的时候，文学比历史更永久。我们所追索的客观真实，许多时候，不过是一个幻象而已。

客观的真实已经趋于梦想。即便是新闻，看起来是记录客观事实的，但也可能是经过剪辑和加工的，哪怕真实的记录，因着角度不同，材料的选择不同，也可能会得出完全不同的结论。电视是可以剪辑的，文字也是可以加工的，因此，新闻的真实，很多也是被改造过后的真实。同样一个采访，把前面的话放在后面去说，把后面的话放到前面来，说话的语境变了，新闻的效果也就变了。你们都看过电影《阿甘正传》吧？里面的阿甘可以跟肯尼迪总统握手，一个是虚拟的人物，一个是已经消失的历史人物，但好莱坞的电影技术却可以让他们握手，普通的人，肯定想不到这是特技，就会以为这是真的。如果此时你迷信自己的眼睛或耳朵，就会落到不知是真实还是幻觉的陷阱当中，就像我们看英格玛·伯格曼的电影，你永远都不知道他镜头下的人生，哪些是真实的，哪些是幻觉。

文学是依据自身的艺术逻辑来书写真实的，所以，文学是自由主义的，作家那些虚构和想象，不过是为了坚持个体的真理——个体的真理，是文学叙事的最高标准，也是作家认定真实的唯一依据。举一个例子，乾隆是雍正的儿子，按正史记载，是雍正和他满族的妃子所生，但像高阳、二月河这些小说家，就认为乾隆是雍正和一个宫女所生。据说雍正一次狩猎的时候，喝了鹿血，春情大发，当晚临幸了一个宫女，结果这个宫女就怀了乾隆。两种说法，到底哪个才是历史的真实呢？已无可考。每个人都可以选择自己认定的真实，真实就不再是唯一的了，而文学所敞开的，就是这种无限地接近真实的可能性。因此，文学有文学的逻辑，历史有历史的逻辑。文学的逻辑更加重视情理，即心理、精神的逻辑；比起历史所遵循的事实逻辑，精神逻辑也并非全然不可靠的。

这令我想起对《红楼梦》的考证。很多作家都是《红楼梦》迷，但他们的观点往往和学者是不同的。学者多以历史材料为证据，是用考证的方法来找小说中的现实影子，而作家则更看重人物精神、性格、心理的发展，从这种情节演进的逻辑来看作者的写作用心。这是两种不同的读小说的方式。学者们普遍认为，《红楼梦》前八十回和后四十回不是同一个作者，但很多作家则坚持认为这两部分是由同一个作者所写的。据我所知，林语堂、王蒙等人，就持这种观点。林语堂、王蒙本身写小说，深知写作的奥秘——若不是同一个作者，而是由另一个人来写续书，是很难续得如此之好，也很难把前面布下的线索都收起来的。从小说的逻辑来讲，前八十回和后四十回之间，有很深的联系，一些生命的肌理、气息，包括语感，有内在的一致性，假手他人来续写，这是很难想象的。也有人提出反证，比如刘心武就说，《红楼梦》前八十回写到了很多植物，后四十回写到的植物品种要少得多，前八十回写到很多种茶，后四十回写到的茶也要少很多，等等，于是，刘心武认为，续书的人，无论是知识面还是生活积累，都赶不上前八十回的作者，他们必然是两个人。这当然只是一种推想，一个研究的角度。试想，有没有一种可能，前面八十回是作者花心血增删、修订过，而后四十回作者来不及增删、修订就去世了，所以不如前面那么丰富、精细？这种可能也是有的。

小说和历史，是两个世界，不能重合，但有时小说也起着历史教化的作用。尤其是在民间，很多人是把小说当作历史来读的，甚至认定小说所写，就是一种可以信任的真实。所以，连孙悟空、西门庆这些小说人物的故乡，前段也有不少地方政府想认领了，这当然有地方政府在旅游宣传上的苦心，只是，细究起来，似乎也和中国人对小说的态度不无关系。鲁迅就曾说过，"我们国民的学问，大多数却实在靠着小说，甚至于还靠着从小说编出来的戏文。"① 这是对中国社会的一种深切观察。小说和戏文写的历史，当然不可靠，但它却为很多民众所认同。玄奘在历史上是如何一个人，民众是不关心的，他们多半都照着《西游记》写的来认识这个人；诸葛亮的实际情形如何，民众也无心考证，他们相信《三国演义》里所写的就是历史真实；包括《鹿鼎记》里的韦小宝，他的历史知识也全部来自说书和戏曲，他的英雄情怀、江湖义气，也都是从说书人那里听来的。《鹿鼎记》第二回里有这样一个情节，韦小宝帮茅十八脱险之后，茅十八从怀中摸出一只十两重的元宝，交给韦小宝，说道："小朋友，我走了，这只元宝给你。"金庸的描写很生动，说此时的韦小宝"见到这只大元宝，不禁骨嘟一声，吞了口馋涎"——可见他并不是不爱钱，但韦小宝听过不少侠义故事，知道英雄好汉只交朋友，不爱金钱，今日好容易有机会做上英雄好汉，说什么也要做到底，可不能脓包贪钱，于是就大声道："咱们只讲义气，不讲钱财。你送元宝给我，便是瞧我不起。你身上有伤，我送你一程。"② 这两人就这样结交上了，他们的人生也由此纠结在了一起。很显然，"只讲义气，不讲钱财"这种思想，是韦小宝听戏听来的，戏曲里的人生，早已影响了他的人生——对于韦小宝来说，小说、戏曲所写的就是历史。

确实，小说写的是一种特殊的历史。但凡写史，自古以来无非是记言、

---

① 鲁迅：《华盖集续编·马上支日记》，见《鲁迅全集》（第3卷），人民文学出版社1981年版，第334页。

② 金庸：《鹿鼎记》（第一卷），广州出版社2013年版，第45—46页。

记事、记人这几种。《春秋》是记事，《左传》则记事也记言，司马迁的《史记》最为大家所熟知，因为它的主体是记人。有人，才有事；有人，才有言，故历史是以人为中心的。只是，如果光读史书，了解的多是人事，或者多是客观现象，比如官阶、经济、人口、地方发展、文化状况，等等，这些你都可以通过史书来了解。可是，那一时代的人是怎么生活的，尤其是生活中那些细枝末节，那些生机勃勃的日常图景，正统的史书上是不太会写的，比如那个时代的人吃什么、穿什么，婚礼如何操办，葬礼怎样举行，唱什么戏，吃什么点心，穿什么衣服，衣服的褶皱有几道，上面又分别饰着什么图样的花纹，等等，这些特殊的生活细节，你唯有在小说中才能读到。小说所保存的那个时代的肉身状态，可以为我们还原出一种日常生活；有了小说，粗疏的历史记述就有了许多有质感、有温度的细节。

历史如果缺了细节，就会显得枯燥、空洞，而文学如果缺了历史的支撑，也会显得飘忽、轻浅，没有深度。你看当代小说，很多都是写个人的那点情事，出自一种私人想象，但这些情事背后，没有个体如何在历史中艰难跋涉的痕迹，没有时代感，就显得千人一面。中国的小说传统，终归脱不了历史这一大传统，小说不和历史发生对话，它就很难获得持久的影响力。很多小说，当时影响大，过后就烟消云散了，因为时代一变，写作的语境一变，那些故事、情事就显得不合时宜了，读之也乏味了。小说是在写一种活着的历史，这意味着它必须理解现实、对话社会、洞察人情。它要对时代有一种概括能力。鲁迅的小说何以有那么大的影响力，最重要的，就在于它那种对时代的概括力。鲁迅写的是当下的事情，是此时、此地发生的故事，从时间上说，它和作者靠得很近，这本来是最难写好的，但鲁迅为虚构的人物找寻了一个真实的历史背景——辛亥革命前后。底层民众和小知识分子的困苦、麻木与挣扎，一旦放在这个背景里，虚构就获得了一个真实的时代语境，小说也就成了历史讲述中的一部分，真实和虚构的界限弥合了，小说也因为有了历史的旁证，而变得更具力量。

这一点，金庸也做得极为高明。他写的武侠，纯属虚构，但他习惯把自己的侠客故事安放在一个真实的历史脉络里来展开，而且，他选择的时代背景多是乱世，多是朝代更替的年间，如宋末元初、元末明初、明末清初，这就为他的人物在江湖上行走创造了极大的空间。同时，他还善于把自己虚构的人物和真实的历史人物缝合在一起写，如郭靖与成吉思汗，张无忌与张三丰，袁承志与袁崇焕，陈家洛与乾隆，韦小宝与康熙，等等，一虚一实，亦真亦假，既有虚构，也有史实，小说和历史融为一体，最终就使读者信以为真，这其实是小说写作一个很高的境界。

好的小说家，是能把假的写成真的，如卡夫卡写人变成甲虫，明显是寓言，是假的，但你读完他的《变形记》，你会觉得那种真实触手可及。而《鹿鼎记》这样的作品，明知是虚构的，但由于作者把历史和虚构嵌合得特别严密，也使得这部武侠小说被很多人当作历史小说来读。相反，蹩脚的作家总是把真的写成假的，或者细节不合情理，或者语言的针脚不够绵密，或者精神造假，它根本无法在读者心中累积起阅读的信任感，这样的写作必然失败。

如果我们把历史理解成一种精神、一种心情，甚至一种生活的话，就能更好地理解小说是活着的历史这一观点。为什么是"活着"的？因为小说所保存的日常生活中那毛茸茸的部分，是有生命力的。生命的构成，离不开这些肉感、琐细、坚韧的细节，甚至文明的传承也常常是在这些生命的细节中完成的。钱穆说中国文化的核心是"礼"，是礼就有仪式，是仪式就有细节，所以，在一些传统的婚嫁、祭祀、人情来往中，甚至在一种饮食文化中，也能感受到中国文化是如何一步步延续下来的。

小说所分享的，正是文化和历史中感性、隐蔽的部分，它存在于生命舒展的过程之中，可谓是历史的潜流，是历史这一洪流下面的泥沙和碎石——洪流是浩荡的，但洪流过后，它所留下的泥沙和碎石，才是洪流存在的真实证据。生命的痕迹，往往藏于历史这一巨大幕布的背后，小说就是要把它背后的故事说出来，把生命的痕迹从各个角落、各种细节里发掘出来，让生命构成一部属于它自己的历史。许多的时候，历史只对事实负责，却无视生命的叹息或抗议，更不会对生命的寂灭抱以同情，它把生命简化成事件和数字，安放在历史的橱柜里，这样一来，个体意义就完全消失了——而文学就是要恢复个体的意义，让每一个个体都发出声音、留下活着的痕迹。

如果触摸到这个生命层面，小说的独特价值就显现出来了。它叙述的是此时的历史，但此时所发生的故事，一旦被凝聚、被书写，它就可能是永恒的——小说所写的永恒，不在于观念和哲学，而在于日常生活。观念可以陈旧，但生活却在继续。日升日落，花开花谢，吃喝拉撒，儿女情长，这些看起来是最不起眼的俗事，但千百年来，日子都是这样过的，帝王将相，贩夫走卒，都脱不开这种日常生活的逻辑。古代和现代，昨天和今天，上演的生命故事、爱恨情仇，也大体相似，所谓"日光之下，并无新事"。历史讲的多是变道，但小说所写的其实是常道——无非是生命如何在具体的日子里展开，情感如何在一种生活里落实，它通向的往往是精神世界里最恒常不变的部分。我们今天读古代的小说、古人的诗，还会有一种亲切和共鸣，就在于我们和古人都在共享同一个生命世界。朝代可以更替，皇帝可以轮流做，但饭总是要吃的，四季是分冷暖的，人是需要爱的，身体是会死亡的——这些生命共通的部分，正是小说叙事的永恒主题。

我们读一部古代的小说，会为他们的情感悲剧落泪，说明今天的人还在和古人共享同一种情感；我们看一幅古画，能理解画中的意境、画家的心情，就表明今日的看画者和当年的画家还在共享同一个生命世界；我们参观名人故居、历史古墓，会有很多感慨，原因也在于我们和逝去的人还在共享同一种人世。"已有的事，后必再有。已行的事，后必再行。"《传道书》里的这句话，说的就是这个意思。这种人世的常道，其实也是小说在日常叙事中所发现的真理。比如，李白带着歌妓到浙江东山看谢安墓时，心有悲感，写下了著名的《东山吟》："携妓东土山，怅然悲谢安。我妓今朝如花月，他妓古坟荒草寒。"谢安已经葬在那里三百多年了，但李白当时的慨叹，我想谢安若还活着，也会有同感。李白说的"我妓"今日如花似月，可当年谢安活着的时候，身边也有妙龄女子吧，她们也如花似月吧，但"他妓"却"古坟荒草寒"了，青春、美丽都化作了黄土一堆，这是多么令人伤怀的事情。这种在时间面前的苍凉、悲哀之感，我想，谢安在看他之前的古墓的时候会有，李白看谢安墓时也会有，今天我们若去看谢安墓、李白墓，这种感觉同样会有。

在不同的时间，我们却共享着同一个生命世界，体验着同一种生命感悟，文学的妙处正源于此。

世界是一个大生命，个体是一个小生命，小生命寄存于大生命之中。在这个过程当中，生命不断变化，也不断积存，文学记录的就是这个动态的生命史，文心通向的也是人心。人类的生命、性情，留存得最多的地方，就在文学；阅读文学，你就能知道前人是怎么活、如何想的，因为它里面隐藏着一个幽深的生命世界——文学笔下的历史，既是生活史，也是生命史，所以钱穆说，"中国文学即一种人生哲学"[①]。文学笔下的人生是活的、动态的、还在时间长河里继续展开的，读者一旦和文学世界里这些活泼泼的生命相遇，他就共享了一种别人的人生，同时也为自己的生命找到了一个确证的理由。这种对生命的独特书写，是文学的高贵之处，也是别的任何艺术门类都不能和文学相比的地方——因为生命不可重复，生命的个体形态也全然不同，这就决定了文学写作必须一直处于创造之中，作品与作品之间，连一个细节也不能相同。人物的遭遇、情感的冲突，甚至饭菜的种类、衣服的样式，每一个细部，都不能重复，这是文学写作的原则。与之不同的是，你成了书法家之后，可以天天写"厚德载物""淡泊明志"，这样的词语，书法家一生不知要重复写多少遍；你成了画家之后，可以不断地画兰花或画猫，所不同的，不过是构图上稍作变化而已；唱歌的，可以一生都唱那几首歌；跳舞的，每次表演都可以跳那几出；甚至电视剧制作，都有模式可以遵循。唯独文学，特别是小说，必须完全独创，不仅要不同于别人，还要不同于自己。这是小说独有的难度，也是小说独有的尊严。

按照西方的经典解释，小说是借力于想象和虚构的，但在中国，直到今日，还有很多人并不会自觉区分虚构与真实的界限，把小说当作信史来读的人也还大有人在。一些朋友听说我在福州读过书，总会问我，福州是不是有一个向阳巷，因为金庸在《笑傲江湖》所写的林平之的老宅就在这个巷子里；至今还有学者在考证大观园是在何方，因为在他们眼中，《红楼梦》就是作者的自传；而为了小说所写的虚拟的故事，打现实官司的事就更多了。

这似乎也是一种小说的国情。中国的小说起源于说书，而说书者的故事母本，多数是有历史背景的，这导致很多中国人的阅读心理，至今还不能完全领会虚构这一叙事权力，甚至在骨子里，中国人是蔑视虚构而崇尚

---

① 钱穆：《现代中国学术论衡》，生活·读书·新知三联书店 2001 年版，第 248 页。

自我讲述的。何以中国自古以来重诗歌而轻小说、戏曲？就在于诗歌里是有"我"的，它讲述的也多是"我"的感慨、胸襟、旨趣、抱负，读者是能从诗歌里看出诗人的精神境界的；而说书（包括小说）这种形式，惊堂木一拍，讲的是别人的故事，是无"我"，或看不出"我"的境界高下的，它当然只能居于文学的末流。

现在，这种观念已经改过来了，更多的人已经知道，小说也可以是关乎生命的叙事，同时还是一部活着的历史——生命与历史的同构，是真正的小说之道。借由小说的书写，当下、此时可以成为历史的一部分，日常生活也能成为永恒的历史景观。你读懂了中国小说，以及中国人在小说中所寄寓的情思，其实就是理解了中国人的人生观和世界观，理解了他们观察世界的一种方式。

五、雅俗

中国的小说起源于说书，并不是什么高雅的事物。高雅的人当时都去写诗了。所以，小说自古以来地位低微，是"小道""小技"，就连小说的作者本人，都羞于提及自己的写作，这就直接导致包括四大名著在内的白话小说，作者是谁几乎都是存疑的。多数人说《红楼梦》是曹雪芹写的，但也有人认为证据不足，作者有可能是曹雪芹的父亲，或者别人；很多人认为《三国演义》是罗贯中写的，但也有很多人认为不是。《水浒传》《西游记》也都遇到了类似的问题。这些著名的小说，到现在都没弄清真正的作者是谁，就在于小说在古代是没有地位的，即便有人写了，也很少把作者的真实姓名署上去——说书、演戏、写小说，是茶余饭后的消遣，不仅不能望重士林，甚至还会损及自己的声名。

这种局面现在已经彻底改观，文学界近年领风骚的多半是小说家，但不等于说小说就成了多优雅的文体了。

说到底，小说还是俗物，也是和俗生活紧密相连的。小说贴近日常生活的末梢，既描写人生中吃喝玩乐、喜怒哀乐的场景，也记录个体的经历、遭遇和命运。一个没有俗生活之经验的人，往往写不好小说。曹雪芹如果没有大户人家的生活经验和成长记忆，他是写不出《红楼梦》的；张爱玲如果没有对旧上海市民生活的精细观察，也是写不出她那些世情小说的，她说自己"对通俗小说一直有一种难言的爱好"①，并称自己从小就是小报的忠实读者，她觉得小报"有非常浓厚的生活情趣"②，这些其实都构成了张爱玲的写作资源。因此，小说不应该拒绝俗事、俗生活，相反，只有以俗生活为底子，作家才能把一种人生写结实了。古人云，"话须通俗方传远，语必关风始动人"，这话说的就是小说，而非诗歌。所谓"文不能通而俗可通"，更是说出了小说的实质，把小说名之为"通俗演义"，恐怕亦因此而来。

关于文学的雅与俗之争，由来已久。多数人的内心，可能都会有一种向往世俗的冲动，俗只是不高尚而已，它的存在，并无什么罪过。给俗文学应有的地位和正确的认识，也有利于文学的发展走向多元、丰富。文学史不会因着写了张恨水和张爱玲，就变得俗气了；也不会因着写了金庸，就降低标准了。对俗文学一脉的正视，只会使中国文学的版图变得更加完整。梁启超曾说："文学之进化有一大关键，即由古语之文学变为俗语之文学是也。各国文学史之开展，靡不循此轨道。……自宋以后，实为祖国文学之大进化。何以故？俗语文学大发达故。"③这当然是夸张之辞，假若梁启超真这么认为，他就应该认可《红楼梦》《水浒传》等小说的价值，可事实上他是否定的，可见，何为俗语文学，至少梁启超本人在当时的认识是不明晰的。

但金庸的小说，一直是被纳入俗文学范畴的；对他的接受与传播，倒称得上是中国文学研究的一大进步。

其实，金庸的小说既是通俗的，但也有通雅的一面。他用了很多传统的叙事形式，可也吸纳了不少新文学的写作手法。譬如，韦小宝这个人物形象，就受了阿Q这一形象的影响，但韦小宝性格的丰富性，是超过阿

① 张爱玲：《多少恨·题记》，见《张爱玲文集》（第二卷），安徽文艺出版社1992年版，第266页。

② 张爱玲：《纳凉会记》，吴江枫记，《杂志》1945年8月第15卷5期。

③ 梁启超：《小说丛话》（署名饮冰），转引自《二十世纪中国小说理论资料》（第一卷），北京大学出版社1997年版，第82页。

Q的——他未必有阿Q这种深刻的概括性，但比起阿Q形象的过于漫画化，韦小宝的形象要真实、生动、饱满得多，尤其是他把妓院哲学和皇宫哲学统一于一身，确实成了许多中国人的精神缩影。除此，金庸还接受了西方文学的影响。譬如，《射雕英雄传》中，郭靖为欧阳锋的蛤蟆功所伤，在牛家村的暗室里面待了七天七夜，外面的世界经历了多少风险，几乎每时每刻都有各色人物登场，惊心动魄、命悬一线，这种写法，就受了西方戏剧的影响。戏剧的特点就是要在非常有限的舞台，把各种冲突、各色人等都集中在一起出现。

这些，都是一般通俗小说所没有的，是艺术性很强的一种叙事方法。

然而，也不必否认，金庸小说里有很多俗文学的因子。我和金庸有过接触，也曾当面问过他，他本人从不讳言说自己的作品是通俗小说，也不讳言自己写小说是为了娱乐大众。金庸曾是《明报》的创始人和负责人，他不能让报纸陷入危机，不能让报社的员工惶惶不可终日，把报纸办好、把读者吸引住是他的责任。他的小说最初放在报纸上连载，也是出于这个目的。做过报纸、看过连载小说的人都知道，没有很强的故事性，没有人物命运的强大吸引力，要读者几年如一日地坚持追读下去，是很困难的，而金庸做到了。金庸之后，直到现在，内地都还没有真正诞生能写好连载小说的作家，因为连载小说并不好写，它对讲故事的艺术要求是很高的。金庸在写连载小说的同时，还要办报纸、写社论、管理报社，是非常忙的——有意思的是，一个人的创造力，往往越忙就越能迸发出来。所以不要否认俗文学的生命力，不要将俗文学看得那么不堪，往远说，《诗经》、宋词在当时迹近于通俗文学，往近说，《红楼梦》在它那个时代也是俗文学，但今天却已成了高雅文学的代表，以至于张爱玲说，也许有一天我们将会读不懂《红楼梦》。这并不是危言耸听，今日的我们，要读懂《红楼梦》里的诗词歌赋、人生情怀，又谈何容易？

可是，雅与俗之间，并没有不可跨越的鸿沟。昔日是俗小说的，今天可能成了雅文学，当年堪称雅文学的（如文言小说、诗化小说），今日若再以此为小说的新作法，则可能沦为庸俗之举。金庸的小说之所以争议大、影响大，和他的写作兼具这种雅俗品格不无关系。

但凡是俗文学，几乎都有类型化的特征，金庸小说也不例外。我简单列举几个类型化的故事模式，大约就可知道金庸小说的一些写作特色。

譬如，生身父亲的缺席与精神父亲（师父）的设置。金庸的小说里面，主人公基本上是没有父亲的，郭靖、杨过、小龙女、令狐冲、韦小宝、张无忌、袁承志、陈家洛、萧峰等，要么生下来就没有父亲，要么少时父亲去世，要么父亲装死，处于隐匿状态——如慕容复、萧峰，都有父亲，但父亲一直假死，没有出场，这和没有父亲并无两样。郭靖、袁承志等人，知道父亲曾经是堂堂男子汉，杨过年长后知道父亲是一个坏人，韦小宝干脆连自己的父亲是谁都不知道。

父亲的普遍缺席，就为主人公的成长建立起了另外一种可能性，作为无父的一代，他要具备独立担当的精神，同时，师父在他的成长过程中，就扮演了"准父亲"的角色。当生身的父亲彻底退场，影响主人公精神、塑造主人公人格的便成了他的师父。所以，金庸小说中的主人公，几乎都是由师父教育长大的，他们在精神谱系上，更接近师父，而不是血缘意义上的父亲。就连韦小宝这种玩世不恭的人，对他的师父陈近南也是存有真感情的，所以，陈近南在海滩被杀害的时候，小说这样写道：

> 韦小宝哭道："师父死了，死了！"他从来没有父亲，内心深处，早已将师父当作了父亲，以弥补这个缺陷，只是自己也不知道而已；此刻师父逝世，心中伤痛便如洪水溃堤，难以抑制，原来自己终究是个没父亲的野孩子。①

这是韦小宝难得的动情之时。他本没有父亲，而师父是有民族大义的男子汉，跟从这样的师父，让他觉得自己在精神上有了一个归宿，如今师父死了，他的精神便无处皈依了，自己终归还是没有父亲的野孩子。一个孤儿，一个漂泊者，一旦师父做了他的精神导师之后，就为他的人生选择敞开了多种可能。他在精神成人的过程中，师父的影子就会一直坚定地存在，像令狐冲，他后来即便识破了自己师父的狰狞面目，但在内心，也终究难以和他撇清关系。

---

① 金庸：《鹿鼎记》（第五卷），广州出版社 2013 年版，第 1620 页。

　　而且，金庸笔下的主人公，师父往往不止一个；有很多师父，就为他们提供了很多种价值在他身上交汇、激荡的可能。比如郭靖，最早跟江南七怪学武，后来跟洪七公学降龙十八掌，这些师父都是正派人士，郭靖的侠义情怀基本上是从他们而来。但郭靖后来又学了九阴真经，还学了黄药师等人的武功，正与邪的界限就不那么清晰了，这也使得他对邪派人物往往存一份同情和尊重；杨过学过全真教的武功，也是古墓派的传人，还练过欧阳锋的蛤蟆功；令狐冲师出华山这一名门正派，但他后来还学了独孤九剑、吸星大法；张无忌的武功底子是武当派的，他后来也学了七伤拳、乾坤大挪移，等等。也就是说，在他们成长、练武的过程中，每一个师父的出现（无论是现实中的，还是秘籍里的），都代表了一种价值观、一种精神信念，不同的价值观相冲突、融合，必然会扩展这个人的心胸和视野，最终使他实现对正与邪之界限的宽广理解。最典型的是张无忌，父母是一正一邪，他自己的武功也亦正亦邪，而正是他这种特殊的存在，才得以最终消弭六大门派与明教之间的宿怨。这种以师父为精神父亲的角色设置，里面有一种模式化的东西，但金庸写出来，并不雷同，而且各有各的创造，这也是他区别于别的武侠小说家的地方——在众多当代武侠小说家中，金庸是自我重复最少的一个。

　　又如，女性对男性的引领和改造。在金庸小说里，男主人公往往出身名门正派，刚开始都比较正统、木讷、老实，但他所遇到并钟情的女子，却几乎都是"小妖女"：郭靖刚遇到黄蓉时，黄蓉曾被江南七怪称为"小妖女"；张翠山遇到殷素素时，殷素素是一个杀人不眨眼的"妖女"；张无忌遇到赵敏时，赵敏是江湖人士闻之色变的"妖女"；令狐冲遇到任盈盈时，任盈盈是日月神教的圣姑，下手狠毒，也是一个"妖女"；而袁承志遇见的温青青，也近乎"妖女"，就连杨过遇见的小龙女，其言其行，在常人看来，也与"妖女"无异。为何总是出现这样一种模式——名门正派的男子，总是与来自邪派或者不为江湖正派所容的女子发生情感的纠葛？很显然，情感的纠葛，是为了昭示正派与邪派之间的冲突，有冲突，故事才有看头，命运才会曲折。

　　"小妖女"当然是代表一种革命性的、非正统的价值，她可能蔑视那些僵硬的公义观念，也可能对正邪之分不以为然，比起国家、民族大义，她们更多的是在乎自己的感情，渴望实现自己的个人幸福。就连外表和手段都看起来刚毅、坚强的赵敏，喜欢上了张无忌之后，也忍不住如此表白：

> 管他什么元人汉人，我才不在乎呢。你是汉人，我也是汉人。你是蒙古人，我也是蒙古人。你心中想的尽是什么军国大事、华夷之分，什么兴亡盛衰、权势威名，无忌哥哥，我心中想的，可就只一个你。你是好人也罢，坏蛋也罢，对我都完全一样。[①]

连郭襄这样颇具侠义、磊落之风的奇女子，想起杨过的时候，也不禁叹道：

> 便是刻凿在石碑上的字，年深月久之后也须磨灭，如何刻在我心上的，却是时日越久反而越加清晰？[②]

这可能就是男性与女性的根本区别：男人想的多是军国大事，女性想的却多是"你心中舍不得我，我甚么都够了"（赵敏对张无忌说的话）。但是，一个正派男儿，在观念上接受了非正派的女性为自己的爱慕对象后，就意味着他的价值视野渗透进了新的因素，他的命运也可能随之发生逆转。那么老实的郭靖，碰上黄蓉，也开始向往快意江湖的日子，而常常忘记师父交代的大事；张无忌是嫡传的武当弟子，遇到江湖死敌、朝廷郡主赵敏，无论处境如何矛盾、痛苦，他也放不下对她的挂怀，最终还是选择为赵敏画眉；张翠山所爱上的殷素素，一出手就杀了七十多人，这在正派人士看来，是万恶不赦的了，所以，张翠山携妻儿从冰火岛回到武当山时，心中忐忑，他对师父张三丰说，我娶的妻子不是名门正派，她是天鹰教主的女儿，而且之前也来不及告知您老人家。接下来，张三丰说了一段话，可以作为关于正与邪之观念的一种豁达看法：

---

① 金庸：《倚天屠龙记》（第四卷），广州出版社2013年版，第1123页。
② 金庸：《倚天屠龙记》（第一卷），广州出版社2013年版，第6页。

　　为人第一不可胸襟太窄，千万别自居名门正派，把旁人都瞧得小了。这正邪两字，原本难分。正派弟子若是心术不正，便是邪徒，邪派中人只要一心向善，便是正人君子。[1]

　　原来是正邪势不两立，但因为在情感上有了正与邪的遇合，正邪对立的价值观念也就相应地受到了冲击。邪派女性的任性、美丽与坚贞，反而照出了正派人士的保守、僵化和腐朽，由正派人士所建立的江湖秩序，也就随着各种价值观的融合，而变得更加丰富和多样。

　　在这种江湖秩序的裂变过程中，最具革命性的人，往往不是男性，而是女性；甚至在革命和颠覆的过程中，男性经常是处于被动的境地，他是被女性引领着走的，他的很多价值观的形成，也是由女性所塑造的。[2]没有黄蓉，郭靖无从学得那么好的武功，他也必定守不了那么久的襄阳；没有任盈盈，令狐冲无法应对那么险恶的江湖风波；没有赵敏，张无忌难以一次次在险境中化险为夷——当这些男主人公茫然失措的时候，总是女性出来为他们解忧，并告诉他们该如何行，事实上，女性是扮演了男性的另一个精神导师的角色。这也是金庸小说的深刻之处。

　　除了这些比较明显的父与子、男与女、正与邪等类型化模式的设置，金庸小说中还有很多畅销书和通俗小说所必需的一些元素，比如复仇主题，比如武功秘籍的得与失，比如成长过程中的危与机等。有一些甚至是很离奇的，比如杨过与小龙女的分分合合，看起来很不合常理，但金庸能够在小说中把它写得合乎逻辑、情理，这就是一种功力。比如《射雕英雄传》中的郭靖，可能算是金庸小说中最笨的主人公了，练武的时候，手脚比他的头脑灵活，练会了也不知道是怎么练会的。刚开始，洪七公是抵死不愿收他为徒的，他喜欢郭靖的人品，但一想到自己的徒弟如此之笨，就怕被江湖人士笑话。仅仅因为黄蓉厨艺高妙，才骗取了他的降龙十八掌；

---

　　[1] 金庸：《倚天屠龙记》（第一卷），广州出版社2013年版，第312页。
　　[2] 参见宋伟杰：《从娱乐行为到乌托邦冲动》，江苏人民出版社1999年版。

郭靖在桃花岛迷路被囚禁，碰到周伯通，无意中学会了九阴真经；黄蓉受伤，本是一次灾难，但是碰到一灯大师，又使郭靖学得了九阴真理的总纲，还了悟了一些一阳指的高妙。这种危机和机遇并存的成长历程，在金庸俗小说中也很普遍，譬如杨过，如果不是断了一臂，恐怕也学不成绝世武功。他们的成长过程中，有那么多的苦难，但是也有那么多的机会。

这些，都是通俗小说中常见的类型化母题。所以，在金庸小说中读到一些情节的重复、人物命运的相似，并不奇怪。但金庸的高明在于，他并不满足于俗文学的路子，而是在写作过程中，不断地把俗文学进行雅化，使俗文学也能兼具雅文学的风格，并使之承载起一个有人生况味的精神空间。

通俗小说的雅化，是金庸小说的一大特色。所谓的"雅化"，不仅仅是指作品中对诗词、琴棋书画这些传统文化因素的运用，更是指金庸小说中浸透着中国文化的精神，有很多人生的感怀，甚至还有罪与罚、受难与救赎式的存在主义思想，这些都不是一般的通俗小说所有的。

先说金庸小说中的中国文化精神。以金庸小说中的侠客形象为例，就知道他是如何在自己的小说中诠释中国文化中的儒、道、释思想的。金庸笔下的侠客，大概可分为三类：儒家侠，道家侠，佛家侠。早期金庸多写儒家侠，"明知不可为而为之"，这是儒家精神的底蕴，因此，郭靖明知道襄阳守不住，但他还是要守；还有陈家洛、袁承志、萧峰，虽然也有灰心、归隐的思想，但其壮年，却一直是带着"为国为民，侠之大者"的抱负，只要是为国家、民族，就不惜牺牲自己的生命。到中期以后，金庸大量写到道家侠，那种以抒发个体性情、实现自我价值为中心的侠客，比如杨过，什么家国民族大事，都不能和他的姑姑相提并论，他觉得和自己相爱的人厮守在一起，比什么都重要；比如令狐冲，他根本不在乎江湖的权位，尽管做了五岳派的掌门人，他所在意的也更多是个人的情感、自由的生活和武学的境界，他喝酒、弹琴、高谈阔论，想念自己所爱的人；比如张三丰，一生冲淡平和，不争不怒；比如张无忌，已经做了明教教主，明教得天下，他也就是皇帝了，但他最后宁可退隐江湖，去为赵敏画眉；比如段誉，做了皇帝，心里也忘不了他的神仙姐姐。他们的有为之身，都存着无为之念。除此之外，还有佛家侠，就是那种有宽恕之心、悲悯之心的侠客，以少林和尚为代表。

这些影响中国社会和中国人思想的儒道释文化，无论社会哪个阶层的人，哪怕他没有读过任何中国文化的典籍，但只要生活在中国，他的血液里就一定流着这几种文化的因子。只是，多数的人无法领会何为儒道释文化，金庸则通过这些侠客形象的塑造，把这些文化的精髓通俗化、感性化了。这有利于一般读者理解中国文化的特性。正如我们读杜甫的诗，会看到儒家士大夫担当的精神；读李白的诗，可以读到老庄思想中的自由心性与个性飞扬的东西；而读王维的诗，却能领会到一种禅境。

金庸小说中的儒道释这三种侠客形象，基本囊括了中国人生的各个方面。中国尽管是一个以儒家思想为主体的国家，但在每一个人身上，其实都有儒道释思想的多重影响。也就是说，中国人的人生观是立体的、多层次的。比如在一些单位，某些人觉得自己升迁有望的时候，都想立德、立功、立言，都想干一番事业，明知不可为而为之，充满抱负、理想，这就是儒家精神。快到退休的时候，很多人就都成了道家的信徒了，开始劝人不要太在意现实的功名，关键是要内心活得充实、自在。再往下活，再经历人生一些变故、一些挫折，看多一些生离死别，可能佛家的思想就在他身上占上风了，他会觉得一切都是空，看穿一切。几乎每一个人的身上，都有儒道释思想对他的影响，所以，中国人的人生观是有弹性的，他很少会一条路走到黑，会在一棵树上吊死。即便他在现实中碰壁了，我们还可以写字、刻章，即便这些都觉得没有意义了，他还可以遁入空门，削发为尼什么的。儒道释一体的思想结构，使中国人更看得开，也不轻易因思考活着的意义问题而自杀。中国文化中有一种痛苦的自我消解机制，所以，以儒道释文化来诠释侠客的精神、映照中国人的人生，这是一个很深刻的视角，它也是金庸小说雅化的标志之一。

金庸小说还具有存在主义式的人生思想。他对人生的观察与感叹，常常引发读者深思。《射雕英雄传》的最后，郭靖要忘掉武功，他沉思一个问题"我是谁"，包括欧阳锋也曾追问"我是谁"，这是典型的存在主义式的诘问。成吉思汗死前，念叨的是"英雄，英雄"，他想到自己战绩卓越却白骨累累的生涯，于是在纠结与不解中走向死亡。在《神雕侠侣》里，郭襄对杨过的爱是一种什么样的感情？杨过爱着小龙女，小龙女爱着杨过，他们的世界容不下任何他者，郭襄最终只好在心思浩渺中，骑着小毛驴独自在江湖上游荡，这是一幅多么感伤的图景：

> 其时明月在天，清风吹叶，树巅乌鸦啊啊而鸣，郭襄再也忍耐不住，泪珠夺眶而出。[①]

小龙女中了毒针，无药可医，她将人在世间比作去而复来的雪花来宽解杨过，达观、通透，心如止水，这是多么深的人生境界：

> 这些雪花落下来，多么白，多么好看。过几天太阳出来，每一片雪花都变得无影无踪。到得明年冬天，又有许许多多雪花，只不过已不是今年这些雪花罢了。[②]

《倚天屠龙记》里，小昭在海上的小船上，对张无忌等人唱的歌也充满人生的感悟："到头这一身，难逃那一日。百岁光阴，七十者稀。急急流年，滔滔逝水。""来如流水兮逝如风；不知何处来兮何所终！"还有在光明顶上，明教众人在面临覆灭时所唱的歌："生亦何欢，死亦何苦？为善除恶，惟光明故。喜乐悲愁，皆归尘土。怜我世人，忧患实多！"就连正派人士听了，都感慨说，原来明教创教的人也具有大仁大勇的人间情怀。

——以上这些作品的片段，贯彻着金庸对人生的深思，也能让人觉得人活着的悲苦和孤立无援，正如江南四友之一的黄钟公在自绝前所说，"人生于世，忧多乐少，本就如此。"——这些都是存在主义式的思考，表明人生就是一个受难的过程，这点是比很多纯文学作品都要深邃得多的。

最有深度的也许是《天龙八部》。它里面隐藏着很深的中国式的罪与罚思想，用金庸的朋友陈世骧的话来说，是"无人不冤，有情皆孽"。也就是说，这部小说里的人，都蒙受着巨大的冤屈，而这部小说里的情感，

---

① 金庸：《神雕侠侣》（第四卷），广州出版社 2013 年版，第 1396 页。
② 金庸：《神雕侠侣》（第三卷），广州出版社 2013 年版，第 1022 页。

也几乎都是孽缘。很无辜，也很惨烈。譬如，萧峰曾立誓，终生不杀一个汉人，但聚贤庄一战，他杀了很多汉人，后来他甚至还亲手打死了自己最爱的姑娘阿朱，你说冤不冤？虚竹一门心思想做一个标准的和尚，结果被逐出少林寺，而恶人慕容复、萧远山，最终反而可以在少林寺终老，你说冤不冤？段誉喜欢上的女子，是自己的亲妹妹，再喜欢一个，还是自己的亲妹妹，你说冤不冤？而萧峰对阿朱，游坦之对阿紫，阿紫对萧峰，王夫人对段正淳，康敏对萧峰，木婉清对段誉，无一不是孽缘。每个人生来似乎就是有罪的，他的人生不过是在受难，不过是在赎罪，在这样一个望远皆悲的背景下写人性，就会发现人性和生存本身，其实也是一个无法解决的困境。

这种人生情怀、哲学思考，都不是通俗文学这个帽子可以涵括得了的。显然，金庸小说的内涵，比之前所有的通俗文学都要深切，他的小说，在讲故事和人物关系的结构上，借鉴了通俗小说、类型小说的技巧，但他的精神思索，却并不俗，甚至还有非常高雅、深刻的一面。他的小说不是没有毛病，雷同的地方也不少，过分离奇而背离情理的情节时有出现，一些人物形象的塑造，也因过分漫画化而显得简单了，但总体而言，金庸的创造力是旺盛的，尤其是他在俗小说的壳里张扬文雅的中国文化精神这点上，有很独到的实践，我们不可忽视。

这令我想起陈平原的一个观点："通俗小说与严肃小说（或称探索小说、文人小说、高雅小说）的对峙与调适，无疑是二十世纪中国小说发展的一种颇为重要的动力。"① 它们之间的对峙，固然有着艺术趣味的根本差异，但它们之间的调适，也使得小说的审美空间发生了裂变，并刺激了一种新的小说美学的生长。从二十世纪八十年代的先锋小说（如余华的《鲜血梅花》）和二十一世纪的谍战小说（如麦家的《风语》），都套用了武侠小说的一些模式或情节，就可看出，所谓小说的雅俗边界，在作家眼中早已消弭，相反，彼此的影响，反而成了小说变革的一种动力——在当下网络小说中的种种新型写作里，也几乎都能看到武侠小说对它们的影响。

---

① 陈平原：《二十世纪中国小说史》（第一卷），北京大学出版社 1989 年版，第 95 页。

这样的雅俗调适，赓续了小说的本源，并复原了小说本应有的大众面貌，它不仅没有弱化小说的艺术性，反而为小说如何走通一条"雅俗同欢，智愚同赏"（李渔语）的叙事道路，提供了一个重要的参证。在这个过程中，金庸小说的传播及其文学地位的确认，显然具有标志性的意义。

六、生命

很多小说家都曾表示，自己读的书很杂，尤其是对那些方志、稗史、传奇、风俗读物感兴趣，甚至对植物学、地理学或者器物收藏着迷，从而一直保持着自己对世界的好奇。这些貌似平常的偏好后面，其实能说出小说家的态度：他们对一种生活的了解，对一次生命过程的展开，同样需要阅读、调查、研究和论证。好的小说，是有坚实的物质外壳的——有合身的材料，有细节的考据，有对生活本身的精深研究。这表明，小说也是关于生活、生命的学问，只不过，这种学问很特殊，它不是讲述知识或物质的学问，而是研究人，研究人的生活世界、生命情状。所以，小说家也是学问家，或者换一个词，是生活家——也就是生活的专家。

对自己所写的生活，有专门的研究，使自己对这种生活熟悉到一个地步，成为这种生活的专家，这是作为一个好小说家的基本条件。只是，一说到专家，很多人也许会想到教授、学者、学究，一丝不苟，迂腐刻板，不闻窗外事，但生活的专家，不该是这种面貌。沈从文对专家有一个解释，大意是说，专家就是有常识的人。你对事物或人群的认识，如果达到了专家的水准，衡量的标准就是看你对事物和人群的了解是否具有常识。常识就是对事物有直觉般的反应，一目了然，看到了就知道。如果你是一个瓷器专家，瓷器一到你手里，一看器型、包浆，你就要知道，它是官窑还是民窑，大约产于什么年代；如果你是一个木材专家，一看到木材，就要辨别出它是大红酸枝、小叶紫檀还是黄花梨；如果是黄花梨，又要知道是海南黄花梨还是越南黄花梨，若是海南黄花梨，又要知道是糠梨还是油梨，是东部料还是西部料，不同的产地，木材的花纹、密度、颜色都是不同的。你对瓷器、木材的直觉，就是常识。

同样地，小说家也要有对生活和生命的常识，他不仅要储备知识，还要对生活的情理、生命的逻辑有感知,能领会,他写的不仅是表层的记忆,也应有对人性的深度剖析,进而达到物质与精神的综合。

很多人常常称《红楼梦》这样的小说为百科全书式的小说,这一断语背后所隐含的意思,正是表明作者对那个时代的生活,包括风俗、人情、吃喝、玩乐、器物,甚至建筑,都是具有常识,了如指掌的。假若曹雪芹没有经历和研究过这种大户人家的生活,他是不可能写出《红楼梦》的。这令我想起脂砚斋的一个点评。在《红楼梦》第三回,林黛玉第一次进荣国府,有丫鬟来说,王夫人请林姑娘到那边坐。黛玉随老嬷嬷进了房,小说是这样写的:"正房炕上横设一张炕桌,桌上磊着书籍茶具,靠东壁面西设着半旧的青缎靠背引枕。王夫人却坐在西边下首,亦是半旧的青缎靠背坐褥。见黛玉来了,便往东让。黛玉心中料定这是贾政之位。因见挨炕一溜三张椅子上,也搭着半旧的弹墨椅袱,黛玉便向椅上坐了。"一般的人读到这段可能都是不留意的,但脂砚斋却特意提及三个"旧"字,并说这"三字有神":"此处则一色旧的,可知前正室中亦非家常之用度也。可笑近之小说中,不论何处,则曰商彝周鼎、绣幕珠帘、孔雀屏、芙蓉褥等样字眼。"[1]确实,假若一个人,从未见识过大户人家的生活,他是绝对不敢把荣国府的垫子写旧的,他会以为大户人家的所有东西都是簇新的、高贵的,殊不知,皇宫里也有厕所,大户人家也有旧东西。这就好比没有进过皇宫、见过皇帝的人,想象起皇帝的长相、用度来,必定是不真实的,因为他根本没有这种常识。假若他要写作关于皇宫的小说,就得对此做调查、研究,甚至考证,写起来才不会显得外行。

作家贾平凹曾经说过,他写农村生活得心应手,因为他对农村生活最熟悉。他知道自己写不来皇宫的生活。的确,一个人的青少年记忆往往是最深刻的,绝大多数作家,一生所写的题材,都和这种记忆有关。这就不难解释,像贾平凹、莫言、迟子建这样的作家,为何一直都钟情于乡村题材。但我记得,贾平凹也提到,陕西还有另外一个作家——叶广芩,她就能写

---

[1] 曹雪芹、高鹗著,脂砚斋、王希廉点评:《红楼梦》(全二册),中华书局2009年版。

好皇宫或大户人家的生活，她对这种生活，即便没有见识过，至少也听闻过。据说叶广芩是慈禧太后的侄孙女，清朝最后一位皇太后隆裕太后的亲侄女，这个家族背景，当然会影响叶广芩的写作，她的成长记忆，也必然会和这些或多或少联系在一起。

因此，小说一方面是来源于虚构，另一方面也离不开作家对生活的观察、研究。通过钻研人类的生命世界，进而写出这一生命世界的丰富性和复杂性，这未尝不是一种做学问的方式。传统的学问，探究的多是知识的谱系、历史的沿革，而小说作为生命的学问，目的却是解析人心世界的微妙和波澜。福克纳说，没有冲突就没有小说，米兰·昆德拉也说，小说的精神即复杂性，如何写出这种冲突和复杂，是大有学问在里面的。小说和诗歌不同，诗歌可以抒情，"在天愿作比翼鸟，在地愿为连理枝"，这可以是很好的诗歌，但这种题材要写成小说，就很难。鲁迅曾想把唐明皇和杨贵妃的故事写成小说，最终没写，也许正是他发现了小说与诗歌是不同的。心心相印这种感情，只能写散文或诗歌，小说的构成要有错位、冲突，故事才会丰富、好看。贾宝玉和林黛玉之间，如果没有冲突，不使小脾气，不闹别扭，没有误会，一见面就你情我爱，那就成了抒情散文，或者爱情诗，就不是小说了。小说讲冲突，讲丰富性和复杂性。如何认识这种复杂性与丰富性，这就是学问，一种生命的学问。

那么，生命的复杂性表现在哪几个方面呢？我用三个词来概括：变化、积存、落实。

生命首先是一个变化的过程。这种变化，遵循它自身的规律。我们常说，小说的叙事，要符合情节和性格的逻辑，这就表明，生命的展开有自己的轨迹，人物性格的发展也有它的线索可循，作家并没有自由可以天马行空、肆意安排的。好的作家，都知道约束自己，知道如何贴着人物写，并跟着人物的命运走，这种写作的限制，是不可以轻易突破的。一部小说成功与否，一是要看作家有没有写出生命丰富的变化，二是在变化这一动态的过程之中，作家是否为每一次的变化提供了足够充分的证据。生命的变化，说出生命具有无穷的可能性，它往哪个方向发展，人物的命运最终会走向哪里，这需要作家提供合理的逻辑，而且这个逻辑要能说服读者。

逻辑即说服力。说服力越强，小说的真实感就越强，人物就越能立得起来。不少作家藐视这一点，让他笔下的人物随意发生性格或命运的巨变，却不提供充足的理由；他说服不了读者，也就无法让人相信他所写的是真的。秘鲁作家略萨说，小说的说服力是要"缩短小说和现实之间的距离，在抹去二者界限的同时，努力让读者体验那些谎言，仿佛那些谎言就是永恒的真理，那些幻想就是对现实最坚实、可靠的描写"。[1] 具有强大的写作说服力，谎言才不再是谎言，虚构才不会是任意的编造。

何以很多小说都选择成长作为主题？其实它要写的，正是一种生命的变化。成长就是生命不断地在变化，不断地从一种境遇走向另一种境遇。在这个过程当中，生命在扩展、成熟，也在不断地自我修正、自我调整。可能性越多，生命就越丰富。

我举大家所熟悉的金庸小说为例。他的武侠小说，虽被定义为通俗读物，但他写得并不粗疏，尤其是在人物塑造的过程中，主人公性格变化的轨迹，金庸安排得很严密、曲折。譬如杨过，前后就有很大的变化。他本是一个流浪小儿，经历过各种挫折和苦难，内心世界自然也充满矛盾、激荡。他一直想杀了郭靖，以报父仇——他认定自己父亲之死与郭靖、黄蓉有关，并想用郭靖的人头来换那枚救命丹药。他几次都有下手的机会，却一直犹豫，尤其是郭靖在万军之中登城墙那次，杨过要杀他很容易，结果不但没杀，反而出手救了他。杨过一生不怕别人的威吓，却受不了别人的好。他感念孙婆婆、欧阳锋、郭靖对他的好，尤其为郭靖身上的凛然正气、家国情怀所感动，最终忘记个人恩仇，臣服于家国之义。到小说的最后，杨过打死蒙古皇帝，万民向他欢呼之时，他心里想，若不是当年有郭伯伯的教诲，自己绝不会有今天，这是很真实的心理自白。这个变化的过程，可谓一波三折、惊心动魄，但金庸为杨过内心每一次的变化，提供了合理的心理依据。小龙女对杨过的评价是："世上最好的好人，甘愿自己死了，也不肯伤害仇人。"确实，因着他父亲杨康的缘故，很多人对杨过有先入之见，总以为他的心地不好，至少黄蓉是这样认为的。事实上，细究起来，

---

① 〔秘鲁〕马里奥·巴尔加斯·略萨：《给青年小说家的信》，赵德明译，上海译文出版社 2004 年版，第 30 页。

杨过固然有倔强、油滑、不守礼法的一面，但他一生其实没干什么坏事，相反，他还一次次地舍命救人。他每一次矛盾的背后，其实都藏着很微妙的心事，如何写出这种微妙，正是检验小说家能力的重要标准。

因此，即便对金庸小说不做整体性的价值判断，光在塑造人物这点上，我以为他也是比很多小说家高明的。譬如黄蓉，很多人都注意到了，在《射雕英雄传》和《神雕侠侣》里，她的性格，前后似乎是断裂的。《射雕英雄传》里那个聪明、可爱的形象，到《神雕侠侣》就荡然无存了。尤其是黄蓉对杨过的冷漠、猜疑，一直持续到了最后，甚至她看自己的女儿郭襄神不守舍，也怀疑是杨过对她干了什么坏事。黄蓉这个形象一度变得可厌。很多人觉得《神雕侠侣》里黄蓉的塑造是失败的，可此时的黄蓉已是中年，她从少年的聪明、可爱，变成中年的世故、多疑，从内在逻辑上说，却有其性格上的合理性——太聪明的人，往往容易把人往坏处想，也容易猜疑，难以信任人，因为她认为自己能洞穿一切。这就好比一个受过太多苦难和挫折的人，往往有一颗软弱的心。杨过就是这样的人。即便他不喜欢黄蓉，但也受不了黄蓉偶尔流露出来的对他的好。在那次英雄大会上，黄蓉曾对杨过有一次推心置腹的长谈，杨过被感动了，当下就对黄蓉说，郭伯母，其实我有很多事情都瞒着你，我今天都给你说了。但黄蓉那时有孕在身，没精力听他说。这就是杨过的软弱，很动人。这点很像张无忌。张无忌小的时候，也经受了很多苦，所以也受不了别人对他好，甚至像朱长龄、朱九真对他的好，明显是假的，他也不易识破，因为他软弱的内心需要这些。后来，周芷若对他好，他就更没防范能力了，几乎整个人都受制于周芷若了，张无忌的命运和遭际，也可谓是这种性格逻辑在其中起作用。

一个人有一个人的性格，一种性格又有一种逻辑在里面。再专断的作家，也不能随意设计情节，更不能忽视细节和场面中潜藏的情理。郭靖和黄蓉的性格是不同的，他们的思想、言谈也就不同；杨过和小龙女的性格也是不同的，他们的志趣、处世也就不同。小龙女一直生活在古墓里面，之前没有进入过俗世，自然也就不必理会俗世的眼光，所以她公开说，自己要做杨过的妻子。当黄蓉告诉她，师徒结婚违反礼法，别人会因此瞧你不起时，她马上反问："别人瞧我不起，那打什么紧？"这话说得惊世骇俗，但小龙女与世隔绝，不通人情世故，说得很自然，她根本不在乎别人的看法，或者也没觉得别人的看法多么重要，她的心只专注于自己所爱的人。这是合乎情理的。可是，当她知道自己被尹志平侮辱的真相后，内心的痛苦也是旁人无法想象的。她觉得自己已不清白，再不能像以前那样爱杨过了。这真是一件无比悲惨的事情。但她没有处世经验，即便知道坏人是尹志平，她也不知道该怎么办，只能茫然地一路跟着尹志平。后来，小龙女力战金轮法王，临危之际，尹志平用自己的背脊替她硬挡了一次法王的金轮，她见尹志平为了救自己，受了致命重伤，"一刹那间，满腔憎恨之心尽化成了怜悯之意"，柔声道："你何苦如此？"这是第一次的变化。尹志平命已垂危，忽然听到这"你何苦如此"五字，不禁大喜若狂，说道："龙姑娘，我实……实在对你不起，罪不容诛，你……你原谅了我么？"小龙女一怔，想起在襄阳郭府中听到他和赵志敬的说话，以为杨过嘴上说要和郭芙成亲，原因就在于他已知道自己受辱于尹志平的真相，"这时猛地给尹志平一言提醒，心中的怜悯立时转为憎恨，愤怒之情却比先前又增了几分，一咬牙，右手长剑随即往他胸口刺落。只是她生平未杀过人，虽然满腔悲愤，这一剑刺到他胸口，竟然刺不下去。"这是第二次的变化。到后来，杨过出现，小龙女对杨过说："他舍命救我，你也别再为难他。总之，是我命苦。"这是第三次的变化。①从茫然、憎恨、怜悯，再到憎恨、愤怒、悲苦，这个过程，情绪变化既细腻、微妙，又合情合理，和小龙女的性格、遭遇结合得丝丝入扣。这种对生命变化的精微描绘，使小说对人心的勘探，变得生动而丰盈，它如同一次学术论证，证据绵密，逻辑谨严，生命的存在，就由此变得无可辩驳。

除了变化，生命还是一个积存的过程。有变化，也有沉淀、积存，有不变的一面。生命的积存，包含着记忆、经验、环境等等对他的影响——他并非天生就是这样的人，而是一步步成长为这样的人的。写出这种生命积存对一个人的影响，就能把生命的抉择、境况解析得更合逻辑。变化是动态的一面，积存是相对静态的，是一种累加，小说就是要写出这两者交织在一起的丰富景象。很多作家只写生命的当下状态，而忽略了每一个生

① 参见金庸：《神雕侠侣》（第二十六回、第二十七回），广州出版社2013年版。

命背后都拖着一条长长的影子，每一个生命本身都是一部小历史，人物塑造就会显得单薄；不明了生命是怎么走过来的，也就很难写好生命该往哪里去。

生命不仅是一种此在，它也是曾在和将在。此在、曾在、将在，三者的统一，才是完整的生命。

此在是曾在的积存，将在又是此在的积存。一边变化，一边积存，这就构成了生命的复杂面貌。譬如郭靖，木讷厚道，性格中有单纯透彻的一面，但他身上，同样有家族、环境、师友对他的影响。他是郭啸天的遗腹子，他的父亲虽然没有机会对他言传身教，但父亲的精神还是积存在了他的身上：一是通过他的母亲李萍，一是通过他的师父江南七怪，他们不断地给他讲述父亲的故事，父亲那种民族气节、英雄道义，就成了他生命中的积存。江南七怪彼此之间的情义，也是一种积存，影响了郭靖重诺、重义的性格。还有，蒙古大漠这种生长环境，对郭靖也是一种生命的记忆，他的豪爽、豁达、广交朋友，作为一种积存，即便回到了江南，也未有丝毫改变。他第一次见黄蓉，就把成吉思汗赠他的四个金元宝，分了两个给黄蓉；他见黄蓉冷了，就把自己的貂皮大衣脱下来给她披上；黄蓉故意试探他，向他要汗血宝马，他也爽快地答应，他看重朋友重过一切名贵的物质——这些，可谓都是他在蒙古生活的积存。假如郭靖从小生活在秀丽的江南，就未必能够如此大方。大漠的成长背景不仅影响郭靖的性格，也影响他的体格、武功。桃花岛选婿那次，他们站在树上比武，郭靖比欧阳克后落地，就在于他摔下来要着地那一瞬间，用蒙古的摔跤术，倒钩了欧阳克一脚——在不经意间，这些成长的积存就会表现出来。这就好比韦小宝，他成长于妓院，妓院的习气、语言、思维，就自然积存在了他身上。他初进皇宫，看这好大一个院子，想到的是比扬州最大的妓院还大；他发了财，想到的也是回扬州去开妓院；他骂人，是把人比喻为婊子；他脸皮厚，也和妓院的生长环境有关。他能够在皇宫里如鱼得水，实在是得益于他在妓院的见识——就阿谀奉承、尔虞我诈这点而言，皇宫和妓院确实有着惊人的一致。

因此，作家在处理人物的遭际、命运时，并不是兴之所至的，他要顾及人物的记忆和积存；生命的细节之间，往往有着千丝万缕的联系。一个人会如何做事，会说什么话，是由这个人的经历、性格所决定的，作家不能随意把自己的意志强加给人物。人物在小说中，发展到一定的时候，是会自己走路的；好的小说，就是要让人物直接站出来说话，并让小说中写到的细节都勾连、编织在一起——作家写什么，不写什么，要遵循艺术的逻辑，正如契诃夫所说，你开头若是写到了一把枪，后面就得让它打响，要不这把枪就没必要挂在那里。这令我想起《鹿鼎记》里，抄鳌拜的家时，韦小宝得了两件宝贝，一是防身背心，二是名贵宝剑，这两样东西，在后面的情节中多次出现，并一次次帮韦小宝死里逃生。这是很小的一个例子，但金庸处理得也不马虎。事实上，无论韦小宝说话、行事、习武，金庸都在叙事中呼应着韦小宝生命中的积存，郭靖、杨过、张无忌等人的塑造，也是如此。

这其实就是小说的针脚。针脚下得越绵密，生命就越立体、饱满，人物就越令人印象深刻。

不可否认，二十世纪以来，能让读者记住小说主人公名字的作家，以鲁迅和金庸为最。尤其是金庸的人物名，很多读者一口气就能说出几十个，这是任何一个中国现当代作家无法与之相比的。他的小说深入人心，他所创造的语言与人物形象，也都进入了读者的日常生活。小说的语言，能够成为公众日常语言的一部分，它就接近于经典了。我们经常形容一个人像猪八戒，或者像祥林嫂，但不必专门解释猪八戒和祥林嫂分别出自哪部小说，一般的人，都知道它指的是什么意思，这就是经典的魅力。当代作家中，唯有金庸所创造的人物，能被人在日常生活中大量使用。说一个人像韦小宝或岳不群，说某人与某人"华山论剑"，一般的人，也都知道它指的是什么意思。我们还经常在报纸上看到记者直接用金庸的人物名做标题，根本无须多加解释，比如，乔布斯要辞职了，报纸用的标题是"乔帮主，别走啊！"；有个魔术师表演在泰晤士河上行走，第二天报纸的标题是"魔术师泰晤士河上凌波微步"；杭州有人能在绳子上睡觉，报纸就说"杭州街头惊现'小龙女'"……没有编辑觉得需要向读者解释"乔帮主""小龙女"是谁，也没有记者会担心"凌波微步"被人误读，这就是金庸的大众性。他的小说语言，早已渗透到了我们的日常生活之中。

甚至，在金庸的小说中，即便是次要人物，那些着墨不多的人物，也常常令人难以忘怀。比如《天龙八部》里的南海鳄神，憨直，可笑，栩栩如生，又比如阿碧，远没有阿朱重要，是小说中可有可无的一个角色，但到小说的最后，阿碧再一次出现，特别是她在慕容复的疯话中边掉眼泪边给孩子们发糖果的画面，一下就把她的痴心和伤感呈现在了我们面前。有时用很少的语言，或寥寥几个细节，就能把一个人立起来，这不是一般作家都有的能力。金庸经常把虚构与历史，主要人物与次要人物镶嵌得严丝合缝，除了他长于对话和细节的雕刻，也得力于他在对生命世界的把握中，很好地平衡了变化与积存之间的关系。

有了变化和积存，生命还需要落实。所谓落实，就是要有归宿，要找寻到活着的方向和意义。如何才能获得内心的安宁？如何才能活出意义来？再喧嚣或麻木的心灵，也总会有那么一些时刻，是在追问和沉思这些问题的。有人说，连中国很多单位的门卫，都成哲学家了，一开口就问来访者：你是谁？你从哪里来？你到哪里去？——这种人类生存的根本之问，某种意义上说，每个人都需面对。应答者的声音也许永远不会出现，但生命渴望落实、渴望找到栖居地的愿望不会消失。就像那些侠客，浪迹江湖，快意恩仇，但总有一天，都会像萧峰对阿朱所说的那样，渴望过上远离江湖，到雁门关外打猎放牧的生活，这是生命深处的吁求，也是人类无法释怀的一种梦想。

金庸的小说，也为生命的落实提供了自己的角度：归隐。退出江湖，到一个小岛，或无名之地，过上超然、有爱的生活，这几乎成了金庸笔下的主人公共同向往的归宿。他们也曾愤然于世间，也曾置生死于不顾，也曾伤心和痛苦，最终，几乎都选择了归隐。陈家洛归隐于回疆；袁承志归隐于海外；杨过、小龙女归隐于古墓；郭襄归隐于峨眉；张无忌归隐于为赵敏画眉；令狐冲、任盈盈归隐于江湖上的无名之地；就连混世魔王韦小宝，最终也带着老婆孩子归隐于江南一带。真正死于江湖或战场的，只有郭靖、萧峰等很少的几个。金庸曾说："'人在江湖，身不由己'，要退隐也不是容易的事。刘正风追求艺术上的自由，重视莫逆于心的友谊，想金盆洗手；梅庄四友盼望在孤山隐姓埋名，享受琴棋书画的乐趣；他们都无法做到，卒以身殉，因为权力斗争不容许。对于郭靖那样舍身赴难，知其不可而为之的大侠，在道德上当有更大的肯定。"①确实，郭靖这种为国为民、侠之大者的精神，体现出的是典型的儒家价值观，这在金庸早期的小说中，是一种主流思想，陈家洛、袁承志和郭靖，都可称之为儒家侠。但金庸越往后写，就越倾向道家思想，道家侠的形象越来越多，如杨过、令狐冲、张无忌，都追求自由的心性和个人价值的抒发，看重个体的感情实现，也愿意为自己所爱的人付出。相比之下，感时忧国的精神就在他们的生命中，慢慢退到幕后了。

很多作家，早期尖锐，后来转向庄禅思想，其实都是这种人生哲学在起作用，像余华从《现实一种》到《活着》的转变，体现的正是这种思想路径。刘小枫把中国人和西方人的这种精神差异，概括为"拯救与逍遥"。西方有旷野呼告的精神，有约伯式的来自内心深渊的懊悔，他们拒绝与现实和解，假若没有拯救者降临，就会走向分裂或死亡。中国文化则为无法突围的生存困境，准备了遗忘或逍遥的精神逃路。

许多中国人，他们一边张扬儒家价值，一边却践行着道家思想，儒家可能是主体，但道家、佛家的思想也深深影响着中国人的人生，所谓得意的时候是儒家，失意的时候是道家，绝望的时候又成了佛家。这样的人生是立体的，有弹性的，不在一棵树上吊死，也不会一条道走到黑。有人戏言，中国文学不深刻，是因为中国作家自杀的少。中国人有自己的精神消解机制，很少走绝路，原因就在于他的人生思想是儒、道、释三位一体的，他对生活有着很强的适应力，同时也相对缺少了向存在深渊进发的勇气。年轻的时候，都想有所作为，干一番事业，是典型的儒家。到一定年龄，假若事业受挫、身体衰朽，多数的中国人又都成了道家，推崇不争，向往怡然、冲淡的人生境界，于是，开始养花、钓鱼、刻章、练字、画画、旅行，颐养性情，淡泊名利，背后未尝不是藏着对社会不同程度的厌倦和失望。假若精神危机加剧，无路可走，中国人还可选择出家，望断俗世，看空一切，使自己成为一个寂然无欲之人。

中国人的人生认识并不单一，而是复杂、多变，表面是儒家，骨子里

---

① 金庸：《笑傲江湖·后记》，广州出版社2013年版，第1455页。

却很可能是道家，甚至法家。金庸的小说写出了这种复杂性，他笔下那些侠客，构成了中国人生命中的不同侧面，而归隐这一主题的凸显，又为这种生命的落实，提供了一条出路。归隐未必是现实的，却暗含着中国人内心那种隐秘的梦想。冲突消解了，痛苦释怀了，一切名利竞争也都放下了，最终为自己的内心找到了一个可以安静下来的栖居的地方，这种落实感，正是文学所创造出来的生命趋于完满的幻境。

小说表达的是生命的哲学，它和现实中的人类，共享着同一个生命世界。如何把这个世界里那些精微的感受、变化解析出来，并使之成为壮观的生命景象，这是小说的使命。生命是变化、积存、落实的过程，它作为一种具体的存在，展开得越丰富、合理，这个生命世界就越具说服力、感染力。生命不是抽象的线条、结论，不是一个粗疏的流程，它的欣喜与叹息、成长与受挫、变化与积存，共同构成了生命的形状，写作既是对这一生命情状的观察、确认，也是对它的研究、描述、塑造；它以一种人性钻探另一种人性，以一个生命抚慰另一个生命，进而实现作家与人物之间的深度对话。

因此，小说既是语言的奇观，也是生命的学问。

七、自我

写作和自我的关系，这是一切写作的出发点，也是归结点。

为何多数作家都有一个写作青春文学的阶段，就在于那是一个辨识自我的时期。因此，我们没必要对现在的年轻作家只把目光聚焦于自我里的那点私事而担忧，他们需要经历这个过程。无论叛逆，还是放浪，都是过程，只要自我在发展、在深化，他的写作就会随之变化。事实上，任何人的青春里，都有一种可以被宽恕的狂放；他们的叛逆、破坏、颠覆，也理应被理解。

菲茨杰拉德说：每个人的青春都是一场梦，一种化学的发疯形式。而梦和疯狂，正是文学创造力的两个核心要素——在文学世界里越界，其实并不可怕；相反，这样的越界，还可能为他一生的文学写作积累激情和素材。照着格林的论证，作家前二十年的体验覆盖了他的全部经验，其余的岁月，只不过是在观察而已："作家在童年和青少年时观察世界，一辈子只有一次。而他整个写作生涯，就是努力用大家共有的庞大公共世界，来解说他的私人世界。"

如果这个说法成立，那么，作家的一生其实都在回味、咀嚼青春所留下的记忆，而青春文学呢，则是对作家自己和他这一代人的浓缩性书写。但写作中的自我总是在扩展的，最终技巧问题就退之其次了，个人私事也未必是写作的唯一主题了，写作开始进入一个新的境界——让人遇见作家的胸襟和见识。作家的胸襟气度有多大，就决定他最后能走多远。古人说"文如其人"，自有其道理。你个人的旨趣、精神的境界会影响你写作的整体质量。

写作到一定地步，比的不是技巧，而是你的智慧和精神。这就好比画画，同样是临摹山水，为什么不同的人临摹出来的会完全不同？不是山水不同，是胸襟不同、心灵不同，所以笔墨就不同。中国人的写作，自古以来就讲究把自己的生命、自己的人生摆进作品里，如果通过一部作品看不到背后的那个人，这样的文字总不是好的。钱穆说，学文学也是学做人，那个修养、胸襟，都藏在作者的笔墨里去了。读《论语》，可见孔子为人的真面目。太史公说："读孔氏书，想见其为人。"说的也是这个意思。

郁达夫说，"五四运动的最大成功，第一要算'个人'的发现。"[1]他这话是在给《中国新文学大系·散文二集》写导言时说的，意思是，以前的人，要么为君而存在，要么为道而存在，直到现在，才懂得什么叫为自我而存在了。可见，文学里是有一个自我的，这个自我，需要作家去发现。只有这个"自我"、这个"个人"被发现了，写作才能说自己的话，才能谈自己的人生感受。

关于这一点，我喜欢举《红楼梦》第四十八回里写的例子。香菱姑娘想学作诗，向林黛玉请教时说："我只爱陆放翁的诗'重帘不卷留香久，古砚微凹聚墨多'，说的真有趣！"林黛玉听了，就告诫她："断不可学这样的诗。你们因不知诗，所以见了这浅近的就爱，一入了这个格局，再

---

[1] 郁达夫：《中国新文学大系·散文二集·导言》，见郁达夫编选：《中国新文学大系》（第七集：散文二集），上海良友图书发行公司 1935 年版，第 1—2 页。

学不出来的。"后来，林黛玉向香菱推荐了《王摩诘全集》，以及李白、杜甫的诗，让她先以这三个人的诗"作底子"。林黛玉的诗写得好，对诗词她也有自己独到的看法，是一个心气高、才气足的奇女子。可以前读《红楼梦》，到这里，总是有点不明白，何以陆放翁的诗"重帘不卷留香久，古砚微凹聚墨多"是不可学的，初看起来，对仗很是工整啊，但林黛玉说"断不可学这样的诗"，至于为何不可学，她在书中没有做进一步解释。

这个疑问，直到最近读了钱穆的《谈诗》一文，才算有了答案。钱穆是这样解释的："放翁这两句诗，对得很工整。其实则只是字面上的堆砌，而背后没有人。若说它完全没有人，也不尽然，到底该有个人在里面。这个人，在书房里烧了一炉香，帘子不挂起来，香就不出去了。他在那里写字，或作诗。有很好的砚台，磨了墨，还没用。则是此诗背后原是有一人，但这人却教什么人来当都可，因此人并不见有特殊的意境，与特殊的情趣。无意境，无情趣，也只是一俗人。尽有人买一件古玩，烧一炉香，自己以为很高雅，其实还是俗。因为在这环境中，换进别一个人来，不见有什么不同，这就算做俗。高雅的人则不然，应有他一番特殊的情趣和意境。"①钱穆是文史大家，寥寥几句，就令人豁然开朗。陆放翁这句诗的问题，就出在"背后没有人"。修辞是精到的，可假若一种文字里，看不到一个人的胸襟和旨趣，这样的文字，如何感染人？王维的诗写物，很少直接写人，但物中有人，否则就写不出那个有情、清寂的世界；物我两忘，这也是一种自我抒怀的方式。

或可再举个例子。《红楼梦》开篇就说："今风尘碌碌，一事无成，忽念及当日所有之女子，一一细考较去，觉其行止见识皆出于我之上。何我堂堂须眉，诚不若彼裙钗哉？实愧则有馀，悔又无益之大无可如何之日也！当此，则自欲将已往所赖天恩祖德，锦衣纨袴之时，饫甘餍肥之日，背父兄教育之恩，负师友规训之德，以至今日一技无成，半生潦倒之罪，编述一集，以告天下人：我之罪固不免，然闺阁中本自历历有人，万不可因我之不肖，自护己短，一并使其泯灭也。虽今日之茅椽蓬牖，瓦灶绳床，

---

① 钱穆：《谈诗》，见《中国文学论丛》，生活·读书·新知三联书店2002年版，第111—112页。

其晨夕风露，阶柳庭花，亦未有妨我之襟怀笔墨者。虽我未学，下笔无文，又何妨用假语村言，敷演出一段故事来，亦可使闺阁昭传，复可悦世之目，破人愁闷，不亦宜乎？"

这是曹雪芹写作《红楼梦》的缘起，也是作者内心的秘密。不理解这段话，就无法真正明白《红楼梦》。在这里，曹雪芹承认自己有"罪"，所以他每念及"闺阁中本自历历有人"，就"愧"，就"悔"——罪，愧，悔，这三个字，就是"我之襟怀笔墨"，代表曹雪芹这个人，这在中国文学传统中，堪称是一个大境界了。

中国文学自古以来，多关心社会、现实、国家、人伦，也就是王国维所说的《桃花扇》的传统，很少有宇宙、人生的终极追问，也很少有自我省悟的忏悔精神，所以，王国维说，《红楼梦》深化了中国文学的另一个精神传统，即关注更高远的人世，更永恒的感情和精神。贾宝玉这个人物的塑造，显然有作者的影子，他坦言"我之罪固不免"，这种知罪、渴望赎罪的精神，中国小说中之前几乎是没有的。《红楼梦》所达到的深度，跟这种知罪意识，以及由此而有的自愧、自悔，有根本的关系。贾宝玉即便外面锦衣玉食，他也放不下心中对黛玉、对"闺阁中"那些女子的愧疚，他的存在本身，就是一个巨大的悲剧。《红楼梦》的背后站着一个人，这个人深情，执着，充满爱，同时这个人又充满愧疚和忏悔，他觉得自己有罪，自己对情感的悲剧负有责任，他活在其中，感同身受——这是一种多么深切的自我悲伤。

由此可见，一部好的文学作品，作者一定要把自己摆进去。鲁迅的精神能影响这么多人，与其说他在某种程度上扮演了启蒙者的角色，还不如说他教会了我们该如何正确地认识自我。和别的同时代作家不同的是，鲁迅是有自省精神的，他在批判别人的时候，从来没有忘记批判自己。他在说中国的黑暗的时候，承认自己心里也有黑暗的东西，所以他多次说，自己后面有一个鬼跟着；他觉察到，在自己的灵魂里，也有一条长长的阴影。鲁迅的深刻，首先是一种自省的深刻。他对黑暗有敏感，对自己为奴的境遇有清醒的认识，他因为绝望而愤激，并且，他的一生，都是带着这种黑暗和绝望生活的——黑暗和绝望对他从来不是一种观念，它就存在于他的生命之中。

文学的后面要有人，要有广大的心，要有精神的挣扎和超越，这是文学在任何时候都不能放弃的价值向度。这一点，诗歌比小说还要显著，比如，读李后主的词，你会发现这是一个宽广、慈悲、伤痛的人，他不是不知道自己的处境，可他承受下来了，并且在词里，一点都没有表示出怨恨，这是何等的胸襟！王国维称赞李后主的词"不失其赤子之心"，并说"后主之词，真所谓以血书者也"，说他像基督一样"担荷人类罪恶"；叶嘉莹也说，"春花秋月何时了，往事知多少"，一语直指宇宙之心。可很多的作家，在文字、叙事、谋篇布局上，都流畅得不得了，可他就是写不出好作品，究其原因，还是自我太小、太窄，境界上不去，视野打不开。李后主、曹雪芹他们是在用命写作的，鲁迅也是把自己写死了，这种生命投入，代价是很大的。今天很多作家把写作完全变成了牟利、谋生、得名的工具，笔虽然还在写，心里对写作却是轻贱的，这样的人，怎么能够写出好作品？

一种写作的质量如何，它终归是作家自我的真实呈现。

八、时代

任何一个时代，都有精神的主流、潜流，也有写作的主流和潜流。

我们很容易加入时代的主流合唱中，写精神的主流。但我们不能忽视主流之外的潜流，不能忽视一个时代有可能正在发生的那种细微而又不可忽视的变化。一个作家能领风气之先，他一定是率先看到了时代内部可能发生的细微变化。如鲁迅在他们的那个时代，率先发现了别人所没有发现的事实，才能写出那种具有高度的时代概括性的作品和人物。可当代的许多作家，是在惯性里写作，被时代卷着走，他们对一个时代精神气息的流转并无察觉的敏锐，也无引领的勇气。

一个时代的萎靡，当然也会体现在这个时代的小说之中。

这十几年，中国当代小说的主流，是写经验、欲望和身体。通过经验、身体、欲望的书写，让文学回到个人维度，让人性也获得了新的书写角度，这是有价值的。但到了后来，当多数作家都在写欲望和身体，都在写一己之私、一己之身体时，其实很多作家用的是同一具身体，写的也是同一种欲望和经验，身体写作也就成了新的公共写作。看起来是以最个人的方式进入，写的却是新的公共性，以致到现在，谈论性和欲望不再是隐私，谈论灵魂才是。

我认为这是当代小说的危机之一。灵魂的衰退，意味着当代小说普遍匮乏超越精神，充斥的都是身体的喧嚣，都是欲望拔节的声音，可灵魂需要一个辩论的空间，使之得以认识自己的处境。一味地在小说里反对伦理追问，只会导致一种新的浅薄，而真正深刻的内心叙事，就是要为生命打开一个自我辩论的空间，既揭发人心的罪恶，也阐明罪恶中可能埋藏的光辉，不是只看到善对恶的审判，更是要写出恶的自我审判。然而，当下如此繁盛的小说写作背后，灵魂却几乎处于静默的状态，而任由欲望在独语，这当然是不正常的。灵魂并不是拿来嘲讽用的，它是一种真实的存在，也是文学最为重要的关切。

正视了这个问题之后，我们就会发现，写作有时是需要抉择的，从哪里进入，朝哪个方向进发，最终抵达什么地方，这些都直接决定了一个作家的写作品质。而在我看来，从欲望的独语时代转向一个生命的自我辩论时代，这已成为小说写作新的潜流——不屈服于欲望，不放弃辩论，就表明生命中还有可以申辩、可以肯定的事物；而如何从一种黑暗的写作中发现光、积攒希望，有望酝酿出一个新的写作母题。

一种有暖意、有希望的写作，是相信生命还有意义、人生还有价值的写作。

中国人以前讲文学，一直有两条路，一条是从历史的角度看，一条是从道德的角度看。道德这条路，这么多年来，几乎都走不通了，而重历史、轻道德的结果，就是整个文学界几乎都在迷信变化，无从肯定。每一次文学革命，都花样翻新，但缺少一种大肯定来统摄作家的心志。文学有历史，当然也有道德，不过，文学的道德，不简单类同于俗世的道德、人间的伦理而已。文学的道德，是出于对生命、心灵所做出的大肯定，是对一种灵魂探索的回应。

我现在能明白，何以古人推崇"先读经，后读史"——"经"是常道，是不变的价值；"史"是变道，代表生活的变数。不建立起常道意义上的生命意识、价值精神，一个人的立身、写作就无肯定可言。

所谓肯定，就是承认这个世界还有常道，还有不变的精神。

与常道相呼应的，正是常世。无常世就没有小说，常世里的情和理，可称为是小说的义理。此义理一直还存在于中国人的生活中，在风俗人情、历史叙事、诗文曲艺里，都可以感觉到这种义理、生命的延续，这种心魂的萦绕。所以，中国的地面文物已经很少，找不到像别国的斗兽场、金字塔、大教堂这样恢宏的、历史悠久的物质建筑，但中国人的基本伦理、人生义理还在传承，靠的是什么？主要靠的就是诗文。一个民族的生活史的背后，是隐藏着这个民族的生命史的，它的载体不是可见的物质，而是不可见的诗文，这表明中国人重齐家、治国的外生活，也重正心诚意的内生活。

此即文学的常道。

只是，很多的作家处在纷乱的人世，目光往往被外在的迷雾所夺，只看见变的乱象，总是以剧烈的情节冲突来写一种人性景象，让人感觉一切坚固的东西都烟消云散了，现在看来，这只看到了生活中表浅的一面，未必触及了一个时代的核心。孟子说，"所过者化，所存者神"，写作如果只看到了"过"的部分，而看不到生活和生命中"存"下来的事物——而且存下来的往往化腐朽为神奇了，这总是一种眼光上的残缺。

"五四"以后，中国人在思想上反传统，在文学上写自然实事，背后的哲学，其实就是只相信变化，不相信这个世界还有一个常道需要守护。所以，小说、诗歌、散文，都着力于描写历史和生活的变化，在生命上，没有人觉得还需要有所守，需要以不变应万变。把常道打掉的代价，就是生命进入了一个大迷茫时期，文学也没有了价值定力，随波逐流，表面热闹，背后其实是一片空无。很多作家都在写实事，但不立心；都在写黑暗，但少有温暖；都表达绝望，但看不见希望；都在屈从，拒绝警觉和抗争；都在否定，缺乏肯定。唐君毅说得好，我们没有办法不肯定这个世界，只要我们还活着，就必须假定这个世界是有可能向好的方向发展。你只能硬着头皮相信，否则，你要么自杀，要么麻木地活着。如果你还没有自杀，那就意味着，你的心里还在肯定这个世界，还在相信一种可以变好的未来。鲁迅为何一生都不愿苛责青年，也不愿在青年面前说过于悲观和绝望的话？就在于他的心里还有一种对生命和未来的肯定。我想，在这一点上，作家和批评家是一样的，不能放弃肯定，不能不反抗。这是一种精神气魄。①

肯定有时比否定更难。所以，小说要写好黑暗、绝望较易，要写好温暖、希望则难；批评要否定一部作品容易，但要在学理、义理层面上肯定一部作品则难。黑暗和绝望，是二十世纪以来文学的核心主题，可以说，也是人类精神变道中的强音，人类仿佛正向这样一个深渊坠落，但如何写出黑暗下的光，绝望中的希望，其实更难，它需要作家有勇气在绝望的废墟里把人重新建立起来，这就是肯定。

有力量的肯定源于作家对常道的相信。

批评又何尝不是如此？在一个创造力贫乏的时代，以否定为能事，把文学的现实简单斥之为"垃圾"，在所有作品中只看到鄙陋和浅薄，这都是容易的事情，但批评家除了否定，也还需要发现，发现文学中值得珍视的段落。作家的良心不仅体现在批判和揭露上，还要体现在对一种善和希望的肯定上；批评家的良心也不单是指他是否能勇敢地否定，也是指他是否能勇敢地肯定——他总是能出人意料地告诉我们，这个时代尽管不堪，但终究还有值得记取和敬仰的作品。后者的力量是富有建设性的，也是不可或缺的。

数学上有常数，我想，人类的精神上也有常道，是常道决定人类往哪个方向走，也是常道在塑造一个民族的性格。常道是原则、方向、基准。没有常道的人生，就会失了信念和底线；没有常道的文学，也不过是一些材料和形式而已，从中，作家根本无法对世界做出大肯定。因此，现在谈文学写作和文学批评，枝节上的争执已经毫无意义，作家和批评家所需要的，是生命上的大翻转，是价值的重新确立，是道德心灵的复活，是灵魂受苦之后的落实。

所谓的时代精神，我想，这也是很重要的一面，现在看，它可能还是潜流，但从潜流向主流的转向，起关键作用的，是作家的精神气魄。越是大转型的时代、精神大迷茫的时代，越需要有大道、有肯定，这样，文学

---

① 参见谢有顺：《中国当代文学的有与无》，《当代作家评论》2008 年第 6 期。

的低迷状态才有望打破。曹雪芹在他的时代肯定情的力量，并相信真情对于救治一个时代的没落是有意义的，这种从道本体到情本体的转向，是石破天惊的；鲁迅是一个绝望的抗战者，最终也还是相信生命的自性、生命的原始力能改变世界。

没有相信、无从肯定，写作就会只着力于时代洪流中那些泡沫的书写，而看不到洪流下面的那些石头，那些不变的生命大道。因此，作家笔下的时代，不仅是变道中的时代，也应是常道中的时代，正如好的小说，既是对物质的还原，也是对灵魂的探索，它往往是以实写虚的，是物质和精神的综合。①

---

① 本文是作者几次课堂讲课实录，根据录音整理、修改而成。

通往小说艺术的途中

一、故事

小说在形式上经过了一个从简单到复杂的过程。形式革命所带来的一个直接后果是，作家开始不再信任故事。我们可以轻易地回忆起二十世纪八十年代，那个大家都唯恐自己不够先锋、不够现代的年代，形式成了当时最重要的写作内容，每个人一夜之间似乎都成了艺术领域的革命者和造反派，他们集体颠覆故事，把小说弄得乖张而深奥，哪怕是一个短篇，都必须经过专业的破解才能够被阅读。于是，阅读变得费力起来，因为故事渐渐隐退和消失了。尽管一段时间之后（比如现在），故事又一次回到了小说的灵魂地位，但在形式革命成为主流的八十年代中后期和九十年代初，许多作家都认为，讲故事只是巴尔扎克、罗曼·罗兰等人做的事，故事主导小说的局面已经过去，甚至，有些人宁愿相信那些玄奥的形式法则与梦呓般的呓语，也不愿再成为老实的说故事的人。

我一度也被这种倔强的艺术姿态所吸引，后来，一个事实改变了我的看法。我发现，博尔赫斯可以不断地被作家模仿，但托尔斯泰和陀思妥耶夫斯基却永远无法被模仿。这告诉我，一个渴望标新立异的人，可以成功地扮演形式先锋，但面对故事这个古老的形式时，他往往会露出马脚。一味地指责读者缺乏阅读训练是没有道理的，他们有理由对一个小说家提出故事上的期待。再后来，我又发现，几乎一切伟大的作家都讲故事，至少他们能讲故事。

在中国，不讲故事的作家有两种：一种是会讲而不一定讲；另一种是根本不会讲，只好玩语言、结构和形式，以掩饰自己的不足。比如格非，在故事和形式上都训练有素，他早期的小说《迷舟》至今让我留恋不已，最初读的时候，你简直难以相信，这个故事竟是出自一个二十几岁的青年人之手；比如余华，他不仅故事叙述得精彩绝伦，而且形式感也很强；又比如北村，最早是极其敌视故事的，但他的写作于一九九三年发生转型之后，在故事上也同样有出色的表现，他后来的小说（如《长征》《周渔的喊叫》等）在这点上更是显得突出；还有苏童、叶兆言等人，以前都曾是实验性很强的作家，但是，谁都看得出来，他们身上有压抑不住的讲故事才华。相反的例子是孙甘露，他与余华、格非同属于俗称的先锋作家，他的小说语言的实验性很强，故事性却很弱，最多是一些碎片。孙甘露后来的写作转型所遇到的困难，我认为，最大障碍可能就是讲不讲故事的问题。——一个好作家可以不讲故事，但他必须是一个会讲故事的人，必须具有讲故事的能力；好比毕加索，他的绘画可以不写实，但他是具有强大的写实才能的，这点，你只要看他早期那些传神的素描作品就知道了。

如同写实是画家的基本才能，我想，讲故事也应该是一个小说家最基本的素质。

故事确实是有许多问题，也是漏洞百出的。先锋作家会敌视故事，是因为无法相信故事的偏狭逻辑能够帮助他们实现写作的野心。故事必须遵循时间的逻辑，而且这是一种线性逻辑，偶尔的中断、反复也都是有迹可寻的。故事的舞台被严格约定在一个空间结构里，人物的出现，情节的发展，均受空间的约束，这对于一个追求心灵自由的作家来说，是一种大限，一种难以逾越的表达障碍。必须承认，故事本身是有限的，它包含了一套未经证实的大前提：最初是谁规定了这套时空逻辑？故事为什么要遵循这套时空逻辑来展开叙述？如果一个作家相信这个世界的被主宰性，并承认人的力量不能改变这种主宰，那么他自然会臣服这种先在的时空观念；如果一个作家不相信以时空为本位的真实观念，认为想象的力量和自我的创造性才是最重要的，他就会反对这种先在的时空观念，从而示出一套自己的新的时空观念，法国新小说派作家就成功地做到了这一点，所以他们最有资格敌视故事，因为传统的故事逻辑在新的时空关系下完全瓦解了。这当然是小说革命的一个重大成果，但我们也必须看到，这里同样有一个虚假的前提：新小说派作家改变的只是他们心中那套观察物质的观念和方式，他们写作所指涉的世界却依然如旧——这个世界变化的永远只是人类的精神，而不是时空本身。

形式和故事的对立关系就这样悄悄建立起来了。在人们的经验里，形式是消解故事的，形式更多的是指涉语言自身，所以有人提出过这样的口号，诗到语言为止。形式和语言当然是很重要的，问题是，你如何进一步证实，你笔下的形式不是一种智力游戏，而与你的心灵相关？或者说，你如何使你笔下的形式成为一种精神？在这点上，我认为，只有少数几个伟大的作家，能够将形式提升到精神的高度，如博尔赫斯，他的迷宫结构象喻的正是人类精神如何处于一种迷津状态，同时博尔赫斯在此还获得了一道观察人类生存真相的坚定视线，这道视线从自我出发，抵达的是某种假想的无限的边缘，那就是乌托邦——博尔赫斯使脆弱的乌托邦变得有力起来。相反，对于大多数作家来说，形式只是一种方法，一种智力规则，核心却是语言游戏。作家在这种游戏中仿佛能获得一种掌握语言的能力，其实，在语言自身不断膨胀的过程中，作家所失去的恰恰是控制语言的能力——所谓的我说语言成了语言说我。这是写作中一个普遍的言说困难：当语言无法到达事物本身时，语言自身便成了作家的言说对象，表达的方式成了表达的内容。真正的内容被抽空了。

必须重新思索作家的使命。作家的根本使命是对人类存在境遇的深刻洞察，一旦存在问题被悬搁，写作很可能就成了一种可疑的自恋。它最重要的特征是冷漠。这种作家没有赞美，没有向往，也没有痛苦与悲伤，他们的心灵在作品中仿佛是一张白纸。写作成了一种技术操作，一种单一的语言形式的推演，与他的内心不存在任何同构关系。会出现这种误读，是因为一些作家以为在故事里无法建立形式感，他们把形式理解成了外在的东西。实际上，真正的形式应该是内在而深邃的。马尔克斯的形式，既贯注在故事之中，也内在于人物的内心世界里；张艺谋的电影《秋菊打官司》的形式力量比《大红灯笼高高挂》更强，原因是前者内在化了，后者却是游离的，设计痕迹太重。

当一切形式实验都进行过之后，要想重新敞开作家的内心，或许故事是一种有效的途径。这里，我并非提倡写作要以故事为目的，只不过想，故事也是有力量的，而且是一种与形式完全不同的力量。故事可能是一种精神，故事也可能是一种方法；我所强调的是精神，而不是方法。许多作家具有讲故事的才华，但他没有完成故事精神的能力，而这，正是一个通俗小说家和真正的大师之间的区别：前者注重故事的趣味，后者完成故事的精神。而一个能完成故事的时代精神的作家，就一定能够把他笔下的故事从美学推向存在，直至把小说推向它所能抵达的真正的深渊，我觉得，像陀思妥耶夫斯基笔下的故事就达到了这个效果，我视它为小说的最高典范。

二、结构

除了故事，还有一个结构问题需要讨论。一般来说，小说如果在结构上失败了，那就是一种彻底的失败。当然也有例外，比如陀思妥耶夫斯基，他的小说在结构上的冗长与拖沓，让我们感到痛苦，但这并不影响他作为伟大作家的地位。他的小说出示了更重要的问题，使我们的阅读能轻易地越过结构本身带给我们的障碍。这是传统小说的优势：由于作家触及了那个时代人类共同的精神经验，我们往往能够原谅他在艺术上的某种疏忽。当然，艺术形式与作家的精神经验总是同构在一起的，关键在于作家的重心在哪里。如果一个作家将形式作为写作的终极目的，那么，他所建筑的艺术秩序与艺术图景便成为他世界观的全部基础；如果一个作家所看到的真实，不能通过自己建构的艺术秩序出示出来，形式便会演变成他对存在本质的探查方式之一，陀思妥耶夫斯基大概属于后者。他是一个对人的内心真正着迷的作家。

现代作家的特征也是转向内心，回到自我，但和陀思妥耶夫斯基比起来，还是有很大的不同。现代作家的热情更多地献给了艺术。在他们眼中，艺术上的陈旧是无法容忍的，那意味着这个作家缺乏革命性，故步自封。许多作家都说，我对生存的看法，就是我对艺术的看法。你如果要了解一个现代作家的内心世界，除了要知道他在写什么之外，还要知道他为什么会这样写，因为他的艺术方式、结构能力，常常就是他精神经验的放大或转换。

在一系列的艺术方式中，结构在小说中担当了极为重要的角色。传统小说那种以时空为本位的结构方式，代表的是世界能够被作家所认知，世界在作家眼中是稳定的，有迹可循的，它以时间空间的正常逻辑出现；作家在世界面前也是有信心的，他能够沿着这个时空线索来探查人的存在状况。这样，结构在传统作家的笔下是以先在的时空为决定因素的，作家可选择的只是在这一结构中出场的人与事，但他不能改变大的时空框架。这种以时空为本位的结构形式，构成了一部小说的故事内核，同时也为阅读者进入小说提供了基本线索。这种结构方式契合了读者的固有经验，读者很容易将作家所假想的时空与自己生活的时空联系起来，并与作家维持一种简单的关系：作家是故事的制造者，读者是故事的旁观者。

　　但它很快就受到了现代小说的挑战。首先是意识流小说，它打破了时间这一恒常的维度，让人物的意识在超时间的空间里任意往来，作家不再相信写作中假定的时间形式。我们知道，时间所作用的是实体存在，而人作为一种能意识到自身是实体存在的存在，他在时间面前其实是矛盾的：他的肉体在时间里，但他的意识却是超时间的。如果一个作家的写作思维过多地受时间拘束，他肯定无法写出人在时间里的冲突——有限的人与渴望无限的人之间的冲突。而普鲁斯特这样的作家之所以能在小说中获得一种假想的满足，就因为他意识到人活着的时间和写作的时间都是有限的，作家必须在超时间的追忆中使自己的想象力趋于无限，这就在精神向度上构成了一种向后看的乌托邦。这样，时间便开始折叠，尤其是它的线性特征被打破，故事结构的线性逻辑也同时被瓦解。故事成了一些记忆片段的连缀，或者是过去、现在和未来混合的地方，情节的因果关系不复存在，传统那种以情节为主体的阅读模式也受到了彻底的颠覆。

　　意识流小说所反对的是以时间为本位的结构模式，它表明作家不再相信时间这一未经证实的假定形式：是谁赋予了时间这一权威？我们何以相信在时间中的一切是真实的？这次革命，把写作从时间的囚牢中解放了出来，作家终于可以对时间说，我自由了。接下来，法国新小说派作家罗伯-格里耶、克洛德·西蒙等人发动了另一场针对空间的艺术革命。他们认为，作家在现有的空间观念里安排人物的活动，这同样有一个未经证实的前提：是谁赋予空间最初的基本法则？作家又何以让读者相信他所出示的空间是真实的？基于此，罗伯-格里耶、克洛德·西蒙等人都着力于描绘他们笔下那个空间，并让一个事件在不同时间、不同空间中反复出现，从不同角度对它进行反复叙述，力求这些人物与事件在作家眼中变得立体起来，以突破传统小说中那种单维度的平面真实。在罗伯-格里耶的小说里，我们很难看到作家对某一件事的跟踪，有时整篇小说只有一道客观的视线在一些人和物上面反复移动，跟着这道视线走，我们会发现格里耶的确洞悉了空间的真相，空间成了具体的，可以触摸的了。在这个空间里，人与物完全平等。

普鲁斯特、罗伯-格里耶等人的小说对时空的瓦解，实际上确立了新的时空观，他们也用小说证实了这种新的非线性的时空观，更接近于现代人的心灵真实。之后，许多有现代意识的作家基本上是以这种新的时空观来结构小说的。但这并不等于说，现代主义小说从此就有了一个相对固定的结构模式，相反，它最重要的结构特征是对传统共同的解构，或者说，现代主义之后的大部分小说家，都无意在小说中结构什么，它们更多的是在解构，现代主义是对传统的解构，后现代主义又是对现代主义的解构。解构的力量大于建构的力量。

这种解构热情深深影响了中国作家。在中国小说还处于社会性大于艺术性的年代，一些作家开始应用解构这一武器，这对另一些作家的影响是非常大的。我要提到的是马原。他第一次使读者知道，小说是有一个结构模式的，而且，这种结构本身也能勾起读者猜谜一样的热情。马原将几个毫不相关的事件并置在一篇小说里，还毫不保留地将自己的写作构想告诉读者，现在看来，这些手法不足为奇，一个初学写作的人都模仿得来，但在当时的小说界，却引起了强烈震动，它使作家看到，小说还有结构这个东西。结构并不是不重要的。这就更新了我们的小说观念：作家重要的不单是出示故事，还要看你是如何写这个故事、结构这个故事的。马原之后，到格非的小说，小说结构的自足性就更加明显了。他的《迷舟》，使故事获得了多解的可能性；他的《褐色鸟群》，也是一篇结构感很强的小说，在时间上，这篇小说从写作时间的 1987 年进到了 1992 年，在空间上，发生在同一地方的几个事件似是而非。格非在这里所要突出的是虚构。虚构是一种书面的真实，我们明知小说中所发生的事实是不可能的，但格非却告诉我们，对虚构来说一切都是可能的。这就是特殊的结构方式所达到的艺术效果：真实与幻念之间的界限模糊了，作家一旦无法确证世界的真实，就以想象、虚构的方式来创造一种幻想的真实。这个时候，小说结构的力量就显得异常突出。

遗憾的是，虽然中国作家已经开始了对小说结构的重视，但"结构"一词在许多人那里还只是一个名词，它代表的是一个已经完成的形式法则，是一个可以被解释的系统。这个新系统的建立，包含的主要是对传统的解构，但作家在这一系统中要结构什么呢？——这里的"结构"是一个动词。一个只解构的作家不会是优秀的作家，真正优秀的作家是在解构的同时，也出示一个自己所结构的新的艺术秩序和精神真相。

我要再次提到博尔赫斯这个人，他对中国作家的影响很大，但多数中国作家只学到了他的一些迷宫法则，并没有看到他的小说还有一种超常的结构能力。我们跟着博尔赫斯在他的小说中走动，到最后会有一种仿佛接近了无限的感觉，博尔赫斯就是以这种趋于无限的精神作为自己的写作动力的。所以，读博尔赫斯的小说，会使我们一切俗常的阅读经验都归于无用，在他那没有出口的迷宫结构中，他出示的几乎就是一个精神异象。尽管这个异象只是个巨大的乌托邦，但这个乌托邦至少对于博尔赫斯本人来说是真实的，这就够了。

三、现实

在当代小说中，我们却难以读到当代人真实的现实图景与精神境遇，无疑是一件令人困惑的事。我想，并不是作家们不想体验当代现实，而是他们如果要持守当代性的写作立场，迎面而来的第一个问题就是：充斥我们视野的都是实在的生活事象，我以怎样的价值立场进入这些现实，并揭示出现实的本质？在这个价值混乱的时代，作家们不约而同地放弃了负重的社会使命感，不想再站在社会学或文化学的立场上写作，而一种新的价值又还没有有力地建立起来。在这种境遇下，作家与现实之间就找不到和解的根据，这种无法和解的矛盾导致现实坚决地排斥了作家。价值立场的丧失，使作家失去了对现实基本的概括力和想象力，在现实面前，作家失语了，他只能无奈地经历这种纷繁的现实，却无法在本质上体验它。体验的缺席是作家无法表达现实的主要原因，二十世纪八十年代中后期成长起来的作家，毕竟无法像刘心武那代人那样用反抗话语的方式对现实做出揭露与控诉。现实近在作家眼前，要对它下价值判断是一件危险的事，这也迫使作家转向历史（一种消逝的死去的现实）和语言（一种观念中的假想的现实）。

这个过程对作家主体来说是被动的，可许多批评家却将这个过程理解成是作家主动选择后的结果，于是便有了所谓作家从中心向边缘位移的说法。这个说法相当可疑。在我认为，从来没有一个作家的成功是站在边缘上写作获得的，边缘这个概念只能针对作家的社会生存处境而言；从写作的意义上说，一个好作家是永远站在中心位置上的，因为他所揭示的问题一定是这个时代最中心、最重要的问题，这才是他的价值所在。一旦作家的写作从中心转向了边缘，他也就丧失了作为作家的资格。许多人将知识分子的中心地位理解为知识分子享有高人一等的社会地位与物质待遇，这显然是误解。如果是这样，我们就该为卡夫卡、梵高当年的贫困潦倒、被人遗忘而感到悲凉，可事实上，卡夫卡与梵高是站在了他们那个时代的中心。因此，对中心与边缘的准确描述应是：作家客观上站到了时代的边缘，可他关心的问题永远是这个时代的精神中心。

基于此，那批在八十年代中后期开始转向历史与语言的作家，在历史图景与语言迷宫中还是出示了对现实的隐喻性理解。如格非的《褐色鸟群》对存在中的不在之在的揭示，就是对当代生存迷宫的最好注释；余华作品中的残酷，在历史中可能还只是表象的事实，在现实中却是本质的真实，因为冷酷、对人性的伤害、恐惧与战栗、兽性的膨胀等在当代历史已经不仅是一些外在的表现方式，它已内在到一些人的灵魂之中了；即令在北村的语言迷津中，我们也可以找到对当下后现代境遇的象喻：言语变乱，彼此不通，真实瓦解，语言成为主体辖制人的生存。如果不是企图对当代现实做出隐喻性的解释，苏童、叶兆言也不会尽力去挖掘历史中的稗史、野史，从而达到对正史权威性的解构目的，这种解构，实际上就是表明作家对即将成为历史的现实产生了根本怀疑：既然过去的正史都不可信，当下的主流现实也一定值得怀疑，某种虚假的深度也有待解构。

但是，隐喻所带来的可疑面貌，还是大大消解了作家对现实的关怀，他们难免囿于历史与语言自身所具有的游戏性、趣味性，而对一个作家本该有的精神使命做出妥协，苏童就一度有过分迷恋历史风情之嫌，孙甘露、吕新也有太过明显的游戏语言的味道。无论这批作家将历史与语言的宫殿修饰得多么精美，终究无法满足我们对当代性现实关怀的期待。那么，什么是当代性的现实呢？我想，当代性不是一个时间词汇，而是指当下的生存境遇，以及作家对这种生存境遇的价值反应。当代性有时间性（特指当下）的一面，但更重要的是作家对当下现实所体验到的深度是否能概括这个时代，成为这个时代良知的代表。如果不强调这一点，就没有立场指证某些"新写实主义"作家的作品不是在写当代性。

"新写实主义"兴起的时候，确实有很多人以为那是在写当代现实，但我认为，那种琐碎、苍白、飘荡着物欲气息的生活中只有日常性，没有当代性。日常性与当代性的区别是：一个是写生活，一个是写生存；一个是写情感，一个是写精神。严格意义上说，"新写实主义"式的当代生活描绘的只是当代的生存环境，不是本质上的当代现实，因为这种琐碎的生活后面有更广阔的精神背景以及更内在的匮乏根源，都被省略了。余华在论到类似作家时尖锐地说："当他们在描写斤斤计较的人物时，我们会感到作家本人也在斤斤计较。这样的作家是在写实在的作品，而不是现实的作品。"真正的现实不是这样的。如果作家眼中所看到的现实与一个普通市民所看到的现实没有两样，那肯定是作家的眼光出了问题。

在小说回归当代性现实的途中，"新写实主义"作家所做的只是最基本、最浅表的一步：选择当代生活的题材作为表达对象。一个有使命感的作家，有义务记录下我们这代人是怎样生存的，并体验到当下现实与我们的生存盼望之间的冲突所造成的切肤之痛，这就是当代性。真正的当代性总是与人类生存中的永恒命题相关联，正因为此，我们读托尔斯泰、陀思妥耶夫斯基与卡夫卡等人的作品，才会发现它们的作品永远是当代的，也是现实的。为此，要在小说中进行当代性的现实关怀，我以为要在作品中完成以下三步：

一、找到作家这个主体（从某种程度上说，他代表当下的人类）与当下现实之间的冲突点，由此形成写作的中心母题。许多当代作家的作品写得太轻松，其冲突只停留在情感与伦理道德的层面，对爱情、正义、永恒等命题的深入相当缺乏。像苏童的《离婚指南》《已婚男人杨泊》等作品中写到的婚姻危机，若少一些生活难处本身所带来的原因，多与这个贫乏时代的本性相关联，这种危机力量一定会更有力。好小说必须有强烈的存在上的冲突，这种冲突不仅使作家对现实有一个进入点，更是作家在作品中推进生存的动力。余华的《在细雨中呼喊》的成功之处，就在于余华找到了一个胆怯而保持童真眼光的"我"这个孩子与丑陋的、以父亲权威为代表的成人世界间的冲突，这种冲突的内在维度是恐惧，而余华又要证明这种恐惧是一种至善，小说的中心就由此形成了。北村这些年写了一系列表达当代现实的作品，也是由于作品中形成了冲突点：他所提供的有良知觉悟的理想人格，与这个贫乏且被欲望左右的时代之间构成了巨大的矛盾，这种矛盾的揭示就成了北村的写作基础。

二、使这种冲突内在化，从而实现现实与存在的对话。冲突不单是事件的冲突、人物关系的冲突，更应该是良知的冲突，它是内在的，而非外面的。要将冲突引向内在化，就要求在作家的理想人格中有善、美和追求盼望的观念，并有对人类深情的爱。只有这样，作家对人类生存悲剧的洞察，才不会在情感、道德、思想上解释原因，而是找到存在论上的答案。只有存在的命题是本源的，是每个时代都经久不息的，是人性的本质。余华的《在细雨中呼喊》中就有这个内在命题，比如"我"父亲盼望做死者的英雄父亲、祖父之死、老师惩罚"我"等细节，都获得了一种心灵深度，可这种心灵深度到《活着》时就多少置换到外面来了，福贵所经历的一次次生死事件，更多的是一种遭遇和经历，人物的心灵体验反而少了。只有经历没有体验的小说，其冲突是不会持久在读者的良心里面的。

三、为当代现实的冲突找到和解的根据。作家描绘的存在冲突不是抽象的，而是进到具体的现实中的，它的目的是使存在中的人在作品中站立起来。首先是有以当代生活事象为依据的外部真实，接着才有到达当代精神这一内部真实的基础。只有抽象的观念而没有丰富细致的感觉，其写作是不会动人的。面对当代现实，作家很容易陷入两个误区之中：一是只剩下抽象的观念，没有现实性；二是太过写实与具体，无法从现实事象中超越出来。那种真正能在现实中和存在对话的作品，是既能写好冲突，又能和解冲突的。和解不是消解，而是在存在的层面上使冲突得到缓解。当下的中国作家，更多的只有消解，它的本质是回避，缺乏直面现实苦难的勇气。而一些大作家的和解，要么是信仰，要么是受难与死亡，这种结果形态与苦难间有坚定的对抗，同时它所传达给人的灵魂震撼也最为有力。

以上几点，作家如果能深入开掘，我们所赖以生存的当代现实就可能被真实地表达，面貌模糊不清的当代人也就可能在小说中变得清晰。这样的作品，可以让当代人知道，自己是怎样从现实中走来，又是怎样活着的；还将知道，自己正在走向哪里。

四、朴素

一个人的写作面貌，在许多的时候，往往是被他的天性、世界观所决定的。有的人，出于对清晰、明朗、简洁的热爱，要他们把作品写得晦涩或玄奥是困难的，因为这样有可能会破坏他们对世界图景的单纯感知。许多人不这样认为，在他们眼中，作品一旦写得单纯、朴素，就会有过于简单之嫌，尤其是经过了现代艺术的严格训练的当代作家，若再去写那些朴素的小说，更是容易被误解为是跟不上时代了。这其实是对现代小说艺术的最大误读。

现代小说艺术当然有复杂的一面，比如，福克纳的小说，克洛德·西蒙的小说，在小说结构上都是相当复杂的。或许我们还可以提到博尔赫斯、普鲁斯特等人，前者是在一些非常短的篇幅里使形式的复杂性、精神的迷途结构得到强调，使之显得突兀、尖锐；后者则更像是一个聒噪者，躲在闭抑的法国书房里，寻找生活中可能存在的诗性和幻想性（我指的是普鲁斯特的多卷本《追忆逝水年华》）。博尔赫斯与普鲁斯特，实际上是用了两种不同的方式，来陈明世界图景的模糊性，所不同的是，博尔赫斯成了一个精神的迷途者，而普鲁斯特则更像是一个能使事物生辉的诗人。而福克纳习惯用不同的人物视角来叙述故事，读他的小说，就像是听巴赫的音乐，旋律一直是在回旋中前进的，但不管回旋如何千变万化，中心一直存在，或者说，旋律一直围绕着中心而展开。这样的叙述方式，要求福克纳有惊人的能力，使叙述的一致性与叙性的差异性在同一篇小说中得以表现出来，《喧哗与骚动》《在我弥留之际》成功地做到了这一点。此外，西蒙的《弗兰德公路》，也采用了不同的视角来叙述的写法：一个人，一件事，西蒙会用不同的角度重复叙述第二遍、第三遍，每一遍都是似是而非的，这样，某种本来是小说背景的东西，在西蒙那里被推到了前台，使之成了小说的主体。这些都是传统小说中所没有的东西，它充分显示了现代小说艺术可能达到的难度。

我要问的是：这些与传统小说比起来显得异常复杂的小说，为什么我们还有理由认为它们是朴素的？语言应该是个重要的因素。朴素的小说，在语言上不一定是大白话（那是实在主义者做的），但也不会是缥缈、花哨的语言。那些玄奥而贫乏的小说，几乎都是在语言上做文章，他们尽量使语言不指涉事物，甚至远离事物，从而把读者带进一种虚幻的情境里面，或者耽于语言幻想。有意思的是，一些哪怕是形式实验味道非常浓的小说家，如福克纳、罗伯-格里耶等，在语言上都是非常老实的，至少，他们在要表达的事物上是有信心的、毫不犹豫的。我常常惊异于像罗伯-格里耶这样的作家，会在那么客观的对一张桌子或某座房屋的描写中，使自己的作品获得一种难以言喻的形式感，并且还能成功地传达出物向人实施压迫的写作精神。

这和巴尔扎克的写作方式有着很大的不同。巴尔扎克在《高老头》的开头花巨大的篇幅去描写那座公寓，冗长到了让人感到愤怒的地步。但巴尔扎克毕竟是巴尔扎克，虽然冗长，也还是大师笔法，里面有一种内在的辉煌，非常人所能及。不过，经过现代小说艺术的训练之后，我们有理由说，巴尔扎克远没有罗伯-格里耶来得简洁。朴素的效果似乎是一样，所不同的是，一个是冗长的朴素，一个是简洁的朴素。我所赞赏的是后者。

我要再提到福克纳，他的语言天才是突出的，我总能在他简洁之至的语言中读到一种深深的忧伤，它是心灵的言辞，表达着作家的内心与现实之间的紧张关系。《在我弥留之际》可以说是现代小说艺术的经典文本。一种考究的语言，又能毫不犹豫地到达事物的核心，这是非凡的。福克纳这方面的能力，经由李文俊的杰出译本，在我们心中确立了牢固的地位。福克纳走的依旧是朴素的写作之路，他的小说心灵沉思的成分很多，但他并没有像一般人那样，求助于语言的装饰性，或缥缈的文风，而是将复杂性贯彻在小说的结构与精神冲突上。

　　朴素并不等于简单，它照样可以表达出非常复杂的东西，尤其是精神冲突的复杂性，会让无数读者为之着迷。比如托尔斯泰和陀思妥耶夫斯基，这两位俄国的精神导师，写下了大量朴素的经典作品，可他们的作品里，始终存在着有关人性、心灵、道德追问等复杂的母题，这些复杂冲突，在史诗般的气势下所获得的沉重、深刻以及带给读者的巨大感动，我以为，都绝不是现代小说在形式实验上的成果可以轻易取代的。从人性冲突的复杂性上说，陀思妥耶夫斯基要比托尔斯泰有力得多，所以，陀思妥耶夫斯基对现代作家的影响，要比托尔斯泰的影响更直接些——至少在卡夫卡、加缪这样的思想型的作家身上是这样。

　　这不等于说陀思妥耶夫斯基的小说就是完美的了（至少他不比福楼拜完美，但他比福楼拜深刻）。从现代叙述学的眼光看，陀思妥耶夫斯基的小说在结构上显得过于冗长和拖沓，他的《卡拉玛佐夫兄弟》，如果让一个现代作家来叙述，篇幅最多不会超过原作的三分之一。——假如我没有记错的话，博尔赫斯就在一篇文章中说过类似的话。这不单是陀氏的局限，它可以说是整个古典小说界的局限：朴素却不简洁。巴尔扎克就是一个不够简洁的作家（以我们现在的眼光来看），所以，当法国"新小说派"运动发起之初，他遭受到了罗伯-格里耶等人的激烈抨击，他们扬言要把巴尔扎克扔下船去。尽管抨击巴尔扎克的人当中，至今没有产生巴尔扎克式的伟大人物，但罗伯-格里耶等人的艺术革命还是功不可没的。

　　这种革命大大丰富了现代小说的容量，使过去显得有点笨拙的叙述变得灵活起来，使小说能够在同样的篇幅里容纳更多的内容——现代作家的长篇几乎很少像古典作家那样写成多卷本了，因为他们只要有一卷的篇幅，已足以将要说的话全部说完。这就是现代叙事的训练所带来的成就：在简洁中能表达出同样丰富而深刻的内容。但这不能成为我们否定古典小说的理由，应该看到，现代小说是与古典小说在同一个优秀的传统中的。我不赞成给小说在外面贴上一个"传统"或"现代"的标签，然后再用后者去反对前者的做法，这对我们写作的进步无济于事。我现在重读托尔斯泰、雨果，甚至狄更斯的小说，依旧觉得他们所取得的辉煌是无与伦比的。他们用的是最朴素的写作方式，同时也可能是最经典的方式。

　　但我们在发现传统小说所蕴含的光辉的同时，也要竭力将现代艺术的叙述成果吸收进来，只有这样，小说才会有真正的生命力。一个对二十世纪的艺术遗产一无所知的人，是不配写作的。

五、冲突

有两种完全不同的写作，一种是轻松的，一种是紧张的。相比之下，我更喜欢后者，因为紧张的写作里面往往蕴含着一个作家与现实之间的冲突，而冲突，就是一部作品灵魂的着迷点，在小说中起着核心作用。一些人的写作之所以显得轻松，毫无精神质量可言，就在于我们从中读不到真正的冲突。而我要说的是，没有冲突就没有文学。一切伟大的写作行为，其实都是一种冲突的形成以及缓解，是作家与现实、与灵魂内部事物之间的一种内在斗争。

卡夫卡是在与自己所体验到的虫豸经验斗争。他穷其一生所追问和努力的，就是如何在甲虫身上把人失落的尊严与光辉重新建立起来，我相信这个问题使卡夫卡绝望。他看见了人在非人空间里的绝望事实，却不能以非人（甲虫）的方式活着，这构成了他小说中的基本冲突。卡夫卡至死都活在这种冲突里面。他临死前在日记中说："通过写作，我没有把自己赎回来。"我相信，它是卡夫卡脸上为何总是充满阴郁、惊恐表情的真正原因。梵高的斗争起点在于世界的真相变得不再清晰，他为自己的画布因此变得模糊而感到恐惧。为了使自己的画布重新变得清晰，梵高耗尽了一生的精力。不要以为梵高是故意要将画布画得模糊一片，以追求一种新的形式效果，不，我更愿意认为梵高是出于无奈，他内心体验到的就是这种模糊，他当然不可能再像自然主义画家那样，持守旧有的真实观念。真实在梵高那里，发生了重大的改变。同样，毕加索为之终生奋斗的也是这样一个问题：如何使我画布上那些割裂的人、割裂的人性重新统一起来，进而恢复人该有的完整和丰富？博尔赫斯呢？他一直试图在没有出路的迷宫中，选择一个可能的角度看见永恒（无限），最终，他在幻象中亲见了这一切。正是这些恒久而深邃的冲突，使他们的作品成了那个时代最准确的见证。

而冲突也有不同。一种是情感的冲突、故事的冲突，我称之为美学的冲突；另一种是精神的冲突、存在的冲突，是判断一个作家所抵达之深度的重要依据。只有存在的冲突能够带作家进入文化母体的中心，进入时代的内部，从而说出价值谎言的真相和人的内在危机。可是，许多作家都在情感与故事的趣味上浪费了太多的时间，或者说，某种美学意义上的成果吸引了他们，结果，即便是一些很优秀的作家，他们的作品也不过是企及文化批判的层面，很难再进一步做存在意义上的探索。现在回想起来，当年的"寻根文学"受到了过高的赞誉。如果一些种族记忆便是我们生存的"根"，问题的严重性便会简单得多，因为文化的冲突、美学的冲突都是可以在知性的层面上达成和解的，它最高的境界也不过是把智慧抽象到无的地步。

　　只有存在的冲突，需要作家为它付出真正的代价；也只有贯注对存在之在的思索，作家才能创造出有心灵质量的作品。如果写作不是为了让我们更好地了解我们自己，了解我们生存中每一个丰富而有力的细节，作家还有存在的必要吗？我们需要作家，难道仅仅是需要他为我们讲一个好听的故事，或者为我们表演一种应用语言的才能吗？没有这么简单。我经常面对一些小说问自己，他（作家）在小说中所喋喋不休的那些东西真的那么重要，值得我们为它耗费那么大的热情吗？英国女作家维吉妮亚·伍尔芙曾经说过一句很好的话："我们同时代的作家们所以使我们感到苦恼，乃是因为他们不再坚持信念。他们当中最自信的也不过是向我们说出他自己究竟遭遇过什么事情。"这真是一针见血。许多作家一生的努力，都只是在写自己遭遇了什么，经历了什么，他专注于一些非常表面的东西，却没有任何令人难忘的发现。他们作品中的冲突，最多也不过是遭遇的冲突，与内在信念的冲突无关。遭遇是什么呢？是一些事情，一些情感，靠它，是无法构成真正有质量的冲突的，因为遭遇一结束，冲突也就结束了。只有存在的冲突是恒久的，它关注的是遭遇为什么发生，人的精神、心灵在冲突中受到了何种伤害。

　　坚持存在之冲突的人，常常是伍尔芙所说的"坚持信念"的人，他们为寻找信念而奔波，并相信世界上有某种事物是值得他去为之受苦、并为之付上一切代价的。他们迫切希望了解这种比生命、斗争、痛苦存在得更长久的事物。而那些为这种事物而战，为这种事物而斗争的人有福了，他们将亲见真正的意义。存在的冲突就是意义的冲突。有些虚无主义者敌视意义，我想他们首先要敌视的是自己的写作，因为他们对意义的敌视已经注销了写作本身的意义。我想起美国哲学家赫舍尔对我们的警告："如果把对最高意义的焦虑——哲学与艺术的全部成就以此为动力——视为荒唐可笑，那么做人就意味着发疯。"清除人类灵魂所关切的事，宣布对可敬可畏的事物的求索是错误、荒唐的行为，宣布对意义的探查是无意义的，以及宣布所提出的问题是无关紧要的，等等，这些能够安慰人类的灵魂、给人类的存在提供精神上的援助吗？

　　一定有一种事物值得我们为之奋斗和献身，它是终极性的。终极的痛苦是因为人离弃了这一事物，终极的幸福是因为人与这些事物相结盟。有一段时间，当我开始痛恨卡夫卡这个黑暗的天才时，我才惊异于这个大耳朵说出了真正意义上的终极痛苦：虫的性质决定他不能再说出人（更不用说上帝了）的名，甚至连人走路的能力也被腐朽的存在所注销（虫只能爬行），再也没有道路可通到上帝所在的天堂了。卡夫卡说，因着最高实在远离了人类，人生存的性质便随之降到虫豸的层面，而且再也没有道路可以回去了。——这就是卡夫卡所出示的存在真相，包含着极为尖锐的人性挣扎和精神冲突，并且具有难以言喻的绝望感。卡夫卡是那种与现实不共戴天的人，他的力量足以摧毁一个人最后的精神防线，所以，我每次读卡夫卡，都能在他的文字中感受到令人震惊的经验，这样的阅读确实是罕见的。

　　中国的文学当然还没有企及卡夫卡的高度，但我已经在一些小说中看到了类似的冲突，有的作家开始有意识地走在通往存在之冲突的途中。有许多作品，如余华的《在细雨中呼喊》《活着》，王小波的《黄金时代》，贾平凹的《废都》《高老庄》，朱文的《弟弟的演奏》，格非的《傻瓜的诗篇》《欲望的旗帜》，北村的《玛卓的爱情》《周渔的喊叫》，莫言的《丰乳肥臀》，东西的《没有语言的生活》，刘恒的《贫嘴张大民的幸福生活》，王安忆的《伤心太平洋》《我爱比尔》等，都有力地探查了当下存在的真实状况和局限性，并表现出了对精神慰藉的吁求和渴望。甚至在一些作品中，我也读到了真正的绝望感：作家所要确证的存在本质，正在被这个问题重重的时代所瓦解，我们再也听不到希望的喧嚣，只能听到一片饮泣的声音了。作家们说，我们的活着已经到了需要为之垂泪的地步——这种存在性的追问在当代小说中是并不多见的。

比如爱情，在一些作家的小说里，就几乎被共同认定为是值得为之受难的事物，是时代仅存的高贵性之所在，是真正有质量的存在冲突的根源。在格非的《欲望的旗帜》里，张末的爱情梦想一再被延搁，这表明在一个交流被隔绝、人性的尊严被普遍伤害、到处充满怀疑的碎片、如同一个欲望的加油站的时代里，想在爱情中找到慰藉，是一件无望的事，处于失爱境遇的现代人，在爱情面前唯一能做的就是为爱殉难；北村的《玛卓的爱情》的结局是玛卓自杀，玛卓为什么要死？因为她哀叹人的爱不完全，有许多漏洞，她想要一种完全的爱情，可这个时代给不出，玛卓只有死，她被自己内心的爱情渴望逼得活不下去了……还有什么存在境遇比这个更让我们心酸呢？

这些都是在殉难的光辉中而有的冲突。此外，一些作品对精神慰藉的急切渴望也感动了我，这是真正使冲突内在化的原因，因为没有对安慰者的渴望，受难就毫无意义可言。余华的《在细雨中呼喊》里的呼喊没有得到应答；格非的《欲望的旗帜》里张末的期待全部落空；北村的《玛卓的爱情》到最后，主人公完全失去了活下去的能力；王安忆的《我爱比尔》里，阿三最终的眼泪只能对着一个脆弱的、但还带着小母鸡体温的鸡蛋而流……在这些存在的失败感里，我读到了真正的冲突——存在的冲突。对精神慰藉的吁求，对交流的渴望，盼望安慰者的到来，为爱情而受难等，这些，并非冲突所要指向的目标，而恰恰是冲突为何开始的原因，它向我们指明了一个朴素的事实：冲突还没有在遭遇、事件中开始时，可以先在作家的心中开始。可惜，在当代小说中，像上述这种具有内在冲突力量的作品并不是很多，大家都在遭遇和经历上浪费了太多的时间。

现在需要的，也许是把文学往冲突的旋涡里推，使每个作家都找到一个在存在面前感到紧张的理由，我感觉这对于一个想真正了解存在秘密的作家来说是至关重要的。

六、信心

再没有什么事物，比二十世纪的西方文学作品中人的形象更让人伤怀的了，那些由甲虫、小动物、稻草人、白痴、蝇王……所构成的世界，使文艺复兴以来所建立起的那点人的价值与尊严丧失殆尽，同时，它也彻底瓦解了人类的生存信心。这个信心会断送在二十世纪的子孙身上，确实说出人类已从十九世纪的乐观主义坚定地走向了今天的悲观主义。

回想十九世纪的法国，当巴尔扎克在《高老头》的开篇用漫长的篇幅描绘一座公寓及其周边的环境时，可以说，巴尔扎克对他所从事的写作事业是有信心的，他的确以为这样的描绘将会帮助我们更好地理解当时的社会及人类。而同样是在法国，以反对巴尔扎克出名的"新小说派"作家在表达他们眼中的世界时，信心却是动摇的。比如，他们可以很准确地说出一张桌子的方位、尺寸及光影变化，但他们要说的其实不是那张桌子，而是那张桌子对他们的生存的伤害。

这里的叙事秘密不在于作家所触及的事物上，而在于作家表达事物时的信心如何。没有人可以在失信的境遇里写作，因为写作在某种意义上说是一种命名，而命名的权柄只能来自一个人的信心。只有当我有信心把握我所要表达的事物时，写作才可能真正开始。然而，到二十世纪，事情发生了微妙的变化，由于自我怀疑精神的增长，现代人普遍生活在不安、惶惑和恐惧之中，他们一旦无法再肯定一种传统意义上的真实观，信心便开始模糊，开始动摇。

卡夫卡的绝望就在于他对人完全失去了信心，而这种失信来源于卡夫卡无法抑制内心不断增长的恐惧与不安，他也无法规避自己落在一种社会与权力机器的制约之中。正是这种对存在的先觉，彻底地瓦解了卡夫卡对人那点残存的信心。他不但无法在写作中肯定一种被照亮的生存，也无法判断自己的写作究竟到达了哪一个领域（他绝没有想到他的作品会在死后获得如此崇高的声誉），甚至他与情人约会时都是犹豫不定的。正是这样的一个人，在甲虫，在那只躲在地洞里谛听着外面动静的小动物身上，找回了他对世界的真实感受。

现代文学在卡夫卡身后发生了巨大的变化。卡夫卡之前，文学多是表达肯定、确切的精神体验，作家几乎都是一个批判时代的人；而在卡夫卡之后，否定、模糊的精神占了上风，作家所表达的也多是时代对自我的伤害。到今天，卡夫卡的影响早已超越了文学界，演变成为整个现代艺术的精神限度，他作品中那种黑暗的力量，不断提醒我们，希望正在被摧毁。

卡夫卡为我们开创了一个失信的时代。因着失信，真实成了一个梦想，写作变成了一种斗争。卡夫卡就曾在他的日记中说："我在斗争，没有人知道这点……当然每个人都在斗争，可是我甚于他人；大多数人都像在睡眠状态中斗争，他们好像在梦中挥动着手，想要赶走一种现象似的。我却是挺身而出，深思熟虑地使用我的一切力量来斗争。"斗争就是抵抗，其目的是拒绝或延迟那个失信时代的到来。这真是一种悲壮的努力。

可以想象，当卡夫卡只能以虫的方式来思索人的存在时，我相信他内心的绝望是巨大的——他的斗争是为了恢复人的价值与尊严。然而，因为他对事物本身的信念发生了根本的怀疑，以及他不再相信有一个神圣的标准能为他提供判断真理的依据，信心便因失去了可靠的基础而变得软弱，这样，作家就很容易随同那个悲观的世界一同陷落，他再也无法对人与事物的存在图景提供正确的解释了。

失信给写作带来的第一个结果是，作家、艺术家普遍都接受了幻觉的支配——他们的困境是无法活在真实中。那种由席卷十九、二十世纪之交的实证论哲学所建立起来的认识事物的信心，到今天开始衰退了。现代人更愿意持定这样一个信念：理智中的一切，没有不是经过感官来确定的。这个信念，其实连古代哲学大师柏拉图、亚里士多德等人也从未质疑过。问题是，现代人把感官性发展到了代替一切的地步，从而否认了感觉之外还有超经验的真理存在。感觉一旦失去了正确的理性做基础，很快就会演变成一种幻觉。幻觉实际上是作家无法表达真实之后的一种代偿。

几乎所有的现代作家都是在一种幻念下写作的，如普鲁斯特、乔伊斯、博尔赫斯、福克纳、马尔克斯等人，还包括前面所提到的卡夫卡。绘画也充斥着梦幻的色彩，比如，我们看荷兰艺术家M.C.埃舍尔的绘画《瀑布》，假如我们顺着圈中的水流看下去，水流在每段路上似乎都是自然的，完全正常的，但最后，我们会惊讶地发现，我们又回到了开始的地方。作为整体来看，整个圈显然是不可能的，但圈中的每一段单独看来又没有问题，这种有点戏剧性的悖论暗合了现代艺术的秘密：幻想与真实的界限完全模糊了。这就好比看费里尼、英格玛·柏格曼等人的电影一样，你无法分辨哪些是真实的，哪些是幻觉的，你就是问导演本人，他也同样不知道。文学中的极端例子是，法国作家克洛德·西蒙的小说《弗兰德公路》，一个人，一件事，西蒙在小说中会多次描摹它，只是每次描摹的角度都是不同的，西蒙本人则拒绝在这几次似是而非的描摹中做出选择，我们也无法分辨哪一次才是最真实的，原因是，作家对所谓的真实失去了信心，他无法再选择了，因为选择总是与信心相联系的。这种失信的思想，在中国作家余华、格非、北村等人早期的小说中都曾得到实践。

失信的最终结果是失语，它以无意义的聒噪为表现方式。文学演变成了语言的聒噪，并不指向任何实在的图景，如一些所谓的后现代小说。绘画则演变成了用一些物品装配新作的行为艺术或装置艺术，如美国当代艺术家 A. 沃霍尔所做的，绘画艺术该有的精神想象力与个人风格完全消失了。沃霍尔说："我想成为机器，我不要成为一个人。我要像机器一样作画。"他发现艺术就是复制，复制其实就是一种失语。还有一个音乐家，在钢琴前静坐了四分多钟就下来了，并告诉人们这就是他的作品。他已经没有信心在钢琴上再弹出任何一个音符了。谁都没有想到，人类会在失信的道路上走得这么远。

现在的问题是，如何使写作恢复一种信心，以进行一种文化重建的工作。信心好比是一个器官，只有它，能够帮助我们找回生存中的希望、幸福与勇气；也只有它，能够抵挡那些腐朽的事物对我们的侵蚀，把我们从被奴役的境遇中解救出来。那么，什么是信心呢？在我看来，信心就是一种使事物原初的本质得以实现出来的能力，或者说是那个叫人能领会事物实质的能力，是一种使事物的实质得以实质化的过程。譬如说，你看到一张桌子，你就有一个能力知道这张桌子的实质乃是木头；你看到一个杯子，你就有一个能力知道这个杯子的实质乃是玻璃或者塑料。这就是信心的功能。一个幼儿不知道这些，并不是说桌子或杯子的实质不存在，而是他缺乏使这个实质得以实现出来的能力，也就是缺乏信心的功能。花如何要通过我们的鼻子将它的香味实现出来，音乐如何要通过我们的耳朵将它的优美旋律实现出来，照样，这个世界所存在的幸福、希望与勇气，也要通过我们的信心将它实现出来。不是说幸福、希望、正义、爱、生命、崇高等神圣事物不存在，而是当代作家因着失信丧失了使这些神圣事物得以实现出来的能力，他们的视野中便只有荒诞的现实和虚无的精神，只有精神错乱、绝望、无意义和性腐败等景象。失信使作家不能再肯定什么。这就是现代主义文学以来的写作真相。

关于信心的功能，用哲学上的话说，就是说人不只是单独地认识颜色、声音或形状，他还能概括地认识事物，譬如说，他不只是认识人有什么特性，还认识人的本质，即人有位格，有人格。所以，人不只是认识可感觉的事物，他还认识在感觉之外的真理，或称超经验的真理。然而，作家要如何才能重获信心，重获一种认识神圣经验（超经验）的能力呢？诚如我在前面所说，信心只能从正确的理性中来，而要保证我们的理性处于正确的选择（而不是处于非理性的跳跃之中，如基尔凯戈尔所说"信心的跳跃"）之中，我们的理性就必须与无限大的理性（相信人的有限，而世界是无限的）相连，以突破自我理性那个有限的茧。只有当人肯定一种比人更高的实在之后，他才有权柄、有信心去认识人内在的本质与需要。

人类失信的历史表明人类无法离开那个无限大的神圣存在而单独存在，否则就会落到作茧自缚的情境里面，越从内在去认识人及其存在，就越会发现他没有内涵，没有丝毫价值与尊严的光辉，最终，无意义、虚无、绝望的品质就进来填满了人内在那个空洞。要改变这种我们所不愿看到的情形，只有从重获信心开始。

写作是信心的事业。

七、勇气

这是一个需要付出代价来生存的时代。我们正在被这个时代粉碎，到处是我们的欲望碎片和喘息声。一些人没入了虚无主义的深渊，奄奄一息；一些人正在用性或者其他感官享乐来麻醉自己；还有一些人，像福克纳在《喧哗与骚动》一书的结尾所说的那样——"他们在苦熬"！苦熬，这需要多大勇气啊！

他们在苦熬。谁在苦熬？谁来安慰苦熬者？这需要有勇气者站出来追问。我的记忆中，海明威、加缪、福克纳等人都是苦熬者。他们不像卡夫卡那么绝望，他们对人还存在着微弱的信心，所以，在他们笔下出现了西西弗斯（《西西弗斯的神话》）、黑人（《熊》）、本德仑一家（《我弥留之际》)、老人(《老人与海》)等受难英雄。这种在苦熬中建立起来的生命自信(鲁迅也有这种生命自信的思想),使他们的作品充满殉难的光辉,感人至深。福克纳一再表达"人是不可摧毁的"这一思想,他的《我弥留之际》就是一个关于人类忍受能力的原始寓言,里面探查了生活中一些有永恒意义的话题,如庄严地承担下诺言的后果,终止了受挫的一生的死亡,人的光荣、忠诚与背叛,家庭的骄傲等。为了挺住绝望,福克纳在写作中表现出了巨大的勇气。

如果绝望是我们所不要的,在苦熬中受难似乎是唯一的道路了,只有它,能够保持人和艺术的某种高贵性。这种我称之为苦熬(受难)的文学在中国还是相当罕见的。中国作家的写作中还很难找到福克纳那种内心的坚韧,向苦难进发的勇气,以及拒绝在俗常事物中受安慰的坚决。与某种虚假的乐观主义比起来,我更愿意亲近受难这种精神形式,只有经过了受难的生命才是辉煌的。如果省略了受难的过程,连幸福、自由和高尚都可能是廉价的,因为真正感人的幸福、自由和高尚从来都是有代价的。让我们回忆一下福克纳的那句话吧:他们在苦熬!

苦熬不是血腥的战斗,不是以恶抗恶、以牙还牙,它实际上就是受难。受难来自生存中的不幸、残缺和死亡的威胁。一个作家向这些事物挺进到何种程度,就可以看出他在写作上有多大的勇气和信心。有谁在为生存的尊严而挺进?有谁来告诉我们,不幸、残缺和死亡在何种程度上是有意义的?是因为它们的自我完成还是因为它们可以帮助我们实现对精神慰藉的吁求?真正有勇气的作家不应转离苦难去亲近一种浅表的、乐观的生活,而应回到内心,回到对苦难的承担。文学至少要让人类明白两个事实:一是发现人类的缺陷和不完美(它其实更多的是哲学家在做这件事),二是这种缺陷和不完美所带来的苦难是人类所无法承受的。在这个事实面前,大部分作家都退后了,他们情愿被腐朽的经验蛀空也不愿回到受难的立场上来,因为这需要苦熬和受难的勇气。只有像约伯(见《旧约·约伯记》)那样的人物,在深渊中呼告,在炉灰中赞美,不断前行的人,最终才能成为真正的受难英雄。

从这个角度上说,我觉得,当代作家面临的困难不是知识的困难、智慧的困难,也不是才华上的困难,而是心灵的困难,即一个作家不知该如何定位自己的心灵，不知如何在写作中使心灵变得有质量。基于这种蒙昧的立场，写作者似乎并不关心自己的写作是否与时代的中心问题发生关系，他们把小说演变成对日常生活秘密的窥视，或某种语文修习；把理论变成一些干枯的词汇，或规则的推演。我还在一些作家的作品读到这样的生存感叹：上班太远的烦恼，人民币贬值的恐惧，豆腐馊掉了的闷气，乡下亲戚来找的尴尬等。这些在小问题上斤斤计较的作家，他们的心灵是非常可疑的。

我把这样的写作称为是人格的虚化。人格的虚化在中国是有传统的，要么是被自然崇拜虚化，要么是被君王崇拜虚化，所以在中国的道、禅思想里，虚无便成为人生的最高境界。现在看来，这种人格的虚化是让人厌倦的，它使中国文学一直在两种困境里打转：一是在虚无中逍遥，文风缥缈；二是充满过于实在的物质主义气息（如津津乐道于一个人的穿着打扮或一桌酒菜的色香味等），真正超越的精神现实一直无法出现。这点在古典文学中相当明显。屈原关于"天"的追问所表现出来的勇气与精神超越性，后来几乎中断了，如果没有《红楼梦》做总结，中国古典文学史是很难写的。中国作家的写作所抵达的价值层面，最高的也不过是君王、国家、民族、伦理所代表的中间价值系统（屈原、李贺、曹雪芹除外），它离终极价值（天、道、神）还有很长的路途。杜甫是中间价值的热爱者，而众人所推崇的李白也不过是给我们提供了一个虚化的自我，他的狂放与超脱更多的是对现存制度不满之后的一种逃遁。虚化的自我是一个人间神话，它并不提供有关终极实在的任何消息。

真实的、有勇气的写作起源于对人类此时此地的存在境遇的热烈关怀，并坚持用自己的心灵说出对这个世界的正义判词。中国是一个拥有巨大的痛苦消解机制的国度，任何痛苦的、沉重的经验一进入这个机制里，就会迅速地被消解、轻化，从而进到空无的境界里。这种消解机制所带来的麻木性，使得作家与现实之间的关系常常是轻松的、闲适的、游戏的，缺乏紧张的冲突。这种将痛苦消解、轻化或者遗忘的姿态，使得作家一进到写作中，就采取人格虚化的办法，回避心灵与现实的正面相遇，从而把心灵的压力减轻到最低限度。作家的勇气在这里荡然无存。因此，如何拒绝逍遥，克服虚无主义，是体现写作勇气的两个主要方面。五四时期因着西方文化传统的冲击，诞生了一批坚强的精神勇士，他们对苦难的关怀（如郁达夫）和对存在闭抑性的觉察（如鲁迅），表明他们不再是一个东方的逍遥主义者，而是以彻底的存在主义者的面影出现。在那个黑暗的年代，鲁迅等人用自己的心灵坚持了与存在的冲突，并在这种冲突中证明了自己的良知与勇气。

因着勇气，鲁迅在外面的险恶与内心的苦楚中，说出了一代人的呻吟、愤怒与希望；可是，现在的一大批作家，在颓废的经验与生存的残酷性面前，在欲望的袭击下，他们的作品不再体现勇气与良知，而是充满了精神软弱带来的屈服性，使当代人的精神被奴役在荒诞的现实和虚无的精神之中。作家不再是现实的抗争者，而是成了被现实奴役的人。他们会在毫无意义的日常生活场景面前忍气吞声。

这种被奴役的原因在于，作家对现在的境遇失去了愤怒（这恰好是鲁迅最为可贵的品格）。如同一个作家对过去失去了记忆，对未来失去了想象，会将存在带进暗昧之中一样，作家对现在若失去了愤怒，则会将存在带进软弱之中。愤怒，就是对现在的存在境遇表示不满，是一种拒绝与现实和解的姿态。在愤怒中，我们将看到现实的局限、苦难以及它所包含的内在危险性，由此，心灵就渴望向终极攀缘，渴望存在的幸福出现来平息这种怒气，这也是卡夫卡一贯表达的立场。当下，有一帮作家与生活中的日常性和物质主义思想建立起了亲密、暧昧的关系，以致在作品中取消了任何批判性和理想品格，我想，由此而派生出来的文学必定是软弱的文学，没有勇气的文学，存在在他们的作品中完全趋于沉默的文学。时间将抛弃这些软弱的文学。

在我们这个生存如此严峻的时代，我们不需要软弱的、被奴役的文学，我们需要的是与面前的不幸抗争的勇气和受难精神。勇气也就是心灵的不屈服，心灵能坚持高尚的品质。谁能够在不幸中站在高尚的一边，谁就是有勇气者。余华谈到长篇小说的写作时说，作家在现实面前可以谎话连篇，满不在乎，可以自私、无聊和沾沾自喜；可是在写作中，作家则必须是真诚的、严肃的、满怀同情与怜悯之心的，必须具备高尚的品质。余华的意思不是鼓励作家变得虚假和做作，而是要求作家对待写作要比对待生活多十倍的真诚，使写作尽可能多地传达出自我高贵和尊严的一面。进入作品中的永远只能是高贵的心灵，而不是其他，只有这样，作家所描绘的精神现实才能从他庸常的生活有效地分离出来。对于那些没有心灵质量的写作，福克纳曾在诺贝尔文学奖获奖演说词中形容道："他所描绘的不是爱情而是肉欲，他所记述的失败里不会有人失去任何有价值的东西，他所描绘的胜利中也没有希望，更没有同情和怜悯。他的悲哀，缺乏普遍的基础，留不下丝毫痕迹。他所描述的不是人类的心灵，而是人类的内分泌物。"福克纳说得对，就现在我们的写作情形而言，"内分泌物"的成分确实太多了，高尚的东西显得太少。而且，这种"内分泌物"，如果没有勇气，作家要离开避开它，也是相当艰难的，一不小心，甚至还有被它淹没的危险。

因此，我们要常常提醒自己，写作不是用智慧来证明一些生活的经验和遭遇，而是用作家内心的勇气去证明存在的不幸、残缺和死亡的意义，以及人里面还可能有的良知和希望。①

---

① 本文所释之关键词，均为 1994 年—1996 年在《小说评论》杂志上的专栏文章，个别段落是与乃师孙绍振教授合作，后来孙老师在一公开发表的文章中专门说明，这些文章当时完全是我所作，版权归我所有，我在感激之余，稍作修改，也收于书中，以纪念这份贵重的师生之情。

长篇小说的写作常道

在座的各位，主要是写小说的。[①] 我自己并不写小说，只读小说和研究小说。坦率地说，在阅读和研究小说的过程中，我对能写小说的人是很好奇的。为什么小说家的脑袋里会藏有那么多的故事？他们没有经历过那些场面，却有身临其境的描写，这常常令我好奇。我想起有人这样问大仲马，为什么你的脑海里会有那么多精彩的故事？大仲马就说，那你为什么不问问李树，怎么会结李子呢？李树就应该结李子，桃树就应该结桃子。

有一种人天生就是小说家，而有一些人可能天生就缺乏写小说的才能。有时候，我读一本小说，会替作者着急，因为里面有些细节好像不该是那么写的，也是不能够那么写的。写小说当然是与个人天赋有关，但也不尽然，尤其是写长篇小说，除了和天赋有关，还跟其他因素密切相连。比如，写长篇小说可能跟作家的身体状况有关，像鲁迅，很难写长篇的作品，我猜这可能跟鲁迅患有结核病有关系，而且以他那样的脾性，怕是很难有坚持较长时间的写作耐心。又比如当代作家，像格非，他的作品篇幅都是较短的；而像莫言，他的作品篇幅通常是很长的。余华在一篇文章中写道，一次咳嗽或感冒都有可能影响到一部长篇小说的写作。各位在写作过程中，应该都有这方面的感触。身体状况不好，一次感冒就可能把写作的"气"中断了，或者窒塞了，出来的作品就不那么有气势，不那么浑然天成。

很多因素都在影响小说的写作——但我觉得这些都不是最核心的问题。

---

① 本文根据作者 2009 年在深圳市作家协会主办的长篇小说研修班上的演讲录音整理而成。

小说有长、中、短的区别。我个人认为，影响短篇的核心要素是场景，所以短篇小说很难写出一个人完整的命运起伏，它只能写出有关这个人的命运或者某个事件的横断面。如果这个横断面切割得好，可能就是一个很好的短篇。中篇小说的核心要素是故事。近几十年来，多数中国作家的成名作都是中篇小说，讲故事的能力在其中起着重要的作用。而影响长篇小说的核心要素是命运。一部长篇小说如果不能写出一个时代里的人的命运感，这部长篇小说就很难说是成功的。

我知道这个时代已经进入一个长篇小说写作的时代，短篇小说和中篇小说的辉煌时代似乎正在过去。现在一些年轻作家，一开始就以长篇小说引起大家的关注，可见小说的格局正在发生大的变化。但无论怎么变，我想，一些小说观念的辨正还是有价值的。最近我读了一些书，也在深思小说这一概念，它究竟应该包含哪些内容。

我的思考未必成熟，但这关乎我对小说的基本理解。

一、还原一种俗世生活

我准备讲两个大方面的问题。

首先，小说要还原一个物质世界、一种俗世生活。在中国，自古以来就是诗歌发达，小说不发达。小说和诗歌之间的差异究竟是什么？这背后牵涉中国文人对物质世界和俗世生活的基本态度。

小说是活着的历史。当我们在探究、回忆、追溯一段历史的时候，历史学家告诉我们的历史，往往是规律、事实和证据，但那一段历史当中的人以及人的生活往往是缺席的。小说的存在其实是为了保存历史中最生动、最有血肉的那段生活，以及生活中的细节。在这方面，小说和诗歌之间，有着很大的区别。诗歌重性情、胸襟、旨趣的抒发，所以诗在中国是一种庄重的文体，而小说却是渺小的、不入流的小技和末流。

小说的"小"指的就是渺小，而"说"跟古代"喜悦"的"悦"是一个意思，小说的字面意思就是小小的能让人高兴起来的事物。小说文体的起源并没有诗歌那么庄重。诗歌有其自身的性情要抒发，它没有必要去还原一个物质世界，但小说有这样的使命。诗歌往往是不及物的写作，它可以不对一个真实的物质世界或生活世界做具体的描绘，其主要目的是为了表达诗人的性情。比如，"欲把西湖比西子，淡妆浓抹总相宜"，你读完这首诗，并不明白西湖是什么样子的，诗人并不重在表达西湖是什么样的，他要说的可能是西湖以外的东西。"两岸猿声啼不住，轻舟已过万重山"，你读了这首诗，也不知道三峡是什么样子，但你会知道诗人当时是怎样一种心情。还有，你读陈子昂的《登幽州台歌》，"前不见古人，后不见来者。念天地之悠悠，独怆然而涕下"，读完之后，幽州台是什么样子的，你也无从得知。诗人重在表达和抒发他那个时刻的心情、性情，并不重在还原和描写一个生活世界、物质世界。

小说像诗歌这么写就不行了，小说的读者普遍会对你笔下所写的生活做必要的还原和追问。《红楼梦》里写到了大观园，读者自然就会对大观园进行一个又一个的考据，甚至做一种物理学意义上的还原。直到今天，"红学家"都还在考证，这个大观园究竟是在北京、河北还是苏州。甚至"红学家"中还有人去研究大观园里到底有几重门，通过几重门就可知道，小说写的是不是皇宫里的事。我有一个朋友就专门从元春的生辰八字的漏洞中，考证出《红楼梦》的作者不是曹雪芹。诸如此类的考证，表明读者对小说所写的物质真实，是会计较的，他会通过物质还原的方式，来审核作家笔下的现实世界到底是怎么一回事。我们读鲁迅的小说，他写了茴香豆，那些到绍兴旅行的人，就会想吃一吃鲁迅所写的茴香豆。你在小说中不能抽象地写茴香豆，你的描写必须是可以被还原、可以被现实生活所审核的，这是小说和诗歌之间一个很大的不同。

诗歌重在抒发个人的性情，而小说有一个物质的外壳，这是小说这种文体最基础的方面。

我们读历史著作时，会明白明代、清代是一个什么样的社会，有什么样的制度和什么样的官品阶级，但我们很难通过历史学家的讲述，真正明白明清时代的人是怎样过日常生活的，他们穿什么衣服，唱什么戏，吃什么样的点心，用什么样的器物，等等，这些都是在历史著作中不容易读到的。小说能补上历史著作中所匮乏的当时的生活脉络、生活细节，从而使历史变得更真实、丰满。有论者说，小说比历史更可靠，马克思就说，自己从巴尔扎克的小说中所了解的法国比历史学家笔下所描述的要丰富得多。莫洛亚在分析托尔斯泰的《战争与和平》时也说，没有任何历史文献会像托尔斯泰那样去描写一个皇帝，皇帝的手又小又胖，像"又小又胖"这样的词汇，在历史文献里肯定是不会出现的，但它会出现在小说里面。小说就这样把历史著作所匮乏的肌理和脉络给补上了。

为什么说诗歌比历史更永久、小说比历史更永久？就在于文学可以保存历史的肉身部分。

今天写小说的人，也是在讲述这个时代，讲述这个时代的记忆和经验，这种讲述，其实也是在保存一个时代的肉身状态。过一百年或几百年，历史教科书里，或许只剩下一些结论，或只剩下一些制度、规章及历史规律的演变，这个时代更细微的一些方面，肯定是由小说家来保存的。所以，小说的第一个层面，是对物质的还原、对生活的还原。

但在中国，小说一直是被藐视的文体。尽管早在 1902 年，梁启超就发表了那篇著名的论文《论小说与群治之关系》，把小说当作改造社会、启蒙民众的一个重要的文体。但在现代中国，在鲁迅开始写小说之前，中国小说一直是不入流的文体，在古代，写小说的人更是被人看不起的。四大名著中没有一部的作者是没有争议的，可以想象，这四部伟大的作品，肯定是出自当时有才华的文人之手，但到现在都无法确证作者是不是罗贯中、曹雪芹等人。在那个年代，就算写了小说，也不敢对外说，好像这是一件丢脸的事情似的，唯有写诗才是摆得上台面的高尚的事情。

很多人不明白，何以二十世纪的文学巅峰要以鲁迅为代表。这就要回到当时的历史语境中去，鲁迅是真正把中国的小说从一种渺小的文体壮大成重要文体的奠基者，在此之前，小说是没有多大的文体地位的。等鲁迅写完《呐喊》《彷徨》中的二十几篇小说之后，小说才开始成为重要的文学样式，写文艺小说的人才开始多起来。1925 年以后，有大量的人在写小说，鲁迅又不写小说，改写杂文了。鲁迅这个人了不得，他成功地把一种文体变成重要的文体之后，就不再写这种文体了，他又接着把杂文这种轻浅的文体给发展起来了。

鲁迅的一生，无论在文体上还是在思想上，都不重复自己，他的精神体量是很大的。

其实，中国之所以重诗歌，不重小说，这是有原因的。这个原因我刚才说了，诗歌是用来表达"我"的性情、胸襟和旨趣的，而小说呢，是在讲述别人的故事。中国的小说脱胎于说书和话本，它讲的都是别人的故事。而从中国文人的观点看，一部文学作品，它必须要有作者自己开阔的胸襟、气象，才算是文学最高的境界。如果一部文学作品说的都是别人的事，那就是不入流的，这是小说一直处于很低的地位的隐秘原因。《红楼梦》的地位之所以会比其他几部名著高，有一个很重要的原因，《红楼梦》带有诗性和自我表达的成分，它不完全是讲别人的故事，它也是作者的自我写照，这跟《三国演义》《水浒传》《西游记》是不同的。《红楼梦》算得上是中国第一部真正的文人小说，它也确实是作者的半自传性作品。

钱穆曾专门做过研究，他说中国古代那么多的文人和诗人，几乎都不写自传，也不要别人为他写传记，为何？传记文学是二十世纪才开始从西方传进来的，胡适写的《四十自述》，是比较早的自传性作品了。胡适从二十世纪二十年代开始，就到处劝人写自传，目的正是希望能以此为史家留下点有用的、真实的材料。他劝过林长民、梁启超、梁士诒，也劝过蔡元培、张元济、陈独秀、高梦旦等人，但其中的多数人，都未及写出自己的个人故事就辞世了，为此，胡适一直"引为憾事"。胡适在《四十自述》的序言里说："我们赤裸裸地叙述我们少年时代的琐碎生活，为的是希望社会上做一番事业的人也会赤裸裸地记载他们的生活，给史家做材料，给文学开生路。"——"给文学开生路"云云，当然是和当时的文学环境有关，多少有一点夸大其词了，但基本意思我们还是可以理解的，那就是若连作家都不太愿意写自传，很多材料便无从留下来。

可是，为什么古代的文人不写自传，也不要别人给他写传记呢？钱穆说，古人的诗歌就是他们的传记，所谓"诗传"。当我们读《李白全集》《杜甫全集》，就能知道李白、杜甫他们喜欢什么，他们交什么朋友，他们的爱好、胸襟、旨趣是什么，他们的追求和人生境界是什么。读他们的诗就可以想象他们的为人。这一点，读小说恐怕就很难。读了《红楼梦》，你也许可以了解曹雪芹的性情，但读《三国演义》你却未必能了解作者的真实心境。

所以，小说家是需要传记的，但诗人不需要，他的诗歌就是他的传记。在中国文学的等级中，讲别人的故事并不是高明的写法，就是到现在，我们也必须承认，最伟大的小说无不带有自传性质。那些伟大的小说，几乎没有一部不是带有作者的自传影子的。好的小说，同样也要说出作者这个人，所以，我们经常把那些伟大的小说称之为诗，说《红楼梦》是诗，《追忆逝水年华》是诗，这就表明小说的背后要有作者的性情。

小说在二十世纪后开始变得发达，这固然和现代分工细化、市民社会崛起、现代媒体兴起等原因有关，例如 1905 年以后，中国取消了科举制度，有很多人没有办法去考科举，就都转过来写小说。清末民初的小说繁荣，跟这些因素是有关系的。我说这个的意思是，小说有自己独特的文体边界，它确实跟诗歌不同，它必须能真实地描写和还原一个生活世界和物质世界。

但如果小说光具备这个方面，绝对称不上是好的小说。除了物质的还原，小说还必须是精神的容器。说到底，小说还要解释世道人心、探索人性，为人类的精神做证，这是小说深度方面的区别。

从这种小说观念出发，你就能看出张爱玲和苏青的区别。在俗世生活方面，张爱玲写得细腻，苏青也写得很细腻。苏青为什么不如张爱玲？就在于张爱玲在俗世生活的描写后面，还建立起了她对人性、对世界的基本看法，她写的虽是物质和俗世，背后却有精神的探索、心灵的跋涉，这些是小说更内在的一面。好的小说里，那些看起来是物质的描写，也可能藏着作者很深的思想。像曹雪芹笔下的大观园，卡夫卡笔下的城堡和地洞，鲁迅笔下的未庄，沈从文笔下的边城，你说这些是物质世界还是精神世界？

大观园、城堡、未庄、边城可能是一个物质世界，但同时也是一个精神世界——伟大的作家总是能够把他笔下的物质世界精神化，使它们成为心灵和精神的容器。

米兰·昆德拉把小说家分成三种，第一种是在复制这个世界，比如像巴尔扎克这种，确实能很精微地复制一个波澜壮阔的世界；第二种是解释这个世界，像法国的新小说派作家罗伯-格里耶、克洛德·西蒙，他们在不断地解释人和世界的关系；而最伟大的小说家应该是第三种，创造一个新世界——他不仅创造一个物质世界，也创造一个精神和心灵的世界。刚才所说的小说最重要的两个方面，一是对物质的还原，一是对精神的探索，好的小说写作，无一不是这两者的综合——小说必须有结实的物质外壳和对生活世界的描绘，同时也必须是精神的容器，能够装下那个时代的人心里所想、所期待和所盼望的。

好小说必须是物质和精神的综合。

我读小说，喜欢那些生机勃勃的对物质世界的描绘，同时也喜欢在这个世界背后看到那条长长的精神探索的影子。好的小说往往是以实写虚的。像《红楼梦》，它的每一个细节、场面、人物关系，都是可以落实的，但当你看完整部《红楼梦》，又会觉得它不仅有实在的物质生活的描述，还有非常虚的精神生活的描述。从实到虚，这是伟大小说所共有的一个特点。《红楼梦》之所以比《金瓶梅》伟大，就因为《金瓶梅》太实了，没有多少超越的成分，而《红楼梦》是从最实的地方开始，一直写到了一个巨大的虚，它确实完成了从物质到精神的综合。这样的综合，就是我个人信赖的小说观，解决了这个观念问题，我再提出一些具体的问题来和大家探讨。

二、写作的三个要点

我要接着讲关于小说写作的三个要点。

第一点，要有自己的写作根据地。

由于小说是建筑在非常实在的物质世界和精神世界的基础上的，读者就必然会追问你笔下的材料、故事以及情感是从何而来的，所谓根据地，其实就是要找到这些材料和情感的落实地。小说家要扎根，要有自己的根据地，要让自己的经验和材料有个基本的生长空间。好的小说家大都有一个自己的写作根据地，这个根据地，可能是地理学意义上的，也可能是精神学意义上的。

这令我想起福克纳的一句话，他说，他的一生都在写他那个像邮票一样大小的故乡。

但在中国有一个很奇特的悖论，很多人忙于写百年史或者家族五代史，写时间、空间跨度很大的小说，却缺乏能从很小的开口把生活挖得很深的作家。在我的记忆中，一个好作家，往往不是那种动不动胸怀世界的，而是由很小的开口进去后再写出来的作家。像鲁迅的小说，基本上是他故乡发生的故事，沈从文的如是，莫言的如是，苏童的如是，史铁生的如是，贾平凹的也如是，而余华写得最好的小说，也是跟他童年有关的小镇生活。童年的一些记忆像烙印一样，深深地烙在这些作家的写作中。边城之于沈从文、高密东北乡之于莫言、商州之于贾平凹、地坛之于史铁生、香椿树街之于苏童，都有地理学和精神学的符号意义，这不是偶然的事情。一个作家的经验和处理经验的能力，必然是和他的童年记忆、少年记忆有关。

西方作家格林说过，一个人在二十岁以前，他的写作风格基本上已经形成了，此后一生的写作无非是在回忆他二十岁之前的经验和生活。这话是有意思的。在一个人的成长史上，必然有一个地方是你最熟悉的。有了这样一个扎根的地方，一种真正的写作就开始了。

很多作家的写作是跟着时尚、潮流或媒体的议论走的。大家都在写时尚生活的时候，他也写时尚生活；大家都在写都市情爱故事的时候，他也写情爱故事；大家都在写历史小说的时候，他也写历史小说。他可能从来没有自我追问过，我熟悉这种生活吗？这样的一种题材，给过我触动或让我留下过深刻的记忆吗？当代作家不能一直追求如何向外放，而是要学习向里收，不是要向上找什么，而是要稳稳地向下扎根。包括从二十世纪八十年代走过来的小说家，可能都有这样的观念，就是很习惯到西方文学中找资源、找技巧、找一些新的东西。但经过这几十年的模仿和学习，中国小说应该向里收了，应该找一个属于自己的精神扎根的地方。

我为什么会有这样的想法？这和我最近的阅读有关。

我观察几个民族的小说原点，发现各个民族都有自己的小说，这些小说都有自己独特的生长方式。当我回到小说的起源点的时候，突然发现，小说的诞生，并不是各个民族彼此学习和交流的结果，它完全是在一个封闭的世界里自己生长起来的。日本的《源氏物语》距今已经有一千年了吧，它比《三国演义》要早几百年，也比西方的《十日谈》早几百年，但你必须承认，这是一部伟大的小说。尽管《源氏物语》确实受到了中国诗歌的影响，在里面光是引用白居易的诗句，有人统计过就有九十七次，但它又的确是一部独立的小说。再如《红楼梦》的作者，我也不觉得他曾接受过外来文化的影响，作者几乎是凭空创造了这部小说，当然你也可以说他受到了明代小说的影响，但总体而言，影响并不是最重要的。可就是这样一部小说，我们至今读来依然会觉得它是一部现代小说，它的确是很现代的。《红楼梦》的开头——小说套小说那样的开头，到现在也还是经典。

鲁迅被称为现代白话小说的鼻祖，因为他的《狂人日记》开创了现代小说一种新的写作风格。虽然鲁迅自称，他之所以会有写小说的热情和实践，是因为读了百十来本翻译小说。但我觉得，影响鲁迅写作《狂人日记》的，绝不仅仅是一些翻译小说。

我们来看鲁迅《狂人日记》前面的那段引子："某君昆仲，今隐其名，皆余昔日在中学时良友；分隔多年，消息渐阙。日前偶闻其一大病；适归故乡，迂道往访，则仅晤一人，言病者其弟也。劳君远道来视，然已早愈，赴某地候补矣。因大笑，出示日记二册，谓可见当日病状，不妨献诸旧友。持归阅一过，知所患盖'迫害狂'之类。语颇错杂无伦次，又多荒唐之言；亦不著月日，惟墨色字体不一，知非一时所书。间亦有略具联络者，今撮录一篇，以供医家研究。记中语误，一字不易；惟人名虽皆村人，不为世间所知，无关大体，然亦悉易去。至于书名，则本人愈后所题，不复改也。七年四月二日识。"这样的写法，就是放在今天，也还是极为现代的写法。这种写法，究竟是来自西方翻译小说的影响多，还是来自中国古代话本的影响多呢？我个人觉得，鲁迅受中国古代文学的影响，或许超过他受西方小说的影响。在古代的话本里，很多故事前面都有引子，然后才入话，用引子套出另一个故事，这就是所谓的中国套盒式的写法。这种写法现在看起来很现代，但我国的古人早就这么写了。

所以，写小说不一定要向外放，也可以回望自己的来路，从中寻找写作的资源。

有些小说家，一生都没明白自己究竟要写什么。但我以为，作家要像歌德所说的，认识到写作是独立和终极的。他必须有一个用他一生来辨析和书写的地方。普鲁斯特恐怕是最典范的，他的一生都在追问有关人生和存在的问题，他一直背负这个重担在写作。反观中国很多作家，他们迷信变化，而且一直在变，就是没有扎根，也无所坚持。以张艺谋做例子，他是一个很聪明的导演，从第一部电影到最近的电影，他不断地在变，但我觉得他心中是没有自己的电影主题的。他可能一直拍不出一部自己真正想要拍的电影，才会一直在变。很多作家也被变化所迷惑，他们一直在寻找新写法、新题材、新的市场看点，却一直没写出自己想要写的小说。他们的写作，缺乏能真正容纳他们智慧、情感和心灵的根据地。如果没有一个地方能让他激动，没有一种生活能让他愿意付出一生的时间、精力和智慧去书写，真正的写作就很难开始。

第二点，要张扬一种实证精神。

我刚才说了，小说是对物质世界和生活世界的还原。这种还原对作家是有要求的，它要求作家在虚构的同时，也得做一点笨工作，花一点笨功夫。不知道在座的各位有没有这样的感受，现在愿意做笨工作、花笨功夫的小说家，真是太少了。有的小说家坐在书斋里瞎想，可能也会写出不错的小说，但是深究下去，这种小说在生活器物、人情风俗、情理逻辑等方面很可能漏洞百出。巴尔扎克说，小说是一个民族的秘史。这里所说的秘史，必然包含一个民族的文化、风俗、人情，你若不做基本的调查、研究，要写好它是很难的。

为何我特别强调实证精神、笨功夫，就是要让读者看出作家对自己所写的生活是做了研究，是写出了质感的。但凡大作家写的生活，往往是可以被还原的，这种可还原性就为小说的真实感提供了值得信任的依据。

信任是小说和读者之间不可或缺的契约。

当我读某些小说时，我会意识到，那个时代的人不该穿那样的衣服，他那种身份的人不应该那样说话，话中也不应该用那样的词，或者小说里面写到的器物，不应该出现在那个时代，等等。这些小问题不注意，有时会瓦解读者对小说的基本信任。

看中国当代电影的时候，我也有同样的感受。

我看某些所谓的大片时，失望的时候多，有时还会忍俊不禁地笑。这并不是在笑导演没有表达出深刻的思想，而是笑导演在很多本不应该忽略的细部出了洋相。一个年代的人说的话，穿的衣服，吃的东西，都是有讲究的，如果你以庄严的形式复现一段历史，你就得在这段历史上花笨功夫，这样才能复现那段历史的基本面貌，恢复那一时期的生活质感。你要写某种久远时代的生活，你就必须先做一些笨工作，至少要读上几十部地方史、地方志、野史、传说，要对那个年代的一些基本情况做调查和研究，你才不会在细节上出大的漏洞。

但这一二十年来，作家们都过度地迷信虚构了，以为虚构就是任由自己胡编乱造。其实不然。必须牢记，小说的材料如果是不真实的，经不起推敲的，那么，伟大的灵魂也无从建立起来。

我看李安的电影《色|戒》时，就很有感触。看完《色|戒》，我深感张艺谋、陈凯歌这样的导演，和李安的追求差得太远了。就小说而言，《色，戒》其实是一篇并不好的小说，至少张爱玲没有说清楚她想说的问题。何以李安能如此精确地理解张爱玲的内心世界？他不单理解了张爱玲，他在拍这部电影时，还最大限度地还原了那个时代的生活质感。我并不是说这部电影没有问题，它至少表明，李安愿意做笨工作。我读过他和龙应台的对话，他说电影里的电车是按当年的尺寸建造的，汽车车牌的尺寸也是按当年的尺寸做的。龙应台问他：那道路两边的梧桐树呢？他说：梧桐树也是我一棵一棵种下去的，连易先生家里那张打麻将的桌子，也是我花了三个月时间找遍海峡两岸和香港好不容易找到的，是那年代的东西，就连桌子后面的那个钟馗像，也是那个年代的作品。一个大导演在认真做这些看起来没有多少智慧含量的工作时，就表明他是一个不藐视细节的人。这样的专业精神确实值得大家学习。因此，《色|戒》里人物每一次纤微的心灵转折，都交代得很详尽，并和那个时代的氛围结合在了一起。这部电影在专业精神的呈现上，比张艺谋他们耗费更多钱制作的电影，要认真得多。

李安这种注重实证精神的敬业态度，在小说界恐怕是不多见的。

前几天，我和格非在广州吃饭聊天时曾说，科波拉那个年代的人看他的《教父》，不是只看《教父》的故事，而是通过《教父》看那个年代生活的种种事象。在这部电影里，连码头都是科波拉按照当年的尺寸建造出来的。福楼拜小说里的东西，如房间的摆设，柜子在哪里、床在哪里、钟在哪里，包括街道的转角，都是能被还原的，它们甚至像钟表的刻度那样精确。在当今这个过度迷信虚构的年代，这种物质的精确、细节的实证，还有意义吗？我是觉得太有意义了。

实证带来信任。

一部小说，如果没有可信的物质外壳，可能也就没有可信的灵魂和精神。王安忆曾说，她试图了解年轻一代写的小说，但她读完那些小说后，却产生了疑问。她说这些人把笔下的人物写得那么奢华、那么时尚、那么中产阶级，但这些人物的生计问题是怎么解决的呢？也就是说，保证他们过上奢华生活的那些钱是从哪里来的？王安忆说，一个作家如果不能解释清楚他笔下人物的生计问题，那么他所写的灵魂也不值得相信。现在很多年轻人写的小说里，人物都是穿名牌，出入大酒店，游历世界，过着奢侈的生活，但这些作家可能没有想过，人物的身份和收入够不够支付他过这种奢华的生活。如果作家不能很好地回答这个问题，他笔下的灵魂可能就是假的。

一个作家的写作，不能为了时尚而时尚，他写的必须合乎人物的身份，过度虚构会产生阅读上的不可信。一部小说之所以能让人看了之后感动，在于小说家和读者之间是有一种契约的，这个契约中最重要的内容是读者觉得他所读的小说是真实的。如果这个契约被瓦解了，小说所塑造的所有生活、精神就都不可信了。王安忆说，贾宝玉和林黛玉他们不用考虑生计问题，是因为小说为他们设立了一个前提——他们出生在富贵家庭，过着锦衣玉食的生活，他们不必考虑生计问题，而可以专心写诗、专心谈恋爱。王朔笔下的痞子也不用考虑生计问题，因为王朔为他们设立的前提是他们可能继承了一笔遗产。如果小说中的人物既没有继承遗产，又没有出生在富贵家庭，他却过着富贵的生活，这种富贵生活就一定是假的，这种生活背后的人性和感情也是假的。

这就是小说写作不得不遵循的实证精神。

一部小说没有实证精神，读者对它的信任感一旦丧失，小说的意义也就荡然无存了。沈从文说过一句话，他说专家就是有常识的人。家具到了家具专家那里，很快就能判断出它是哪个年代的、什么材质的；丝绸一过丝绸专家的手，就知道它的材质和产地。这就表明，专家对这些事物有了常识。小说家也应该是生活的专家，应该精通生活的各个方面。你读《红楼梦》，会觉得曹雪芹无论是对平民生活还是贵族生活中的吃食、茶酒、婚礼、葬礼等等，写起来无不精细、传神，至今都还经得起历史学家的推敲，可见作者对他所写的生活是有常识、有专深研究的，所以才经得起考据和还原。你也可以靠小聪明，靠各种讨巧写作，但那些肯花笨功夫的人更有可能写出大作品。一个作家，与其写三部、五部毫无影响的作品，还不如把那些时间集中起来，实实在在地研究一段生活或者一群人，真正把你所写的生活写细、写透，把它写得经得起任何一个实证主义者的推敲，从坚实处做出大东西来。

我曾经问过一些年轻作家，你真觉得你写的那些小情小调、小情小爱有意思吗？你打算一辈子就写这么点事吗？它值得耗费你一生的智慧和才情吗？这样一问，很多作家都哑然了。其实，很多作家都有对写作意义的自我追问。确实，时代已经不同了，小情小调的东西已经不稀奇了，现在只要打开某个网站，里面尽是青年男女的情爱，而且很多年轻写手写得比很多作家都更精彩，更大胆。你和他们比什么？比胆量？比经历？我看都没有优势。唯独在比笨功夫上，年轻写手可能没有你有耐心，可能也没你有时间，这是你的优势。

我一直认为，大作家身上一定要有笨拙、朴素的东西，好小说要像大动物，貌似平静却积蓄着惊人的力量。

在这个时代，前进也可能是一种后退，笨也可能是一种智慧。

在中国，其实不缺写作题材，也不缺会讲故事的人，真正缺乏的反而是那种愿意在这种题材上面下功夫的人。很多人在写历史，真正对历史下过功夫的人却很少。我读过二月河的小说，他的历史观有些是值得商榷的，但你必须承认，他对清朝的历史是下过功夫的。现在很多人写历史小说，动不动就让他的主人公带一千两银子上路，而他们根本不知道一千两银子有多重，能不能带得动，也根本不知道凭着所写人物的家境和身份，出不出得起这一千两银子，更不用说每个朝代银子的切割、交易都是不一样的。只要回到历史的细节，就会发现，很多作品都有不可忽视的漏洞，一个作家的知识累积是贫乏还是丰富，在这里马上显露无遗。

细节是小说写作不可或缺的部分，你不能藐视它的作用。有时候，一个细节的漏洞就会让人对整部小说的信任彻底崩溃。

我们都来回想下自己读小说的过程。你读到一个不合理的细节，就会有不想往下读的感觉，这就像人们看电影时，只要看到一些明显的漏洞，就会丧失对这部电影的信任一样。阅读是有契约精神的，要一直维持这一契约，并不容易，有时，一个细节所带来的破坏，往往比整体性的破坏更可怕。这让我想起很早以前的一件事，我的一个朋友和他做幼儿园老师的女朋友分手了，原因是，有一次他去她的学校找她，看到她在教小朋友唱歌、跳舞时，她的裙子上挂了串钥匙，他和她说过这事，可她一直不把钥匙从裙子上摘下来，他就再也没有办法接受这个女朋友了——她裙子上挂着串钥匙跳舞的场面无法从他的脑海里抹去。如此小的问题，都可能梗在感情中，甚至直接瓦解感情，可见，小说写作的细节问题也是不能轻视的。

为什么中国的推理小说和侦探小说一直不发达？其实就是在实证上出了大问题，作者没办法使小说的逻辑和情节精密得经得起读者的推敲。读过《达·芬奇密码》的人都知道，这部小说肯定是虚构的，但小说中的每个关键细节都是真实的，包括里面所用的道具、人物、历史的时间都是真实的，它是由真实的细节构建起来的虚拟小说。

一部小说可以是虚拟的，但它所用的材料必须是真实的。

卡夫卡的小说里每个细节都是真实的，整部小说却是假的，人物也是假的。人变成甲虫，这当然是非常简陋的写法，但小说里的细节，如肚子太大被子滑下去，别人看他的眼神等，都是真实的。伟大的作家往往是有能力把假的写成真的，而拙劣的作家却经常把真的写成了假的。卡夫卡是把假的证明为真的，让你觉得那只甲虫和那只在地洞里听着外面动静的小动物是多么真实。他通过一系列真实的细节，建构起了一个更大的精神真实。

有一些作家写的是一段真实的生活，但你读完之后却觉得那是假的，因为这些小说里的人物可能是真的，历史也是真的，但细节是假的。只要细节是假的，年代和历史的真就变得无足轻重了。这就是笨功夫的重要意义。

细节问题，可以看出作家究竟在他所写的小说里花了多少工夫、花了多少心力。像前面王安忆说的生计问题，就是一个不能胡乱应付的问题。读《阿Q正传》，你会发现鲁迅对阿Q的生计交代得清清楚楚——他有没有钱，他住在哪里，他当棉袄、当裤子，到最后没有什么可以当了，就去偷萝卜……你必须一步一步把他的生计问题交代清楚，像他这种人就过着这样的生活。

我说过一个曾引发争议的观点：现在很多作家已经不会写风景了。当代小说里真的很少有写风景的了，似乎读者没有耐心读，作家也没有耐心写。这固然是由于时代阅读趣味的变化，但也可能是因为很多作家没有写风景的能力了——不会写风景，很可能是因为他们从来没有认真观察过风景。鲁迅笔下的风景描写，几句话就能让一幅苍凉的风景画横在我们面前，沈从文也有这种能力，他们是二十世纪中国作家中写风景写得最好的，都对风景、人物有精细的刻写能力。现在很多作家写风景，多是空话、套话，他们缺少对风景真实的观察。其实不仅是风景描写，在别的方面，风俗的、人情的、心灵逻辑上的，漏洞百出的事也是常有的，追问下去，都和缺乏实证精神有关。

我看过一部小说，作者为了表达一位诗人的愤怒，表达这个诗人与时代的决裂、与文坛的不共戴天，就说，这个诗人每天要收到很多报纸和杂志，他看都不看就扔到马桶里冲走了。谁能找到一个能把报纸、杂志都冲走的马桶呢？不能光顾着写愤怒，而忽视了这愤怒是不是能用这种方式表达。看完这部小说，我一点都不觉得这个诗人是愤怒的，只是觉得作家写得过于草率了，他居然可以如此武断地对待他的读者。

不仅小说如此，很多电影更是如此。像《无极》《太阳照常升起》《十面埋伏》等，导演对里面的细节处理极为专断、随意，明明是被啃过一口的馒头，到最后拿出来又是完整的。这绝非小事，因为从这个小细节中，就可以看出这部电影的制作者是如何藐视他的观众的。他们根本没把观众当回事。有专业精神和实证精神的导演，肯定不会在这样重要的细节上出问题。

现在，到了应该强调专业精神和实证精神的写作时代了。

第三点，贴着语言写。

沈从文教导我们，写小说要贴着人物写。我相信大家都明白贴着人物写的道理，但我要加上一句，写小说还要贴着语言写。贴着语言写，你就不会忽视你笔下哪怕一个简单的词。

我觉得，除了细节的漏洞，语言的粗糙和随意，也是当今小说存在的一个大问题。小说语言有它自身的逻辑和内在情理，如果你不贴着语言写，写得过于浮、过于飘，你所要表达的那种感受就会落空。苏童有天分把一个时代的颓废写出来，比如《妻妾成群》这样的小说，但以苏童的天才也不敢轻易去碰那个时代的器物，因为他对那些东西未必有专门研究。强调贴着语言写的意思，就是要重视事物的情理和语言本身的逻辑。你想要写出内在的真实感，你写的东西就必须合情合理，而不能天马行空。

我钦佩鲁迅这样的作家，三言两语就能写出别人写不出的东西。有多少人会选择又痴又狂的有精神病的人做小说的主角？坦率地讲，我也曾读过当代不少以傻瓜、精神病人、白痴作为叙事者的作品，很多时候我都替这些作家着急，小说写了半本了，还没觉出他笔下的人物是傻瓜或狂人。鲁迅不一样，他的《狂人日记》一开头就写今天的月光怎么样。鲁迅学过医，据说在医学研究中，精神病和月光是有神秘关系的。这个我们姑且不说。看他的第二段，有这样一句："不然，那赵家的狗，何以看我两眼呢？"当你读到这句话时，就应该知道这是个精神病。鲁迅只要一句话就能让人知道，精神病的症状是怎样的，有些作家写了几十页了，也未必做得到。"不然，那赵家的狗，何以看我两眼呢？"这显然不是正常人说的话，这是疯话。假若这人不是一个疯子，不是精神病，他怎么知道赵家的狗是在看他？他又怎么知道赵家的狗是看了他两眼？为何不是三眼或五眼？

可见，人物有人物的情理，事物有事物的情理，一部小说好不好，跟一个作家能否写出人物和事物内在的情理是大有关系的。

我读过刘亮程的一部小说，他写到一个细节，乡村里好多旧房子都裂了口子，没有翻新，但哪怕房子的门框是斜的、墙壁是裂的，你住着依然觉得很安全；相反，如果是新房子，裂几个口子你就不敢住进去了。这个感受非常符合我的乡村记忆，很多乡村的房子是裂的、歪的，依然有人住在里面，没事，但新买的商品房如果裂了，我们绝对不敢住。房子裂了十年、二十年，墙和梁都生出感情来了，咬住了，它倒不了——只有对乡村生活有研究和了解的人，才能写出这样的细节。刘亮程还写，在乡村里，有一些人是被鸡叫醒的，一些人是被驴叫醒的，有些人是被马或狗叫醒的，还有一些人是被蚊子叫醒的，然后他专门做了分析，被鸡叫醒的人是勤劳的，而被马、被驴叫醒的人多半是个懒鬼。这些都是来自生活的小感受，如果你不贴着事物，不贴着语言本身，就很难写得这么细、这么合乎情理。这是一个简单的写作真理。

贴着语言写，贴着人物写，才能把细部写得饱满。

　　汪曾祺举过一个例子，让我印象很深。他说，山里的农民第一次看到大海，会有怎样的感受呢？很多作家喜欢用绚丽的词汇去形容他的感受，但这种感受往往是作家强加给他的，并非农民自己所有的。如果你写这个农民眼中的海是浩瀚的、蔚蓝的，像母亲一样博大的，这绝对是一种虚假的感受。在一个农民的感受中，并不会有浩瀚、蔚蓝这样文雅的字眼，而诸如大海像母亲之类的比喻，更是文学家的想象，农民不会这样来形容大海。契诃夫写一个农民看到大海时，是说，"海是大的"。很简单的描写，却符合农民的感受。这或许就是契诃夫小说的魅力所在。我记得契诃夫有一部小说是写草原的，里面三分之二的篇幅是在写风景。有些人也许不喜欢这部作品，但我却觉得这是契诃夫小说中的经典之作。他不仅是在描述一个作家所看见的，更重要的是，他通过草原告诉我们人对于草原的感受方式，就像俄罗斯作家笔下的森林是波澜壮阔的，他们笔下的草原也是辽阔而大气的。

　　朴素的描写有时比那些装饰性强的描写要有力得多。说"海是大的"，这种贴身的描写，比那些抽象的抒情要准确得多。这令我想起一首打油诗，写的也是一个人初次见到大海时的感受，就两句："大海啊，原来你都是水！"很多山区来的人都可以做证，他第一次见到大海时，恐怕就是这种感受：这么多的水，无边无际的水，它们都从哪里来的呢？如果我们一看到大海就想到母亲，那不过说明我们的想象力被文化和教育格式化了。假如你是用自己的眼睛看、自己的心去感受，你对大海的描写，就不会落到这样的公共结论里。

　　汪曾祺还举过另外一个例子，是写一个孩子第一次到草原，看到草原上开满五颜六色的花，该如何形容这个孩子的感受呢？一个农村的孩子，又是第一次在草原上看到这么多颜色不同的花，他会想到姹紫嫣红吗？会想到百花争艳吗？我想是不会的。汪曾祺说，他想了很久，最后他写，"草原像上了颜色一样"。颜色是孩子所熟悉的。这就是贴近一个农村孩子的感受才有的语言，没有花里胡哨的词汇，但在细微处却显得贴身、准确。不贴着语言写，你的写作就会忽视这些细部。

　　长篇小说作为命运的交响曲，如果没有这些细部的音符，恐怕是奏不出好的音乐的。

　　不要小看细节的意义，也不要忽视具体的用词，任何语言的大厦，都是靠着一个个词、一个个细节建筑起来的。我看过一篇回忆文章，讲海明威的儿子格瑞戈里用他父亲的打字机写了一篇小说，海明威看后非常高兴，他笑着表扬了儿子的写作才华：你可以得奖了，孩子。写作需要钻研，需要训练，需要想象力。从这篇小说看来，你有想象力。写作主要靠运气，天赐的才能像是一百万人里面中了一张彩票，如果你天生没有才能，那么你再钻研、再训练都不管用。但是，海明威认为儿子的小说有个地方需要改一下——小说中写一只小鸟从鸟巢里掉下来之后，很意外，"突然之间它发现自己可以飞了"。海明威说，应该把"突然之间"改成"突然"，写作上用字越少越好。格瑞戈里看见他爸爸笑得那么开心，自己却很惶恐，因为他知道自己的小说是抄袭屠格涅夫的。他赶紧回到房间，拿出屠格涅夫的原著，一对照，原著里写的确实是"突然"，而"之间"是他抄袭时顺手加上去的。我们可以揣摩一下"突然它发现自己可以飞了"和"突然之间它发现自己可以飞了"这两句话，在语言的韵味上是不是有所不同？稍有语感的人都知道，"之间"这个词确实是多余的。

　　当一个作家开始关心作品里的一个词、一个字时，他的写作感觉就是在贴着语言写了，他不会让一个词从自己笔下轻易地滑过去。这也就是鲁迅为何会劝我们写完一篇文章后要读上几遍，删掉那些多余字眼的缘故。

　　语言是否简约，你所描述的事物是否符合情理，这看起来是小说的细节，但它却关乎一部小说的成败。细部丰满了，一部作品才会显得丰满。很多作家藐视这一点，以致很多作品经常出现农民说话像大学生，小孩说话像大人，古代人说话和现代人说话用的是一种词汇，这可能吗？我看过一个作家的小说，他写笔下的主人公带着小孩和另外一个也有小孩的人结婚了，这两个孩子都只有六七岁，为了让他们能和睦相处，这个父亲就把两个小孩叫到面前，做他们的思想工作，他说，四海之内皆兄弟，以后你们作为兄弟，就应该有手足之情了。一个成人，对两个六七岁的孩子说"四海之内皆兄弟""手足之情"，这不是完全不顾情理的胡说吗？很多作家不懂什么叫情理，他们把虚构想象成自己一个人任性地天马行空，殊不知，虚构也是要遵循现实和情理的逻辑的。

　　我不止一次看作家在创作谈中说道，他们一开始为小说设计好了情节和走向，写着写着，人物就自己站出来说话和行动了，不但偏离他原先的设计，甚至还可能推翻他原先的设计。这其实是高明的写法，它表明作家笔下的人物活起来了，他开始用自己的感受在说话，以自己的性格逻辑在走人生的道路了。

在小说写作中，人物的性格逻辑是高于作家的想象的，如果你强行扭曲人物自身的逻辑，这小说一定会显得生硬而粗糙。不贴着人物自身的逻辑、事物内在的情理写，你就会武断、粗暴地对待情节和对话，艺术上的漏洞就会多很多。就像我前面说过的，你要了解一个疯子或者傻瓜，就得贴着他们的感受写，如果你用健康人的思维去写，就很难写得真实生动。我印象很深的是辛格的小说《傻瓜金佩尔》，这个傻瓜，回到家里发现自己的老婆和别人睡在床上，如果一个正常的人，可能会马上冲上去痛打他们一顿，但他只是一个善良的傻瓜，他的反应方式也就得是傻瓜的方式。这时就显示出了辛格作为大作家的才华，他写道：如果我妈活着，她一定会再死一次。一个依赖着妈妈生活的傻瓜，看到这样不堪的场景时，想到的也一定是妈妈，他觉得妈妈是会为此事而痛苦的。这样的描写，真是精准而深刻啊。还有福克纳的《喧哗与骚动》，也是以一个白痴作为主角，小说开头就写道，这个白痴在看人家打球，他不知道他们是在打什么球，只是说，他打了一下，他也打了一下，球场旁边的花，他也不知道是什么花。这样的叙述者，你一看就知道是一个智力比一般人低的人。

我读小说，是很喜欢留意这些精彩细节的，如果一部作品充满这些细节，这部作品就会显得丰润，读者和作品之间的阅读信任也就很容易建立起来。而贴着语言和人物写，是建立阅读信任至为关键的一步。

三、辨析心灵世界

建立写作的根据地，张扬一种实证精神，贴着语言写，这三点，我把它们称为是长篇小说写作的物质外壳，它们是建立一个严密的语言容器的必备条件。

光有这三点，要完成一种有深度的长篇小说写作，显然还不够，因为小说不仅要有密实的物质外壳，它还必须是驳杂的精神容器，必须容纳各种精神在小说里激荡。要做到这一点，就还得有问题意识：长篇小说写作还要有探索、追问、辨析心灵世界的能力。有了广阔的精神空间，建构物质外壳的一切努力才能被落实和提升。

长篇小说的后面要有一条秘密的精神通道，要投下一道长长的灵魂的影子，这样才能通向一种有重量的写作。读苏青和读张爱玲的作品，会有不同的感受，原因也在于此。苏青的小说，从俗世生活的层面看，也是写得很细腻、精微的，但何以苏青的小说不如张爱玲的？就在于苏青的描写可能就止于俗世生活了，而张爱玲的小说在俗世生活的背后，往往会为人物建构一个苍凉、虚无的人生背景，这就使得张爱玲的作品比苏青的作品具有更大的心灵空间。张爱玲的写作观里有一个很核心的东西，就是她和胡兰成的婚书上写的那句话所代表的——"岁月静好，现世安稳"，这就是俗世生活的写照。张爱玲之所以把俗世生活雕刻得那么精细，就是因为她对俗世生活的热爱。但只理解张爱玲小说的这个层面，是远远不够的，她的小说，每次读完会令我想起另一句话，"短的是生命，长的是磨难"，这话的背后暗含的是一种"望远皆悲"的思想。"岁月静好，现世安稳"和"望远皆悲"这两个意思合在一起，才能读出完整的张爱玲的小说世界。一方面追求眼前的俗世生活的幸福，另一方面又觉得只要看远一点，人生不过是悲凉而已。她将精细的俗世生活图景和苍凉、虚无的人生观结合在一起，这就使她的小说突然有了很大的纵深感，从而完成了从实到虚、从俗世到虚无的过渡，我想，这就是张爱玲的过人之处。

但比起张爱玲来，鲁迅所看到的世界，显然又要宽阔、深透得多。尤其是在《野草》里，鲁迅把人放逐在存在的荒原，让人在天地间思考、行动、追问，即便知道前面可能没有路，也不愿停下进发的步伐——这样一个存在的勘探者的姿态，正是旷野写作的核心意象。二十世纪的中国文学一直以鲁迅为顶峰，而非由张爱玲来代表，我想大家所推崇的正是鲁迅身上这种宽广和重量。

从细小到精致，终归不如从宽阔到沉重。

我几年前出过一本书，书名叫《从俗世中来，到灵魂里去》，这个书名本身，包含了我对小说的基本看法。文学要从俗世中来，要有坚实的物质外壳，作家呢，要有世俗心，要重视写人记事合情合理，要尊重生活和经验的常识，要有写作的根据地，并且要通过实证主义的方式，贴着语言写，给读者建立起阅读信任，最后，还要把作者自己摆到作品中去——也就是说，要让自己的生存体验化在其中，要让作品有辨析和书写心灵世界的能力。

文学发展到今天，不仅要反对假文学，还要反对死文学。没有细密、严实的物质外壳，从中读不到来自俗世的可信任的消息，胡编乱造的文学，是为假文学；没有灵魂的叙事、心灵的呢喃，没有作者性情的流露，没有广大的胸襟，旨趣低俗、襟怀狭窄，是为死文学。而"从俗世中来，到灵魂里去"的意思，就是说文学既要有精细的俗世经验，又要有深广的灵魂空间，二者的结合，便是我理想中的好文学。

我希望这是一条文学的新路，也希望你们走出一条属于你们自己的新路。

尊灵魂的写作时代已经来临

　　进入新世纪后，中国小说的写作日趋多元，每个作家都必须面对一个由消费文化为主导的多重力量交织的写作现场，写作已经无法再获得任何的精神总体性。正如二十世纪八十年代作家们着迷于把语言变成一种叙事权力一样，近年来，如何把个人写作彻底合法化，也成了中国当代文学发展的重要动力。然而，在这个写作不断走向个人化的过程中，个人经验的广阔并没有被全面敞开，相反，一种压抑个人的力量也同时崛起——新的写作公共性，往往以个人写作的名义，为作家笔下那千人一面的故事进行道德辩解。

　　经验和故事，身体和欲望，可以看作是这十几年来中国小说的两对关键词；催生它们蓬勃发展的潜在力量，正是消费社会的兴起。但是，这样的写作开始面临根本的困境：二十世纪的小说革命，是把作家的眼光从外在的世界转向人类的内心，通过"对自我的内心生活进行细致探究"[①]来寻找新的方向，假如今日的小说不再探究人类心灵的内在图景，也不再对人类的精神提出新的想象，那么，小说存在的意义在哪里？换句话说，越过经验和欲望的丛林，小说还有可能对存在发言、与灵魂对话吗？

　　基于这样的追问，我以为，在经验和身体话语之外，新世纪的小说正在经历隐秘的变化，而变化的方向，是灵魂叙事将再一次成为小说的强势主角。

---

　　①〔捷克〕米兰·昆德拉：《小说的艺术》，董强译，上海译文出版社2004年版，第32页。

一、经验的贫乏

小说是对内心的勘探，对精神复杂性的描述，这一直是小说的重量之所在。导致近年来小说日益轻质化、趣味化、商业化的根本原因，在我看来，是经验的崛起以及小说界对个人经验的过度崇拜——个人写作，一度成了经验写作的代名词。展示经验的新奇，书写经验的秘密，把经验当作生活的基本肌理加以解剖，甚至把个人经验当作日常生活的全部内容，这已经成了当下写作的主流。

展示经验的最好载体是故事。在这个崇尚经验、热衷于传递经验的当代社会，故事正在日渐取代小说的地位——很多人之所以读小说，是为了读故事；而读故事的目的，又是为了窥探、分享那些私密的经验。就这样，一个发端于个人经验的写作链条，通过讲故事的方式，连接上了消费社会这一粗大的血管；很长一段时间来，小说除了讲一个好看的欲望故事之外，几乎丧失了探索精神疑难和叙事艺术的热情。然而，小说固然要讲故事，但故事并不都是小说；正如生活里有经验，但生活并不全由经验所构成。

本雅明说，"经验贬值了"，"而且看来它还在贬，在朝着一个无底洞贬下去。无论何时，你只要扫一眼报纸，就会发现它又创了新低，你都会发现，不仅外部世界的图景，而且精神世界的图景也是一样，都在一夜之间发生了我们从来以为不可能的变化。"[1] 新闻是对经验最直接的讲述，由新闻所告诉我们的经验适合分享和传递，所以，现代人的生活，几乎都由新闻所主导。当大家在新闻的暗示下，口口相传别人的经验的时候，其实个体可以言说的经验不仅没有变得丰富，反而变得贫乏了。这也就是为何那些激进的个人主义者，写出来的小说面貌往往大致相仿的原因之一。经验的类同，正在瓦解小说家的创造力，因为在现代社会，一切经验都在遭遇根本的挑战："战略经验遇到战术性战争的挑战；经济经验遇到通货膨胀的挑战；血肉之躯的经验遇到机械化战争的挑战；道德经验遇到当

---

[1]〔德〕瓦尔特·本雅明：《讲故事的人》，见《本雅明文选》，陈永国、马海良译，中国社会科学出版社 1999 版，第 291—292 页。

权者的挑战。"①那些渺小的个人经验，只有被贴上巨大的历史标签或成为特殊的新闻事件之后，它才能被关注和获得意义，因此，很多的写作，看起来是在表达自己的个人经验，其实是在抹杀个人经验——很多所谓的"个人经验"，打上的总是公共价值的烙印。尽管现在的作家都在强调"个人性"，但他们分享的恰恰是一种经验不断被公共化的写作潮流。

如何在经验已经贫乏、贬值的年代，继续让小说获得自己独有的意义？这令我想起米兰·昆德拉对小说家的定义，他在《小说的艺术》一书中称小说家为"存在的探究者"，而把小说的使命确定为"通过想象出的人物对存在进行深思"，从而揭示出存在世界不为人知的方面。"小说审视的不是现实，而是存在。而存在并非已经发生的，存在属于人类可能性的领域，所有人类可能成为的，所有人类做得出来的，小说家画出存在地图，从而发现这样或那样一种人类可能性。……存在的领域意味着：存在的可能性。"②这个著名论述，指出小说的精神，应该关乎"存在"与"可能性"这两个基点，也就是说，小说必须在世界和存在面前获得一种深度，而非简单地在生活经验的表面滑行——但我注意到，当下很多写作仍然是满足于再现一种贫乏的经验，复制一种简陋的生活。当作家们普遍热衷于描绘"直接现实主义"，我们有必要追问：一个有内心质量的作家，应该如何处理经验与记忆、个人与世界、想象与虚构之间的复杂关系？

我并不否认，个人经验在文学写作中的全面崛起，增强了写作的真实感，并为文学如何更好地介入生活提供了新的视角和资源。我想说的是，经验并非写作唯一用力和扎根的地方，在复杂的当代生活面前，经验常常失效。一个作家，如果过分迷信经验的力量，过分夸大经验的准确性和概括性，他势必失去进一步探究存在的热情，从而远离精神的核心地带，最终被经验所奴役。

经验是写作的重要材料，但在这个任何经验和感受都能被符号化、公

①〔德〕瓦尔特·本雅明：《讲故事的人》，见《本雅明文选》，陈永国、马海良译，中国社会科学出版社1999版，第292页。

②〔捷克〕米兰·昆德拉：《小说的艺术》，董强译，上海译文出版社2004版，第54—55页。

共化的消费时代，作家的创造性应该体现在如何对经验进行辨析、如何使经验获得"个人的深度"（克尔恺郭尔语）上。这种对经验的辨析，正如克尔恺郭尔语辨析"记忆"和"回忆"这两个概念之间的不同一样。他在《酒宴记》中说，你可以记住某件事，但不一定能回忆起它。"回忆力图施展人类生活的永恒连续性，确保他尘世中的存在能保持在同一进程上，同一种呼吸里，能被表达于同一个字眼里。"① 简单的记忆，记住的不过是材料，它因为无法拥有真实的、个人的深度，必定走向遗忘。耿占春对此也做了分析，他说：在新闻主宰一切的今天，"人人都记得的一件事，谁也不会对它拥有回忆或真实的经验。这反映了经验的日益萎缩，这也表明了人与经验的脱离，人不再是经验的主体。看来不太可能的状况已经出现在我们的生活中：我们生活在并非构成自身经验的生活中。我们的意识存在于新闻报道式的话语方式中，因而偏偏认为：不能为这种话语方式所叙述的个人生活经验是没有意义或意指作用不足的"② 。确实，当下中国作家面临的一个重要困境就是，"生活在并非构成自身经验的生活中"，生活正被这个时代主导的公共价值所改写，在这种主导价值的支配下，一切的个人性都可能被抹平，似乎只有这样，小说才能获得最大限度的商业和消费价值。

如果用哈贝马斯的话说，这种对生活的改写，其实是把生活世界变成了新的"殖民地"。他在《沟通行动的理论》一书中，特别提到当代社会的理性化发展，已把生活的片面扩大，侵占了生活的其他部分。比如，金钱和权力只是生活的片面，但它的过度膨胀，却把整个生活世界都变成了它的殖民地。③ 面对这种状况，重述一个作家的对存在现状的敏感是必要的。唯有对存在的敏感和追问，才能使作家拒绝认同片面生活对整个生活世界的殖民。许多时候，经验写作其实是新的殖民写作：它以一种可以被

① 〔丹麦〕克尔恺郭尔：《酒宴记》，见《曾经男人的三少女》，江辛夷译，作家出版社 1994 年版，第 4 页。

② 耿占春：《回忆和话语之乡》，广西师范大学出版社 2003 年版，第 181—182 页。

③ 转引自王元化、李慎之、杜维明等著：《崩离与整合：当代智者对话》，东方出版中心 1999 年版，第 5 页。

消费和传播的经验，殖民了更多在暗处的、无法获得传播价值的经验。因此，经验常常是片面的，经验只有被存在所照亮，它才能为一种人之为人的处境做证。

假如小说不再集中描述存在的景象，也不再有效地解释精神的处境，那么，它也就不再处于自己的世界之中了。荷尔德林说，文学是为存在做证，但在今天，文学仿佛一夜之间就变成了消费主义和欲望故事的囚徒，谁还有兴趣对存在的难题穷追不舍呢？存在已被遗忘。然而，真正的文学永远是人的存在学，它必须表现人类存在的真实境况。离开了存在的视角，精神的暗处便无法被照亮；没有对精神复杂性的充分认知，一个作家的写作也无法深入人类的内心。唯有把一切伪装的生存饰物揭开，看看在经验的下面，我们的心灵究竟需要什么，我们的精神究竟在哪里出了问题，这样的文学，才是寻根的文学、找灵魂的文学。

当本雅明所说的新闻报道成了更新、更重要的第三种叙事和交流方式，小说由此面临危机之时，小说还有存在的必要，就在于它能够在个人经验被侵蚀和淹没的时候，为贫乏的经验找到一条返回内心、获得意义的通道，使人类重新生活在构成我们自身经验的生活中。

二、身体的面具

和经验相关的另一个写作关键词是：身体。近十年来，身体是一些作家的革命主体，也是另一些作家的写作策略，关于身体话语的文学讨论，因此被赋予了很多复杂的因素。有一些人，一说到身体，以为指的就是性、欲望，或者个人情感的宣泄，这其实是把身体和肉体混为一谈了。肉体指的是身体的生理性的一面，它是身体最低、最基本的方面；除了生理性的一面，身体还有伦理、精神和创造性的一面。身体的伦理性和身体的生理性是辩证的关系，只有将二者统一才称得上是完整的身体，否则它就仅仅是个肉体——而肉体不能构成写作的基础。

从哲学意义上说，身体是灵魂的物质化，而灵魂需要通过身体实现出来；没有身体这个通道，灵魂就是抽象的、虚无缥缈的。只讲灵魂不讲身体的思想一旦支配了一个人的写作，这种写作就很容易走向玄学——玄学写作看起来高深莫测，里面往往空无一物。把身体和灵魂对立起来的观念是简陋的，但凡有力量的灵魂、有价值的精神，岂能越过身体而单独存在？不应该用一种貌似高尚的精神来贬斥身体、践踏身体、把身体驱逐到一个黑暗的境地，真正的身体写作，就是要把身体从黑暗的空间里解救出来，让身体与精神具有同样的出场机会。

身体当然有物质性（生理性）的一面，可物质很可能是我们了解精神的必由通道。任何的精神、灵魂和思想，都必须有一个物质的外壳来呈现它，没有这个外壳，写作就会变成一种不着边际的幻想，或者变成语言的修辞术。强调身体在写作中的意义，其实是强调作家的在场。"身体"正是个人在场的标志之一。身体从一方面说，是个人的身体——物质性的身体；从另一方面说，许多的人也构成了社会的身体、社会的肉身，"我们的身体就是社会的肉身"①——很多小说之所以显得苍白无力，就在于它几乎不跟这个"社会的肉身"发生关系。真正的写作必须面对身体，面对存在的物质外壳，面对这个社会的肉身状态，这是写作不可或缺的物质基础。

必须承认，当下的小说写作中，存在着一种虚假的身体写作——它使用的是公共的身体，这看起来是在书写身体，其实不过是在迎合一种身体叙事的潮流。身体和经验一样，在写作中被过度使用后，也面临着再次被公共化的危险。如果说，之前政治对身体的公共化是源于一种专断的思想，那么，这一次身体公共化的力量则来自作家对欲望的消费。它们的话语方式或有不同，思维方式却是一样的，骨子里都是观念写作的路子——所谓观念写作，就是为了某种思想的总体要求，大家都朝着这个方向写，集体戴上文化面具（如罗兰·巴特所说，现在的写作都戴上了文化的面具）。

为此，我们就不难理解，为什么文学在二十世纪八十年代中期发生了语言革命之后，到二十世纪末，身体会成为另一次文学革命的主角。语言革命指向的是"怎么写"，身体革命指向的是"写什么"——比如"下半身写作"，不就是一次"写什么"的革命吗？有一段时间，在年轻作家眼中，

---

①〔美〕约翰·奥尼尔：《身体形态——现代社会的五种身体》，张旭春译，春风文艺出版社1999版，第10页。

好像"怎么写"的可能性已经穷尽了，再次的革命，只能诉诸身体，造道德的反。但是，当身体写作成为一种时髦，当肉体乌托邦被过度推崇，"身体"很快就在当代文学中泛滥成灾。真正的身体被简化成了叙事的符号，被等同于肉体、欲望和性，身体写作也被偷换成了肉体写作。

对身体的迷信很容易走向肉体乌托邦。尤其是一些年轻的写作者，普遍以为肉体就是一切，也可以决断一切，从而把身体的生理性强调到了一个极端的地步。"蔑视身体固然是对身体的遗忘，但把身体简化成肉体，同样是对身体的践踏。当性和欲望在身体的名义下泛滥，一种我称之为身体暴力的写作美学悄悄地在新一代笔下建立了起来，它说出的其实是写作者在想象力上的贫乏——他牢牢地被身体中的欲望细节所控制，最终把广阔的文学身体学缩减成了文学欲望学和肉体乌托邦。肉体乌托邦实际上就是新一轮的身体专制——如同政治和革命是一种权力，能够阉割和取消身体，肉体中的性和欲望也同样可能是一种权力，能够扭曲和简化身体。"①虽说"肉体中存在反抗权力的事物"②，但是，一旦肉体本身也成了一种权力时，它同样可怕。

约一百年前，尼采曾在《权力意志》一书中声称："要以身体为准绳。……因为身体乃是比陈旧的'灵魂'更令人惊异的思想。"③可是，很多作家误读了"以身体为准绳"的意思，结果就把身体叙事等同于欲望故事。消费这样的欲望故事，不仅成了这个时代的身体伦理，也成了这个时代的话语伦理。这种伦理的核心内容是欢乐，一种感官的、肤浅的欢乐。萨利·贝恩斯在《1963年的格林尼治村——先锋派表演和欢乐的身体》一书中说："当身体变得欢乐时，由文雅举止的条规建构而成的身体会里外翻转——通过强调食物、消化、排泄和生殖上下翻转，通过强调低级层次（性和排泄）超越高级层次（头脑及其所暗示的一切）。而且，十分重要的是，这欢乐、奇异的身体向个人自足的现代后文艺复兴世界中的'新

---

① 谢有顺：《文学身体学》，《先锋就是自由》，山东文艺出版社2004年版，第49页。

② 〔英〕特里·伊格尔顿：《美学意识形态》，王杰、傅德根、麦永雄译，广西师范大学出版社1997年版，第17页。

③ 〔德〕尼采：《权力意志》，张念东、凌素心译，商务印书馆1991年版，第152页。

身体教规’挑战，新教规的身体是封闭、隐蔽、心理化及单个的身体。而这个欢乐、奇异的身体则是一个集体的和历史的整体。"①——萨利·贝恩斯显然忽视了身体在欢乐化的过程中所蕴含的危险因素，那就是身体沉溺在欲望中时，它其实已经变成了一种商品。这是对身体尊严的严重伤害。身体被政治所奴役和被消费所奴役，结果是一样的，都是使人从人本身的价值构想中坠落，最终走向它的反面。以前那个政治化社会，在身体问题上，坚持的是道德身体优先的原则，抵制一切个人对身体的关怀，把身体变成政治符号；现在这个消费社会，在身体问题上，则坚持欲望身体优先的原则，放纵一些肉体的经验和要求，最终是把身体变成商业符号。维特根斯坦在《哲学研究》中说，"人的身体是人的灵魂最好的图画。"② 这话一点没错。无论是政治奴役身体的时代，还是商品奴役身体的时代，它说出的都是人类灵魂的某种贫乏和无力。

重新建构身体的伦理维度的渴求，就在这个时候被提出来了。应该在写作中把身体当作一个整体性的存在来审视：它是开放的，但拒绝被外在事物所操控；它是自由的，但这自由不能被滥用；它是有情欲的，但也超越情欲。更重要的是，它是独立的，但它也生活在一个广阔的身体世界里：我有身体，别人也有身体；推而广之，政治是一个身体，社会也是一个身体。政治身体被滥用，会导致强权和压迫；社会身体被滥用，会导致灾难和动乱；个人身体被滥用，势必失去身体本身的价值和光辉。只有将个人身体的独立性同构在别人的身体和社会的身体里，这个身体才有可能获得精神性的平衡。换句话说，生理性的身体必须和语言性的身体、精神性的身体统一在一起，文学叙事中的身体伦理才是健全的、可靠的。

新一代作家的小说写作，很多都是起于经验，止于身体，这就是我称之为的"闺房写作"。它的局限性是把人看成封闭的自我，缺少和别的自我、和天地对话的空间，也就是缺少精神的荒原意识、旷野意识。现在看来，小说写作要真正完成从闺房到旷野的精神扩展，如何处置身体这个写作原

①〔美〕萨利·贝恩斯：《1963 年的格林尼治村——先锋派表演和欢乐的身体》，华明等译，广西师范大学出版社 2001 年版，第 252—253 页。

②〔英〕维特根斯坦：《哲学研究》，陈嘉映译，上海人民出版社 2001 年版，第 279 页。

点，是一个极为重要的问题，因为从身体出发，通向的也应该是一个广大的灵魂世界。

三、灵魂的视野

灵魂是一个旧词，在写作中谈论灵魂问题，不仅毫无新意，而且是落后的象征。但我愿意在此重申灵魂叙事之于当下写作的重要意义。中国小说经过这些年来激进的欲望叙事之后，身体早已不再是隐私了，相反，灵魂倒是成了许多人难以启齿的隐私。你看，在当代世界，无论是电影、报纸还是杂志，身体经验都是可以被广泛分享和讨论的公共话题，谈论灵魂呢，在一些人的眼中则成了一个笑话。文学界更是如此。那些读起来令人心惊肉跳的欲望故事中，有几个是写到了灵魂深处不可和解的冲突？为现代人的灵魂破败所震动、被寻找灵魂的出路问题所折磨的作家，实在是太少了。小说变成了无关痛痒的窃窃私语，或者变成了一种供人娱乐的雅玩，它不仅不探究存在的可能性，甚至拒绝说出任何一种有痛感的经验。到处是妥协，到处是和解，唯独缺乏向存在的深渊进发的勇气。

那个被我们忽略了多年的灵魂问题，真的已经不重要了吗？太多的小说家，只要一开始讲故事，马上被欲望叙事所扼住，他根本无法挣脱出来关心欲望背后的心灵跋涉，或者探索人类灵魂中那些不可动摇的困境。欲望叙事的特征是，一切的问题最后都可以获得解决的方案，也就是获得俗世意义上的和解；唯独灵魂叙事，它是没有答案的，或者说它在俗世层面是没有答案的——文学探究这些过去没能解答、今日不能解答、以后或许也永远不能解答的疑难，为何是有意义的？因为这就是灵魂的荒原，是每一个人的生存都无法回避的根本提问。

只有勇敢面对这样的根本提问，人才有可能成为内在的人。经验是表面的，欲望是短暂的，如果承认有灵魂，它一定比这些更深。如何写出深切的灵魂，这正是一部小说的魅力所在。鲁迅读了陀思妥耶夫斯基的作品后，对文学中的灵魂叙事有一个经典的概括："凡是人的灵魂的伟大的审问者，同时也一定是伟大的犯人。审问者在堂上举劾着他的恶，犯人在阶下陈述他自己的善；审问者在灵魂中揭发污秽，犯人在所揭发的污秽中阐明那埋藏的光耀。这样，就显示出灵魂的深。"①"审问者"和"犯人"并存的精神维度，说的就是灵魂的冲突；在这个冲突中，作家不仅是一个尖锐的洞察者，还是一个诚实的忏悔者。

相比之下，现在的作家几乎不知道忏悔为何物了。灵魂的污秽变成了可以赏玩的隐私，无须自责，也不用警醒，一切都顺着时代的潮流而动。这是个宽容的时代，但也是个灵魂隐匿的时代。直到最近，一些作家才开始意识到欲望的虚无、经验的大同小异，写来写去，无非那点私事，读者也开始腻烦了。试图投合这个面貌单一的市场，或者投合瞬息万变的读者口味，已经没有路可走了。文学不如转身，重新回到灵魂的旅程中来，从而发出属于自己的声音。确实，生活中那点经验，人性里那些欲望，早已不再是文学所专有，文学最重要的使命，应该是记录人心的呢喃、灵魂的叙事。木心说："艺术到底是什么呢，艺术是光明磊落的隐私。"②在我看来，"光明磊落的隐私"说的正是灵魂。今天，写身体隐私的作家很多，但能写出"光明磊落的隐私"的作家太少，因为缺少在精神上真正光明磊落的人。

所谓的光明磊落者，往往是有健全的精神视野的人。健全才能广大，广大才能深透。但是，当代作家中，很多人的精神视野是残缺的，因为残缺，就容易沉陷于自己的一己之私，而无法向我们出示更广阔的人生、更高远的想象。"文学不仅要写人世，它还要写人世里有天道，有高远的心灵，有渴望实现的希望和梦想。有了这些，人世才堪称是可珍重的人世——中国当代文学惯于写黑暗的心，写欲望的景观，写速朽的物质快乐，唯独写不出那种值得珍重的人世。"③——为何写不出"可珍重的人世"？因为在作家们的视野里，早已没有多少值得珍重的事物了。他们可以把恶写

---

① 鲁迅：《集外集·〈穷人〉小引》，见《鲁迅全集》（第7卷），人民文学出版社1981年版，第95页。

② 转引自李静：《"你是含苞欲放的哲学家"——木心散论》，《南方文坛》2006年第5期。

③ 谢有顺：《中国小说的叙事伦理——兼谈东西的〈后悔录〉》，《南方文坛》2005年第4期。

得尖锐，把黑暗写得惊心动魄，把欲望写得炽热而狂放，但我们何曾见到有几个作家能写出一颗善的、温暖的、真实的、充满力量的心灵？苦难的确是存在的，可苦难背后还会有希望；心灵可能是痛苦的，可痛苦背后一定还有一种坚定的力量在推动着人类往前走。如果只看到了其中的一面，那就是对生活的丰富性的简化。

简化是对生活的遗忘，也是在向生活说谎。"简化的蛀虫一直以来就在啃噬着人类的生活：即使最伟大的爱情最后也会被简化为一个由淡淡的回忆组成的骨架。但现代社会的特点可怕地强化了这一不幸的过程：人的生活被简化为他的社会职责；一个民族的历史被简化为几个事件，而这几个事件又被简化为具有倾向性的阐释；社会生活被简化成政治斗争，而政治斗争被简化为地球上仅有的两个超级大国的对立。人类处于一个真正简化的旋涡之中，其中，胡塞尔所说的'生活世界'彻底地黯淡了，存在最终落入遗忘之中。"① 建立起了健全的灵魂视野，才有可能反抗这种简化，从而使写作走向宽广。

小说只写苦难，只写恶、黑暗和绝望，已经不够了。在这之上，作家应该建立起更高的精神参照。卡夫卡也写恶，鲁迅也写黑暗，曹雪芹也写幻灭，但他们都有一个更高的精神维度做参照：卡夫卡的内心还存着天堂的幻念，它所痛苦的是没有通往天堂的道路；鲁迅对生命有一种自信，他的憎恨后面，怀着对生命的大爱；曹雪芹的幻灭背后，是相信这个世界上还存在着情感的知己，存在着一种心心相印的生活。相比之下，现在的作家普遍失去了信念，他们的精神视野里多是现世的得失，内心不再相信希望的存在，也不再崇尚灵魂的善。作家的心若是已经麻木，他写出来的小说，如何能感动人，又如何能叫人热爱？

我当然知道，很多作家只要一写到善和希望，就显得不真实，但这并不等于说文学不能写善，不需要向我们提供希望，而是作家要向我们证实，他所写的善和希望是真实的、可信的。一个没有向往过善和希望的心灵，怎能写出可信任的善和可实现的希望来？作家自己都没有确信，他所写的

———————————

① 〔捷克〕米兰·昆德拉：《小说的艺术》，董强译，上海译文出版社2004年版，第22—23页。

更无法让人相信。"五四"以来，中国小说中几乎看不到多少成熟、健旺、有力量的心灵，就在于二十世纪以来的中国人，在精神发育上还有重大的欠缺，精神不成熟，没有完成精神成人，文学所画出的灵魂也就显得单薄、孱弱。

就此而言，在今日的小说写作中，重申灵魂叙事，重塑健全的精神视野和心灵刻度，便显得迫在眉睫。书写经验、讲述欲望的时代正在过去，文学的生命流转，正在重新转向对灵魂的审视。我相信这是文学发展的大势。我这样说，并不是要为文学的前行提供一个精神意义上的解决方案，只是强调，文学气息的流转已经发生变化，尊灵魂的写作时代已经来临。灵魂是复杂、丰富、蕴含着无穷可能性的一幅图画，它比经验更深，比身体更内在，它是写作最后要到达的地方，而且，只有那些视野广大、精神成熟的作家才有可能真正抵达——这样的作家，必定是一个对美好的事物心中有爱、对未知的世界抱着好奇、对生命的衰退怀有伤感、对灵魂的寂灭充满痛感的人。

"小说是……生活的一种富有想象力的演出，而作为演出，它是我们自我生活的一种扩展。"① 我想，在这样的"演出"中，能否将自我生活扩展成为一种灵魂叙事，是决定一个人的写作到底能走多远的关键所在。对中国当下的小说，我一直这样观察，也这样期待。

---

① 〔美〕克林斯·布鲁克斯、罗伯特·潘·华伦编：《小说鉴赏》（上册），主万等译，中国青年出版社1986年版，第6页。

第二辑

乡土的再思

感觉的象征世界

——《檀香刑》之后的莫言小说

　　《檀香刑》是出版于 2001 年的长篇小说。很多人都注意到了，它是莫言"艺术含量"最大的一部小说[①]，它之于莫言，甚至之于中国当代小说，都"标志着一个重大转向"[②]；莫言自己也说，《檀香刑》之后，如何继承说书人的传统，"就成为明确的追求"[③]，并把这称为"是我的创作过程中的一次有意识的大踏步撤退"[④]。当然，也有人认为，这部作品是苍白的游戏之作，并引发了较大的争议。说莫言是在"游戏"，显然言重了，《檀香刑》所寄托的作者的艺术抱负，应该很容易就辨识出来，但莫言所说的"大踏步撤退"之类的写作宣言，亦只是一个姿态而已，不必当真，毕竟文学写作不是呈一条直线前进的，许多时候，后退也可以是一种先锋，关键看作家是否有真正的探索和创造。

　　《檀香刑》之后，莫言又出版了《四十一炮》《生死疲劳》《蛙》三部长篇，艺术面貌各个不同，但都是争议之作，直至他获得了诺贝尔文学奖，这个争议也没有停止。但谁都不能忽略《檀香刑》的界碑意义，都知道《檀香刑》之后，莫言的写作有了很大变化，但怎么变的，这样的变化

---

　　① 张清华：《叙述的极限——论莫言》，《当代作家评论》2003 年第 2 期。

　　② 李敬泽：《莫言与中国精神》，《小说评论》2003 年第 1 期。

　　③ 莫言：《小说与社会生活》，见《用耳朵阅读》，百花文艺出版社 2012 年版，第 159 页。

　　④ 莫言：《檀香刑·后记》，作家出版社 2012 年版，第 516 页。

有何意义，却还缺乏深入的研究。从《丰乳肥臀》到《檀香刑》，之间隔了六年，跨了世纪，中国文学在转型，莫言也在转型，他在写作上的思索和实践，到底呈现出了哪些新质的风格？我们又该如何评价这种新的写作风格？以莫言感觉世界的变化为入口，或许是一个有效的角度。

一、感觉的放大

感觉绚烂，语言驳杂，想象力奇崛，这已成了莫言小说的醒目标记。从《透明的红萝卜》开始，莫言在感觉的丰富和通透上的奇异禀赋，就得到了公认，这种才华，中国当代作家几乎无人能与之相比。他不仅是在用心写作，他也是在用眼睛、耳朵、鼻子，甚至舌头在写作。读他的作品，色、香、味俱全，生动、斑斓、趣味横生。这种对感觉的彻底解放，似乎把作家身上的每一个器官都调动起来了，都参与到了写作之中，他笔下的生活，不再是事象、经验，也不再是机械的实录，而成了一个生命活体。正如福克纳小说中的寒冷是有气味的，马尔克斯笔下的人物可以闻到死亡的气味，莫言的小说里也洋溢着各种生命的气息。

"生命活体"是莫言自己的表述，也确实符合他的作品实际。"作家在写小说时应该调动自己的全部感觉器官，你的味觉、你的视觉、你的听觉、你的触觉，或者是超出了上述感觉之外的其他神奇感觉。这样，你的小说也许就会具有生命的气息。它不再是一堆没有生命力的文字，而是一个有气味、有声音、有温度、有形状、有感情的生命活体。"[1]有感觉了，才有感情，有感情了，才能打动人心，这个极具价值的写作经验，始终贯穿在莫言的写作之中。莫言的任何一部作品，都不乏那些新奇的比喻、神采飞扬的摹写，它是独特的，也是有悖于我们之前的阅读经验的。比如，《透明的红萝卜》里写，"当她的情人吃了小铁匠的铁拳时，她就低声呻唤着，眼睛像一朵盛开的墨菊"，写菊子姑娘的右眼里插着一块白色的石片时，又说"好像眼里长出一朵银耳"；《红高粱》里写，高粱的叶片"像蛇一样""缠绕着我的身体"，"奶奶神魂出舍，望着他脱裸的胸膛，

---

① 莫言：《小说的气味》，见《用耳朵阅读》，百花文艺出版社2012年版，第83页。

仿佛看到强劲剽悍的血液在他黝黑的皮肤下川流不息";《爆炸》里写,"父亲的手臂在空中挥动时留下的轨迹像两块灼热的马蹄铁一样,凝固地悬在我与父亲之间的墙壁上";莫言还在小说里写吃煤,吃虫子,吃蚂蚱,吃红锈的铁筋,尤其是把食欲写到了登峰造极的地步,"我有一种奇异的感觉,感觉到香味像黏稠的液体,吸到胃里也能解馋的。香味也是物质"(《罪过》)。这样的例证还有很多。

事实上,不仅在小说中,即便在演讲和访谈中,莫言的描述也生动、形象。他写自己小时候掉到茅坑里,大哥把他捞上来按到河里洗时,自己"闻到了肥皂味儿、鱼汤味儿、臭大粪味儿";他说自己小时候,孤独地坐在炕头或树下,看院子里蛤蟆怎么捉苍蝇:"碧绿的苍蝇,绿头的苍蝇,像玉米粒那样的、有的比玉米粒还要大,全身是碧绿,就像玉石一样,眼睛是红的","看到那苍蝇是不断地翘起一条腿来擦眼睛、抹翅膀,世界上没有一种动物能像苍蝇的腿那样灵巧,用腿来擦自己的眼睛。然后看到一只大蛤蟆爬过去,悄悄地爬,为了不出声,本来是一蹦一蹦地跳,慢慢地、慢慢地,一点声音不发出地爬,腿慢慢地拉长、收缩,向苍蝇靠拢,苍蝇也感觉不到","到离苍蝇还很远的地方,它停住了,'啪',嘴里的舌头像梭镖一样弹出来了,它的舌头好像能伸出很远很远,而后苍蝇就没有了"[1]。这种事物之间的联想能力,这种动作、细节的分解能力,都昭示出莫言不同凡响的才华。他的感觉,构成了他写作的基础。他的写作,是有血,有肉,有色调,有汁液,有味道,有质感,有声音的,这不同于中国的大多数作家。

莫言从不讳言,这种对世界独特的感受方式,是来自自己的童年经验。那时,他无书可读,"每天在山里,我与牛羊讲话、与鸟儿对歌、仔细观察植物生长,可以说,以后我小说中大量天、地、植物、动物,如神的描写,都是我童年记忆的沉淀"[2]。躺在青草地上,看白云飘动,花朵开放,看各种小动物觅食、打架,了解事物与事物之间的差异,感受世态的冷暖,这样的经验,未必每个人都有,但对于莫言来说,却异常重要,他认为成

①莫言:《与王尧长谈》,见《碎语文学》,作家出版社2012年版,第71页。

②转引自隋峻:《千言万语何若莫言》,《青岛日报》2011年11月17日。

长过程中听来、看来的经验，比后来阅读得来的经验有效得多。"一个小说家的风格，他写什么，他怎样写，他用什么样的语言写，他用什么样的态度写，基本上是由他开始写作之前的生活决定的。"[1] 从这个角度说，莫言是一个本真的作家，他的故乡和记忆为他提供了不竭的写作源泉，同时也彻底打开了他的感官系统。他是一个有生活基本面、有生命体验的作家。

对莫言的写作感觉的研究，已经很充分。莫言的小说喧嚣、躁动，气势夺人，他一直是文学界关注的中心人物，估计和他所创造的这个盛大的感觉世界密切相关。莫言很难静默，他有太多的东西想要表达，所以，你总能在他笔下，感受到一种汹涌的表达的欲望。几乎每过一段时间，他就会冲破一次感觉的禁区，更新读者对他的印象。

而我要追问的是，《檀香刑》之后，莫言的感觉方式和感觉意旨有哪些新的变化？

粗略地说，《檀香刑》之前，莫言感觉的狂放，更多还是停留在具象化和物质化的层面，《檀香刑》之后，莫言的感觉系统更为恣意，但他并不满足于感觉在同一平面上继续滑行，而是将这种感觉巨型化和象征化——这不仅深化了感觉的意旨空间，甚至也再造了一个作家感受世界的方式。这是莫言写作风格的重要变化。当然，这种变化不是突变，而是莫言一步步地把自己的感觉放大，使感觉景象化的同时，也把感觉推到了一个超感觉的象征世界。

在莫言之前的小说中，他的感觉很多是碎片式的、绵延的，过于指向具体的事物，所表达的也多是感觉的物质性。以莫言擅长写的孩子、身体、乳房为例，尽管样态丰富，但他终归脱不开物质层面的想象。《丰乳肥臀》已经是体量庞大的小说，但也充满着对女性的这种物质性的看法："这丫头大眼直鼻，额头宽广，长嘴方额，一脸福相，更兼那两只奶头上翘的乳房和宽阔的骨盆，一看就知道是个生孩子的健将"，"臀盘儿挺大，能生出大孩子"，"人高马大，山大柴广，生个孩子也是大个儿的"；而写到

---

[1] 莫言：《中国小说传统——从我的三部长篇小说谈起》，见《用耳朵阅读》，百花文艺出版社 2012 年版，第 166 页。

乳房，就多是这样的描写，"两个青苹果般的小奶子"，"窝窝头一样的乳房"，"两个奶头像两个枣馇馇"，等等。在莫言看来，乳房、臀部，这两个《丰乳肥臀》的中心意象，依然只是肉体的、物质的、观赏性的，即便连于生命意识，也多是充满原始冲动的。莫言也确实一直这样理解着自己笔下的女性："乳房是哺育的工具，臀部是生殖的工具。丰满的乳房能育出健壮的后代，肥硕的臀部是多生快生的物质基础。"① 尽管《丰乳肥臀》被赋予了与母亲、大地相连的观念，但这种物质性想象过度强大，感觉就显得单一化、平面化，而没能将感觉观念化、象征化，也无法使感觉成为照亮生存的一种景观。

《丰乳肥臀》第四十三章有一处描写，最为典型：

　　她像偷食的狗一样，即便屁股上受到沉重的打击也要强忍着痛苦把食物吞下去，并尽量地多吞几口。何况，也许，那痛苦与吞食馒头的愉悦相比显得那么微不足道。所以任凭着张麻子发疯一样地冲撞着她的臀部，她的前身也不由得随着抖动，但她吞咽馒头的行为一直在最紧张地进行着。她的眼睛里盈着泪水，是被馒头噎出的生理性泪水，不带任何的情感色彩。②

这样的描写令人震撼：饥饿使人失去尊严。莫言不直接写"她"内心的痛苦，而是通过动作与场面的对照，表明身体的痛苦已经超越内心的痛苦——实际上，这就是精神麻木，即便有泪水，也是"被馒头噎出的生理性泪水"，这是一个灵魂已经静默的人生。你可以说莫言写了一种比单纯的精神痛苦更深的痛苦，但这个痛苦的根源，依旧是由于物质的匮乏所导致的，有着很具体的原因，也很容易找到解脱的方式。感觉如果只停留在饥饿、贫困的层面绵延，或者只是在压抑、虐待、狂欢下出现的幻想，作品的重要性就会减弱。感觉的灿烂，只是写作才华的一部分，唯有将感觉观念化和象征化，感觉才会有存在意义上的深度。卡夫卡没有停留在甲虫

① 莫言：《〈丰乳肥臀〉解》，《光明日报》1995 年 11 月 22 日。
② 莫言：《丰乳肥臀》，作家出版社 2012 年版，第 437 页。

体验的物质层面，他把自己笔下的甲虫写成了卑微生存的象征；莫言所特别推崇的鲁迅小说《铸剑》中的人物，也是向绝望而黑暗的世界反抗的复仇者的象征。

二、从具象到象征

莫言或许意识到了，自己汪洋恣肆的感觉需要进一步观念化，才能企及新的写作高度，所以，《檀香刑》之后，他的感觉方式有了全新的展开路径。

首先是将感觉景象化，通过创造巨型的感觉景观，使感觉不再是碎片的、物质的、经验式的，而成了一个精神的镜像。比如，莫言许多小说里都写到"吃"，写到了"肉"，这甚至是莫言感官世界中极为重要的意象，"我每天都跟我的肠子对话，他的声音低沉混浊，好像鼻子堵塞的人发出的声音"（《罪过》），"那是十六只眼睛。十六只黑沙滩村饥肠辘辘的孩子们的眼睛。这些眼睛有的漆黑发亮，有的黯淡无光，有的白眼球像鸭蛋青，有的黑眼球如海水蓝。他们在眼巴巴地盯着我们的餐桌，盯着桌子上的鱼肉"（《黑沙滩》）；更令人惊悚的是，《酒国》里写到了一道菜，"红烧婴儿"，其实是用月亮湖里的肥藕、火腿肠、烤乳猪、银白瓜、发菜做原料，但把菜做成了婴儿的形状，"哇，我的天。舌头上的味蕾齐声欢呼，腮上的咬肌抽搐不止，喉咙里伸出一只小手，把那片东西抢走了"[1]，"吃"已经异化成了一种变态的心理满足。《酒国》还写了"全驴宴"："先是十二个冷盘上来，拼成一朵莲花：驴肚、驴肝、驴心、驴肠、驴肺、驴舌、驴唇……全是驴身上的零件"；"驴菜滚滚，涌上桌来，吃得我们肚皮如鼓，饱嗝不断，大家的脸上，都蒙了一层驴油，透过驴油，显出了疲倦之色，仿佛刚从磨道里牵出来的驴子。"[2] 这种器官解剖学意义上的描写，是"肉"的物质形态的展览，也是对"吃"的欲望的生理性扭曲，不可谓不壮观；但莫言的语言狂欢，多止于现象层面的铺排、叠加、堆砌，有些直接就是

---

[1] 莫言：《酒国》，作家出版社 2012 年版，第 89—90 页。
[2] 莫言：《酒国》，作家出版社 2012 年版，第 157—158 页。

简单而夸张的物质性罗列，比如："我们的肉比牛肉嫩，比羊肉鲜，比猪肉香，比狗肉肥，比骡子肉软，比兔子肉硬，比鸡肉滑，比鸭肉滋，比鸽子肉正派，比驴肉生动，比骆驼肉娇贵，比马驹肉有弹性，比刺猬肉善良，比麻雀肉端庄，比燕子肉白净，比雁肉少青苗气，比鹅肉少糟糠味，比猫肉严肃，比老鼠肉有营养，比黄鼬肉少鬼气，比猞猁肉通俗。"[①] 这样的感觉是物质的，话语再丰富，给人留下的印象都是一种语言的饶舌，它缺乏深入人心的力量。

直到《四十一炮》，莫言笔下"肉"的意象，才开始真正脱离它的物质性，真正成了欲望的象征。从《酒国》的"红烧婴儿""全驴宴"，到《四十一炮》中的"肉食节"，这个过程，就是把感觉景象化、巨型化的过程：

> 肉食节要延续三天，在这三天里，各种肉食，琳琅满目；各种屠宰机器和肉类加工机械的生产厂家，在市中心的广场上摆开了装饰华丽的展台；各种关于牲畜饲养、肉类加工、肉类营养的讨论会，在城市的各大饭店召开；同时，各种把人类食肉的想象力发展到极限的肉食大宴，也在全城的大小饭店排开。这三天真的是肉山肉林，你放开肚皮吃吧，能吃多少就吃多少。还有在七月广场上举行的吃肉大赛，吸引了五湖四海的食肉高手。冠军获得者，可以得到三百六十张代肉券，每张代肉券，都可以让你在本城的任何一家饭馆，放开肚皮吃一顿肉。当然，你也可以用这三百六十张代肉券，一次换取三千六百斤肉。在肉食节期间，吃肉比赛是一大景，但最热闹的还是谢肉大游行。就像任何节日的节目都是慢慢地丰富多彩起来一样，我们的肉食节也不例外。[②]

从吃肉到肉食节，肉的形态景象化了。这个巨型的肉的寓言，其实就是人类欲望的象征。肉的泛滥，就是欲望的泛滥；罗小通对肉的渴望如此

---

① 莫言：《酒国》，作家出版社 2012 年版，第 107 页。
② 莫言：《四十一炮》，作家出版社 2012 年版，第 92 页。

强烈，他无法控制自己，只能做肉的奴隶，也就是欲望的奴隶。他夺得吃肉比赛冠军之后，更是站在了欲望之巅，这个欲望，足可以把他自己完全吞没。

肉的感觉巨型化之后，肉就成了一种象征。《四十一炮》是从莫言之前的中篇小说《野骡子》的基础上扩大而成的，《野骡子》里的罗小通，不过就是一个喜欢吃肉的小孩，他对肉的全部渴望，都和饥饿、和身体感受有关，肉在他眼中，就只是肉而已，是完全物质的感觉；但到了《四十一炮》，罗小通对肉的渴望、占有、想象，已经观念化、象征化了，它既可以让罗小通快乐、癫狂，"世界上的肉千千万，但有福气被懂肉爱肉的罗小通吃掉的，实在是太少了。所以我也就理解了肉的激动。在我拿着肉往嘴巴里运动的短暂的过程中，肉的晶莹的眼泪迸发出来，肉的眼睛亮晶晶地盯着我，肉的眼睛里洋溢着激情。我知道，因为我爱肉，所以肉才爱我啊。世界上的爱都是有缘有故的啊。肉啊，你也让我很感动，你把我的心揉碎了啊，说实话我真是舍不得吃你，但我又不能不吃你"[1]，又可以让罗小通绝望，尤其是发现自己的妹妹吃肉而死之后，"我对肉充满了厌恶，还有仇恨，大和尚，从此我就发誓：我再也不吃肉了，我宁愿到街上去吃土我也不吃肉了，我宁愿到马圈里去吃马粪我也不吃肉了，我宁愿饿死也不吃肉了……"[2] 罗小通从喜欢吃肉，到崇拜肉，再到对肉所代表的欲望世界的反思、觉悟，这是罗小通的成长史，也是欲望从膨胀到溃败的历史。

也就是说，《野骡子》中的罗小通只看到肉的物质性的时候，他本身也就成了物质性的存在。肉的感性形式的召唤，使罗小通只意识到自己有一个肉体的自我，在这个自我里，欲望是真正的主体，精神性的自我是缺席的。他所有面对肉的反应，都是生理性反应，他在普遍饥饿的时候大吃大喝，这不过是莫言所创造的一个关于"吃"的幻象。一边是根本性的匮乏，一边是无度的享乐，背后隐含的是作者对现实的批判。《四十一炮》中的罗小通就不同了，他不再只被肉的物质性所迷惑，他对肉的反应，也不再是单一的生理性反应，他的感觉是复杂的。他最终能洞察肉所代表的本能

---

① 莫言：《四十一炮》，作家出版社 2012 年版，第 276 页。

② 莫言：《四十一炮》，作家出版社 2012 年版，第 353 页。

世界、欲望世界的罪恶，就和他的感觉超越了物质性有关。他在与肉的博弈中自我发现、自我觉醒。肉体性的自我之外，一个精神性的自我觉醒了，虽然这个自我也未必能够逃离欲望的控制，未必能在欲望的苦海中解脱，但这个内在自我的觉醒，至少象征了肉体与精神的冲突不会停止。这个维度，在《野骡子》里是没有的。《野骡子》里的罗小通，只有吃肉的渴望以及吃不到肉的痛苦，他身上迸发出的只是生理的本能；到《四十一炮》，罗小通成长了，觉悟了。一个关于欲望的故事，变成了一个反抗欲望、寻求解脱之路的故事。

　　一个是本能欲望的隐喻，一个是内心对欲望的彻悟，从《野骡子》到《四十一炮》，莫言走完了从感觉具象化到感觉象征化的过程。

三、感觉作为一种景象

　　感觉象征化的意识，也贯穿在《檀香刑》之后的几部长篇之中。莫言的小说多写农村，他笔下有很多关于农作物、农事活动、动物、鬼怪的描写。以动物视角的小说为例，他早期的《白狗秋千架》中的狗，《透明的红萝卜》中的鸟和鸭子，《金发婴儿》中的公鸡，《球状闪电》中的刺猬与奶牛，《红蝗》中的红蝗，《牛》中那头被阉割了的小公牛，都是这个世界的观察者，有些还是小说的叙事者。以动物的眼光看人，和以人的眼光看人，二者是完全不同的。在莫言笔下，动物比人更善良，也更值得信任。

　　真正把动物的感觉做巨型化处理的，是莫言出版于2006年的长篇小说《生死疲劳》。这部小说写了人与土地的复杂关系，其中最为重要的人物是西门闹，他本是乐善好施的地主，土地革命时被枪毙了，他不服，就在阴曹地府里喊冤，无论遭受什么酷刑都不认罪，他请求阎王爷放他回人间，他要当面问一下那些人："我到底犯了什么罪？"阎王爷只好同意他转生为驴、牛、猪、狗、猴、大头婴儿蓝千岁，进入"六道轮回"，希望以此来平息他心中的仇恨和冤屈。小说通过"驴折腾""牛犟劲""猪撒欢""狗精神"等几个部分的叙事，让西门闹在死与生之间不断轮回，进而书写历史的荒诞、人世的无情、生命的悲欢离合。只是，西门闹的每一次轮回，无论怎么任劳任怨或忠心耿耿，都没有得到真正的超脱，他一次又一次地堕回到"畜生道"，做驴时死于饥民之手，做牛时被人烧死，做猪时为救人而死，做狗时为蓝脸殉难，做猴时被蓝解放开枪打死，一次比一次死得壮烈。最后终于轮回成了一个人，却是一个不健全的、永远长不大的大头婴儿。西门闹始终是一个冤魂的形象。

《生死疲劳》既像中国的神怪小说，也像西方的魔幻现实主义小说，它彻底打通了人、鬼、神的界限，尤其是让驴、牛、猪、狗、猴等动物共同登场，把人的视角与动物的视角合而为一，这是一个很大的架构，它不仅是对动物视角的高度变形和无限夸张，也是对五十多年来中国人的苦难生活的集中审视。《生死疲劳》超越了莫言过去小说中一切关于动物的想象，他创造的是一个巨型的动物形象系统，明明是历史的悲剧，却常常以喜剧的方式呈现，里面的一切生灵都充满着"欢""闹"的激情，爱恋、吃醋、争斗、仇恨、互相折磨，各种冤孽，各种悲歌，都被汇聚于这个巨型的生死轮回之中。小说的人物关系、人物形象、行为方式，都是荒诞的，不近常情的，但正是这种无处不在的巨型的荒诞感，成了历史苦难的象征。

在《蛙》中，姑姑要丈夫郝大手根据她的口述做出两千八百个泥娃娃，希望以此来赎罪，也是一个象征。莫言以前的小说，写过不少婴儿，畸形的，早产的，夭亡的，被遗弃的，被杀害的，但到了《蛙》中，以两千八百个泥娃娃为象征，是之前小说感觉的放大。可以想象，两千八百个泥娃娃排列在那里，是何等壮观，正如姑姑数算出自己接生出来的孩子有九千八百多个，她想象这些孩子一齐哭的时候，哭声是多么动听，又是多么震撼人心。还有，莫言之前的小说，喜欢写人的器官和身体意象，到了《蛙》，他干脆以身体部位和人体器官为一个地方的孩子们取名，譬如陈鼻、赵眼、吴大肠、孙肩、陈眉、王肝、王胆、吕牙、肖上唇、肖下唇，等等，这也是一种感觉的放大，一群人聚在一起，就像是一个巨型的身体集会。这固然有幽默和戏谑的成分，但也一定包含着作者深切的写作用心。

感觉只是碎片和意识流的时候，那不过是作家写作才华的华彩流露，感觉一旦放大，成了巨型的景象，就一定会承载某种观念和价值。莫言奔放的想象力，一次又一次地突破常规，找寻新的形式，建构新的形象，目的也就是为了把感觉变成生存的景象，把人物变成精神的象征。《透明的红萝卜》中黑孩的沉默是象征，《红高粱》中"我爷爷"和"我奶奶"在高粱地里的激情是象征，《丰乳肥臀》中上官金童的恋乳症是象征，《四十一炮》中兰大官的疯狂性爱史是象征，《生死疲劳》中蓝脸的单干是象征，西门闹不断为自己申冤是象征，《蛙》中的泥娃娃也是象征。"莫言的想象力归根结底还是为他的观念服务的"[①]，确实如此。伟大的小说不仅洋溢着生动的感觉，更是充满象征。

而在感觉的象征化进程中，最具代表性的作品还是《檀香刑》。

《檀香刑》的核心内容是残酷的刑罚。六大行刑场面——赵甲观看刽子手处决犯人；余姥姥腰斩国库兵丁；余姥姥和赵甲用"阎王闩"处死小太监；赵甲斩首"戊戌六君子"；赵甲凌迟因刺杀袁世凯而被捕的钱雄飞；赵甲为孙丙上檀香刑——施的都是酷刑，有些刑罚场面，莫言写了二十几页，把人对刑罚的所有感觉都巨型化、景象化了——追溯起来，这个巨型的刑罚景象，依然是莫言之前作品感觉的放大。《红高粱》写过剥人皮，《筑路》写过剥狗皮，《复仇记》写过剥猫皮，《灵药》写过挖心取胆，场面都很血腥，但这些令人惊骇的感觉，在《檀香刑》里都被放大了。或者说，比起《檀香刑》中的凌迟和檀香刑来，之前写的就只能算是小场面、小感觉了。

父亲看到孙五的刀子在大爷的耳朵上像锯木头一样锯着。罗汉大爷狂呼不止，一股焦黄的尿水从两腿间一蹿一蹿地呲出来。父亲的腿瑟瑟颤抖。走过一个端着白瓷盘的日本兵，站在孙五身旁，孙五把罗汉大爷那只肥硕敦厚的耳朵放在白瓷盘里。孙五又割掉罗汉大爷另一只耳朵放进瓷盘。父亲看到那两只耳朵在瓷盘里活泼地跳动，打得瓷盘叮咚叮咚响。
······
孙五操着刀，从罗汉大爷头顶上外翻着的伤口剥起，一刀刀细索索发响。他剥得非常仔细。罗汉大爷的头皮褪下。露出了青

---

① 邓晓芒：《莫言：恋乳的疯狂》，见《莫言研究资料》，杨扬编，天津人民出版社 2005 年版，第 261 页。

紫的眼珠。露出了一棱棱的肉……①

　　这是《红高粱》中著名的罗汉大爷被剥皮的惨剧。这样的描写，除了让人感受到残暴之后，还令人产生一种狂欢、怪诞之感。按照拉伯雷的观点，怪诞本质上是肉体的，是与肉体有关的过度行为，这种对肉体的摧残中，存在着以猥亵、残忍乃至野蛮为快乐的原始快感，而夸张和过度正是怪诞风格的主要特征之一②。莫言笔下的很多人物描写都给人一种怪诞感，《透明的红萝卜》那个头大、脖子长的黑孩子，《白棉花》中脸上布满青紫的疙瘩、马牙、驴嘴、狮鼻、两只呆愣愣的大眼的国忠良，《麻风女的情人》中那个没有眉毛、没有睫毛的麻风女，等等。莫言所喜欢写的对肉体的刑罚，也都夹杂着残忍和怪诞。《灵药》中，"爹"端详着从肝脏上剥离下来的马魁三的胆囊，"宛若一块紫色的美玉"；《筑路》中，狗皮剥下来后，"狗脊梁上的环节像一串山楂糖葫芦"；《月光斩》中，那颗挂在树上的人头"被乌鸦啄得千疮百孔"。怪诞的描写中，透着恐怖和惊悚。

　　莫言对肉体暴力有着近乎痴迷的热爱，但在写作《檀香刑》之前，这些书写还多是片段的，感觉也还是零碎的。《檀香刑》就完全不同了，在这部小说中，莫言不仅把刑罚景象化、巨型化了，而且，针对肉体的刑罚本身就成了小说的主角，最终，刑罚也成了象征。

　　　师傅说凌迟美丽妓女那天，北京城万人空巷，菜市口刑场那儿，被踩死、挤死的看客就有二十多个。师傅说面对着这样美好的肉体，如果不全心全意地认真工作，就是造孽，就是犯罪。你如果活儿干得不好，愤怒的看客就会把你活活咬死，北京的看客那可是世界上最难伺候的看客。那天的活儿，师傅干得漂亮，那女人配合得也好。这实际上就是一场大戏，刽子手和犯人联袂演

①莫言：《红高粱家族》，作家出版社 2012 年版，第 32—33 页。
②〔苏〕巴赫金：《拉伯雷研究》，李兆林、夏忠宪等译，河北教育出版社 1998 年版，第 351—352 页。

出。在演出的过程中，罪犯过分地喊叫自然不好，但一声不吭也不好。最好是适度的、节奏分明的哀号，既能刺激看客的虚伪的同情心，又能满足看客邪恶的审美心。师傅说他执刑数十年，杀人数千，才悟出一个道理：所有的人，都是两面兽，一面是仁义道德、三纲五常；一面是男盗女娼、嗜血纵欲。面对着被刀脔割着的美人身体，前来观刑的无论是正人君子还是节妇淑女，都被邪恶的趣味激动着。凌迟美女，是人间最惨烈凄美的表演。师傅说，观赏这表演的，其实比我们执刀的还要凶狠。师傅说他常常用整夜的时间，翻来覆去地回忆那次执刑的经过，就像一个高明的棋手，回忆一盘为他赢来了巨大声誉的精彩棋局。在师傅的心中，那个美妙无比的美人，先是被一片片地分割，然后再一片片地复原。在周而复始的过程中，师傅的耳边，一刻也不间断地缭绕着那女子亦歌亦哭的吟唤和惨叫。师傅的鼻子里，时刻都嗅得到那女子的身体在惨遭脔割时散发出来的令人心醉神迷的气味。[1]

除了受刑者、观刑者的感受，这里还出现了行刑者的声音。《檀香刑》的重要，就在于莫言为一种刑罚的完成建立起了三位一体的观察角度。三种声音，一种是哭号，一种是被"邪恶的趣味激动着"，一种是嗅到了"令人心醉神迷的气味"，前两种声音，很多人都写过，尤其是鲁迅，对酷刑教育、看客心理的分析都入木三分，他在二十世纪二十年代便说过，别国的硬汉之所以比中国的多，是因为我们的监狱比别人难坐。但能把第三种声音，也就是刽子手的心理，写得如此真实、细密的，莫言肯定是第一人。刽子手是对人的肉体进行虐杀，看客"拿'残酷'做娱乐，拿'他人的苦'做赏玩，做慰安"[2]则是一种对人的精神的虐杀。刽子手赵甲是把犯人看作一具纯粹的肉体，"一条条的肌肉、一件件的脏器和一根根的骨头"，他视杀人为一门神圣的技艺，其终极目的是进入"屠刀与人，已经融为一

①莫言：《檀香刑》，作家出版社2012年版，第238页。
②鲁迅：《热风·暴君的臣民》，见《鲁迅全集》（第1卷），人民文学出版社1981年版，第366页。

体"的境界。

赵甲的视角非常重要。《檀香刑》因为写了他的感受，刑罚才能成为一个巨型的景象——五百刀的凌迟"杰作"是一种景象，六大行刑场面合起来又是一种景象。把刑罚景象化之后，小说中的肉体暴力就不再是一些感觉的碎片；感觉一旦巨型化后，就超越了感觉本身，而成了观念，成了象征。在这个象征世界里，照见的不仅是专制的黑暗，统治者残忍的笑，也还有各种不同的人性：有恐惧，有快意，有同情，有邪恶，也有隐秘的痛苦……

莫言在许多场合都自辩说，《檀香刑》中残暴场面的描写是必要的，这是小说艺术的需要，而不是他自己的心理需要。这不无道理。假若没有这些残暴场面，没有刽子手的心理揭示，我们不会意识到自己置身一种黑暗文化的传统中，"每个人都会在不同的时刻，扮演着施刑者、受刑人或者观刑人的角色"[1]，而更具象征意义的是，很可能每个人的心里都潜藏着一个刽子手的灵魂。没有这个象征的维度，莫言也不敢说，"我的长篇小说《檀香刑》，是一部悲悯之书"[2]。

四、创造一个象征世界

论及莫言在《檀香刑》之后的写作变化时，多数研究者都是从莫言借鉴传统戏曲资源、叙事结构上着手，指出他把语言改造成具有了本土的风格，甚至有人以《生死疲劳》用了章回体，联想到莫言是否要退回到中国传统之中。其实这都只是表面现象。如果这个结论成立，那《蛙》用了书信体又该怎么来解释？不否认，莫言想借由传统戏曲、章回体等资源向传统说书人致敬，但把他说的"大踏步撤退"简单地理解为回到传统，那就上了作家的当了。事实上，莫言笔下的章回体只是一个噱头，无论标题语言的对仗，还是故事的首尾呼应，都和古代的章回体小说相去甚远；他在

[1] 莫言：《京都大学会馆演讲》，见《用耳朵阅读》，百花文艺出版社 2012 年版，第 98 页。

[2] 莫言：《捍卫长篇小说的尊严》，《当代作家评论》2006 年第 1 期。

《生死疲劳》里的核心思想"六道轮回",也和佛教教义关系不大。莫言的语言探索,不仅有脱离西方翻译腔的冲动,他也反抗"五四"新文学以来所建立起来的普通话传统,他想创造一种自己的杂语风格,所以,民间古语、传统话语、政治语汇、翻译语体、流行用语,都可为他所用。他小说中的语言,往往信手拈来,东拉西扯,天马行空,滔滔不绝,多种语言的混杂,才是他要追求的效果。就此而言,说莫言在《檀香刑》之后回归传统是一种误会,我恰恰认为,包括《檀香刑》在内,莫言后面这几部长篇小说,都与传统小说关系不大,他写的仍然是现代小说。

　　传统小说没有这种恣肆、狂放、巨型的感觉描写,更没有把感觉观念化、象征化的实践。感觉象征化是现代小说的重要标志,而从具象性的感觉走向象征性的感觉,更是莫言成为大作家所迈出的至关重要的一步。

　　感觉象征化后所创造的世界,才是属于莫言独有的世界,就像卡夫卡、福克纳、马尔克斯,都在自己的象征世界里写作。他们的写作,既是现实的,也是非现实的;既是写实的,也是寓言的。王安忆说:"莫言有一种能力,就是非常有效地将现实生活转化为非现实生活,没有比他的小说里的现实生活更不现实的了。他明明是在说这一件事情,结果却说成那一件事情。仿佛他看世界的眼睛有一种曲光的功能,景物一旦进入视野,顿时就改了面目。并不是说与原来完全不一样,甚至很一样,可就是成了另一个世界。"[1] 这个锐见,用来形容他《檀香刑》之后的写作更为准确。尤其是对感觉的景象化、巨型化、象征化处理上,《檀香刑》之后,这已是莫言普遍采取的写作方法。从《檀香刑》始,莫言完全进入了虚拟世界,他似乎已无兴趣摹写现实世界,而志在创造属于自己的世界。《檀香刑》中的刑罚场景是他创造的,里面的猫腔虽然和莫言故乡的茂腔小戏有关,但基本唱腔、唱词也是他创造的;《四十一炮》中的肉食盛宴,以及面对肉的狂欢、崇拜乃至绝望的景象,是他创造的;《生死疲劳》中以驴、牛、猪、狗、猴为叙事视角,那个混合着人、鬼、神的魔幻世界是他创造的;《蛙》中那个数以千计的被接生和被扼杀、连同那两千八百个泥娃娃的婴儿世界是他创造的。这些小说的意旨,都不再是局部象征,而是整体象

---

　　[1] 王安忆:《喧哗与静默》,《当代作家评论》2011年第4期。

征——这个象征世界的出现，也是中国小说史上所未曾有过的。

　　莫言的一些小说，外衣可能是传统的，但内核却是现代思想。这个现代思想，就来自莫言将自己所擅长的感觉描写景象化、象征化。一部小说，光有自己的说话腔调是不够的（莫言经常强调，"作家应该有自己的腔调，应该发出自己独特的声音"①），他还必须进入虚拟和象征的世界，必须有自己的思想。很明显，《檀香刑》之后，莫言对具象现实的描写，都为了创造那个象征世界，为了表达一种现代精神。

　　而这个象征世界的创造和现代精神的表达，其核心的要义，用莫言自己的概括，那就是："把好人当坏人写，把坏人当好人写，把自己当罪人写。"②前两句，旨在强调人的复杂性，因为每个人都是善恶同体的。"凡是人的灵魂的伟大的审问者，同时也一定是伟大的犯人。审问者在堂上举劾着他的恶，犯人在阶下陈述他自己的善；审问者在灵魂中揭发污秽，犯人在所揭发的污秽中阐明那埋藏的光耀。这样，就显示出灵魂的深。"③这是鲁迅评论陀思妥耶夫斯基小说的一段话，莫言多次讲到这段话的意思，这直接启发了他如何"把好人当坏人写，把坏人当好人写"。但莫言的表述中，最有价值的是后面这句，"把自己当罪人写"，这个写作转向，可谓极大地扩展了他小说中的精神空间。

　　甚至可以说，对于一个作家而言，所有感觉中最为重要的感觉就是罪感，而关于罪感最重要的象征就是赎罪与忏悔。一个作家可以不信宗教，但不能没有宗教情怀。所谓罪感意识，就是看见自己的有限、亏负，叩问自己的内心，冀望一种美好和永恒。这是作为一个人面对自己灵魂的方式，而非专属于基督教的神性概念。《红楼梦》的作者并没有受基督教影响，但他在开卷第一回的作者自述里，两次提到"罪"："半生潦倒之罪"，

---

① 莫言：《故乡·梦幻·传说·现实——2008 年 8 月与石一龙对话》，见《莫言对话新录》，文化艺术出版社 2010 年版，第 417 页。

② 莫言：《我的文学经验》，见《用耳朵阅读》，百花文艺出版社 2012 年版，第 287 页。

③ 鲁迅：《集外集·〈穷人〉小引》，见《鲁迅全集》（第 7 卷），人民文学出版社 1981 年版，第 95 页。

"我之罪固不免"。现代中国以来，鲁迅之后有自审意识的作家不多，莫言是其中一个，他很早就说，"我们的封建文化背景下的文学，缺少触及灵魂的传统，我们太多复仇的文学，太多复仇的教育，却没有宽恕和忏悔的传统"[1]。他坚持反思自己，主张把每一个人都置于拷问席上，从黑的拷问出白的，从白的拷问出黑的，尤其需要来一场自我拷问。"所谓一个作家的反思、文学的反思，最终都是要体现在作家对自己灵魂的剖析上。如果一个作家能剖析自己灵魂的恶，那么他看待社会、看待他人的眼光都会有很大的改变。"[2]为此，他甚至喊出了鲁迅式的"他人有罪，我也有罪"[3]的沉痛之音。

正因为有这样一种精神自觉，莫言并不像一些论者所说，是在一味地展示残酷、恶心、肮脏，哪怕在他具狂欢色彩的作品里，也还是有一束同情与悲悯的眼光在关注着人的命运。所以，在《丰乳肥臀》里，他让上官金童在绝望中皈依，他的耳边响起了"以马内利""哈利路亚"的声音，这暗示了他和母亲最后的精神归宿。《檀香刑》越到后面，就越是充满悲悯之情——出于悲悯，百姓们集体下跪为孙丙求情；出于悲悯，知县钱丁甘冒生命危险杀死孙丙，以使他免受酷刑折磨；出于悲悯，乞丐舍己救人；出于悲悯，孙丙曾对一个德国士兵手下留情，如今自己却成了祭物，成了一台戏。《四十一炮》里，有一种慈悲和平等的精神，看着那些在欲望的深渊里痛苦挣扎的芸芸众生，如何一点点成了欲望的奴隶，作者的批判中带着同情；罗通良心未泯，他在超生台上连坐七天，是一种赎罪的形式，罗小通经过炼狱般痛苦之后，也醒悟了。《生死疲劳》里，也有一种慈悲，在一次又一次的转世轮回里，西门闹的仇恨也在一点点消失，阎王说，"把所有的仇恨发泄干净，然后，便是你重新做人的时辰"。这完全是一种中国式的宽恕。从悲悯（《檀香刑》）到慈悲（《四十一炮》），从慈悲再

---

[1] 莫言：《试论当代文学创作中的十大关系》，见《用耳朵阅读》，百花文艺出版社 2012 年版，第 228 页。

[2] 莫言：《作家应该爱他小说里的人物——与马丁·瓦尔泽对话》，见《莫言对话新录》，文化艺术出版社 2010 年版，第 379 页。

[3] 莫言：《他人有罪，我也有罪》，《南方人物周刊》2012 年第 36 期。

到宽恕（《生死疲劳》），莫言走了一条他自己理解的叩问灵魂的写作之路，但他终究无力探究灵魂的拯救、上帝在哪里这类的问题，他只是凭直觉为存在设置问题——有苦难，就应该有拯救；有罪恶，就应该有审判；有自省，就应该有忏悔；有绝望，就应该有希望。《檀香刑》里，他让那个身怀六甲的孙眉娘活了下来，这就是希望，但苦难依旧在，罪也依旧在，即便生下腹中的孩子，我想，孙眉娘的内心也不能由此获得真正的安宁。

真正把罪的感觉、忏悔者的声音景象化、象征化的，是《蛙》。《蛙》放大了莫言之前那些碎片化的罪感意识和忏悔精神，真正践行了他"把自己当罪人写"的写作观念。

《蛙》的潜在主题是说，所有人都是有罪的。执行政策的人，受迫害者，告密者，旁观者，无名的群众，都共同生活在一个罪恶的世界里，也共同制造了许多悲剧。但罪感最强烈的是姑姑。姑姑年轻的时候，接生了近万名新生儿，造福于乡野，受人敬重；中年之后的姑姑，作为计生工作人员，为维护国策，经她之手也扼杀了两千八百个胎儿。姑姑的形象，之前在《爆炸》《弃婴》等小说中出现过，但《蛙》中的姑姑更饱满、更深刻。莫言借蝌蚪的口说："我不抱怨姑姑，我觉得她没有错，尽管她老人家近年来经常忏悔，说在手上沾着鲜血。但那是历史，历史是只看结果而忽略手段的，就像人们只看到中国的万里长城、埃及的金字塔等许多伟大建筑，而看不到这些建筑下面的累累白骨。"[1]小说的最后，蝌蚪也安慰姑姑说，"您不要自责，不要内疚，您是功臣，不是罪人"，但姑姑依然觉得自己是有罪的，赎罪的过程远没有完成：

> 一个有罪的人不能也没有权利去死，他必须活着，经受折磨，煎熬，像煎鱼一样翻来覆去地煎，像熬药一样咕嘟咕嘟地熬，用这样的方式来赎自己的罪，罪赎完了，才能一身轻松地去死。[2]

后来，姑姑在罪的重压下自杀，但被救了回来，她的忏悔一直没有真

---

① 莫言：《蛙》，作家出版社 2012 年版，第 151 页。
② 莫言：《蛙》，作家出版社 2012 年版，第 346 页。

正完成。她和丈夫一起做了两千八百个泥娃娃，这看似是一个盛大的忏悔仪式，但姑姑面对泥娃娃的念念有词，也不过是一个空洞的自我安慰的姿态而已。泥娃娃后来被想生孩子的女性重金收购，而蝌蚪这个忏悔者也对有悖人伦的代孕开始变得心安理得，这又从另一个角度证实了中国式赎罪方式的虚妄。或许，无论历经多少苦难，上帝也不会出现，那个因罪而有的审判，也只会是一个疑案，因为有太多的理由可以证明你有罪，也可以证明你无辜。谁才是罪人？没有人可以做出判决，也没有人有这个权柄做出判决，因为每一个人都是罪人，而罪人是没有权力定罪别人的。我唯一知道的事实是：我是罪人。这是《蛙》所发出的最强音。

　　尽管在罪与忏悔的主题开掘上，莫言是不彻底的，但他至少从正面把这个问题提出来了。之前，他的罪感也许是隐约的、零星的，到了《蛙》，这种罪感已经扩大成为一种景象、一个象征。莫言在《蛙》中设置的角色蝌蚪，明显有他自己的影子，蝌蚪的罪感与忏悔意识，就是"把自己当罪人写"的一个写照。视自己为罪人，这对于一个作家而言，是灵魂的一次赤裸展示，也是省思个人内心黑暗的方式，没有解剖自己的勇气的人，是难以如此宣告的。中国传统文化历来不讲"罪"，只讲"本心"，大家宁愿用世俗的"不正派""不体面"代替罪的观念，"'罪'这个概念使任何一位高贵的知识分子有一种难堪的、有失尊严的感觉"[1]，但莫言在《檀香刑》之后，直面了"我是罪人"这个事实，并使之成为最近一部长篇小说《蛙》的中心观念。当认罪、赎罪、忏悔成了一种景象，作为追问者的莫言，就不再只是一个感觉丰富、绚烂的作家，而是一个能把感觉观念化、灵魂象征化的作家。后者极大地扩展了莫言的精神体量。我想，这个精神体量的扩展，灵魂叩问的深化，才是莫言之所以能获得 2012 年度诺贝尔文学奖的真正原因。

---

　①〔德〕马克斯·韦伯：《儒教与道教》，王容芬译，商务印书馆 1995 年版，第 280 页。

从檀香刑的梦中醒来

一、刽子手哲学

莫言的《檀香刑》主要写了一个著名而阴郁的人物——赵甲，他是赵小甲的亲爹，眉娘的公爹，孙丙的亲家，也是袁世凯的座上宾，曾受过慈禧太后和皇帝的嘉奖，更重要的，"他是京城刑部大堂里的首席刽子手，是大清朝的第一快刀，砍人头的高手，是精通历代酷刑，并且有所发明、有所创造的专家。他在刑部当差四十年，砍下的人头，用他自己的话说，比高密县一年出产的西瓜还要多。"① 但这个冷酷而富于传奇色彩的人物最初在他的家乡出现的时候，并没有引起多少人的注意，连他的儿媳眉娘，也直到半年后才知道自己的公爹真是杀人不眨眼的刽子手。大家都称他为赵姥姥。

以刽子手作为中心人物的小说以前有过，广泛意义上的刑罚主题在小说界也非常普遍。为什么《檀香刑》尤其令人侧目呢？是莫言比别人更精细、更冷静地写出了刑罚的全过程，还是因为莫言在小说中所做的语言和结构上的探索？这些当然是重要的（也已经有许多人对此做了论述），但我想，还有一点不可忽视，就是莫言写出了刽子手作为一个独特的人可能有的内心风暴，或者说，莫言让我们看到了刽子手的灵魂，并建立起了一种我称之为"刽子手哲学"的文化。而在过去，小说家笔下的刽子手，至多不过是个杀人工具而已。

为此，莫言把赵甲推向了极致。"他的身上，散发着一股凉气，隔老

---

① 莫言：《檀香刑》，作家出版社 2001 年版，第 5 页。

远就能感觉到。"他"偶尔上一次街,连咬人的恶狗都缩在墙角,呜呜地怪叫"①。赵甲不是一般的刽子手,而是刽子手中的精英,"刽子行里的大状元",甚至是刽子手精神传统在清代的完美化身,它精湛的技艺为刽子手这一古老而卑贱的职业书写了新的辉煌。其最高境界之一,就是他为六君子行刑的那次,"他感到,屠刀与人,已经融为一体"②。"屠刀"是杀戮文化的象征,"人"是杀戮文化实施的对象,这二者"融为一体"之后,它固有的残酷性似乎消解了:杀人成了一种艺术。如同尼采说邪恶也可能被浪漫化,我想,在看客眼里,残酷也会是一种美。莫言或许要探讨的正是,当杀人成了一种职业,并且由这种职业又生出了一种敬业精神之后,人性(刽子手和看客)会发生哪些重要的变异?

刽子手的眼光为莫言审视人这一实体存在找到了另一个崭新的视角——莫言似乎习惯了以非常人的视角来写人。从《透明的红萝卜》开始,一直到这部《檀香刑》,他的作品里一般都有一个不同于常人的人,如傻子、弱智儿等,包括《檀香刑》里的赵小甲,也是类似的人物。莫言一般应用超感官和幻觉的手法,把他们所观察到的奇特的成人世界加以放大,使之在小说中起到应用常人叙事所达不到的效果。感觉的通透和恣肆,一直是莫言的优势。但这次莫言叙事的重点没有放在赵小甲身上,而是更多地站到了刽子手赵甲的角度上。

刽子手眼中的人和别人有什么不同呢?

> 一个优秀的刽子手,站在执行台前,眼睛里就不应该再有活人;在他的眼睛里,只有一条条的肌肉、一件件的脏器和一根根的骨头。经过了四十多年的磨练,赵甲已经达到了这种炉火纯青的境界。③

在刽子手赵甲眼里,人不再是那个有情感、道德、意志和价值判断力

---

① 莫言:《檀香刑》,作家出版社2001年版,第7页。
② 莫言:《檀香刑》,作家出版社2001年版,第265页。
③ 莫言:《檀香刑》,作家出版社2001年版,第229页。

的复杂个体，也不再是所谓的"万物的灵长"，他被还原成了一个纯粹物质的人。或者说，人的物质性（"一条条的肌肉、一件件的脏器和一根根的骨头"），是刽子手唯一关注的人的特性，他眼中的人与动物在本质上已经没有区别。有意思的是，就在这点上，刽子手对人的态度与专制君主对臣民的态度达到了完全的一致。专制者为了达到他对臣民的绝对统治，总是希望消灭臣民独立的情感和意志，让他们都成为一个个物质性的人、动物性的人，这样他就可以随意支配和生杀了。所谓的奴隶，不就是丧失了个人的情感和意志，只剩下物质性和动物性的人吗？

赵甲也许正是看到了这一点，才疯狂地热爱上刽子手这门职业。"别人瞧不起我们这一行，可一旦干上了这一行，就瞧不起了任何人，跟你瞧不起任何猪狗没两样。"[1]他甚至劝自己的儿子赵小甲说："我的儿子，你就准备着改行吧，同样是个杀字，杀猪下三滥，杀人上九流。"[2]对赵甲来说，杀人是一门神圣的技艺。从他制作刑具到行刑过程的细心、讲究、要求尽善尽美这点看，他是把行刑看作一次美学表演的，同时也把它看作是实现自身最高价值的理想途径来追求的。他的工作是为了配合专制者对它的臣民的统治，也为了迎合专制君主和大臣们的欢心——而要讨他们的欢心，只有一个办法，就是如何把杀人这活做得漂亮。赵甲为此找到了秘诀：首先是把犯人看作物质人，"一条条的肌肉、一件件的脏器和一根根的骨头"；接着再把自己也降低到没有感情的物质人的水准上，"作为一个优秀的刽子手，站在庄严的执刑台上时，是不应该有感情的。如果冷漠也算一种感情，那他的感情只能是冷漠。除此之外的任何感情，都可能毁掉他的一世英名"[3]。最后就是进入"屠刀与人，已经融为一体"的境界。至此，一套物质意义上的杀人美学带着某种诗意悄悄地建立了起来，与此同时，刽子手的重要性也似乎变得不言而喻。

"其实，你干的活儿，跟我干的活儿，本质上是一样的，都

[1] 莫言：《檀香刑》，作家出版社2001年版，第44页。
[2] 莫言：《檀香刑》，作家出版社2001年版，第87页。
[3] 莫言：《檀香刑》，作家出版社2001年版，第263页。

是为国家办事，替皇上效力。但你比我更重要。"刘光第感叹道，
"刑部少几个主事，刑部还是刑部；可少了你赵姥姥，刑部就不
叫刑部了。因为国家纵有千条律法，最终还是要落实在你那一刀
上。"①

赵甲自己也在袁世凯面前骄傲地说：

> 小人斗胆认为，小的下贱，但小的从事的工作不下贱，小的
> 是国家威权的象征，国家纵有千条律令，但最终还要靠小的落
> 实。……只要有国家存在，就不能缺了刽子手这一行。②

这大约就是刽子手哲学，它恰好暗合了中国数千年专制社会所实行的
政治哲学。在专制社会里，以国家的名义杀人，无论它有怎样冠冕的理由，
其利益最终总是指向专制者自身的，与维护社会正义无关，因为罪与非罪
的界限掌握在他们手里。比如，古代有"反贼"，近代有"反革命"，又
有几个不是冤死者？"才行反者杀无赦"（荀况），法家这种冷酷的统治
思想，才是各个历史阶段专制政权真正所青睐的。尽管中国号称是一个儒
学大国，但其统治，从来推行的都是儒表法里——统治者只不过是用儒来
管理百姓，使之驯服，背后则实行法家的不择手段、钳制舆论的专制统治，
无"仁"可言。

二、酷刑教育

专制社会的政治哲学最集中的体现之一，就是酷刑制度。

酷刑对民众的震慑力是无与伦比的，它的目的是令统治者治下的臣民
不敢造次，而终日活在恐惧之中。按照哈维尔的研究，恐惧正是专制得以
实施的基础。造成恐惧的原因，除了精神高压之外，主要就是指肉体的残

---

① 莫言：《檀香刑》，作家出版社 2001 年版，第 258 页。
② 莫言：《檀香刑》，作家出版社 2001 年版，第 368—369 页。

酷折磨，直至消灭。因此，酷刑（包括现代社会还大量存在的令人发指的刑讯逼供等）一直在人类的专制历史上扮演着重要的角色。莫言选择这个题材作为探索中国人历史和现实的解码口，的确是意味深长的，因为中国是一个有着最漫长的酷刑历史传统的国度。而鲁迅则在二十世纪二十年代便说过，别国的硬汉之所以比中国的多，是因为我们的监狱比别人难坐。

> 奴隶们受惯了"酷刑"的教育，他只知道对人应该用酷刑。……要防"奴隶造反"，就更加用"酷刑"，而"酷刑"却因此更到了末路。到现代，枪毙是早已不足为奇了，枭首陈尸，也只能博得民众暂时的鉴赏，而抢劫，绑架，作乱的还是不减少，并且连绑匪也对于别人用起酷刑来了。酷的教育，使人们见酷而不再觉其酷，例如无端杀死几个民众，先前是大家都会嚷起来的，现在却只如见了日常茶饭事。人民真被治得好像厚皮的，没有感觉的癞象一样了，但正因为成了癞皮，所以又会踏着残酷前进，这也是虎吏和暴君所不及料，而即使料及，也还是毫无办法的。①

从酷刑的发明、创造、实施，到看客的恐惧、叫嚷，统治者快意的笑声，再到刽子手"靠卖死人的干腊给人入药维持生活"，这一切，在古代的政治社会里，实际上已经成了一种产业，它有效地维持着专制机器的顺利运行。酷刑最大的功能，是为臣民树一个榜样，让他们不敢有丝毫犯上作乱的念头，否则已经有了先例。这也是酷刑为什么总是选择在大庭广众之下执行的原因。慢慢地，酷刑的功能也开始多样化起来，它不仅具有教育功能，以此威慑那些试图造反的人，许多时候它还成了统治者自我娱乐的项目。一个酷刑，见出的是政治的黑暗，民众的命运。

莫言算得上是一个对酷刑描写有特殊偏爱的人，他在《红高粱》里写了剥人皮，在《檀香刑》里写了凌迟、腰斩、檀香刑，等等。尤其是《檀香刑》，莫言以他异乎寻常的坚强神经，极尽描写之能事，光凌迟，一刀

---

① 鲁迅：《南腔北调集·偶成》，见《鲁迅全集》（第4卷），人民文学出版社1981年版，第584—585页。

一刀地写，就足足写了二十几页，而檀香刑，整个过程则拉得更长。有不少人（主要是女性读者）不断地就此指责莫言，认为他对肉体被残酷折磨的迷恋，是一种怪癖和阴暗心理；他们尤其不能接受莫言在行文中那种津津乐道的样子，认为这样的描写一旦丧失了必要的批判性，就不能不让人怀疑作者是在玩弄这些。这样的批评并非没有道理。但我更愿意把莫言铺陈这样恣肆的酷刑场面，理解为他是想由此设置一个人性的实验场，以检验人承受纯粹肉体痛楚的能力，进而窥见刽子手的冷酷性，以及围观群众和官员在面对残酷时的各种反应。从另一面说，这何尝不是对专制、暴政、野蛮和看客麻木、冷漠心理的有力控诉呢？

　　书上说凌迟分为三等，第一等的，要割三千三百五十七刀；第二等的，要割二千八百九十六刀；第三等的，割一千五百八十五刀。他记得师傅说，不管割多少刀，最后一刀下去，应该正是罪犯毙命之时。所以，从何处下刀，每刀之间的间隔，都要根据犯人的性别、体质来精确设计。如果没割足刀数犯人已经毙命或是割足了刀数犯人未死，都算刽子手的失误。师傅说，完美的凌迟刑的最起码的标准，是割下来的肉大小必须相等，即便放在戥子上称，也不应该有太大的误差。这就要求刽子手在执刑时必须平心静气，既要心细如发，又要下手果断；既如大闺女绣花，又似屠夫杀驴。任何的优柔寡断、任何的心浮气躁，都会使手上动作变形。要做到这一点，非常的不容易。因为人体的肌肉，各个部位的紧密程度和纹理走向都有不相同，下刀的方向与用力的大小，全凭着一种下意识的把握。师傅说，天才的刽子手，如皋陶爷，如张汤爷，是用心用眼切割，而不是用刀、用手。所以古往今来，执行了凌迟大刑千万例，真正称得上是完美杰作的，几乎没有。其大概也就是把人碎割致死而已。所以愈到近代，凌迟的刀数愈少。延至本朝，五百刀就是最高刀数了。但能把这五百刀做完的，也是凤毛麟角。刑部大堂的刽子手，出于对这个古老而神圣的职业的敬重，还在一丝不苟地按照古老的规矩办事，到了省、府、州、县，鱼龙混杂，从事此职业者多是一些地痞流氓，他们偷工减力，明明判了五百刀凌迟，能割上二三百刀已是不错，更多的是把人大卸八块，戳死拉倒。①

哦，这就是中国的刑罚、中国的人性，我们不知道该惊叹还是心酸。它不是想象，也非虚拟的场景，而是存在于中国历史上相当长时间的政治现实。你一方面惊讶于一些人对自己的同类为什么会有如此巨大的仇恨，另一方面，你又不得不承认，残酷的刑罚里也有一种邪恶的美，也有一种可怕的智慧，许多人正是为此而激动着。让我们来看看《檀香刑》中赵甲的那个杰作——近乎完美的五百刀凌迟，莫言写得一曲三叹，我们读起来虚汗淋淋。真正值得注意的是，在行刑的过程中，行刑者和看客的心态与嘴脸，它们共同构成了一台戏，一台以人性为内容的大戏，它的上演，使人性的各个秘密角落都被照亮——它告诉我们，最可怕的动物不是别的，而是人自己；人最大的敌人也不是别的，正是人自己！当人的邪恶本性真正暴露出来之后，世界虽是人间，其实已是地狱。而这个地狱的中心，正是专制的铁血政治。关于这点，莫言在小说中用一句精辟的话概括道：

中国什么都落后，但是刑罚是最先进的，中国人在这方面有特别的天才。让人忍受了最大痛苦才死去，这是中国的艺术，是中国政治的精髓……②

三、死亡，以及看客

刑罚已经进行许久了，但期待中的死亡还没有到来，它显得异常缓慢。酷刑的实质，就是要在行刑过程中尽可能地延缓死亡的到来，以此折磨犯人，让他忍受最大的痛苦，让统治者和看客从中谋取最大的快乐。由此我想到，似乎从未有一个民族，会像中华民族这样注重死亡的残酷形式——众多刁钻的酷刑的发明，不正是为了迎合统治者对于死亡残酷形式之重视

---

① 莫言：《檀香刑》，作家出版社 2001 年版，第 236—237 页。

② 莫言：《檀香刑》，作家出版社 2001 年版，第 113—114 页。

的需要吗？在中国，酷刑的实施许多时候已不是仅仅为了惩罚将死的犯人，而是为了那些活人：既是为了统治者的虐杀快意，也是为了让其他人引以为戒。

朱利安·格林曾说："永远不可以将人判以死刑，因为我们不知道死是什么。"[①] 但中国人似乎不这么看，他们普遍认为死亡就是结束，就是消失，就是一种可以施加于人的惩罚手段；更进一步，死亡就成了一种表演，一种娱乐，一种针对活人的恰当警戒，"杀鸡儆猴"。因此，真正给予盛大的行刑和死亡场面以特殊意义的，恰恰不是死者，也不是刽子手，而是那些包括统治者在内的看客们。看客们是死亡这一仪式真正的消费者。他们的存在，使死亡在被延缓、被注视的过程中获得了形式和诗学意义上的观赏价值，也使刽子手们在行刑时显得格外卖力。于是，杀人渐渐地超越了刑罚的范畴，开始带上美学表演的色彩，它甚至还成了一个人死得是否有价值的重要参照。"师傅说刽子手对犯人最大的怜悯就是把活儿做好，你如果尊敬她，或者是爱她，就应该让她成为一个受刑的典范。你可怜她就应该把这活儿干得一丝不苟，把该在她的身上表现出来的技艺表现出来。这同名角演戏是一样的。"[②] 在凌迟那场表演中，赵甲到最后甚至"感到自己实在是支撑不下去了，但高度的敬业精神不允许他中途罢手，尽管因为袁大人下令割舌，打乱了程序，他完全可以将钱尽快地草率地处死，但责任和他的道德不允许他那样做。他感到，如果不割足刀数，不仅仅亵渎了大清的律令，而且对不起眼前的这条好汉。无论如何也要割足五百刀再让钱死，如果让钱在中途死去，那刑部大堂的刽子手，就真的成了下九流的屠夫"。[③]

多么奇怪而"正确"的逻辑。一边是刽子手努力地把酷刑变成一种美学仪式，另一边是看客们通过自己廉价的同情心和邪恶的趣味，不断把这种美学仪式转换为观赏价值。通过看客们对酷刑的疯狂消费，行刑慢慢地

---

①〔法〕伊莎贝尔·布利卡编著：《名人死亡词典》，陈良明等译，漓江出版社2001年版，第40页。

② 莫言：《檀香刑》，作家出版社2001年版，第240页。

③ 莫言：《檀香刑》，作家出版社2001年版，第245页。

变成了人们日常生活中必不可少的例行节目。就在这个表演和观赏互相激励的过程中，人性的无耻建立起来了，人性的深渊也彻底地敞开。"群众，——尤其是中国的，——永远是戏剧的看客。牺牲上场，如果显得慷慨，他们就看了悲壮剧；如果显得觳觫，他们就看了滑稽剧。北京的羊肉铺前常有几个人张着嘴看剥羊，仿佛颇愉快，人的牺牲能给与他们的益处，也不过如此。而况事后走不几步，他们并这一点愉快也就忘却了。"①《檀香刑》里有一段重要的叙述，回应了鲁迅所说的这一点：

> 师傅说凌迟美丽妓女那天，北京城万人空巷，菜市口刑场那儿，被踩死、挤死的看客就有二十多个。师傅说面对着这样美好的肉体，如果不全心全意地认真工作，就是造孽，就是犯罪。你如果活儿干得不好，愤怒的看客就会把你活活咬死，北京的看客那可是世界上最难伺候的看客。那天的活儿，师傅干得漂亮，那女人配合得也好。这实际上就是一场大戏，刽子手和犯人联袂演出。在演出的过程中，罪犯过分的喊叫自然不好，但一声不吭也不好。最好是适度的、节奏分明的哀号，既能刺激看客的虚伪的同情心，又能满足看客邪恶的审美心。师傅说他执刑数十年，杀人数千，才悟出一个道理：所有的人，都是两面兽，一面是仁义道德、三纲五常；一面是男盗女娼、嗜血纵欲。面对着被刀斧割着的美人身体，前来观刑的无论是正人君子还是节妇淑女，都被邪恶的趣味激动着。②

关于看客，这真是一种惊心动魄的洞见。"都被邪恶的趣味激动着"，说的是良心封闭之后，人依旧可以在非道德的领域燃烧起来。美，在它没有引进善做尺度前，许多时候确实是不对道德负责任的。希特勒可以热爱艺术，川端康成一些玩弄少女之题材的小说也有一种凄美，原因就在于此。

---

① 鲁迅：《坟·娜拉走后怎样》，见《鲁迅全集》（第1卷），人民文学出版社1981年版，第163页。

② 莫言：《檀香刑》，作家出版社2001年版，第240页。

莫言在《檀香刑》中写的正是人类的这种局限和阴暗，他在接受记者采访时说："在构思的时候，我把自己当成一个受刑者：其实人类灵魂中都有着同类被虐杀时感到快意的阴暗面，在鲁迅的文章中我们也可以看到。在写这些情节时，我自己就是一个受刑者，在自己的'虐杀下'反而有种快感。酷刑就像是一场华美的仪式，整个大戏都在等待这个奇异的高潮。"① "快感"也许就是看客追求的最终目的，他们挤在众人之中，身份常常是匿名的，看见别人被虐杀，他们会以自己没有参与虐杀为由轻易地卸下道德的重担和良心的谴责，从而任凭自己"被邪恶的趣味激动着"。其实，一个观赏酷刑表演的看客，许多时候比表演酷刑的刽子手更加残酷，更狠，因为刽子手仅仅是在"执行任务"，而看客却是纯粹为了满足自己黑暗的私欲，他的看，无形之中使酷刑成了合法化的消费行为，其后果是使自己作为一个人的尊严被践踏和放弃。——如果说刽子手是对人的肉体进行虐杀，那么，看客的行为则可以视为是对人类精神的虐杀。真正应该悲哀的是后者。这就难怪鲁迅会做出"暴君治下的臣民，大抵比暴君更暴"的结论："暴君的臣民，只愿暴政暴在他人的头上，他却看得高兴，拿'残酷'做娱乐，拿'他人的苦'做赏玩，做慰安。自己的本领只是'幸免'。从'幸免'里又选出牺牲。供给暴君的臣民的喝血的欲望，但谁也不明白。死的说'阿呀'，活的高兴着。"②

四、戏……演完了

"死的说'阿呀'，活的高兴着"，这正是对一场戏的生动描绘。这部戏的主角以前是钱雄飞、美丽妓女（凌迟），现在却是孙丙（檀香刑）。孙丙和刽子手赵甲原是亲家，一个是眉娘的亲爹，一个是眉娘的公爹，但赵甲会向当权者建议用檀香刑（用一根檀香木橛子，从一个人的谷道钉进去，从脖子后面钻出来，然后把那人绑在树上，折磨数天，一点点地慢慢

---

①孙立梅：《莫言细说〈檀香刑〉》，《羊城晚报》2001年6月26日。

②鲁迅：《热风·暴君的臣民》，见《鲁迅全集》（第1卷），人民文学出版社1981年版，第366页。

死去）来对付孙丙，说明他眼中并没有亲情，只有肉体。他为自己告老还乡了还有这么一次露脸的机会而激动，为此，他还把儿子带上，希望他能成为自己的传人。他的人生理想就是希望在家乡再一次展示自己杰出的行刑技艺。

> 孙丙，亲家，你也算是高密东北乡轰轰烈烈的人物，尽管俺不喜欢你，但俺知道你也是人中的龙凤，你这样的人物如果不死出点花样来天地不容。只有这样的檀香刑、只有这样的升天台才能配得上你。孙丙啊，你是前世修来的福气，落到咱家的手里，该着你千秋壮烈，万古留名。①

刑场上，我们想象中可能出现的亲情之间的对抗并不存在，有的只是屠刀和肉体的对抗。莫言通过让亲情在屠刀下磨碾，把这种残酷推向了极致，抗德英雄孙丙就像一座浮雕从这个残酷背景里凸显出来。刑场成了戏院，孙丙成了这部戏唯一的主角。而赵甲道白，眉娘诉说，小甲放歌，知县绝唱，以及在整个刑场响起的由孙丙做猫主的盛大的猫腔悲音，则构成了这部戏的多重奏，它们共同把整台戏推向高潮。一边是极权和非人性的暴力，一边是无助肉体和猫腔大悲调混合发出的抗议、嘲笑；二者的力量消长本来是悬殊的，但在猫腔的诱发和启示下，后者突然变得强大起来，连最脆弱的、奄奄一息的肉体（处在檀香刑中的孙丙），也用极大的毅力蔑视了刑罚；猫腔的悲剧美使赵甲精心准备的邪恶的刑罚美黯然失色。

猫腔，这种民间的艺术形式，在这个时候，成了汹涌的殉道精神和民众愤怒的出口，成了每个猫腔艺人牺牲自己的壮胆曲，他们踏着悲壮的曲子在枪声和鲜血中前进。尽管孙丙被擒后，临时拼凑起来的猫腔班子"每次的演出都是在哭嚎中开始，又在哭嚎中结束"②，但在猫主面前，他们找回了坚忍不拔的英雄气概，"你把俺们的身体剁烂，俺的头还是要演"③。

① 莫言：《檀香刑》，作家出版社2001年版，第363—364页。
② 莫言：《檀香刑》，作家出版社2001年版，第478页。
③ 莫言：《檀香刑》，作家出版社2001年版，第494页。

甚至连素来冷漠的看客，也大受猫腔的震撼，"台下群情激昂，咪呜声，跺脚声，震动校场"①。最后，大家集体入戏，以自己的血为英雄在黑暗年代的牺牲写下了苍凉悲痛的诗篇。

《檀香刑》里这个盛大、悲壮的行刑场面确实是令人荡气回肠的，那种残酷中的悲剧力量尤其叫人战栗。很少有人能够将悲剧写得这么让人触目惊心，它不是一个事件，不是一个结果，而是弥漫在字里行间的滴血的言辞。这种悲剧让我想起，在古罗马，也有一项类似的残酷娱乐，把犯人扔进狮子或老虎笼里，台下的贵族公爵们，看着猛兽把人撕裂，并在人凄厉的叫喊声中把酒言欢。使徒保罗在说到自己的艰难处境时，想起了这个场面：

> 我们成了一台戏，给世人和天使观看。②

孙丙也成了这样的一台戏，演给所有人观看。他的女儿眉娘说：

> 爹呀爹，……您一个草民百姓，走街串巷混口吃的臭戏子，闹腾到了这个份上，倒也不枉活了这一世。就像那戏里唱的，"窝窝囊囊活千年，不如轰轰烈烈活三天"。爹，你唱了半辈子戏，扮演的都是别人的故事，这一次，您笃定了自己要进戏，演戏演戏，演到最后自己也成了戏。③

不仅孙丙，连知县钱丁，最后也在猫腔艺人的血流中觉悟、入戏，如天启般地获得一种决绝的勇气，冲向孙丙和赵甲。鲁迅说，"英雄的血，始终是无味的国土里的人生的盐，而且大抵是给闲人们作生活的盐。"④

---

① 莫言：《檀香刑》，作家出版社 2001 年版，第 499 页。
②《新约·哥林多前书》第四章第九节。
③ 莫言：《檀香刑》，作家出版社 2001 年版，第 15 页。
④ 鲁迅：《集外集拾遗·〈争自由的波浪〉小引》，见《鲁迅全集》（第 7 卷），人民文学出版社 1981 年版，第 304—305 页。

但我要说，许多时候英雄的血也能唤醒闲人们沉睡的心。血，或许就是使更多人从屈辱、闭抑、奴隶的生存中觉悟过来，该付的沉重代价。而就在这个时候，残酷的刑罚、无耻的人性、沉痛的猫腔、人的哀鸣、英雄的悲声、良心的悸动、暗哑的死亡……这些全都在小说中交织和重叠在一起了，其中，猫腔起了起承转合的作用。整部小说华美、夸张而流畅的叙事，正是通过猫腔凄美婉转的唱词，使生命在黑暗幕布上得以保存一些亮色，小说也得以在结尾部分的诗化氛围中达到史诗般的辉煌抒写。猫腔的出现，使孙丙与暴政、与黑暗人性的对抗，诗化成了一种悲剧艺术，并且由于参与者众，最终把整片受难的土地都变成了悲壮的猫腔戏的戏场，它汇聚起来的悲鸣，连天地都为之动容。

莫言的高明就在这里，他虽然在整部小说中用了夸张和喜剧的叙事手法，但他没有停留于此，而是在"豹尾部"，通过猫腔的诗学转换，把前面的喜剧成分变成一个大悲剧的前奏。很清楚，《檀香刑》在精神推进上是一步步往上走的，它的内部一直有一条向上走的诗学线索，如同一首乐曲，前面有了充分的回旋，到孙丙的行刑和死亡，曲子中突然出现了一段拔地而起、尖锐而绚丽的乐章，把整首乐曲带向高潮，并在此戛然而止。《檀香刑》在叙事上达到了这一效果，它结束在整部小说的最强音上，结束在孙丙的死上，只留下檀香刑的余音久久地缭绕在读者的心中……

孙丙死前说的最后一句话（也是整部小说的最后一句话）是："戏……演完了……"这真是一句旷古悲叹，它令我想起苏格拉底死前在法庭上的最后陈词：

> 死别的时辰已经到了，我们各走各的路吧；我去死，而你们去活，哪一个更好，只有神知道了。①

---

① 苏格拉底语，引自〔英〕伯特兰·罗素：《罗素文集》，江文编译，中国戏剧出版社 2008 年版，第 286 页。

不仅是伤怀

——再读《老生》

一

《老生》发表于 2014 年，是贾平凹的用心之作，我读完之后，最感新奇的是，作者开始以自己的方式写史了。说它是在为一个村庄或一个民族写史，或许有点夸张，但这部作品时间跨度之长，确实在贾平凹之前的长篇小说中所未见。此前，贾平凹的长篇，即便篇幅浩大，写的也多是几个月或一年的事情。比如，《废都》里发生的故事，前后时间跨度一年左右；《高老庄》写的是一次返乡之行，前后一个月；《秦腔》《古炉》所写的乡村变迁，大约一年；《带灯》写的事，估计不到一年。这种能力，在中国作家中并不多见，如此长的篇幅，却只集中写一个月、几个月、一年左右的事情，这不仅需要作家有巨大的写实才华，他还要有一种细密、浑然的写作耐心。

"中国作家写长篇，大多数都喜欢写一个非常长的时间跨度，动不动就是百年历史的变迁，或者几代家族史的演变，但贾平凹可以在非常短小的时间、非常狭窄的空间里，建立起恢宏、庞大的文学景象，这种写作难度要比前者大得多。"① 这种写法，贾平凹或许是受到了乔伊斯、普鲁斯特等人的影响，它可以把一个不起眼的场景，一些貌似不重要的人事，通

---

① 谢有顺：《尊灵魂，叹生命——贾平凹、〈秦腔〉及其叙事伦理》，《当代作家评论》2005 年第 5 期。

过自己细微的笔法，把它放得很大；里面既有现实经验，也有作者自己的心理经验。所以，很多人只看到了贾平凹身上传统的一面，甚至称他为最后一个士大夫作家，这当然有它的道理，却不够全面。照我看来，贾平凹既传统，也现代。他的语言方式、现实情怀，或许是传统的，但他的小说写法，却求变、求新，有很多的现代品格，小说里的很多想法，也是有现代意识的——这些往往不太为人所注意。上面说的叙事时间的处理问题，就是一例。这种叙事方法，显然是现代的，不仅在中国传统小说中不太有，当代的先锋作家也未必常用。可见，贾平凹是一个体量庞大的作家，这种体量，不单是说他的写作创造力旺盛，十年出了五部重要的长篇，也是指他的小说具有很大的精神和艺术容量。

《老生》写了中国近代百年史，四个故事，四个时期——闹革命、土改、"文革"前后、改革开放之后，从二十世纪早期，一直写到现在。故事还是发生在陕西南部的山村，前后写了几个时代的变迁，把国族的命运与个人的命运结合起来写。四个独立的故事，以一个唱师的角色串在一起，既是散点透视，又有内在联系，这种写法或许在文学史上并不新鲜，但对于贾平凹而言，却是一种创新，因为他开始在小说中处理真正的历史经验了。从之前只写一个月、一年的事情，到现在写百年史的中国，这不是简单地把时间拉长，而是包含着作者的一种写作旨趣，他大概想暂时从现实中跳脱出来，看远一点，从而为人和村庄的命运变迁找到新的观察视角。

贾平凹对这段百年史的处理，有两个特点是明显的：一是力图追求一种叙事的客观性。那些残酷的事、随时出现的死亡，作者均以客观、冷静的笔调写出来，有一种经历了各种世事变迁之后的超然。《老生》里的人物大致分为两类：一类就是名字里有"老""生"这种字眼的，如老黑、马生、老皮、老余、戏生，他们往往是一个时期有话语权、有力量的人物，另外一类是被管理、改造的对象，如王财东、玉镯、白河、白土等等，他们的地位更卑微，存在感更弱，但这两类人物，多数都在小说中出现之后又死了。几乎每一个人的死，作者都写得不动声色，甚至有一种庄重感。二是尽量回避了正史的写法。写那些草莽英雄、民间人物，贾平凹保留了口传、稗史的风格，尤其是些带有土匪性质的"革命"人物，他们的"革命"动机都是千奇百怪的，比如，在老黑那里，"革命"是带着绿林好汉式的义气，跟谁"背枪"并不重要；在匡三那里，"革命"首要的意义在于能否有饭吃，他最为关心的只是伙房里每日三餐做的是什么；在马生、劳栓等人那里，革命、运动的结果，只是为了可以随意地占有一个女人，或者侵占几亩田地。这种略带滑稽色彩的心理描写，呈现的未尝不是一种历史的真实，只是，这种真实，是对正史的一种颠覆，在保持了小说阅读的趣味性的同时，多少也减弱了历史观察的深度。这是《老生》在叙事上的一种矛盾。作者既要追求客观、冷静的叙事效果，又脱不了小说家写史的趣味——以野史来修正、解构正史的同时，可能也使得一些人物的处理显得面目模糊、略显滑稽。但这些人物生动、有趣，由贾平凹写出来，自然也成了那段历史的补充。

　　贾平凹自己说，《老生》的写法，在思维方式上，受了《山海经》的影响，"《山海经》是写了所经历过的山与水，《老生》的往事也都是我所见所闻所经历的。《山海经》是一个山一条水地写，《老生》是一个村一个时代地写。《山海经》只写山水，《老生》只写人事。"①或许正因为此，贾平凹才把自己对历史和现实的忧心藏得很深，静水深流，他在小说中搁置道德判断，抑制自己的情绪，更多的是想做一个观察者、记录者，而把判断的权力交给读者。也有论者觉得，《老生》对《山海经》的穿插，多少显得生硬，但我们依然可以感受到，贾平凹是在探索一种新的写法，他想以自己的方式写史，想借此回望人和村庄的来处；他笔下的人事，其实也是一种心事。

二

　　《秦腔》之后，贾平凹开始在写作中确立起一种新的真实观，那就是摹写现实的细部，成为现实中人。尽管《老生》在现实之外，也写了历史，但它的写法，依然还是大处浑然、小处逼真的方式，以细节带动情节。有意思的是，贾平凹一旦成为现实中人，他其实就无法做到真正的超然与冷

①贾平凹：《老生·后记》，人民文学出版社2014年版，第292—293页。

静，毕竟，他不愿意用一种历史虚无主义的态度来稀释现实的沉重与疑难。他作为一个乡村之子，乡土现实中所发生的一切，都与他有关。他的根还是在乡土，在商洛，在棣花村，他的精神从那片土地上生长出来，最终也要回到那片土地上去，这是他的写作宿命。贾平凹曾说，"做起城里人了，我才发现，我的本性依旧是农民，如乌鸡一样，那是乌在了骨头上的。"①正因为此，我能理解贾平凹在《秦腔》之后所投注到故土上的那份复杂情感：他爱这片土地，但又对这片土地的现状和未来充满迷茫；他试图写出故乡的灵魂，但心里明显感到故乡的灵魂已经破碎。

到《老生》这里，他仍然无法卸下自己身上的这个精神重担，无法摆脱做一个现实中人的那种焦灼感。历史是从现实中生长出来的，而现实，依然是如此破败而沉重。但贾平凹在《老生》中坦陈，"我有使命不敢怠"，为了使这个乡土的肉身更为真实，《老生》仍然不惜对现实、对日子做着社会学意义的忠实记录——这种写作变化，从《秦腔》就开始了，但很多人并不认同，也不能完全理解。读完《老生》之后，这个问题或许就更加明朗了：当乡土的现实形态无可挽回地在溃败，文学面对它的方式，真的只能限于审美或悼挽吗？文学是否也可以对现实进行记录、勘探、考证、辨析？借由记录和还原，有没有可能触及更为内在的乡土真实？《秦腔》之后的这十年，贾平凹的写作进入了一个新的旺盛期，同时也创新了乡土文学的写法——《秦腔》仿写了日子的结构，以细节的洪流再现了一种总体性已经消失了的乡村生活；《带灯》貌似新笔记体，介于情节与细节之间，疏密有致，小处清楚，大处浑然，尽显生活中阳刚与阴柔、绝望与希望相交织的双重品质；《老生》则讲述了经验的历史，把物象形态与人事变迁糅合在一起来写，进而呈现一种现实的肉身是从哪里走来的。

这个探索是有意义的。尤其是写到乡村的现状，当下的中国文学，几乎采取的都是现代化对乡土固有的美和安静的伤害，《老生》中也是如此，现代化一来，经济结构一发生变化，伦理、道德就坍塌，人心就溃散。这就是村庄必然的命运吗？村庄就不配享有现代化，现代化所带来的就必然是一场灾难？千百年来，乡村一直是中国的根基，它的过去几乎是静态的，

---

① 贾平凹：《秦腔·后记》，作家出版社 2005 年版，第 560 页。

生活、生产方式一成不变，伦理结构也古老、稳固，进入二十世纪之后，各种观念纷至沓来，各种变革也轮番在这里实验，但乡土的命运却不仅没有变好，甚至还显得更加晦暗。它的沉实和美，正在消失，而自身的惰性和痼疾，却正在生长；加上政策的多变、基层干部的胡来，乡土中国的地基已经松动，一些伟大的乡土品质正在死亡。孟德拉斯曾经这样分析农民农业的消失，"与其说是由于经济力量的作用，勿宁说是由于把并非为农业而制定的分析方法、立法措施和行政决策运用于农业"[1]。这个看法或许是一种社会学的理性分析，但对文学写作未尝没有参考价值。过去我们在讲述乡土中国时，总是从伦理、审美的角度去写，无非是表达一种令人心疼的美，一个质朴、自然的世界的消失，但乡土中国的困境，真的只是审美的溃败或现代化对自然的掠夺吗？造成乡村衰亡的原因，真的是如此单一吗？如果只是把乡村当作审美的对象，或许很容易就会得出这个结论，但如果看到乡村是一个复杂的经济体、生活体，我们就会发现，乡村的变化，不仅是审美意义上的变化，它也是生活方式和价值方式的变化，这个变化是具体的，它需要有实证意义上的细节、场景作为支撑。甚至可以说，要写出这种变化的实质，社会学意义上的调查和审美的悼挽有着同等重要的意义。

正因为如此，贾平凹的《老生》，包括他之前的《秦腔》《带灯》，我认为对观察中国乡土现实的变化，有着特别的意义，这不仅在于他呈现出了中国乡村的世情、世貌，更重要的是，他也回答和思索了孟德拉斯式的疑问——政策和制度的不合身甚至失误，对于乡土的溃败，到底扮演着怎样的角色？乡土问题的复杂，尤其是现代化侵入以来，单从文化和乡情的角度，已经很难全面解读乡村的变迁；而贾平凹的写作，除了文化和乡情的关怀，他还描写乡村的经济活动，呈现"并非为农业而制定的分析方法、立法措施和行政决策运用于农业"之后的现状，这是一种更为有效的现实感。这种现实感，在当下中国的乡土文学作品中，是非常匮乏的品质。它看起来是很不文学的，但它又是文学必须面对的另一种坚硬的现实。

---

① 〔法〕孟德拉斯：《农民的终结》，李培林译，中国社会科学出版社1991年版，第6页。

《老生》中有一段写，在那种整齐划一的经济建设年代，村民们只要一穿上那劳动服，人就变了，身子发木，脑袋发木，你得紧张地劳动，不能迟来，不得早起，"屙屎撒尿也得小跑"，这是很生动的描写，也充分说出一种制度不仅改造人的观念，也改造乡村的生活和生产方式——后者的变化是具体的，却是不为人所注意的。贾平凹或许正是看到了记录这种变化的意义，才持续不断地把写作的焦点集中在同一时期的乡村，试图多侧面地写出一种乡土现实变化的真相，以自己的方式，来缅怀这一片土地、这一群人。

三

《老生》中，贾平凹依然还在探寻乡村的出路、人的出路。唱师这个角色的设置，既起到了串联故事的作用，也暗含着对世相人心的洞察。他为每一个死者而歌，为当归村在一场瘟疫中的毁灭而歌，之后，自己也随着村庄的衰亡而亡。借由唱师的口，小说出示了一种慈悲的立场，并揭示出，世界的毁灭可能是整体性的，对它的拯救，也必然是整体性的。

一直以来，贾平凹的世界观中，人与物都是平等的，他笔下的人，可以和动物、植物，甚至可以和器物对话。他笔下的人物中，引生是通灵的疯子，可以与花、树对话，他还感谢来劲——来劲其实是手扶拖拉机。狗尿苔也是通灵的，他甚至能看到树在伸懒腰。铁栓家的猪告诉他，葫芦家的冒疙瘩鸡在村南口过生日，于是他看见了村里的鸡、猫、狗给古炉村年纪最大的鸡过生日的热闹场面。蚕婆也是神性附体的。而《高兴》里写，皂角树、药树、楸树、香椿树、苦楝树与痒痒树这六棵树都是有故事的，也是有灵气的。"树和人在一起时间长了，不是树影响了人，就是人影响了树。"① 树与人的生命是同构在一起的，毁掉树木也是在毁灭人的一部分。成百上千年的古树是有灵性的，《带灯》中松云寺的松就是汉代的松，可以给人们以佑护。从农村中走出的高兴也是信奉众生平等的，希望人与动物、植物、器物和谐相处，他甚至还和收破烂的架子车说话交流。这样

① 贾平凹：《高兴·后记》，作家出版社2007年版，第460页。

一种思想表明，贾平凹在找寻一种精神出路的时候，他不像鲁迅先生那样，在与现实的对抗中批判，他也不像一些西方作家那样，无情地拷问灵魂的暗疾，他似乎还是信仰万物和谐，信仰生死轮回，在他看来，最为重要的拯救，其实是自我的开悟。

《老生》中的唱师，就是一个开悟者，他穿越历史，见证生死。小说的结尾，是一场瘟疫袭来，村民迅速死亡，当归村几乎成了空心村，唱师和荞荞一起去村里为那些没来得及埋葬的村民唱阴歌，以安置那些游荡的魂灵。这个场景是象征性的。一方面，是对一个村庄的人事的哀悼与怀想，在死亡面前，人世所有的恩怨、纷争都烟消云散了，魂灵与魂灵之间已经达成了和解；另一方面，是对村庄所承载的物质和精神记忆的祭奠和纪念，为行将远去的这个社会形态——村庄——做一个告别。只是，这个结局的背后，也隐藏着作者的一丝忧虑：那些游离的魂灵是否能回归来处？

唱师的角色，令人想起贾平凹在《高兴》中写到的锁骨菩萨。锁骨菩萨是以妓女之身而行佛事，肮脏与干净同在，这包含了一种救赎的思想，所谓"道在屎溺"。污秽里的圣洁，与"道成肉身"的思想也是相通的。高兴是在沉重、苦难、肮脏中修行出轻松、快乐与干净。正如川端康成也不注重世俗的道德，他所描写的女人，大多是无智慧和无道德的，"但这种无智慧和无道德也和不守贞操一样，并不是我所考虑和表现的问题。我要写的或许可以称为生命的悲哀和自由的象征吧，但这样一说明就没有什么意思了"①。在《睡美人》里，川端康成也超越世俗的道德，让一个老人抱着一个裸体的姑娘，而作者把这个昏睡不醒的姑娘比作活佛，"姑娘年轻的肌肤和气味，仿佛原谅并安慰了悲哀的老人"。在一种悔恨中，也有一种对死亡的恐惧。

唱师的角色，也有点像《古炉》中的善人，善人说病，说的其实是一种人生的拯救之道，他说："人落在苦海里，要是没有会游泳的去救，自己很难出来，因此我救人不仅救命还要救性。救人的命是一时的，还在因果里，救人的性是永远的，一救万古，永断循环。人性被救，如出苦海，

---

① 〔日〕川端康成：《独影自命》，金海曙、郭伟、张跃华译，广西师范大学出版社 2002 年版，第 161 页。

如登彼岸，永不再坠落了。"①善人并非超越于所有人之上的，而是来自中国民间的传道士，正如他自己所说："我不是孔孟，也不是佛老耶回，我行的是人道，得的是天道。"②不光善人，作为乡镇干部的带灯，也可看作是在处理上访问题时不断修行。她梦见自己在坡顶走时，地下有声音说她还没与佛讲和，"我从小被庇护，长大后又有了镇政府干部的外衣，我到底没有真正走进佛界的熔炉染缸，没有完成心的转化，蛹没有成蝶，籽没有成树"③。她有这种修行意识，即使面对一些难缠的上访户，她也表现出了慈善之心，而不轻易武力相向。她不是一般的女干部，而是身上有佛性、有慈悲心的修行人。

"有一天，我问她：你再也不回当归村了吗？她说：还回去住什么呢？成了空村、烂村，我要忘了它！我说：那能忘了吗？她说：就是忘不了啊，一静下来我就听见一种声音在响，好像是戏生在叫我，又好像是整个村子在刮风。"④——这是唱师最后与荞荞的对话。"我知道我老了，该回老家了。可是，哪儿是我的老家呢？就是在这年的冬天，天上刮西风，一刮就几个月，我便顺着风走。"⑤——这是唱师最后的自白。或许有悲戚，但没有怨恨，也没有用强用狠的争夺、挣扎、呼告，它更多的是一种伤怀，一种面对现实之后的寂寥，隐约地，也有一种平静和安详。在面对乡土的衰亡时，唱师所获得的释然，或许只是个体的拯救，但除了借由饶恕和慈悲，并接受命运这一切的安排，人又能如何呢？释然的背后，也隐含着一种无奈与宿命。

因着有这一种情怀在，贾平凹的小说总有一种写意的色彩，有一种神秘气息萦绕在小说之中，他对生活、世界以及人的命运是有一种敬畏的。他一方面精细地写实，另一方面又不断地伸张自己内心不屈服于现实的想象，他渴望看见命运下面的真相，看见世界有一个灵魂，一直在说话、在

① 贾平凹：《古炉》，《当代》2010 年第 6 期。

② 贾平凹：《古炉》（二），《当代》2011 年第 1 期。

③ 贾平凹：《带灯》，人民文学出版社 2013 年版，第 264 页。

④ 贾平凹：《老生》，人民文学出版社 2014 年版，第 282 页。

⑤ 贾平凹：《老生》，人民文学出版社 2014 年版，第 284 页。

呻吟，也在歌唱。每读到这里，就会觉得贾平凹所写的现实突然被推到了很远，站立在我们面前的，更多的是个人的命运感，是飞翔起来的灵魂落往何处的问题。这些，也正是贾平凹小说的重量所在。只是，从锁骨菩萨、蚕婆、善人、唱师等一系列角色的设置上看，贾平凹写实能力毋庸置疑，写意的方面，却多少有点模式化。他习惯以一个超然角色来俯瞰人世、道出真谛，使之与现实的风云变幻形成两条线索，互相映衬，互相呼应，这固然拓展了小说的意蕴空间，但也容易给人留下生硬的感觉。因此，在实与虚的平衡上，贾平凹依然还要探索，还要在精神开掘的方式上，展示出新的想象力——这种想象力，应该是内在于人物的灵魂深处的，而不仅仅是把人物变成一个精神符号。

海风山骨的话语分析

——关于《带灯》

一

《带灯》是贾平凹的转身之作，与《秦腔》《古炉》的写法不同。《秦腔》借鉴了福克纳的技法，表面上很乱，骨子里有数。康拉德·艾肯说："人们当然总得要从河水里钻出来，离开水面，才能好好地看看河流，而福克纳恰巧是用沉浸的方法来创作，把他的读者催眠到一直沉浸在他的河流里。"[1] 与康拉德不同，李文俊恰恰认为福克纳的小说"在开初时显得杂乱无章，但读完后能给人留下一个超感官的、异常鲜明的印象"[2]。或许是受《尤利西斯》的影响，《古炉》在叙事上是进行时态的，像是通过散点透视描绘的一幅古炉村的清明上河图，阅读时则像卷轴展开一样是动态的，如果截一段来读的话，则是活脱脱的生活横断面，有着农村生活的丰富情态。这样的写法是作家在《高兴》后记中所说的那样，像陕北一面山坡上一个挨一个层层叠叠的窑洞，或是一个山洼里成千上万的野菊铺成的花阵，但在笔致上，比福克纳与乔伊斯似乎要疏散一些。

这种技法与中国古典诗歌意象化的写法也血脉相连。诗人创造出独特

---

① 〔美〕康拉德·艾肯：《论威廉·福克纳的小说的形式》，转引自李文俊：《福克纳评论集》，中国社会科学出版社1980年版，第74页。

② 袁可嘉、董衡巽、郑克鲁选编：《外国现代派作品选》，第二册（上），上海文艺出版社1981年版，第138页。

的意象序列，读者通过意象的组合，把自己的情感以解方程式的形式呈现出来。《带灯》脱胎于短信，一个一个意象在这里就被置换成一篇一篇小短文，除了二十六条给元天亮的短信，其他也都是像短信的短文序列，貌似章回体。小说整体分成三大部分，但回目很小，所以要比传统章回体小说的密度要大。而一篇一个意思，小处是清楚的，比《秦腔》好懂，所以《带灯》是介于情节与细节之间，疏密有致，每篇小短文可称之为大细节或小章节。作家的写作就像种庄稼的间苗一样，苗稠的可以间得稀一些，稀的也可以补得稠一些，留出适宜的空间，从而疏密相间。这正是汪曾祺所言新笔记体小说"苦心经营的随便"的结构形式。而小节与小节之间是有空白的，如同诗歌的空白一样，这可以让小说空灵起来。一小节一个焦点，整体还是散点透视，只是没有那么密，所以大处还是浑然的。

贾平凹说这次他有意从明清的韵致向两汉的品格转身，使自己向海风山骨靠近。他的长处是刻写细节，描摹一种生活流，有极强的写实能力，尤其你一言我一语的人心碰撞，往往寥寥几笔就能活灵活现，所以，他的小说，读过之后，记忆中总能留下很多细节、场面，人物也有鲜明的个性。但贾平凹显然不满足于此，他每一部新作，都想思考新的问题，探索新的写法，作品的体量也越来越大。他的探索未必都成功，但在他这个年龄段的作家，还有此雄心，也还有如此花心血的写作实践，并不多见。

《带灯》也不例外，也有新的探索。写法上，小处清楚，大处浑然，主要围绕女主人公带灯的生活轨迹与内心世界而展开；在呈现一个人的内心世界的方式上，小说也应用了多种声音的对话，写出了人的复杂和幽深。所以，小说里至少有两种话语体系的脉络，用贾平凹自己的话说，他向往"海风山骨"的境界，而用"海风山骨"的视角来分析《带灯》，或许正好可以切中这部小说的要害。

二

不妨对"海风山骨"这个词进行溯源解释。据贾平凹本人回忆，他大学毕业不久，到华山上去，当时有个道长在山下一个庙里给人写字，道长给他写了四个字，叫海风山骨。他觉得这个词有意思，具体也说不清它的理由，就觉得好，所以爱用这个词，觉得是特别有力量的一种东西。他还说这个词在别的地方没见谁用过，在书面上也没见过，只有他使用。不光是文学写作，他的画册就叫《海风山骨》，在书法也有同样的追求。"当今的书风怎么说呢，逸气太重，好像从事者已不是生活人而是书法人了。象牙塔里个个以不食人间烟火的高人自居，博大与厚重在愈去愈远。我既无宿命，能力又简陋，但我有我的崇尚，便写'海风山骨'四字激励自己，又走了东西两海。东边的海我是到了江浙，看水之海，海阔天空，拜谒翁同龢和沙孟海的故居与展览馆。西边的海我是到了新疆，看沙之海，野旷高风，奠祀冰山与大漠。我永远也不能忘记在这两个海边的日日夜夜。当我每一次徘徊在碑林博物馆和霍去病墓的石雕前，我就感念两海给我的力量，感念我生活在了西安。"①

　　贾平凹认为海风山骨在字面上有两种解释：像海一样的风，吹过来以后说柔也柔，说大也大，就是过来了；这个山，就是山骨，山那种骨架，像骨头一样。一个阔大，一个坚硬。风是温柔性的东西，而且无处不在，是流动性的；山是一种坚硬的东西，是固定的。如果没有给元天亮的信，那故事就是调查报告，现实就像那冰冷的山一样，白花花的骨头一样的山。

　　海风山骨虽然源于民间，但其重整体、重气韵的特质，却与中国古代文论重综合的思维方式相契合。尤其刘勰的《文心雕龙》对"风骨"进行了颇为详尽的阐述："是以怊怅述情，必始乎风，沉吟铺辞，莫先于骨。故辞之待骨，如体之树骸，情之含风，犹形之包气。结言端直，则文骨成焉；意气骏爽，则文风生焉。……故练于骨者，析辞必精，深乎风者，述情必显。捶字坚而难移，结响凝而不滞，此风骨之力也。"刘勰所谓的风与骨是有区别的，也强调文章要有整体的气韵与风骨，不过风骨的解释也一直争议不断，有合有分，也有内外之别。其实，在海风山骨里，风骨是先分后合，风骨也都是虚的，都属于内在散发给人的感觉，不是文字表面的，而是文字背后的气象与品格。海、山是实的，风、骨是虚的，只是海的风自然大气，山的骨自然嶙峋。

　　这个词里有山有水，水不是一般的河水，是海的水，还不是海的水，

---

① 转引自王新民：《评〈贾平凹书画〉》，《美术之友》2001 年第 4 期。

而是海吹的风，有水汽，是温暖的、湿润的；与海对应的必然是大山，而不是土沟，自然有骨感。而中国的山水是与人化合在一起的，孔子说："知者乐水，仁者乐山；知者动，仁者静"。水是流动的，智者如水般通达；山是岿然不动的，仁者像大山般守静。而西方对狐狸型与刺猬型思想家的区分与之有异曲同工之妙，更有深入的探索。李欧梵说："刺猬型的思想家只有一个大系统，狐狸型的思想家不相信只有一个系统，也没有系统。"①早在一九五三年，英国思想家赛亚·伯林就出版了《刺猬与狐狸》一书，书名源于古希腊诗人阿奇洛克思的话"狐狸多知，而刺猬有一大知"，意思是狐狸机巧百出，不敌刺猬一计防御。伯林借此话将西方思想家与作家分成刺猬型与狐狸型两种，前者相信宇宙的一切可以凭一个思想体系来解决，后者的思想无所不包，多个层面与方向呈离心状，并没有一个恒定的思想体系。伯林以《战争与和平》为例说托尔斯泰天性是狐狸，却自信是刺猬，他的艺术观与历史观是矛盾的，"托尔斯泰渴望有一个整体划一的观点，但是，他对各个不同的人物、事件、环境、历时时机以及对各种人和事的自身发展的细节，有着非常敏锐和无可辩驳的真知灼见，这使得他不能不径直地按照他的所见、所知、所感、所想、所悟如实地写出来"②。其实智者与仁者、狐狸与刺猬虽有区别，但不分高下。

作家是有意为之，那么海风山骨在《带灯》里是如何落实的，柔软与硬朗又是如何搭配、如何相宜的？《带灯》最终又有着怎样品格的海风山骨，在智者与仁者、狐狸型与刺猬型之间又是如何博弈的呢？

三

徘徊在中西文化之间的李欧梵曾言："对于'五四'以来的这一套思路、符号和感情系统要重新审查，'现代性'落实到意识形态之后，便产生了不好的影响。用俗语讲就是阳刚之气太重，说大话，讲奋斗，要革命，

---

① 李欧梵：《狐狸洞话语》，人民文学出版社 2010 年版，第 1 页。
② 〔伊〕拉明·贾汉贝格鲁编著，杨祯钦译：《伯林谈话录》，译林出版社 2002 年版，第 172 页。

这样的阳刚之气就把阴柔的东西完全淹没掉了。而把中国文化的阴柔传统发挥得最光辉灿烂的是晚明，一直到《红楼梦》。"[1] 落实到话语体系上，则有阴柔与阳刚两种，如海风与山骨一样，一为柔软、温润、流动的，一为坚硬、冷干、固定的。

《带灯》共分上中下三部，《山野》《星空》《幽灵》之间是层层递进的节奏，音调不停顿挫，而情感逐渐沉郁。上部主要交代了樱镇土地的开发、带灯的出场、综治办的成立，有两种话语体系的雏形。费孝通在《乡土中国》中说土地对农民而言是命根，是神，因而形成人与土地宿命般的联系，而缺少仰望星空的超越。《星空》就不光有带灯灿烂的精神星空，也有河流奔涌般的现实潮流，所以阴柔与阳刚的话语体系是共存的。《幽灵》写带灯在现实世界与心灵世界中都难以找到自己，所以成了幽灵，自成一个鬼魅世界借以宣泄郁勃黝黯的情绪，两种话语体系发生了延伸与变形。

《带灯》的故事是随着樱镇镇政府烦琐的政事而展开的，《秦腔》是日子带着政事，日子难过，《带灯》是政事引着日子，更难过的乡村干部的日子，主要以综治办处理上访问题为核心，整日处于各种问题的旋涡之中。樱镇进入开发的时代，现代性落实到经济发展上，就是讲奋斗，谈挣钱，这样的阳刚之气使得身体生态、自然生态、社会生态、精神生态等都遭到了严重破坏。去大矿区打工的人大多得了矽肺病，空气污染了也出现异常，旱涝灾害频发，社会贫富不均造成了暴力事件，精神上更是无所适从。这些都在樱镇世界得到全面的展示，并落实在了阳刚、公共的话语体系上。

除了带灯、竹子，还有偶尔的刘秀珍，以及没有彻底变成书记的镇长，心还没那么硬与狠，其他人尤其是书记与马副镇长基本上是公共话语的代言人，只是一个有上去的可能，一个没上去的可能，面相稍有区别。整个镇政府都充斥着大话套话，尤其是开会话语与文件话语。工作之余则是游走于麻将与酒摊子之间，有时也以跳舞调剂一下，那些干事虽然也有欣赏美的能力，但其话语特点不是比较柔软与润泽的私人话语，彼此之间也没

---

[1] 李欧梵著，陈建华录：《徘徊在现代和后现代之间》，上海三联书店2000年版，第99页。

有良性的互动。从乡村干部内部，乡村干部与村民，富村民与穷村民之间都可以看出这一特点。干部内部遵循的是巴结与被巴结的官方伦理，上下级界限分明，连停车都是有等级的。黄书记下乡就像皇帝出巡、贵妃省亲一样。县上出现了王随风上访，县信访局的人就训斥带灯，带灯也训斥村长，层层压制。遇见问题就胡对付、不负责或者推卸责任。

　　乡村干部与村民之间处于紧张的关系之中，充满着暴力与准暴力的因素。老百姓对镇政府有吐痰、拍砖的，尤其是王后生因为选举不公带蛇上访，派出所是用电棒压制。王后生没使绊子，只是说大工厂有污染，书记却不让他说。但马副镇长等对王后生的折磨，简直就是野蛮执政。马副镇长负责计生办，强行进行计划生育。王随风因为赔偿不公上访，村长强行撵出王随风，朱召财老婆还嘴，村长就扇了她个耳光。筑路赔偿后施工队铲了已成熟的庄稼，以此为导火索，村民认为赔偿不均卖地有黑幕，所以镇长下令绑了闹事的田双仓。带灯则是凭着责任与良心做事，有一副菩萨心肠，态度柔和，讲究策略，更人性化一些。她帮助真正需要的人办低保、发救济，不谋私利。只是长期在这样的工作环境下，带灯身上也有了恶毒与卑俗的一面，脾气越来越大，开始粗野骂人，还有两次不得已的打架，一次是在田双仓等闹事时，有人推扯着镇长，带灯与人有了拉扯，一次是打不孝顺的马连翘。而村民与村民之间并非因为苦焦与泼烦而相互体恤，而是因贫富差距利益不均积怨太深而恶斗，元家与薛家的械斗真是野蛮至极。不是狮子老虎的小昆虫也很凶残，蚰蜒用针一样的管子吸食瓢虫，蜂的前爪如刀锯一样切割小青虫，蚂蚁也有抵抗与争斗。之所以写小昆虫的凶残，我想是有作家的用心的，一方面写基层干部的野蛮与暴戾，同时也隐喻农民的胡搅蛮缠，使强弄狠。同为卑微的生命，这些基层干部与村民就像凶残的小昆虫一样。

　　以暴制暴来解决问题，就像马副镇长靠吃胎儿来治病一样，有着惊人的残忍与荒诞，这一点与鲁迅的《药》有契合之处。而以人情约束人情，也要看心的天平是否倾向正义。最后也可能是问题累累，正如文中不断出现的落不尽的灰尘、掰不完的棒子、压不下的葫芦瓢、补不完的窟窿一样。现实问题无法解决，人与鬼的界限变得不再分明，因为生活世界的乱象而写出一个鬼影绰绰的世界，而鬼魅世界又正是现实世界的映照。

四

只有《星空》中二十六条带灯写给元天亮的信,是其他两部所没有的,而这正是小说阴柔话语的核心。康德说,世界上有两件东西能够深深地震撼人们的心灵,一件是我们心中崇高的道德准则,另一件是我们头顶上灿烂的星空。带灯是以自己的良知面对现实世界,以自由的遐想丰富心灵生活,其中的话语有味道,充满灵动之气。

小说里写到,一般的女干部做久了就会有煞身,最后就变成像女光棍一样的准男人。从萤改为带灯,不仅是名字的改变,也改变了气象。从形象气质而言,她衣服鲜亮、肤色嫩白,头发一丝不苟,是一个很有风情也很小资的女干部,喜欢爬山、看书等。她还对风土文化比较看重与珍爱,生活方式精致而不粗糙。摊煎饼、捂酱豆等是土色土香的,对其工序的详细描述也渗透着作家的一种情趣与喜爱,还包括许瓜、五味子等山果。而二十四个老伙计做的揽饭可以算是农家饭的集大成。山里人的那些栲木扁担、桐木蒸米桶等农具,带灯也是情有独钟,她还发现了驿站旧址那颇具诗意的石刻:"樱阳驿里玉井莲,花开十丈藕如船。"

没有心灯的指引,就只能在黑洞里。有了元天亮的信,带灯才有了自己的精神星空,她是在写信的过程中建构起自己的心灵世界的,那时,她就属于她自己。在倾诉中,她虚构了一个时间与空间,有了自己的私密空间,思想自由遨游,使自己的内心逐渐有了清明的缝隙,找回了自己的生命感觉。这盏小灯尽管微弱,此时却足以照亮内心,也尽可能照亮身边的人。而她的那些情话看了让人含羞脸红,又让人沉醉向往,比如她说:"地软是土地开出的黑色的花朵,是土地在雨夜里成形的梦……土地其实是软的,人心也其实是软的"[1],以及"你是我在城里的神,我是你在山里的庙。"[2]不光是带灯,平时好说是非的刘秀珍在与儿子的呼应中也是温柔的,她说儿子是她河边慢慢长大的树,身心在她的水中,水里有树的影子。她

---

① 贾平凹:《带灯》,人民文学出版社 2013 年版,第 55 页。
② 贾平凹:《带灯》,人民文学出版社 2013 年版,第 171 页。

说儿子是天上的太阳照射着河水，河水呼应着却怎么是又清又凉的水流？也都极具诗意。

与书记等干部不同，带灯有对生命、尊严的尊重，也有公正的精神。而她与身边的人有平等的对话，心灵的交流。在《竹子指责自己》这一节里，她与竹子探讨狠与柔软的问题，认为不管怎样，还是要善。她与老伙计的交情都是将心比心、以心换心换来的，给她们治病的药方，解决她们生活中的实际问题，还经常舍财，即使是一些难缠的上访户，她也表现出了慈善之心，从来不是武力相向，除非气急了。她盛气不凌人，宽展不铺张，软硬兼施，恩威共使，也使得政事变得温润起来，不像一般的女干部，所以更具理想性。

带灯带着精神上的一盏灯，欣赏与享受山野之美，看到了自然界小昆虫的残忍，悲悯老伙计范库荣等的死去，目睹了人世的残忍而无能为力。面对累累的问题与病痛，冥顽不化的她既无法疗救，也绝不妥协，真是不疯魔不成活。可是疯子不疯，她的疯话才是至情至性的话，就像宝玉的傻话才是真话一样。

五

不同的话语体系背后的旨归是不同的，阳刚的话语体系背后有政治、社会的伦理诉求，而阴柔的话语体系背后活跃的则是心灵与灵魂。

社会伦理是大伦理，关注民众，忧患现实。贾平凹专注于土地，直击政治顽疾，直面社会的问题。在《废都》中就有一个民办教师转正不成，上访了十几年最后成了拾破烂的老头。《制造声音》里杨二娃为一棵树上访了十五年，并且说"树是会说话的"，上访到成了孤家寡人，最后证明树确实是他的，不久他就死了。所以这次写《带灯》也算是轻车熟路，以极其隐忍的叙述耐心，全面细致地展现了上访问题。

这是中国现实中无法回避的问题，作家的态度只能站在生活的中心，而不是躲在远处。"我们可恨着那些贪官污吏，但又想，房子是砖瓦土坯所建必有大梁和柱子，这些人天生为天下而生，为天下而想，自然不会去为自己的私欲而积财盗名好色和轻薄敷衍，这些人就是江山社稷之脊梁，就是民族之精英。"①而小说中撑起民族脊梁的不是鲁迅式的阳刚的男性，而是带灯这样阴柔的女性，而且是以一种韧性的精神在做。"带灯说：我管是谁，我只想让我接触到的人不变得那么坏。陈大夫说：你能吗？带灯愣了一下，说：我在做。"②孟子就曾经说过："挟太山以超北海，语人曰：'我不能'，是诚不能也。为长者折枝，语人曰：'我不能'，是不为也，非不能也。"

而话语体系的神秘性深入体现了这种大伦理。天气是天意，怪异的天气是社会乱象的象征。马蜂窝与累累的现实问题是对应的，必须有人捅这个马蜂窝。虱子的意义不在实指，而是形容污染的心境，与现实同化的醒龊。蜘蛛网是否意味着关系网、人情网，或者与情网有关，作者并没明说。有了鬼魅世界的参照，可以增加批判现实的力度。现实的问题积累到一定的程度，就不是一般的药可以医治的。小说的旨归则是挑社会问题的脓包，揭出严重的病痛，引起疗救的注意。

社会伦理关注的是中国固定的现实，一切都要从这里出发。个体伦理关注的是人类的生命与灵魂。带灯正因为在精神上带着一盏灯，这盏灯正是人类的视野，从而穿透政事与人世，透彻而温润。

在爱情上，带灯是一个情痴。她认为女人们一生完全像是盖房筑家的过程，一直是过程，一直在建造，建造了房子就是为了等人。她所说的无界的定位是女人真正的位置，不是不看重名分与位置，而是看重无界背后自由遐想的空间。而只有极少数幸运的妻子能做这样真正的女人。

与其说带灯是在跟元天亮倾诉，不如说她是在跟自我对话，在与自己的较量中自我更新，获得存在的意义，精神空间也由此变得丰富与深刻起来。她说她要尽心让自己光亮成晴天，可不敢让乌黑的云占了上风。在《挣扎或许会减少疼的》中，"带灯说：折磨着好。竹子说：折磨着好？带灯说：你见过被掐断的虫子吗，它在挣扎。因为它疼，它才挣扎，挣扎或许会减少疼的。"③而带灯对药的尊重，就是起了疗救之心，不光是给村民、

① 贾平凹：《带灯·后记》，人民文学出版社2013年版，第358页。
② 贾平凹：《带灯》，人民文学出版社2013年版，第122页。
③ 贾平凹：《带灯》，人民文学出版社2013年版，第197页。

老伙计，还有别的。最后的萤火虫阵正是希望的一种象征，"就在这时，那只萤火虫又飞来落在了带灯的头上，同时飞来的萤火虫越来越多，全落在带灯的头上、肩上、衣服上。竹子看着，带灯如佛一样，全身都放了晕光"①。萤火虫的光尽管微弱，就算一时还照亮不了别人，总要照亮自己，在现实中警醒守望。

<h1 style="text-align:center">六</h1>

两种话语、两种伦理综合的能力，在《带灯》中体现得比较清晰。在写法上，贾平凹深知，要入乎各小节之内，才有生气，同时又要出乎各小节之外，有了高致，小节与小节之间才会自动组合，生出新的意思，精神容量才能变得阔大。贾平凹说："我是陕西南部人，生我养我的地方居秦头楚尾，我的品种里有暴力成分，有秀的基因，而我长期以来爱好着明清的文字，不免有些轻轻佻佻油油滑滑的一种玩的迹象出来，这令我真的警觉，我得有意地学学两汉品格了，使自己向海风山骨靠近。"②多年前在阐述书法创作中，他就有同样的追求："岳王庙里有两块匾最有意思，一是沙孟海的，一是叶剑英的。沙是文人，书法刚劲之气外露；叶是元帅，书法内敛绵静。人与字的关系，可能是有缺什么补什么的心理因素。我是北方人，可我老家在秦岭南坡属长江水系。我知道自己秉性中有灵巧，故害怕灵巧坏我艺术的趣味，便一直追求雄浑之气。而雄浑之气又不愿太外露，就极力要憨朴。这从我的文章及书法的发展即可看出。"③

这也是艺术个性驱使的结果。文学家、艺术家需要虎狼一般的挑战精神，才能在艺术世界里进行探险。在一次采访中，李安说自己平时是温和、平和的人，但拍起电影来就很冒险。因为东方文化的滋养，他习惯协调；而西方艺术让他对冲突、抗争和梦境有一种渴望。所以在生活中他是隐忍的俞秀莲；而在内心里他是率性的玉娇龙。与李安有着相同的秉性，贾平

①贾平凹：《带灯》，人民文学出版社2013年版，第352页。
②贾平凹：《带灯·后记》，人民文学出版社2013年版，第361页。
③转引自王新民：《评〈贾平凹书画〉》，《美术之友》2001年第4期。

凹在《土门》后记里这样评价自己："知道我德性的人说我是：在生活里胆怯，卑微，伏低伏小，在作品里却放肆，自在，爬高涉险，是个矛盾人。"这样的个性使他在作品中易于触及社会发展中出现的尖锐问题，而他的文学观又让他在作品中追求更高的精神境界。

在《文学的大道》一文中，作家认为文学在任何时候都有文学的基本，而他说的这个基本是要融合中西文学两大传统，"在中国古典文学传统里，有天下之说，有铁肩担道义之说，有与天为徒之说，崇尚的是关心社会，忧患现实。在西方现代文学的传统中，强调现代意识。现代意识也就是人类意识，以人为本，考虑的是解决人所面临的困境。所以，关注社会、关怀人生、关心精神是文学最基本的东西，也是文学的大道"。看来作家有了把社会伦理与个体伦理做整合的雄心，也有了超越现实的文学抱负，"写作超越国家、民族、人生、命运，眼光放大到宇宙，追问人性的、精神的东西"[①]，才能建构起自己的文学世界，为人类文学贡献中国经验。中国当代文学急需重建这种以生命关怀、灵魂叙事为精神维度的叙事伦理。

《带灯》表面上平和、不张扬、不激烈，骨子里却尖锐、绵里藏针，像捅马蜂窝与戳脓包那样对社会存在的尖锐问题进行深刻的批判，又渗透着自己的想法。

面对发展经济与不发展经济的两难境地，作家的态度是矛盾的，富饶了，却不美丽了。樱镇空气好、水好、风光好，可是穷。大矿区富裕了，人却得了矽肺病，环境污染了，这是一个二律背反。还是要发展经济，但不能以牺牲自然与人文生态为代价，其实不开发就是大开发。樱镇号称是县上的后花园，除了松云寺的古松、松云寺坡下河湾里的萤火虫阵都是很好的风水景点，而把驿站遗址保护与恢复起来发展旅游业，这种绿色经济既节约资源，又不污染环境，是比引进大工厂带来经济效益与政绩，却牺牲大好环境的饮鸩止渴的办法要好得多。大矿区就是大工厂的前车之鉴。

整部小说中谁都有怨恨，官有官的难，民有民的难，各自有各自的强悍与凶狠，也有着各自生命的可怜与卑微，作家虽然有一种悲天悯人的情

---

① 贾平凹：《文学的大道》，《文学界》2010 年第 1 期。

怀，但文学并不是解决问题的，而是以自己特有的方式呈现问题，尤其是呈现人类无法解决的精神难题。

七

相对而言，女性更关注生命灵性的层面，贾平凹这次之所以选择女性作为主角，是有以柔克刚的希冀的。"《古炉》则代表了他回归抒情的尝试，却是从沈从文中期沉郁顿挫的转折点上找寻对话资源。这样的选择不仅是形式的再创造，也再一次重现当年沈从文面对以及叙述历史的两难。与其说这是他们一厢情愿的遐想，不如说是一种悲愿：但愿家乡的风土人情能够救赎历史的残暴于万一。徘徊暴力和抒情之间，《古炉》未必完满解决沈从文所曾遭遇的两难。"[1] 在《带灯》里，作家已经有了地藏菩萨与土地神一样的精神，已经有了或许一时完不成而要心向往之的尝试。

在基层干部中，除了暴戾与庸俗，也是有带灯这样高贵与智慧的可能的。可是，带灯那点个性与精神能否改变这样强大的现实？与元天亮的通信，寄寓着带灯纯真的幻想。可站在生活中心的承担，这样的重担已经快把她柔弱的肩膀压垮了，而其内心的精神建设还不完善，她的倾诉是没有呼应的，不足以抵御罪恶现实的强大冲击。庙与祠堂已经成为历史，德高望重的长者也已经作古。民间的拯救没有了，又缺乏根深蒂固的宗教神学的传统，现实世界与心灵世界都无从宣泄，拯救如何维系？带灯又不愿与现实妥协，所以注定走向疯癫与鬼魅，就只能在鬼的世界里游荡。在疯狂病态的樱镇世界，疯子与带灯才是精神健康的人。在污浊腌臜的樱镇世界，带灯的精神反而是清明的。在带灯纯真的幻想与坚实希望的博弈中，显露出来的正是微弱的拯救意向。

文学是一份纯真的幻想，犹如干枯树叶的湿润经脉，漆黑夜晚的一盏小灯。沈从文说："自然既极博大，也极残忍，战胜一切，孕育众生。蝼

---

① 王德威：《暴力叙事与抒情风格——贾平凹的〈古炉〉及其他》，《南方文坛》2011 年第 4 期。

蚁，伟人巨匠，一样在它的怀抱中，和光同尘。因新陈代谢，有华屋山丘。智者明白'现象'，不为困缚，所以能用文字，在一切有生陆续失去意义，本身亦因死亡毫无意义时，使生命之光，煜煜照人，如烛如金。"① 如果说之前贾平凹的写作还是生命世界在文学世界的投射与映照，以及生命世界与文学世界的重合，那么在《古炉》《带灯》里则是文学世界对生命世界的照耀，作家相信了他所塑造的精神世界。若《带灯》这盏小灯，能带来大家的萤火虫阵，能让我们分享着彼此生命的精神世界，从而获得坚持下去的精神力量，这正是带灯的意义，也是作家的用意所在。

《带灯》在形式上有小品文的特点，也有小品的韵味，可不是在隐蔽处、边缘处、遥远处闲适与逍遥，而是站在生活的中心，参与苦难的生活，主动承担起精神的重担，精神已经向大品的品格转化，在温润与硬气之间徘徊。这不仅是作者在写法上的转身，更是一种精神的自我觉悟。或许，《带灯》远非贾平凹的透彻之作，在一些写作理念的实践上，作者还有犹疑，浑然感还明显不够，但它的确显露出了一种新的写作迹象，那就是用一种柔性的笔法写出庄重的话题，也写出一个承担者的精神。这恰恰是中国当代文学所匮乏的。当代文学骨子里有一种压抑不住的逍遥精神，作家很容易就滑到一个轻松、闲适的世界里，而故意漠视、遗忘现实的苦难。"很长一段时间来，中国小说正在失去面对基本事实、重大问题的能力。私人经验的泛滥，使小说叙事日益小事化、琐碎化；消费文化的崛起，使小说热衷于讲述身体和欲望的故事。那些浩大、强悍的生存真实、心灵苦难，已经很难引起作家的注意；文学正在从精神领域退场，正在丧失面向心灵世界发声的自觉。从过去那种政治化的文学，过渡到今天这种私人化的文学，尽管面貌各异，但从精神的底子上看，其实都是一种无声的文学。"② 这样的文学，如果用索尔仁尼琴的话说，那就是："绝口不

---

① 沈从文：《烛虚》，见《沈从文全集》（第12卷），北岳文艺出版社2002年版，第10页。

② 谢有顺：《极致叙事的当下意义——重读〈日光流年〉所想到的》，《当代作家评论》2007年第5期。

谈主要的真实，而这种真实，即使没有文学，人们也早已洞若观火。"①
什么是"主要的真实"？我想就是在现实中急需作家用心灵来回答的重大
问题，而在当下中国作家的笔下，很少看到有关这些问题的追索和讨论，
许多作家只是满足于逃避和逍遥，或者只满足于对生活现象的表层抚摩，
他们普遍缺乏关怀现实、辩论存在的能力。

　　贾平凹的《带灯》，包括之前的《秦腔》《高兴》《古炉》，却表现
出了很强的介入现实的意识，作家的内心也涌动着一种要直面"主要的真
实"的勇气，但贾平凹的可贵在于，他不是只单一勇猛地批判现实，而总
是能从现实的批判走向内心的省思，所以他看到肮脏，也守护一方心灵的
净地，他面对黑暗，但也向往生命的亮光。他用一个文学人的眼光看世界，
也用一个文学人的心去体悟世界，正是这一点，决定了他的写作，既是和
现实短兵相接的，又能在现实中跳脱出来，沉入一个内心的王国。所以，
海风与山骨，阳刚与阴柔，社会伦理与个体伦理，绝望与希望，交织在一起，
形成了他这一个阶段的写作面貌。他在叙事上也不是一味地以细节代替情
节，而是曲处能直、密处见疏、以小见大的写法用到了极处；在精神的底
色上，他也不再向往那种只表现黑暗的力量、心狠手辣式的写作，而是有
了更多的宽容和悲悯，有了希望和信心，有了对生命亮光的珍惜，而且，
他渴望积攒这些碎片，使之成为自己作品中更为重要的精神维度。至少，
写作《带灯》时的贾平凹，是处于智者与仁者、狐狸与刺猬之间的，他用
自己的写作，准确诠释了海风山骨的真义。他向往多种写法的综合，也试
图把各种精神的矛盾统一起来，他最终是希望自己能走向平静和宽阔，这
当然是写作的另一个境界了。

---

　　① 索尔仁尼琴语，转引自景凯旋：《我们理解索尔仁尼琴吗？》，《南都周刊·生
活报道》总第 132 期。

如何讲述苦难

——关于《极花》

　　贾平凹新长篇小说《极花》发表以来，引起了巨大的争议，一些批评文章甚至很尖锐，但我发现，有些批评文章其实很简陋，批评者甚至都没有读明白小说里的一些核心情节。比如，女主人公胡蝶到底有没有被营救？好多批评文章都以为胡蝶被营救了，其实小说里写的胡蝶被营救、被非议、回到乡村，这些场景，不过是胡蝶做的一个梦而已。梦与现实是两回事。由此也可见出，真正的文学批评，确实要建基于文本细读之上，要留意每一个微妙的细节，它才能与作品进行深度对话，才能实现一个生命对另一个生命的真实体察。

　　《极花》的故事很简单，但在叙事上却具有特殊的分析价值，可视为作家如何讲述苦难、建构写作伦理的样本。小说描述人物遭受苦难的过程极为细致，这种细致，超过了很多所谓的写底层的小说。叙事上的绵密、细致，可以揭示出受难者身体、心理、精神的转变过程，可以写出底层罪恶行径背后更为宽广的悲哀，同时，小说将人物置于绝望深处，目的是寻找灵魂超越的光芒。《极花》不是简单的社会问题书写，也不是一般的人道主义呼喊，它是想探求这个时代的受难者该如何实现精神自救的问题。

一

　　在《极花》"后记"里，贾平凹说："现在的小说，有太多的写法，似乎正时兴一种用笔很狠的、很极端的叙述。"① 确实，近些年来，以苦难事件为题材的众多小说，普遍喜欢使用狠辣和极端的语言和情节。这样的叙事方式，也不乏批判和先锋的力量。比如东西、王祥夫、盛可以、映川、刘继明、胡学文等人的小说，或多或少都涉及以极端叙事来展现底层苦难、社会罪恶的现象。盛可以的《野蛮生长》，罪恶是一种常态，每一个人物都遭受着各种各样的惨烈事件；东西的《篡改的命》更是绝望的书写，各种灾难接连不断地砸在人物头上，苦到极端、恶到绝对，典型的极端化叙事；还有陈应松的《马嘶岭血案》，都是些惨烈的故事，骇人听闻，批判的锋芒外露，由此也有人认为，这样的小说缺乏温情。

缺乏温情的批评，并没有说到问题的核心。这些残酷小说，若换一个角度来看，也可发现其苦难背后蕴含着人性的暖意。《野蛮生长》里的一家人虽然冷漠相待，但他们痛苦的来源，是因为他们还在坚持生活着；《篡改的命》虽然充斥着绝望感，但人物为什么绝望呢？也是因为这一家人对美好、幸福生活存着向往又不能实现，唯有绝望。他们都是些生活中的悲剧英雄。这些底层人物的生存无论多么凄惨、悲壮、绝望，作者还是会在他们心里埋下一丝温情与暖意。

底层的苦难往往是围绕生存问题而来，而生存是最大的现实，有幸福，也有血泪，有生，也有死。在生存的苦难面前，再凄惨、再艰难，背后都可以或显或隐地发现那种为生存而付出的代价，以及为更好的生活而奋斗的情怀，这些暖色调，尽管是徒劳的，甚至是卑贱的，但它也是一个人生命的重要侧面。

因此，惨烈的叙事风格、心狠手辣的写作笔法，这些都只是风格、趣味问题，并无对错，重要的是作家有没有真正书写出这个时代的悲剧。很多小说只是一味地在揭示苦难，罗列惨烈情节，叙事上或许会令读者惊骇，但缺乏一种悲剧意识，写得并不深刻。这也是多数底层写作的局限。光有一种描写现实、关怀现实的能力是不够的，作家的与众不同，还在于他有观察现实的独特角度，并对自己笔下的现实做悲剧性的省思与提升。卡尔·雅斯贝斯说："悲剧性有别于不幸、受难、没落，有别于疾患与

---

① 贾平凹：《极花·后记》，《收获》2016 年第 1 期。

死亡，有别于恶。它通过知的方式得到区分（原则上，而非个别地；探询地，而非接受地；谴责地，而非抱怨地），然后通过真理与毁灭之间的狭窄关联，使得悲剧性的一种增长随着力量的等级、随着必然性的深度而发生。"① 具体的现实之恶束缚了很多小说的主题，以致太过纠结于底层人物的命运遭遇，而忽视了超越具体苦难的、作为这个时代的人的本质苦难。在《野蛮生长》里，这一家的悲剧结局，与这个时代的普遍性的悲剧有多大关系？小说充满生活层面的挣扎，但没深入一种精神层面去写灵魂挣扎，去探询生存意义。《篡改的命》融入了城市化、现代化这种时代性命题，但汪槐、汪长尺的悲剧式命运，有着过分集中的传奇色彩，因而多少削弱了人物命运的普遍性，生活苦难许多时候代替了精神苦难。作家所植入作品中的疼痛感和绝望感，也因为角度偏僻，而很难从个我走向一切我，使之成为人类命运中普遍的精神印记。

必须看到，这个时代的悲剧和绝望，核心原因是根本价值的虚空化、游戏化。我们所抗争的，不是某个具体事物，而是无处不在的坚硬而恣肆的欲望化理念。《篡改的命》里汪长尺一家人通往城市的失败途中，更大的失败是他们始终没能意识和感受到这种追求的虚假性。一个农民想经过努力实现进城的愿望，这无可厚非，但他如果要借此完成对自我的价值认定，则几无可能。人已经很难像人一样有尊严地活着，这才是这个时代最令人绝望的事实之一。这个时代不可调和的对立，不仅是人与人之间、农村与城市之间的对立，更是人与自我、文明与文明、生存与生存之间的对立。人在与这个世界的搏斗过程中，注定是失败的，如何在这种失败中能有所坚持，这也许是人类残存的梦想。呈现这种不可调和的对立、描绘在失败里挣扎的个体，这是现代悲剧的本义。这让我想起孙惠芬的作品，不少都触及了这种时代性的绝望，这比很多作家都有想法，但她的《歇马山庄》《吉宽的马车》等作品，还是将人的虚无同一种诗意、逍遥生活的向往连在一起，虚无更多的是消极虚无，而缺少一种抵抗虚无的意志，其失败也更多是个体情感生活的失败，而缺乏更深的存在的悲剧感。

---

① 〔德〕卡尔·雅斯贝斯：《卡尔·雅斯贝斯文集》，朱更生译，青海人民出版社2003年版，第488页。

雅斯贝斯说："真正的现实是不能被思维为可能的那种存在。""现实自身所在的地方，那里不复有可能。现实就是不再能被变成可能的那种东西。当我还在理解一种现实时，我所理解的就是众多可能中的一种可能，那么此时我所达到的就是现实的一种现象，而不是现实自身。我只能思维我同时正在把它当作可能而思维的那种东西。因此，现实的东西乃是对任何去思维它的企图都加以抗拒的东西。""如果一个现实是完全可思维的，它就不再是现实，而只是可能的一种附加物，不是一个本原，因而不是本真，而是一种引申出来的和第二性的东西。"① 在中国当下的语境里，作家都在说自己所书写的是真正的现实，可他们笔下的恶与苦难，几乎都能被思维为可能，甚至可以被思维为可能避免的"现实"，他们的"现实"依然多流于"现象"。从现象到真正的现实，需要的是作家的精神洞见，实现从现象到本质的深入，需要在故事背后去探究那些不可思维层面之"现实""存在"的能力与勇气。

因此，小说是写暴虐还是写温情，这无法判定一部苦难题材作品的优劣，它只是一种写作趣味。真正重要的，是如何从现象的呈现进到对人的存在性问题的揭示，如何从苦难、恶的讲述中触碰到一些超越性的话题。

二

如何超越现象式的书写，让小说抵达深度的现实，这不仅需要作家有一种精神视力，也需要作家有很强的叙事能力。这方面最典范的是陀思妥耶夫斯基的小说，他的《罪与罚》《白痴》《卡拉马佐夫兄弟》等作品，都有着扎实、细密的生活史辨析和思想论辩的过程。《罪与罚》里，陀思妥耶夫斯基最伟大的才华，不仅是他写出了最后的忏悔，更是叙述了人的灵魂内部极为复杂的纠葛，在这种近乎神经质的心理挣扎中，他所创造的形象才显得伟大。即使是卡夫卡的《变形记》，这个变成大甲虫的格里高尔，也不能脱离日常生活。"卡夫卡的描绘不可谓不细致，没有这些

---

① 〔德〕卡尔·雅斯贝斯：《生存哲学》，王玖兴译，上海译文出版社 2013 年版，第 66—67 页。

准确到位的揣摩，先谈什么人的异化、孤独、隔绝，那就是虚妄。"①确实，好的小说，需要有一个坚实的物质外壳，它首先要在作品中建立起这种牢不可破的物质基础：

> 所谓小说的物质基础，就是说，一部小说无论要传达多么伟大的人心与灵魂层面的发现，都必须有一个非常真实的物质外壳来盛装它。灵魂需要有一个容器来使之呈现出来，一个由经验、细节和材料所建构起来的物质外壳，就是这样的容器。很多作家，哪怕是一些大作家，都忽略了这一点。他们想表达一个伟大的主题，可是在作品推进的过程中，逻辑性、可信度、经验的真实性，都受到了读者的质疑，以致小说的精神和它的物质外壳镶嵌时不合身，发生了裂缝，这样的小说，就算不上是好小说。②

王安忆也有关于心灵世界与现实世界的关系的论述："这个写实的世界，即我们现在生活在其中的世界实际上是为我们这个心灵世界提供材料的，它是材料，它提供一种蓝图也好，砖头也好，结构也好，技术也好，它用它的写实材料来做一个心灵的世界，困难和陷阱就在这里。"③这个道理多数小说家都明白，但并不是每个作家都愿意耗费足够的精力去做与在书斋里进行想象、虚构不同的实证性工作，而一旦小说的故事缺乏足够密实的"物质"细节，它的"思想"估计也无从呈现。

苦难、恶这些层面的叙述要如何落实？叙述上的密实会有何不同的效果？"《卡拉马佐夫兄弟》以费多尔·巴夫洛维奇·卡拉马佐夫入笔，他身上聚集了多少人性的恶，比如狡诈、贪婪、无耻等等，但好几次，他在神父面前说话的时间最长，上帝使者、上帝之子在人间沉默不语，他们要留下足够的时间让'恶'尽情诉说内心的委屈、无奈、张狂、债务纠缠、

---

① 胡传吉：《中国小说的情与罪》，秀威资讯科技股份有限公司 2011 年版，第 68—69 页。

② 谢有顺：《文学的常道》，作家出版社 2009 年版，第 219—220 页。

③ 王安忆：《小说的世界》，《小说界》1997 年第 2 期。

遗产纷争、房租生计、尔虞我诈、损人利己、爱与恨，等等，都是意义的前提，没有这些产生生活事实中的承诺与怀疑，小说中上帝的光泽、仁慈、宽大是不成立的；有了意义的前提，小说中的上帝形象，才能与奥古斯丁、斯宾诺莎等人论述并信仰的绝对上帝叠合。"[1]叙述恶、讲述苦难，要仔细地挖掘出人物内心围绕"恶"和"苦难"而来的各种现实与非现实的关联性细节，而不仅仅是一个又一个瞬间结束的暴力事件，或者一个又一个逐步完成的邪恶阴谋。对苦难、恶的呈现，不能是一些遭遇的简单叠加，不在于数量，而在于叙事上要将它证明为真的。

以《极花》为例。《极花》整体上是书写一个被拐卖女孩的苦难遭遇。作者翔实记叙的，是胡蝶的身体受罪和心理变化，这两者紧密相连。小说中胡蝶遭强暴的那一场景，贾平凹花了三千多字进行叙述。多个人的强力控制，然后是买她的丈夫强行的、血腥的强暴行为。这个过程，是胡蝶身体和心理屈服的起点，它也让我们看到了，"强暴"不仅是身体的暴力，更是摧毁意志的过程。对强暴过程的细致叙述，可能在很多人看来没有必要，过于细致、直白、冷静，甚至具有阅读的冒犯性。但正因为这一类精细的描写，胡蝶从顽强拒绝过渡到表面的顺服才变得可以理解。在强势的男人们面前，胡蝶的反抗力量是微不足道的，逃离的幻想只能寄托于不同于直接反抗的其他方式。同时，在这些细致描写中，我们也清晰地看到了这种暴力是怎样一种形状，拐卖妇女的悲剧背后，又是一种怎样的力量让女孩们最终屈服。一方面是难以置信的强暴过程，从中可以清晰地感受到胡蝶所遭受的痛苦；另一方面是在这个过程中的胡蝶和黑亮，他们的命运其实一样悲哀。胡蝶是无辜受害者，而黑亮，这一施害者、强暴者，也不是简单的恶魔、野兽，他似乎是被逼上去的，被多方面的"需要"逼着去买被拐卖女性，也被逼着去强暴。这种"逼"也有很多内涵值得分析。偏僻村落为何不能如过去那样自然地留住女性让男人正常地娶媳妇？又为何光天化日下五六个男性控制胡蝶的身体、帮助黑亮完成强暴这样的"奇观"可以如此"合情合理"地存在？黑亮自己是主要的作恶者，但那五六

---

[1] 胡传吉：《中国小说的情与罪》，秀威资讯科技股份有限公司2011年版，第70页。

个男性也在帮助、怂恿，甚至逼着黑亮强暴。苦难与恶行并没那么简单，它的背后既有受害者那承受暴力和疼痛的鲜活肉身，也有着施害者身上携带的那些社会性、群体性及个体性病症。

而要写出这一悲剧事件背后的复杂情境，就需要作家有一种密实的叙事能力，此外还要有一种精神想象力。就事论事的写作是肤浅的，事实背后的多义结构更值得作家去探讨。事实背后有历史，有记忆，有不为人知的心理阴影，这才是文学所用力的地方。围绕事件来叙事，是新闻报道的方式，而围绕人心来讲述事件的多个侧面，这才是文学的方式。文学审美，更重要的是探查那些散落在具体事件里的人心，或者那些看起来与事件本身无关的外在的事实、细节，通过迂回的方式呈现人心的情状。王富仁在论战争文学的文章里，对战争、战争记忆与战争文学这些概念做区分时说："在美国入侵伊拉克的战争中，我从电视里观看到美军导弹轰炸伊拉克的场面。空袭开始之后，巴格达上空乌云滚滚、硝烟弥漫，炮火惊起了一群飞鸟，它们在战云翻滚的天空中惊惧地鸣叫着。这是什么？我想，这就是战争文学。战争文学是什么？战争文学就是这群飞鸟，就是这群飞鸟的叫声。它既不是入侵伊拉克的美国军队，也不是伊拉克的萨达姆政权，也不是拉登的人体炸弹，而是这群鸣叫的飞鸟，是这群飞鸟所叫出的人性的声音。"[1] 同样，在苦难题材的小说中，恶和苦难事件本身并不是天然就具有文学品质，作家的书写要突破新闻事件式的报道性描写，应以飞扬在人间苦难上空的"飞鸟"的境界来进行讲述：既要写出苦难碾磨下人类肉体的战栗和内心的惶惑，也要关注个体在困境中的挣扎；又因为飞在高空而能看到远方的静谧与希望，而赋予苦难与恶以超越事件本身的审美内涵。

三

《极花》的结尾，胡蝶做了一场被解救回家又归来的"白日梦"。这

---

[1] 王富仁：《战争记忆与战争文学》，《河北学刊》2005年第5期，第167页。

一结尾方式极有意思。一方面，这是一场梦，没有实现解救，胡蝶还需要煎熬，她的命运很可能就是大多数被拐卖女性的命运，逐渐失去希望，服服帖帖地生活在偏僻村落。贾平凹说："原定的《极花》是胡蝶只是要控诉，却怎么写着写着，肚子里的孩子一天复一天长着，日子垒起来，那孩子却成了兔子，胡蝶一天复一天地受苦，也就成了又一个麻子婶，成了又一个訾米姐。"① 成了麻子婶、訾米姐，也就是渐渐融入当地生活，淡忘被拐卖的苦难、仇恨。另一方面，这个梦里，胡蝶被解救回家，到城市后，成为媒体焦点，要不断地讲述自己被拐卖后的经历和感受，还要经受无法找到工作、和家人分房间、受弟弟"歧视"的现实，以及儿子不在身边的痛苦，这些又逼使她逃离城市、坐上了回圪梁村的火车，这又是一种对现实、人性的批判。

这个回去了又回来的"梦"，其实关涉文学对现实的超越问题。从现实层面讲，这个梦是比现实更令人绝望的处境，梦里无法惩罚拐卖女性的罪恶，解救其实是另一种受苦，而"回去"这一选择又令人难以安心——买卖妇女好像成了一种值得理解甚至不得不赞许的事情，这是可怕的。从审美角度来看，这种结局，是在提供一种美学的幻象——尽管它是更为绝望的幻象。这就好比安徒生童话故事《卖火柴的小女孩》里的那个结尾，小女孩在火柴光中看见了奶奶，看见了暖和的火炉，喷香的烤鹅，美丽的圣诞树，她怕这些消失，"赶紧擦着了一大把火柴，要把奶奶留住。一大把火柴发出强烈的光，照得跟白天一样明亮。奶奶从来没有像现在这样高大，这样美丽。她把小女孩抱起来，搂在怀里。她们俩在光明和快乐中飞走了，越飞越高，飞到那没有寒冷，没有饥饿，也没有痛苦的地方去了。"——在作品中提供美丽的幻象，是很多小说的惯常写法，在现实中无法实现的，就把它变成心理层面的美丽幻觉，让人间的悲剧、惨痛变得"可以接受"。因此，它不仅是残酷的，也是审美的，甚至文学最重要的就是把这些"残酷幻象"变成"审美意象"。刘士林曾论述过这一问题。他以在大漠中走投无路、极度饥渴的人在临终前看到甘泉、佳肴现象这一

---

① 贾平凹：《极花·后记》，《收获》2016 年第 1 期。

"残酷幻象"为对比，认为卖火柴的小女孩在入睡、冻死之际的幻象是"审美意象"："审美意象不仅不是生命意识和力量的残酷的终结者，相反在很大程度上正是因为有了这种'自由的象征'，才使得短暂和无常的人生获得了真正的意义或永恒的允诺。"[1] 小女孩的死是解脱现世痛苦、通往自由天堂，这种幻象象征着她拥有了死后世界的安宁。这种想法实质上是慰藉他人、让"后人"心安，但作为审美意象，它植入到小女孩自己的心理意识中时，它就成了应对苦难的希望之光，这也构成了文学作品的审美部分。反观《极花》中胡蝶的"白日梦"，梦醒之后发现一切还得继续，解救的力量并没有来临，但经过这一被解救又归来的梦，胡蝶或许能够生成一种更为宽宏的生命能量：自救！放弃他救的幻想，寻求自救的力量，这或许是每一个受难者的最终归宿。为此，《极花》也就超脱了简单的控诉苦难遭遇和呼唤社会解救式的写作模式，而在探询一种绝望中的自救。"梦"这一"审美意象"所象征的希望之光也就在这里，它是扼杀了他救之后的美丽幻想，却可以收获一种比他救更为彻底、更接近现实本身，甚至更为可靠的自救方式。

　　人在生命中如何实现自我救赎，这是文学写作的超越性追求之一。大多数小说所谓的救赎，都通往超脱式归隐或宗教式信仰，可是这或许并不是文学审美层面最好的收尾方式，很多的救赎并不是文学的。文学的救赎，不是超脱，而是绝望中求生、重生，人物还得继续在这个充满荆棘的现世中寻求抵抗苦难的意志和希望，还得忍受现世的一切。木心讲述《红楼梦》时，认为宗教并不能讲出它的丰富性，因为宗教不在乎现实世界，而艺术（当然包括文学）却要面对此在世界。他说文学艺术与宗教是有差别的："放下屠刀，立地成佛，是宗教。放下屠刀，不成佛，是艺术。苦海无边，回头是岸，是宗教。苦海无边，回头不是岸，是艺术。宗教是面值很大的空头支票，艺术是现款，而且不能有一张假钞。宗教说大话不害羞，艺术家动不动脸红，凡是宗教家大言不惭的话，艺术家打死也不肯说，宗教说了不算数，艺术是要算数的，否则就不是艺术。"[2] 他还说："艺术家纯

① 刘士林：《苦难美学》，湖北人民出版社 2004 年版，第 457—458 页。
② 木心：《文学回忆录》，广西师范大学出版社 2013 年版，第 431—432 页。

粹是人间的，不是天堂地狱的……抱着希望进天堂的艺术家，是二流的（被奉为一流）。一流艺术家知道没有天堂地狱，知道并无其事，当作煞有介事，取其两点成一线，这一线，就是他的作品的深度。这种人，我称之为在绝望中求生。"① 这是一个观察角度，我未必赞同，但木心说出了大多数艺术的本质。只是，一些走向信仰的、"布道"式的、有宗教精神的作品，如《罪与罚》那般能把人物内心世界的善恶辩驳、挣扎过程叙述得细致密实的，同样可以在艺术上达到极高境界。《罪与罚》最后也是走向信仰，但陀思妥耶夫斯基还是强调："他（指拉斯科尔尼科夫——按）甚至不知道，新生活并不是轻易能够取得的，他还必须为它付出高昂的代价，将来他也得付出巨大的努力来换取这种新的生活……"② 文学与宗教不同，它面对的是血淋淋的现实，文学中的人物，让他们超脱是容易的，而让他们继续在苦难的现实中坚持有价值的生活则更难。这也是《极花》结尾的可贵之处。《极花》的最后，贾平凹并没有写出胡蝶要自救的意志，反而是冒险去等待母亲救援而不得的失落和绝望：

> 我终于不能再等了。我娘没来，訾米是搞错了，误解了，我娘怎能寻到这里来呢？我转了身往黑家走，先还是一步一回头，一步一回头，走到巷子里了，再回头村口已看不见，去村口的路也看不见了。我靠在了一个石女人像上，唤了一声，眼泪就流下来。我感觉流的不是眼泪，而是身上的所有水分，我在瘦，瘦得身上的衣服大了，松了。后来沿着漫坡道往碥畔上走，我没有了重量，没有了身子，越走越成了纸，风把我吹着呼地贴在这边的窑的墙上了，又呼地吹着贴在那边的窑的墙上了。③

这是一种置之死地而后生的"死地"状态，贾平凹并不在小说中直接

---

① 木心：《文学回忆录》，广西师范大学出版社 2013 年版，第 354 页。

② 〔俄〕陀思妥耶夫斯基：《罪与罚》，朱海观、王汶译，人民文学出版社 1982 年版，第 540 页。

③ 贾平凹：《极花·后记》，《收获》2016 年第 1 期。

写胡蝶如何自救和自救的未来前景，他写胡蝶在"死地"的心境。这就又涉及另外一个问题：它不是宗教的超越，不是走向归隐和信仰的救赎，除非死亡，否则它就不能摆脱现实的苦难、疼痛。生活在这一绝望之地，生活仍有可能性，作品的张力才足够丰富，可生成的思想才足够有深度。假如轻易让一种苦难的生活和现实和解，作品的力量就会大为逊色。林岗等学者在《罪与文学》中论及《红楼梦》的超越性时指出："文学并不是要给不圆满的现实提供一个圆满的解决方案，《红楼梦》里的贾宝玉并不是预示一种具体的解决方案。如果那样理解文学，就是太狭隘了。文学是人对自己的现实生活推出所有解决方案之后的反思和追问。"同样，对于《极花》，作为审美对象，胡蝶在他救的幻想破灭之后，其自救终会如何，她会怎样对待、处理自己的命运，也许不是最重要的，更重要的是我们在这种绝望中领悟到了什么。作品中胡蝶的绝望之状，正是读者、时代所要吁求的希望之起点。一种绝望在哪里诞生，一种希望也在哪里准备出来。胡蝶的希望，是如何在那个充满艰难的偏僻村落里求得生命的尊严，她必须靠自己来实现这个尊严；这个时代的人，要自我拯救的，其实也是如何在这个充满苦难的大地生活得更有尊严、更有意义。在绝望中求生的力量，正是胡蝶这一审美形象所能激起的更普遍的怜悯、同情与反思。贾平凹叙述着胡蝶的绝望，灌注的虽然是无力的同情，但在更深层的意义上，他对苦难的注视，不管是批判还是怜悯，都是作为有情怀的作家在探寻这个时代的人道光芒而做出的努力。

文学审视社会与人生，文学追问人的理性在现世的种种制作，文学反思人性的贪婪与邪恶，并不是要挖空心思编排出一套救世的方案，也不需要从中引申出什么深刻的结论。文学固然要反思与追问，但是所有的反思与追问都不带有现世的性质，所有的反思与追问最终落实在人道主义的关怀和同情上。……无论是现实的苦难，还是人生的不幸，文学都化作了爱，给予关怀和同情。文学仿佛在众生之上，以仁慈和厚爱注视和表达着众生的苦难，给众生带来心灵的期待。文学所以能够跨越死神给生命设定的局限，让无数代的读者产生共鸣，就在于文学的人道激情，就在于

　　文学的人道光芒。(《罪与文学》)

　　报道现实与文学讲述,是完全不同的对苦难的处理方式,后者之所以比前者更有力量,就在于文学不仅呈现苦难,它还思考苦难为何会发生,人在苦难中的复杂心理,同时也探究苦难背后人的不幸,以及对这种不幸的同情与爱——这种同情与爱甚至可能隐藏得很深,深到一般读者都未必读得出来,但文学的力量有时就是隐藏起来的,它内在而持久,只要用心,就一定可以体察到。《极花》就体现出了贾平凹的这一用心。对这个时代普遍的苦难,他选择劈面相迎,而不是躲避或欲言又止,这是意味深长的。

贾平凹、《秦腔》及其写作伦理

一、背负精神重担

《废都》之后，贾平凹已经成了一个写作和商业的神话，一个有着特殊含义的文学符号。这个神话持续了十几年时间，到现在，它越发显露出了复杂的面貌：一方面，贾平凹在这个神话效应中获得了极大的名声；另一方面，文学界对他也产生了一些不满和批评——我注意到，自从他的《怀念狼》和《病相报告》这两个长篇小说出版后，批评的声音就多了起来。一些人认为，贾平凹这些年的写作转型不但不成功，甚至还出现了衰退的迹象。

我的看法倒并不这么悲观。尤其是当我读到贾平凹最新的长篇小说《秦腔》之后，对他的写作又一次充满期待，因为我在他身上依然看到了创造的精神，以及试图超越自己的努力——这在他那一代作家中是不多见的。一个作家，最需要警惕的是思想滞后和重复自己。当大部分当年领过风骚的作家都停止了写作，或者以一些无关痛痒的文字在那里自娱自乐时，贾平凹还能继续一种探索性的写作，并且时有让人侧目的新作问世，这种姿态本身就值得肯定。

我曾经在一篇文章中说，文坛上活跃的作家是有不同类别的，有些人，一眼就让人洞穿了自己隐秘的写作身份，往往以一句"先锋派"或"传统派"就可为他盖棺定论了，可见他的文字中有着某种过深的烙印，而少有让人揣摩回旋的余地。这样的作家并非少数，他们是在一条路上把文字给写死了。因此，我更看重的是另外一些作家，他们一直以自己的文字在文坛坚硬地存在着，你却很难给他归类，他们的写作努力，好像仅仅是为了制服自己躁动的灵魂，为了平息自己内心的不安；他们是在与写作的斗争中赋予文字坚韧的美、力量和精神。我承认，自己的内心更靠近这种文学——比如史铁生的《我与地坛》《病隙碎笔》，就是这方面的典范。

贾平凹也属于这类作家。他的写作意义还远没有被穷尽。

令我讶异的是，贾平凹一直想在自己的写作中将一些很难统一的悖论统一起来：他是被人公认的当代具有传统文人意识的作家之一，可他作品内部的精神指向不但不传统，反而还深具现代意识；他的作品都有很写实的面貌，都有很丰富的事实、经验和细节，但同时他又没有停留在事实和经验的层面上，而是由此构筑起了一个广阔的意蕴空间，来申说自己的写作理想。

我之所以说这些是悖论，是因为中国当代文学从二十世纪八十年代开始，作家与作家之间，写作与写作之间，就已经有了难以弥合的裂痕。那些传统型的作家身上有着中国文化的底子，但由于他们的写作方式缺乏现代叙事艺术的必要训练，而受到了年轻作家们的嘲笑；那些现代派的作家，虽然及时地吸收了现代艺术的成果，但由于他们没有能力将西方的艺术经验有效地中国化，同样显露出贫血的面貌，并面临着严厉的质疑。这种矛盾，就好比二十世纪八十年代中后期的文学革命，似乎总是在两个极端之间摇摆：要么是极端抽象（如一些只玩赏形式主义法则的先锋小说，或者那些充满玄想的诗歌），要么是极端写实（如一些过日子小说，或者过于泛滥的口语诗歌），匮乏的恰恰是将物质写实与精神抽象相平衡、相综合的大气象。

没有这种气象，就绝难产生真正意义上的大作家。但贾平凹给了我意外的想象。他是有这种平衡和综合能力的，所以，他从来不甘于自己的现状，而总是在寻找变化和前进的可能，总是为自己建立新的写作难度，并愿意为克服新的写作难度而付出卓绝的努力。无论是他的小说还是散文，他应用的都是最中国化的思维和语言，但探查的是很有现代感的精神真相——他是真正写出了中国人的感觉和味道的现代作家，仅凭这一点，你就不得不承认，贾平凹身上有着不同凡响的东西。

我尤其欣赏贾平凹身上那种独特的写实才能。在他的小说中，我们往往能读到一种深邃的、像大地一样坚实的真实感。我想，它是来源于贾平凹对当下的生活细节、精神线条的敏感，以及他那杰出的对事实和场面的描绘能力。他对古白话小说遗产的娴熟运用，使他的小说语言获得了惊人的表现力。凝练的、及物的、活泼的、口语化的、民间的，句子和词语都渴望触及事物本身和人物的内心，这是贾平凹一贯的语言风格。他早在《废都》中便有了这样的探索，只是《废都》有太重的《金瓶梅》的痕迹，加上过于沉重的悲凉，大大阻碍了对人物自身的想象——但我们依然不能否认《废都》之于中国当代文学的重大意义。《高老庄》就基本克服了这些缺陷，在语言的运用上，在结构的严谨上，在对人的精神想象上，贾平凹的独创性显得更加突出。我记得《高老庄》中有一个重要的场面，那就是在主人公子路父亲祭日的宴席上，几乎所有的重要人物都登场了，那个窄小的范围，可谓是乡村文明及其冲突的一次集中展示：

　　庆来娘说："刚才烧纸的时候，你们听着西夏哭吗，她哭的是勤劳俭朴的爹哪，只哭了一声，旁边站着看热闹的几个嘎小子都捂了嘴笑，笑他娘的脚哩，城里人不会咱乡下的哭法么！"大家就又是笑。这一笑，子路就得意了，高了嗓子喊："西夏，西夏——！"西夏进门说："人这么多的，你喊什么？"见炕上全坐了老人，立即笑了说："你们全在这里呀，我给你们添热茶的！"骥林娘就拍着炕席，让西夏坐在她身边，说："你让婶好好看看，平日都吃了些啥东西，脸这么白？"庆来娘说："子路，你去给你媳妇盛碗茶去。"子路没有去，却说："西夏，你刚才给爹哭了？"西夏说："咋没哭？"子路说："咋哭的？"西夏偏岔了话题，说："子路你不对哩，菊娃姐来了，你也不介绍介绍，使我们碰了面还不知道谁是谁。"子路说："那现在不是认识了？这阵婶婶娘娘都在表扬你哩！我倒问你，是你给菊娃先说话还是菊娃先给你说话？"双鱼娘说："这子路！西夏毕竟是小，菊娃是大么！"西夏说："这是说，菊娃姐是妻，我是妾，妾要先问候妻的？"一句话说得老太太们噎住了。子路说："我是说，假如，我说的是假如，如果是妻是妾，你愿意是哪个？"骥林娘忙说："子路，子路！"要制止。西夏却说："我才不当妻哩，电影里的妾都是不操心吃的穿的，却能吃最香的穿最好的，跟着男人逛哩！这回答满意吧？婶婶，子路爱逞能，我这么说能给他顾住脸面了吧？！"骥林娘说："刚才竹青还对我说，子路的新媳妇傻乎乎的，我看一点都不傻么！"西夏说："我还不傻呀，光长了个子不长心眼了！"双鱼娘说："还是咱子路有本事，能降住女人哩！"没想话落，一直坐在那里的三婶却呼哧呼哧哽咽起来，说："子路有菊娃就够贤惠了，又有了西夏这么让人亲的媳妇，可怜我那苦命的得得，只一个媳妇，还是一只狼！"大家赶紧劝三婶，院子里锣钹哐地一下，悲怆的曲子就轰响了。骥林娘说："不说，不说，来客了，子路快招呼去！"①

贾平凹的语言能力就在这么窄小的空间里表现得淋漓尽致。西夏与菊娃的关系，子路的应酬，亲朋好友的闲谈，狗锁的死要面子，迷胡叔的神里神气，蔡老黑、苏红、王厂长等人的与众不同，往往经由寥寥数笔或是几句简短的对话就跃然纸上，从而达到传统的白描手法也难以达到的生动效果。

就着贾平凹这种对现实事象的表现力而言，我认为，在当今文坛是少有人可以与之相匹敌的。但我担心的是，喜欢贾平凹的读者，可能一进入他的小说就被他细致有趣、生机盎然的叙事所吸引，从而流连于故事的表面，忘却了故事背后作者的精神跋涉。确实，贾平凹以深厚的写实功底为基础的叙事魅力是特别的，他本也可以像另外一些作家那样，用纯粹的故事美学逍遥于历史风情或者欲望故事之中，但他的大部分作品都自觉接受了灵魂内部的某种自我折磨，他似乎一直在苦待自己。他那么尽力地去描绘中国现实中他所熟悉和关注的部分，恰好表明贾平凹是一个时刻都背负着精神重担的作家。他的写作，常常充满痛楚感，好像写作的目的就是为了如何卸下这一精神的重担。

哲学家唐君毅说："人自觉地要有担负，无论是哪一面，总是痛苦的。"②

---

① 贾平凹：《高老庄》，太白文艺出版社1998年版，第87—88页。
② 转引自牟宗三：《生命的学问》，广西师范大学出版社2005年版，第5页。

这话用在贾平凹身上，非常合适。他的写作，总是想自觉地有所担负，同时又深陷于担负的痛苦之中。也正是这一点，成功地把贾平凹与那些拒绝背负精神重担、流于轻松自娱的作家区别开来。这令我想起王国维之所以极为推崇李煜的词，认为李后主的词比宋道君皇帝写得好，原因也是在于"道君不过自道身世之戚，后主则俨有释迦、基督担荷人类罪恶之意，其大小固不同矣"①，可见担负与否之于写作至关重要。而写作的担负、精神的重担，源于作家必须对自身所处的境遇有自我觉悟。正如鲁迅，他的悲愤，他的批判力量的展开，都是源于他对自身为奴的境遇有深刻的自知。不理解鲁迅所处的环境和他对精神黑暗的洞察，也就永远无法理解鲁迅为何会那么沉重和激愤。因此，比起那些直接从西方现代派作家那里复制痛苦、焦虑、恐惧、绝望等精神经验的写作者来说，我更欣赏与细节中的中国人相结盟，并在具体的中国生活中有所担负的作家，因为只有这样的人，才活在真实的中国经验里，才有可能对当下中国人的精神境遇发言。

二、重获文学整体观

贾平凹的多数作品，都有着非常结实的中国化的现实面貌，他的确写出了商州、西安（包括整个西北）的生活精髓；尤其是他那强大的写实才能，以及出色的语言及物能力，使他的写作在表现当代生活方面成了一个范本。仅凭这一点，贾平凹已经可以在文学史上留下重重的一笔。但我觉得贾平凹的写作意义决不仅限于此——贾平凹其实是一个自觉追求文学整体观的作家，也就是说，他是当代不多的具有整体性精神关怀向度的作家。他的作品，不仅关注现实，还关注存在的境遇、死亡和神秘的体验、自然和生态的状况、人性的细微变化等命题，不管贾平凹做得好不好，但他毕竟是有这个意识的作家，他那开阔的精神视野值得研究。——我们都知道，当代文学这些年来是越写越轻，已经很少有人自觉地进入这些命题，并使自己的作品保持这种整体性的精神品格了。因此，就当下的写作处境而言，中国确实太需要有文学整体观的作家了。

① 王国维：《人间词话》，安徽文艺出版社 2003 年版，第 22 页。

什么是文学的整体观？按我的理解，就是一个作家的写作不仅要有丰富的维度，还必须和世界上最伟大的文学传统有着相通的脉搏和表情。过去，中国文学的维度基本上是单一的，大多只是关涉国家、民族、社会和人伦，我把它称之为"现世文学"。这种单维度文学是很容易被不同时期的意识形态所利用的——二十世纪的中国文学史就不乏这样的惨痛记忆。它描绘的只是中间价值系统（关于国家、民族和社会人伦的话语，只能在现世展开，它在天、地、人的宇宙架构中，居于中间状态），匮乏的恰恰是对终极价值的不懈追求。而在那些优秀的西方文学中，正是因为有了终极价值系统的存在，它们才真正走向了深刻、超越和博大。这点是值得中国作家学习的。

因此，所谓的"文学整体观"，就是要从简单的现世文学的模式中超越出来，以一种整体的眼光来重新打量这个世界。实现文学整体观的关键，就是要把文学从单维度向多维度推进，使之具有丰富的精神向度和意义空间。有论者曾精辟地谈到文学的四个维度，认为，中国的现代文学只有"国家·社会·历史"的维度，变成单维文学，从审美内涵讲只有这种维度，但缺少另外三种维度，第一个是叩问存在意义的维度，这个维度与西方文学相比显得很弱，卡夫卡、萨特、加缪、贝克特，都属这一维度，中国只有鲁迅的《野草》、张爱玲的《倾城之恋》有一点。第二个是缺乏超验的维度，就是和神对话的维度，和"无限"对话的维度，这里的意思不是要写神鬼，而是说要有神秘感和死亡体验，底下一定要有一种东西，就是"从哪里来到哪里去"的问题意识。本雅明评歌德的小说，说表面上写家庭和婚姻，其实是写深藏于命运之中的那种神秘感和死亡象征，这就是超验的维度。第三个是自然的维度，一种是外向自然，也就是大自然，一种是内向自然，就是生命自然。像《老人与海》，像杰克·伦敦的《野性的呼唤》，像更早一点梅尔维尔的《白鲸》，还有福克纳的《熊》，都有大自然维度。而内向自然是人性，我们也还写得不够。

——只有这四种维度都健全的作家，才是具有文学整体观的作家。在当代，除了史铁生、贾平凹、莫言、格非、余华、苏童、阿来、于坚等少数作家之外，我觉得很多作家的文学观念都是不健全的、残缺的。从这种不健全的文学观念出发，他们的作品气象自然也是有限的，很难获得可进入伟大文学行列的博大品格。更让人遗憾的是，许多作家甚至连这方面的想象都没有，更别说朝这个方向进发了。正因为如此，我才看重贾平凹在这方面的努力，看得出，在他的内心是有这种文学整体观的，他一直都在文学的多维度建构上竭力前行。他的写实才能，使他的作品在描绘国家、民族、社会和人伦这些现世事象方面，达到了一般人很难达到的真实和生动，另外，在其他三个维度上，贾平凹也具有这种自觉的精神意识。

在叩问存在意义的维度上，《废都》是最典型和深刻的作品。它通过对虚无、颓废、无聊等精神废墟景象的书写，反证了一个时代在理想上的崩溃，在信念上的荒凉——它在当时的精神预见性，至今读起来还触目惊心。虽然，《废都》曾因性描写等因素而备受批评，但时隔十几年之后回过头来看，我们不得不承认，它对于知识分子精神命运和存在境遇的探查，的确是达到了一个非常重要的高度。在此之前，中国当代文学中还真的没有多少作品能如此执着而准确地叩问人之为人的存在意义。

在神秘感和死亡体验等超验的维度上，贾平凹也是有意识地在追求的。他是一个有理想追问的作家，即便是批评声四起的《废都》，里面的颓靡之气，在我看来也是理想丧失之后的自我挣扎，比起那些空无一物只是轻松自娱的作家，显然更有灵魂力度。而在《高老庄》里，贾平凹对神秘感和死亡体验等超验事物的追索，则体现在他那些务虚的笔法中。他自己曾说，这个虚，是为了从整体上张扬他的意象，比如说，小说里写到的石头的画、飞碟、白云湫等，都属于务虚的意象，虽说它还远没有达到大虚的境界①，但比起《废都》中那头牛的运用，还是成功了许多。我倒不特别看重贾平凹在《高老庄》的虚里所张扬出来的深意，只是我从他对石头的怪画、飞碟的出现、白云湫的神秘等事物的欲言又止中，感觉到贾平凹的内心保存着许多作家所没有的品质——对世界、对死亡、对大自然、对神秘事物的敬畏。包括《秦腔》，贾平凹称自己一直是在惊恐中写作，这种"惊恐"，也是一种敬畏——对故土、对故人、对未知的前方道路的敬畏。这是令人动容的。在当下写作界，多少人都挂着私人化写作的标签，只满

①　我认为，《高老庄》的遗憾，就在于贾平凹进入了大实的境界，而在虚的方面，他还没有跳脱用意象来象征的思路，只是把虚符号化，没有从作品的深处生长出大虚来。

足于那种单一的欲望、有限的自我意识的绵延，内心对任何事物都不再敬畏，这种浅薄最终使他们无一例外地都成了颓废现实和欲望自我的奴仆。要知道，个人是多么的渺小，世界又是多么的无边无际、神秘莫测，那些内心没有任何敬畏，而轻易就把自我中那点微小的经验当作终极的作家，其实是一种对人的简化，也是一种对人世的无知。可以想象，如果人物的命运后面空无一物，如果没有了超越的精神维度，这样的文学便只能在现实里打转，而写不出更为深邃的存在真相。

在自然和生态的维度上，贾平凹更是自觉的践行者。从他早期作品开始，自然的人化和人与自然的协调就一直是他写作的基本母题。无论是小说，还是散文，贾平凹都大量地写到了山石、月亮、流水、狐狸、狼、牛等事物，并将自然生态和人文生态紧密相连。这方面典型的作品是《怀念狼》。他写到当狼这种野性的生物消失之后，人的命运和人性也会随之变得可怕而疯狂，原来人和狼的敌对关系中也存在着相互依存的关系，这就是贾平凹的自然辩证法。他就这部作品接受廖增湖访问时说："人是在与狼的斗争中成为人的，狼的消失使人陷入了恐慌、孤独、衰弱和卑鄙，乃至于死亡的境地。怀念狼是怀念着勃发的生命，怀念英雄，怀念着世界的平衡。""人的生存不能没有狼，一旦狼从人的视野中消失，狼就会在人的心中依然存在。"[1] 这样的写作方式，虽然不无生硬之处，但贾平凹在自然生态和人文生态如何结合的探索上所给出的思考路径，还是有独特价值的。它甚至成了贾平凹写作中最为恒久的命题。从他的"商州"系列，到《高老庄》《怀念狼》《制造声音》，以及《猎人》等一系列作品，外向自然（大自然）就一直是贾平凹作品中潜在的主人公。此外，在内向自然（生命自然、人性）上，贾平凹也是有深刻发现的。像《黑氏》《龙卷风》《五魁》《美穴地》《油月亮》《小楚》等作品，在人性的刻画上，都是独树一帜的。而他前几年发表的《饺子馆》和《阿吉》等作品，深入城乡人性冲突的隐秘地带，尤其是他对中国社会中深厚的交际文化、流言文化、段子文化如何影响一个人的境遇的描绘上，更是为当代文学观察人性提供了新的视角。

---

[1] 廖增湖：《贾平凹访谈录——关于〈怀念狼〉》，《当代作家评论》2000 年第 4 期。

　　指出贾平凹在文学整体观上的探索和成就，显然能为中国文学的发展提供一些有益的启示。同时，它也能帮助我们更理性而清晰地认识一个作家，特别是像贾平凹这样的具有神话色彩的作家，对他的褒贬，都很容易走向极端，而失之客观。如果我们能以更冷静的心态来看，就能发现，贾平凹身上其实一直还有一股劲，还有一股渴望创造的冲动，所以，他的新作总能带给读者一些新鲜的话题。

三、灵魂的挂空与安怀

　　《秦腔》依然贯彻着贾平凹的文学整体观，同时，贾平凹在这部作品中还建构起了一种新的叙事伦理。阅读《秦腔》是需要耐心的，它人物众多，叙事细密，但不像《废都》《高老庄》那样，有一条明晰的故事线索，《秦腔》"写的是一堆鸡零狗碎的泼烦日子"[1]。因此，就着叙事本身来说，《秦腔》是一个大胆的尝试。在四十几万字的篇幅里，放弃故事主线，转而用不乏琐碎的细节、对话和场面来结构整部小说，这需要作者有很好的雕刻细节的能力，也需要作者能很好地控制叙事节奏，《秦腔》做到了。在当代中国，像《秦腔》这种反"宏大叙事"、张扬日常生活精神的作品，是相当罕见的。

　　我首先注意到的是，在贾平凹几部重要的长篇小说里，对于时间的处理有着其他作家所没有的自觉。《秦腔》里写的生活时间是一年左右，《高老庄》里的生活时间大概是一个月，《废都》里的时间差不多也是一年。一部大篇幅的长篇小说，只写一年左右的现实生活，而且写得如此生机勃勃、如此真实有趣，这在中国作家中是不多见的才能。中国作家写长篇，大多数都喜欢写一个非常长的时间跨度，动不动就是百年历史的变迁，或者几代家族史的演变，但贾平凹可以在非常短的时间、非常狭窄的空间里，建立起恢宏、庞大的文学景象，这种写作难度要比前者大得多。像《高老庄》，贾平凹只写了一次回乡之行，前后一个月左右，《秦腔》所写的清风街的故事，前后时间也不长，但他能写得这么细密，这么本真，这么有

---

　　[1] 贾平凹：《秦腔·后记》，作家出版社 2005 年版，第 565 页。

耐心，所创造的现实景观又是如此庞大，这就正如作家王彪所说，贾平凹写作《秦腔》是"有野心的"，它"以细枝末节和鸡毛蒜皮的人事，从最细微的角落一页页翻开，细流蔓延、泥沙俱下，从而聚沙成塔，汇流入海，浑然天成中抵达本质的真实"①，这种能力对当代文学来说，值得珍重。

其次，《秦腔》写的是极为琐碎、密实、日常化的当代生活，这种生活是近距离的，要写好它很不容易。许多作家能写好虚构的历史场景，但一面对当下的日常生活，就手足无措了，这表明在许多时候，日常生活更能考验作家。书写日常生活，本是中国小说的伟大传统，中国历史上最伟大的小说，像《金瓶梅》《红楼梦》，写的都是那个时代的日常生活，从而生动地为我们保存了那个时代的"肉身"——日常生活是一个时代真正的"肉身"。在当代，虽然也有不少作家在写当下的日常生活，但这些人笔下的当代生活，多数是观念性的，或者是被简化过的，它可以被概括、分析、陈述；贾平凹笔下的当代生活不同，它的日常生活如同流水，看起来肆意流淌，其实是有它自己的河道的，你很难用现成的结论来概括它，它更多的是一种状态，就挺立、呈现在那里，贾平凹将它写出来了，这就是创造——我一直认为，能否在最日常化、最生活化的地方，写出真情，写出人性的困难，写出生存的根本处境，这是衡量一个作家写作才能的重要标准。

胡兰成在《中国文学史话》中记载了一件事，他说一个日本陶工对他说："只做观赏用的陶器，会渐渐的窄小，贫薄，至于怪癖，我自己感觉到要多做日常使用的陶器。"②一个陶艺家要经常烧一些日用的产品，比如平常吃饭的碗、喝茶的杯、装菜的碟，由此来平衡自己的艺术感受，以免使自己的感觉走向窄小、贫薄、怪癖，这是一个很大的艺术创见。因此，胡兰成说，"人世是可以日用的东西"，也正因为它的日用性，"所以都是贵气的，所以可以平民亦是贵人"。③《秦腔》就是这样的思路，它写的是日常的事，最简单、最普通的事，但在这些事上能建立起当代生活的

---

① 贾平凹、王彪：《一次寻根，一曲挽歌》，《当代作家评论》2005年第2期。

② 胡兰成：《中国文学史话》，上海社会科学院出版社2004年版，第13页。

③ 胡兰成：《中国文学史话》，上海社会科学院出版社2004年版，第13页。

内在真实，能写出中国人、中国文化、中国社会里富有意味的东西，它所写的人世不正是"可以日用的"？它所传承的不正是《金瓶梅》《红楼梦》的伟大传统？

或许中国人对这一小说传统已经相当陌生，所以，《秦腔》引发争议是必然的。就连贾平凹自己也在后记中发出如是感叹：

> 我的故乡是棣花街，我的故事是清风街，棣花街是月，清风街是水中月，棣花街是花，清风街是镜里花。但水中的月镜里的花依然是那些生老病离死，吃喝拉撒睡，这种密实的流年式的叙写，农村人或在农村生活过的人能进入，城里人能进入吗？陕西人能进入，外省人能进入吗？我不是不懂得也不是没写过戏剧怔的情节，也不是陌生和拒绝那一种"有意味的形式"，只因我写的是一堆鸡零狗碎的泼烦日子，它只能是这一种写法，这如同马腿的矫健是马为觅食跑出来的，鸟声的悦耳是鸟为求爱唱出来的。我惟一表现我的，是我在哪儿不经意地进入，如何地变换角色和控制节奏。在时尚于理念写作的今天，时尚于家族史诗写作的今天，我把浓茶倒在宜兴瓷碗里会不会被人看做是清水呢？穿一件土布袄去吃宴席会不会被耻笑为贫穷呢？如果慢慢去读，能理解我的迷惘和辛酸，可很多人习惯了翻着读，是否说"没意思"就撂到尘埃里去了呢？更可怕的，是那些先入为主的人，他要是一听说我又写了一本书，还不去读就要骂母猪生不下狮子，狗嘴里吐不出象牙。我早年在棣花街时，就遇着一个因地畔纠纷与我家置了气的邻居妇女，她看我家什么都不顺眼，骂过我娘，也骂过我，连我家的鸡狗走路她都骂过。我久久地不敢把书稿交付给出版社，还是帮我复印的那个朋友给我鼓励，他说："真是傻呀你，一袋子粮食摆在街市上，讲究吃海鲜的人不光顾，要减肥的只吃蔬菜水果的人不光顾，总有吃米吃面的主儿吧？！"①

---

① 贾平凹：《秦腔·后记》，作家出版社 2005 年版，第 565 页。

　　"它只能是这一种写法",贾平凹说得很自信,但在这话的后面,也蕴藏着许多困惑和悲凉。我想,要真正理解《秦腔》,最重要的是要把它当作一种新型的小说来读,那些猎奇的、"翻着读"的读者,是很难进入这种细密、琐碎、日常化的文字的。正如米兰·昆德拉在论到卡夫卡的小说时所说:"要理解卡夫卡的小说,只有一种方法。像读小说那样地读它们。不要在 K 这个人物身上寻找作者的画像,不要在 K 的话语中寻找神秘的信息代码,相反,认认真真地追随人物的行为举止,他们的言语、他们的思想,想象他们在眼前的模样。"①读《秦腔》时也应如此。虽然贾平凹明言这部小说是要"为故乡树起一块碑子",但它首先是一部小说,唯有理解了小说的基本品质,才能进一步了悟贾平凹在这部小说中所寄寓的写作用心和故土感情。

　　细心的读者不难发现,从写整个"商州"到写"清风街"的故事,这前后二十几年间,贾平凹尽管也写了像《废都》这样的都市小说,但他的根还是在故乡,在那片土地上,他的精神从那里生长出来,最终也要回到那里去,这是一个心里有爱的作家必然的宿命。诚如贾平凹自己所说:"做起城里人了,我才发现,我的本性依旧是农民,如乌鸡一样,那是乌在了骨头上的。"②因此,我能理解贾平凹在《秦腔》中所投注的对故土那复杂的感情:他爱这片土地,但又对这片土地的现状和未来充满迷茫;他试图写出故乡的灵魂,但心里明显感到故乡的灵魂已经破碎。

　　在这样一个精神被拔根、心灵被挂空的时代里,人活着都是游离的、受伤的,任何想回到故土记忆、回到精神本根的努力,都显得异常艰难而渺茫。《秦腔》也不例外。《秦腔》写了夏天智、夏天义、引生、白雪、夏风等众多人物,也写了那么多细碎、严实的日常生活,按理说,故乡的真实应该触手可及了,然而,在《秦腔》所出示的巨大的"实"中,我却触摸到了贾平凹心里那同样巨大的失落和空洞。他说出的是那些具体、真实的生活细节,未曾说出的是精神无处扎根的伤感和茫然。所以,有人说贾平

---

　　①〔捷克〕米兰·昆德拉:《被背叛的遗嘱》,余中先译,上海译文出版社 2003 年版,第 217 页。

　　②贾平凹:《秦腔·后记》,作家出版社 2005 年版,第 560 页。

凹写作《秦腔》是为了寻根，是一次写作的回乡之旅，这些都是确实的，但寻根的结果未必就是扎根，回乡也不一定能找到家乡，从精神意义上说，寻根的背后，很可能要面对更大的漂泊和游离。因此，在《秦腔》后记的结尾处，贾平凹喊出了"故乡啊，从此失去记忆"的悲音，我读起来是惊心动魄的。它所说出的，何尝不是当代中国最为真切、严峻的精神处境？

确实，大多数现代人的生存都已被连根拔起，生存状态几乎都是挂空的。故乡是回不去了，城市又缺乏扎根的地方，甚至大多数的城市人连寻求精神生活的闲暇都没有了，活着普遍成了沉重的负累。孔子说，"老者安之，朋友信之，少者怀之"，这本是人生大道，然而，在灵魂挂空的现代社会，不仅老者需要安怀，一切人都需要安怀。哲学家牟宗三在《说"怀乡"》一文中说，自己已无乡可怀，而只有对于"人之为人"的本质之怀念。"现在的人太苦了。人人都拔了根，挂了空。这点，一般来说，人人都剥掉了我所说的陪衬，人人都在游离中。可是，唯有游离，才能怀乡。而要怀乡，也必是其生活范围内，尚有足以起怀的情愫。自己方面先有起怀的情愫，则可以时时与客观方面相感通，相粘贴，而客观方面始有可怀之处。虽一草一木，亦足兴情。君不见，小品文中常有'此吾幼时之所游处，之所憩处'等类的话头吗？不幸，就是这点足以起怀的引子，我也没有。我幼时当然有我的游戏之所，当然有我的生活痕迹，但是在主观方面无有足以使我津津有味地去说之情愫。所以我是这个时代大家都拔根之中的拔根，都挂空之中的挂空。这是很悲惨的。"[1]

读《秦腔》，也同样能体会到这种"拔根""挂空""悲惨"的感受。贾平凹越是想走近家乡，融入故土，就越是发现故乡在远离自己。这并非他一个人的困境，而是说出现代人与土地之间的关系正在面临破裂和毁灭。《秦腔》以夏天智和夏天义的死来结尾，就富有这样的象征意味。秦腔痴迷者夏天智的死，既可以看作是民间精神、民间文化的一种衰败，也可看作是中国乡村最有生命力的部分正在面临消失——这种衰败和消失，并非一夜之间完成的，而是一点一点地进行的，到夏天智死的时候，达到

---

① 牟宗三：《说"怀乡"》，见《生命的学问》，广西师范大学出版社 2005 年版，第 2 页。

了一个顶峰。那时，秦腔已经沦落到只是用来给喜事丧事唱曲的境地，而农村的劳动力呢？"三十五席都是老人、妇女和娃娃们，精壮小伙子没有几个，这抬棺的、启墓道的人手不够啊！"[①]——人死了，没有足够的劳力将死人抬到墓地安葬，这是何等真实又何等凄凉的中国乡土现实，你让身处其中的人怎能安怀？夏天义是想改变这种处境的，但最后他死在了一次山体滑坡中（这次山体滑坡把夏天智的坟也埋没了），清风街的人想把他从土石里刨出来，仍然没有主要劳力，来的都是些老人、小孩和妇女，刨了一夜，也只刨了一点点，无奈只好不刨了，就让夏天义安息在土石堆里。这或许正是夏天义自己的心愿——和这一块自己热爱的土地融为一体。随着夏天智和夏天义的死，清风街的故事也该落下帷幕了，而那些远离故土出外找生活的人，那些站在埋没夏天义的那片崖坡前的清风街的人，包括"疯子"引生，似乎都成了心灵无处落实的游离的孤魂，正如夏天义早前所预言的，他们"农不农，工不工，乡不乡，城不城，一生就没根没底得像池塘里的浮萍"，一片茫然。

四、以爱，以温暖

司马迁说，人在穷困之时，"未尝不呼天也""未尝不呼父母也"，其实，人在穷困之时，精神在贫瘠之时，又何止"呼天""呼父母"？他必然地还会想皈依大地和故土。中国人、中国文化自古以来都注重生命，而生命最核心的就是要扎根，要落到实处。张横渠说，"为天地立心，为生民立命"，可见，天地之"心"和生民之"命"本是一体。因此，我认为，最好的文学，都是找"心"的文学、寻"命"的文学，也就是使灵魂扎根、落实的文学。"人类有了命，生了根，不挂空，然后才有日常的人生生活。离别，有黯然销魂之苦；团聚，有游子归根之乐。侨居有怀念之思，家居有天年之养。这时，人易有具体的怀念，而民德亦归厚。"[②]《秦腔》所

---

① 贾平凹：《秦腔》，作家出版社2005年版，第538页。

② 牟宗三：《说"怀乡"》，见《生命的学问》，广西师范大学出版社2005年版，第5页。

盼望和怀想的，正是这种"有了命，生了根，不挂空"的人生实现。它以故土为背景，既写出了作者找"心"、寻"命"的复杂感受，也写出了人与土地的关系破裂之后，生命无处扎根、灵魂无处落实、心无处皈依的那种巨大的空旷和寂寞。由《秦腔》可以想见，贾平凹一直存着一颗温润的赤子之心，因为他一刻也没有放弃追索自身的"心"与"命"之归宿和根本。

为此，我把《秦腔》看作是一种尊灵魂的写作。所谓尊灵魂，即不忘在作品中找天地之"心"、寻人类之"命"。这样的意识，在当代写作界，正变得越来越稀薄，此是当代文学之主要危机。由尊灵魂，而有生命叙事；由生命叙事，才得见一部作品的生机和情理。读《秦腔》，若不能深入这个层面，是断难在众多沉实的段落里看出作者的苦心经营的。

　　父亲去世之后，我的长辈们接二连三地都去世，和我同辈的人也都老了，日子艰辛使他们的容貌看上去比我能大十岁，也开始在死去。我把母亲接到了城里跟我过活，棣花街这几年我回去次数减少了。故乡是以父母的存在而存在的，现在的故乡对于我越来越成为一种概念。每当我路过城街的劳务市场，站满了那些粗手粗脚衣衫破烂的年轻农民，总觉得其中许多人面熟，就猜测他们是我故乡死去的父老的托生。我甚至有过这样的念头：如果将来母亲也过世了，我还回故乡吗？或许不再回去，或许回去得更勤吧。故乡呀，我感激着故乡给了我生命，把我送到了城里，每一做想故乡那腐败的老街，那老婆婆在院子里用湿草燃起熏蚊子的火，火不起焰，只冒着酸酸的呛呛的黑烟，我强烈地冲动着要为故乡写些什么。我以前写过，那都是写整个商州，真正为棣花街写得太零碎太少。我清楚，故乡将出现另一种形状，我将越来越陌生，它以后或许像有了疤的苹果，苹果腐烂，如一泡脓水，或许它会淤地里生出了荷花，愈开愈艳，但那都再不属于我，而目前的态势与我相宜，我有责任和感情写下它。法门寺的塔在到塌了一半的时候，我用散文记载过一半塔的模样，那是至今世上惟一写一半塔的文字，现在我为故乡写这本书，却是为了忘却的回忆。①

　　这就是灵魂的伤怀、生命的喟叹。《秦腔》从这样的体验出来，以爱，以温暖，以赤子之心，写了一批正在老去的人、一片行将消失的土地。包括贾平凹选择"秦腔"做书名，也寄寓着这样的念想。秦腔是秦人的声音，而秦人自古以来就是大苦大乐的民众，他们的喜怒哀乐都可以借由秦腔来表达。然而，在《秦腔》里，秦腔作为一种地方戏曲、一种传统文化的象征，无可挽回地在走向衰败，如同白雪（她也是秦腔艺人）的命运，一片凄凉。或许，在内心里，贾平凹并不愿意让秦腔成为故土上的挽歌和绝唱，但现实如此残酷，生存如此严峻，那股生命的凉气终究还是在《秦腔》的字里行间透了出来。

　　因此，《秦腔》的叙事，从表面看来，是喧嚣的、热闹的，但这种喧嚣和热闹的背后，一直透着这股生命的凉气——这股凉气里，有心灵的寂寞，有生命的迷茫，有凭吊和悲伤，也有矛盾和痛苦。这是贾平凹在《秦腔》中所没有完全说出的部分，它是整部作品的暗流，也是一种沉默的声音。《秦腔》的矛盾、冲突及其复杂性，正是体现于此。在当代中国，少有人能像贾平凹这样明晰、准确地理解农村这一独特、复杂的现实："以往许多写农村的作品，写得太干净，如一种说法，把树拔起来，根须上的土都在水里涮净了。建立在血缘、伦理根基上的土性文化，它是黏糊的，混沌的。……往往这个时候我们难以把握，更多的是迷惘、矛盾。"② 面对这种黏糊、混沌的状态，贾平凹所着力的是呈现，在最具体、最细节处呈现，在那些躁动而混茫的心灵中呈现。所以，贾平凹看重日常生活，看重在生活的细节中所建构起来的那个活泼、生机的世界。这个世界还在扩展，还没有完成，但日夜都在遭受时代潮流的碾磨，它会被时代的强力意志吞食吗？它能在时代的喧嚣中重新找到自己的方向和边界吗？贾平凹无意回答这个问题，他只愿意在迷惘、矛盾中做真实的呈现。他在《秦腔》的后记中也说："我的写作充满了矛盾和痛苦，我不知道该赞颂现实还是

---

　　① 贾平凹：《秦腔·后记》，作家出版社 2005 年版，第 563 页。

　　② 贾平凹、王彪：《一次寻根，一曲挽歌》，《当代作家评论》2005 年第 2 期。

诅咒现实，是为棣花街的父老乡亲庆幸还是为他们悲哀。……古人讲：文章惊恐成，这部书稿真的一直在惊恐中写作……"——在"赞颂"和"诅咒"、"庆幸"和"悲哀"之间，贾平凹再一次坦言自己"充满矛盾和痛苦"，他无法选择，也不愿意做出选择，所以，他只有"在惊恐中写作"。在我看来，正是在这种矛盾、痛苦和惊恐中，贾平凹为自己的写作建立起了一种新的叙事伦理。

《秦腔》之所以会被认为是当代中国乡土写作的重要界碑，与贾平凹所建立起来的这种新的写作伦理是密切相关的。假如贾平凹在写作中选择了"赞颂现实"或者"诅咒现实"，选择了为父老乡亲"庆幸"或者为他们"悲哀"，这部作品的精神格局将会小得多，因为价值选择一清晰，作品的想象空间就会受到很大的限制。但贾平凹在面对这种选择时，他说"我不知道"，这个"不知道"，才是一个作家面对现实时的诚实体会——世道人心本是宽广、复杂、蕴藏着无穷可能性的，谁能保证自己对它们都是"知道"的呢？《庄子》载："啮缺问乎王倪曰：子知物之所同是乎？曰：吾恶乎知之。子知子之所不知耶？曰：吾恶乎知之。然则物无知耶？曰：吾恶乎知之。虽然，尝试言之，庸讵知吾所谓知之非不知耶？庸讵知吾所谓不知之非知耶？"——你知道这些吗？我不知；你知道你不知吗？我也不知。我只是一个"无知"，但我这个"无知"何尝不是一种生命的真知？这种真知，既是自知之明，也是生命通透之后的自觉，是一种更高的智慧。遗憾的是，中国当代活跃着太多"知道"的作家，他们对自己笔下的现实和人世，"知道"该赞颂还是诅咒；他们对自己笔下的人物，也"知道"该为他庆幸还是悲哀。其实这样的"知道"，不过是以作者自己单一的想法，代替现实和人物本身的丰富感受而已。这令我想起胡兰成对林语堂的《苏东坡传》的批评。苏轼与王安石是政敌，而两人相见时的风度都很好。但是，"林语堂文中帮苏东坡本人憎恨王安石，比当事人更甚。苏与王二人有互相敬重处，而林语堂把王安石写得那样无趣……"[1]胡兰成的批评不无道理。相比之下，当代文学界的很多作家在帮人物"憎恨"（或者帮人物"喜欢"）这事上，往往做得比林语堂还积极。

---

[1] 胡兰成：《中国文学史话》，上海社会科学院出版社2004年版，第119页。

但贾平凹没有在《秦腔》中"帮苏东坡本人憎恨王安石"，没有帮乡亲恨时代、恨干部，因为他深知，真正的文学精神不该纠缠在是非得失上，而应是一种更高的对生活的仁慈。

五、饶恕一切，超越一切

仁慈就是一种宽容和饶恕。饶恕生活，宽容别人，以慈悲看人世，这何尝不是一种更深广、更超越的文学观？写作最怕的是被俗常道德所累，被是非之心所左右，深陷于此，写作的精神格局就会变得狭小、平庸。然而，面对这样一个价值颠倒、欲望沉浮的时代，又有几个作家愿意在作品中放弃道德抉择的快意？唯有那些沉入时代内部、心存慈悲的人，才能看出在生活的表象下还隐藏着一个更高的生存秘密。胡兰成在论到张爱玲的小说时，就敏锐地发现了张爱玲身上那种宽容和慈悲。他说，张爱玲的小说也写人生的恐怖与罪恶，残酷与委屈，但我们在读她作品的时候，有一种悲哀，同时又是欢喜的，因为你和作者一同饶恕了他们，并且抚爱着那受委屈的。饶恕，是因为恐怖、罪恶与残酷者其实是悲惨的失败者；张爱玲悲悯人世的强者的软弱，而给予人世的弱者以康健与喜悦。人世的恐怖与柔和，罪恶与善良，残酷与委屈，一被作者提高到顶点，就结合为一。[1] 除了胡兰成，还很少人能在张爱玲的小说中看到"饶恕"，看到"悲悯"，看到"恐怖与柔和，罪恶与善良，残酷与委屈"被提高到顶点时能"结合为一"，看到生之悲哀与生之喜悦。因此，张爱玲的小说虽然苍凉，但也不乏柔和与温暖，这或许正是伟大的文学所特有的品质。

《秦腔》在处理现实时，同样潜藏着丰富的精神维度。贾平凹无意出示任何单一的答案，他重在呈现，重在以慈悲的眼光面对现实，并以宽广的心来理解那些微妙而复杂的世事沉浮。由此，我们就不难理解，贾平凹为何要选择引生这个"疯子"来充当《秦腔》一书的叙述者。疯子，狂人，白痴，对于常人而言，他们是残缺的，但也是神秘的，这些特殊的视角

---

[1] 参见胡兰成：《中国文学史话》，上海社会科学院出版社2004年版，第171—172页。

如果应用得好，它可以为文学打开一个巨大、隐秘的世界。鲁迅的《狂人日记》和福克纳的《喧哗与骚动》，都堪称是这方面的经典。《秦腔》以引生作为叙述者，显然是想让这个"疯子"扮演一个复杂的角色——他既知道一切，又什么也不知道；他既可以随意说话，也可以说了白说；他善于记住，也善于遗忘；他无道德、无是非，但也并非全然混沌一片。王船山说庶民是"至愚"，又是"至神"，这表明二者间的分际并不明显，而引生因为有着疯病，正好成了一个集"至愚"和"至神"于一身的人，由他来做叙述者，恰好最能体现作者的宽容、饶恕、仁慈和同情心，同时，他也是能将生之悲哀与生之喜悦结合为一的人。他的"至愚"，使他能得以成为客观的、"不知道"的生活观察者；他的"至神"，则使他能超越众人之上，想别人所未想之事，做别人所不敢做之事。因此，引生既是"至愚""至神"的叙述者，也是整部《秦腔》中最仁慈又最宽容、最悲哀又最快乐的人物。

　　我连续三天再没去七里沟，夏天义以为我患了病，寻到了我家，他看见我好好地在屋门口，说："你在家干啥哩？"我拿眼瞧着土炕，我没说，只是笑。夏天义就走过去揭土炕上的被子，被子揭开了什么也没有。我却是扑过去抱住了夏天义，我不让他揭被子，甚至不让他靠近土炕。夏天义说："你又犯疯病啦？！"我叫道："你不要撵她！"夏天义说："撵谁？"啪啪扇我两个耳光，我坐在那里是不动弹了，半天清醒过来，我才明白白雪压根儿就没有在我的土炕上。我说："天义叔！"呜呜地哭。

　　夏天义拉着我再往七里沟去，我像个逃学的小学生，不情愿又没办法，被他一路扯着。刚走到东街口牌楼下，有人在说："二伯！"我抬起头来，路边站着的正是白雪。这个白雪是不是真的？我用手掐了掐我的腿，疼疼的。夏天义说："你去你娘那儿了？"白雪说："我到商店买了一截花布。"我一下子挣脱了夏天义的手，跳在了白雪的面前，将那小白帕按在了她的鼻子上。白雪啊地叫了一声，跌坐在地上。夏天义立即将我推开，又踢了一脚，骂道："你，你狗日的！"一边把白雪拉起来，说："你快回去，这引生疯了！"①

引生爱白雪，这种爱当然是不对等的：白雪是出名的美女、文化人；引生只是一个被大家当笑物的"疯子"。但引生愿意为白雪做一切，甚至愿意为她去死。他听赵宏声说，只要拿个小手帕在白雪面前晃一晃，白雪就会跟他走，他果然照着做了，结果，自然只能换来夏天义的"将我推开，又踢了一脚"，换来白雪对他的鄙夷和漠然，而他除了"呜呜地哭"，又能怎样呢？有意思的是，被人打骂和鄙视的引生，虽然把这件事看作是"在我的一生中……最丢人的事"，"但我没有恨白雪，也没有恨夏天义"。这就是对生活的仁慈，话虽然出自引生之口，却也不妨理解为是作者对世界的基本态度。

由"我没有恨……也没有恨……"这一独特句式所体现出来的写作伦理，和"我不知道"一样，都是超越是非、善恶、对错、得失的，它试图通达的是一个"通而为一"、超越道德的大境界。如果用米兰·昆德拉的话说，就是使小说留在"道德审判被悬置的疆域"，"悬置道德审判并非小说的不道德，而是它的道德。这道德与那种从一开始就审判，没完没了地审判，对所有人全都审判，不分青红皂白地先审判了再说的难以根除的人类实践是泾渭分明的。如此热衷于审判的随意应用，从小说智慧的角度来看是最可憎的愚蠢，是流毒最广的毛病。这并不是说，小说家绝对地否认道德审判的合法性，他只是把它推到小说之外的疆域。在那里，只要你们愿意，你们尽可以痛痛快快地指责巴奴日的懦弱，指责爱玛·包法利，指责拉斯蒂涅克，那是你们的事；小说家对此无能为力。"② 确实，小说只是对世界的呈现，对人生的同情，对存在的领悟，它在人间道德上的无力，恰恰是为了建构起一个更为有力的世界——这个世界说出爱，说出仁慈，说出同情，说出生之喜悦和生之悲哀，说出更高的平等和超然。《秦腔》正是这样，所以它的叙事伦理是超越善恶的，作者拒绝在小说中进行任何

---

① 贾平凹：《秦腔》，作家出版社 2005 年版，第 389—390 页。

② 〔捷克〕米兰·昆德拉：《被背叛的遗嘱》，余中先译，上海译文出版社 2003 年版，第 7 页。

道德审判，因为"艺术中的道德……是极其容易消失的"①。你在《秦腔》里很难找到绝对的对与错、是与非，里面的人物之间即便一时有隔阂和冲突，这个冲突也很快就会被化解。正是有了这种超然和仁慈，贾平凹在《秦腔》中才能书写出一种和解的力量：人与人的和解，人与历史的和解，人与土地的和解。这中间，虽然也发生了许多冲突和矛盾，但你在《秦腔》里找不到怨恨。

"赞颂现实"或"诅咒现实"都无济于事，它并不能为我们敞开现实的真实面貌。为此，贾平凹在《秦腔》中选择了一种仁慈、平等、超越善恶的立场，以此来重新表达中国当代的乡土现实，就文学而言，这是一种巨大的革命。翻开《秦腔》，我们很容易就能读到慈悲和谦逊，原因也正在于此。比如，贾平凹看到了故乡、土地正在衰败、行将消失的命运，但他承认，他不知道该是谁，也不知道该是哪种力量来为这样一种消失和衰败承担责任。"我站在街巷的石磙子碾盘前，想，难道棣花街上我的亲人、熟人就这么很快地要消失吗？这条老街很快就要消失吗？土地也从此要消失吗？真的是在城市化，而农村能真正地消失吗？如果消失不了，那又该怎么办呢？"②这样的茫然和无奈，有时比任何现实的答案都更有力量。如果贾平凹在《秦腔》里具体指出是哪一种力量该为土地的消失、乡土生活的衰败承担责任的话，他这部作品的格局就要小得多了。

《秦腔》最为出色的地方，就在于它所呈现的现实是无解的，作家在写作态度上是两难的。这暗合了王国维在《〈红楼梦〉评论》中所阐释的思想。王国维认为悲剧有三种：一种是极恶之人造成的；一种是由人物盲目的命运造成的；还有一种是没有原因的，是时代和人的错位，用王国维的话说，是因"通常之道德、通常之人情、通常之境遇"造成的。③《红楼梦》的悲剧就属于第三种。像林黛玉和贾宝玉之间的悲剧是谁造成的？是贾母还是贾宝玉？都不是，因为贾母相信金玉良缘，要贾宝玉跟薛宝钗

---

①〔美〕苏珊·桑塔格：《反对阐释》，程巍译，上海译文出版社2003年版，第63页。

②贾平凹：《秦腔·后记》，作家出版社2005年版，第562—563页。

③参见王国维等：《王国维、蔡元培、鲁迅点评红楼梦》，团结出版社2004年版，第19页。

结成婚配，这并没有什么错，也合乎情理——宝钗也有她的可爱之处。因此，在《红楼梦》里，所有的人都没有错，但这些无错之人却共同制造了一个伟大的悲剧。这种无错之错反而说出每个人都得为这个悲剧承担一份责任。关于这一点，牟宗三先生也有过精彩的论述，他说："人们必得以林黛玉之不得与宝玉成婚为大恨，因而必深恶痛绝于宝钗。我以为此皆不免流俗之酸腐气。试想若真叫黛玉结婚生子，则黛玉还成其为黛玉乎？此乃天定的悲剧，开始时已经铸定了。人们必得于此恨天骂地，实在是一种自私的喜剧心理。人们必得超越这一关，方能了悟人生之严肃。同理，读《水浒》者，必随金圣叹之批而厌恶宋江，亦大可不必。须知梁山也是一个组织。《水浒》人物虽不能过我们的社会生活，但一到梁山，却亦成了一个梁山社会。自此而言，宋江是不可少的。不可纯以虚假目之也。必须饶恕一切，乃能承认一切。必须超越一切，乃能洒脱一切。"[①]

　　贾平凹的《秦腔》正是朝着这个方向走的，它虽然是乡土的挽歌，但它里面没有怨气和仇恨，也没有过度的道德审判，这是一个很高的写作境界。"必须饶恕一切，乃能承认一切。必须超越一切，乃能洒脱一切"，牟宗三这话说出了一种新的写作伦理，它和"帮苏东坡本人憎恨王安石"式的写作伦理正好相对。贾平凹在《秦腔》中，以其赤子之心的温润，在写作上回应和展开了这种全新的叙事伦理，我以为，这无论对于他本人，还是对于中国当代文学，都值得特别重视。

---

　　① 牟宗三：《水浒世界》，见《生命的学问》，广西师范大学出版社2005年版，第192—193页。

"有生"之痛及其纾解方式

一

1893 年，英国生物学家赫胥黎应邀在牛津大学讲演，这份讲稿后来以《进化论与伦理学》为名出版，严复将其节译为《天演论》传入中国，其中有一句，"以天演为体，而其用有二：曰物竞，曰天择。此万物莫不然，而于有生之类为尤著。物竞者，物争自存也。""有生之类"这一说法在中国古代并不少见，"有生之类，无物不然"（朱熹），"水陆之物，有生之类，莫不高罗而卑网，山贡而海供"（方孝孺），"《西铭》谓以乾为父，坤为母，有生之类，无不皆然，所谓理一也"（张南轩）。胡学文从《天演论》中取"有生"二字为其小说名①，大概也是想写出一种"有生之类，无不皆然"的感受吧。

《有生》是胡学文费数年时间完成的一部长达五十多万字的小说。从祖奶乔大梅出生的清末写起，跨越百年的历史，一直写到当下。历史跨度如此宽广，但《有生》的关注点不在复杂多变的历史事件，而在历史中普通人的命运。五十多万字的篇幅，一半讲述祖奶乔大梅以及她身边的人的命运，一半讲述现实中宋庄人的故事。面对人的困境，历史和现实有相通之处，就此而言，写历史就是写现实，写现实也是在写历史。胡学文要直面的是，不论身处哪个历史时代的人都要面对的基本问题——生死、欲望、忧愁、哀伤、绝望。

胡学文的写作是有雄心的。他既想挑战百年家族史的写作，又想写好

---

① 参见胡学文：《〈有生〉之赐》，《文艺报》2020 年 8 月 28 日。

当下的现实，这两类题材之前写得好的作品不在少数，要想出新，并不容易。胡学文在《有生》中设计了一种"伞状"结构，以祖奶乔大梅的一生作为伞柄，其他五人的故事作为伞骨展开，讲述历史的伞柄作为主干撑起了整部小说，呈现现实的伞骨作为枝干向四周延展。在叙述上，第一人称回忆视角和第三人称全知视角相互交错，在二十个章节里人物聚焦也不断变换，有点散点透视的意味。这种写法和那种由情节推动叙述的写法不太一样，"那种小说里，主导性人物，主导性情节，主导性情绪，一手遮天地独霸了作者和读者的视野，让人们无法旁顾"[①]。《有生》显然不是这样，尽管也有一条主线（祖奶乔大梅的一生），但这一主线并不独霸作者和读者的视野，小说中各条线索交织而行，每个人物轮流登场，自成风景。这样写的好处在于，作者和读者都不会只关注小说情节，只停留在故事层面，而会更加关注人物和他们自身的处境和命运，更自觉地勘探人物的内心世界，其目的是让小说超越讲故事的层面，进而揭示出生活内在的方面。

《有生》的写法是非常实证的、现实的。这一写法看似笨拙，却比那种纯粹的想象性写作更具难度。文学当然需要想象力，但想象也要有实证的基础。当下小说读者越来越少，越来越多的人从小说转向了别的叙事艺术，很重要的一个原因，就是作家们书写的生活越来越不可靠，读者对这种写作渐渐失去了信任。现在很多书写乡村的作家，其实已离开乡村多年，对乡村的认识和理解凭借的还是年少时的经验和见闻，他们对农民的生活世界和精神世界都已很疏远，如何才能写出他们"灵魂的深"？城市和乡村的经验如此复杂，作家如果对某一群体的生活没有深入的观察和了解，写起来必然会漏洞百出，很多细节就会经不起推敲，很多人物的内心逻辑也会失真。王安忆说，"这个写实的世界，即我们现在生活在其中的世界实际上是为我们这个心灵世界提供材料的"[②]，现实世界的材料若不结实，建造出来的小说世界定然是溃散的。许多时候，作家必须做足案头工作，下笨功夫去找寻写作所需的材料，去雕刻作品中的细节，这样才能重建作品在读者心目中的信任感。

---

① 韩少功：《马桥词典》，作家出版社1996年版，第68页。
② 王安忆：《小说家的十三堂课》，上海文艺出版社2005年版，第13页。

《有生》的扎实、细致，为作品建立起了很好的叙事基础。祖奶的部分，关于锢炉的工艺，在写到接生时涉及的不同的生法及应对措施，那些作为背景和闲笔的张北城、营盘镇和宋庄发生的历史事件，可以见出作者是下了很多笨功夫的，作品中密布的许多真实细节也为小说建立起了可靠的实感。

比如小说写道：

　　那年冬天，宋庄发生了许多事。一个叫二蛮子的在营盘镇喝醉酒，回村走反方向。次日在滩里被寻见，人已经冻硬。他是蹲着的，烤火的架势，面前不过是几块鸡蛋大的石头。都说他出现了幻觉，把那几块石头当成火盆。也有人说那是鬼火石，专诱惑迷路的人。

　　住鼠屋的一户人家，傍晚疏忽，没及时把屋口盖住，一头觅食的黄羊掉进去。那家人穷得盖不起房，那一冬却吃足了肉，每隔三五日便有肉香飘出来。没风的日子，白气扶摇直上，常常招惹来老鹰。那些有猎枪的见白气就往外跑，不过，没一个将老鹰射下来。

　　最让人吃惊的是宋拐子的儿子宋矮子，竟在张家口大镜门外开了一家商铺，专营皮货。宋矮子是骆驼客，来往于张家口与库伦之间。因为个子矮，常被戏谑，说他骑在驼背上与两个驼峰一样高，所以他的另一个绰号是三肉锤。拉骆驼是苦营生，何况他比别人矮许多，三十多了始终未娶妻。谁能想到宋矮子摇身一变，成了万隆永商铺掌柜，还娶了另一位做茶叶咸盐生意的掌柜女儿，据说那女娃美若天仙。就算钱广万，也没在张家口弄个商铺，宋矮子是宋庄第一人。一向冷清的宋拐子家忽然间门庭若市，有的想在商铺谋份差事，有的想做骆驼客，求宋拐子指点。但都被宋拐子冷脸挡回去。宋拐子没落下好名，但再没人小瞧他。[1]

---

[1] 胡学文：《有生》，江苏凤凰文艺出版社2021年版，第111—112页。

这些琐碎的历史断片，看似闲笔，但作家如果没有对历史的基本了解，笔触就无法如此滋润。而面对当下的乡村状况，胡学文也不陌生。小说写到乡村的各种人事关系时的熟悉与贴切，写到二十世纪八十年代以来乡村生活变迁的准确和生动，都可见出胡学文具有丰富的乡村经验的底子。弗兰纳里·奥康纳说，小说是通过感官来"运作"的。他认为，人们觉得写故事很难的原因之一，是他们忘了把感官描写处理得让人信服是需要很多时间和耐心的。读者是不会在没有真切感受的情况下相信作者讲述的故事的。小说最重要和明显的特点，就是使读者通过在小说中的所见、所闻、所感、所尝、所触来了解现实。

二

书写二十世纪历史的作品，无法忽视这一时期广大而深重的苦难。作家如何书写苦难，如何让他笔下的人物应对苦难，一定程度上也可看出一个作家看待世界和人生的态度，《有生》的一个书写重点，就是中国二十世纪的苦难。主人公乔大梅生于清末民初，她的一生都是在苦难中过来的。乔大梅的一生，先后经历了十多次至亲之人的离去。十岁逃荒途中母亲因流产而去世；民国六年，出嫁前夕，和父亲去张北城置办嫁妆，父亲被流匪杀害，自己也被侵犯；第一任丈夫，老实憨厚的大旺在灾荒之年外出"捡宝"途中遭遇狼祸，只留下了残缺不全的尸骨；和第二任丈夫生下的第一个女儿白杏溺水而亡；女儿李桃嫁到夫家后不孕，最终不堪忍受冷言和白眼而自杀；叛逆的李春在随德王外逃途中中弹身亡；刚出生不久的女儿白果因高烧而死；儿子李夏在拉骆驼途中遭遇高粱军的扫射中弹而亡；和第三任丈夫生下的第一个儿子乔秋因偷吃了近两亩地还未长成的土豆而活活撑死；女儿乔枝受了情伤而自杀；儿子乔冬在公社修水库时不幸被炸药炸死。最后只剩下乔冬老婆难产生下的儿子乔石头与她为伴。

如果单独看祖奶这些经历，会觉得在情节上与《活着》有诸多相似之处。乔大梅一次又一次地遭受死神的打击，但更为重要的是，乔大梅在遭受了这些打击之后，她的内心世界发生了怎样的改变，她将如何继续面对自己的生活。她像大多数中国人一样，面对苦难，常常选择忍耐、逆来顺受、沉默地接受现实。父亲的逝世是乔大梅人生中经历的第一次重大打击，孤身一人的她必须给自己找到活路，那就是嫁给她此前从来没有看上过的大旺。她是这样盘算的："我已经是残破的花，与一头驴也难以等价。依某些人的标准，怕是驴皮也不值呢。那么在李富伯和大旺心里呢？我说不准，也许值也许不值。"① 在还没有失身之前，乔大梅认为自己还是有一定"身价"的，这一"身价"可以配得上家里有包子铺的赵进元；失身后，自己已经"与一头驴也难以等价"，为了活下去，便只能嫁给憨厚得近乎呆傻的大旺了。在乔大梅此后的人生中，子女一个个先她而去，她似乎也是这样过来的，短暂的悲伤过后很快又开始新的生活，苦难似乎就这样被消解、遗忘了。

如果《有生》只停留在这里，那就与《活着》没什么不同了，甚至可以说近似于《活着》的苦难哲学了。《活着》的苦难哲学是忍受，就像余华在韩文版《活着》的自序中对"活着"这个词的理解："'活着'在我们中国的语言里充满了力量，它的力量不是来自于喊叫，也不是来自于进攻，而是忍受，去忍受现实给予我们的责任，去忍受现实给予我们的幸福和苦难、无聊和平庸。"余华认为，他通过福贵忍受的一生"讲述了眼泪的宽广和丰富；讲述了绝望的不存在；讲述了人是为了活着本身而活着的，而不是为了活着之外的任何事物而活着"② 。这种对人和苦难的理解多少是有点概念化了。《有生》没有止步于此，它想出示对生存和苦难更为深刻的看法。乔大梅在苦难面前不仅仅是忍耐，她有她反抗苦难的方式，而且是顽强的、锲而不舍的。

乔大梅反抗苦难、死亡的方式是不断地接生和生育。既然生命如此脆弱，既然死如此容易，那就不断地迎接新生，不断地创造新的生命。乔大梅想要成为一名接生婆，不是出于偶然的原因，不仅仅是因为她看到了她生第一个小孩时接生婆黄师傅头上的"光"，更重要的是，她童年时目睹母亲难产而死时埋下了难忘的种子。乔大梅用了八天时间说服黄师傅收自己为徒，从此接生在自己生命中就有了重要的位置。昼夜不息，有求必应，

---

① 胡学文：《有生》，江苏凤凰文艺出版社 2021 年版，第 190 页。

② 余华：《活着》，作家出版社 2010 年版，第 5—6 页。

只要有人上门，不论何时何地，不论家人支持还是反对，她都奋不顾身地前往。在乔大梅眼中，所有的新生都代表着新的希望，都是对死亡的反抗。她对所有的孕妇一视同仁，无论贫富、无论亲疏、无论国族、无论是请着去的还是绑着去的，也无论给的喜费多少，乔大梅都一样对待。乔大梅要做的事只有一件，那就是把新的生命平平安安地迎接到这个世界上来。

产妇没有贵贱，没有不受疼痛的生产，我不会因为其富贵而特别照顾，改变程序，也不会因为是寻常百姓有意刁难或摆架子。哪怕是乞丐也同样对待。一对乞丐夫妇不知怎么打听到我，登门时女的行走已经很艰难，在我家炕上生下孩子，满月才离开。

土匪上门，我也照样跟着去。当然，我必须去，否则几条命也没了。和他们打交道，跟走钢丝一样，比兵老爷可难多了，特别是脾性差的。我多次出入土匪窝，并不是有些人形容的山洞树林，都是些村庄，黄土灰墙，不害怕是假的，但一见到产妇，恐惧便抛诸脑后。生与接生，关系突然变得简单。我不止一次望见黄师傅脑顶的光，不管他人是否看见，我脑顶也会有的，那是上苍赐予接生婆的德威、厚福与信心。[1]

反抗苦难和死亡最后成了乔大梅活着的动力。当父亲、第一任丈夫大旺、公爹、儿子李夏、女儿李桃、白杏、白花都离开了她，身边空无一人，生命中最脆弱的时候，她甚至没有了继续活下去的动力，死亡彻底压倒了她。这时，也是前来请她去接生的人的脚步声留住了她。

我若去了，那些婴儿怎么办？那是天命，我不能违抗。我没再犹豫，扯掉绳子跳下地。来人进院，我已经准备妥当。确实，是请我接生的。

一夜忙活，母子平安。那家人致谢，说我是菩萨现身。这样的话听得太多，我从未在意，但在那个早上，却如信念植入我的

---

[1] 胡学文：《有生》，江苏凤凰文艺出版社2021年版，第307—308页。

骨髓。我不能死，必须活下去，好好地活着。死去的亲人虽多，但我要接引更多的婴孩到世上。①

生育是乔大梅反抗死亡和苦难的另一种方式。在死神接连带走了乔大梅五个孩子后，她更加不认命了，她要反抗这一切，只是，这一反抗不是去迎接新生，而是自己创造新生，义无反顾地去创造新生。

> 在那个漫长的夜晚之后，准确地说，是第一缕阳光投射在窗棂上，一切发生了变化。我要生儿育女，那念头飘然而至。我不止生一个，要生两个三个四个……我尚未衰老，子宫仍然润盈。我没考虑能不能养活，似乎已经丧失理智，只是想生。死神夺走了五个，我要生更多的孩子。
>
> 东院住着任何一个单身男人，我都会嫁给他。生育的欲望强烈而又疯狂。那更像一场战斗，冲锋的号角已经吹响，我再没有退路。②

不轻易地向苦难妥协，一直反抗苦难；主动地承担苦难，而不是被动地忍受，这是《有生》比《活着》走得更远的地方。但我们要问的是，乔大梅对苦难的反抗是有效的吗？乔大梅的反抗当然没有抵消掉苦难，在艰难的时代，死亡作为一种无可逃脱的悲剧，一次又一次地走向乔大梅，死亡是如此沉重，但她没有一味忍耐，没有自我麻木以平复伤痛，她采取的是一种受难的姿态。"受难和忍耐是不同的，前者是主动的承担，后者是被动的忍受；在苦难中前行和消解苦难也是不同的，前者相信意义将从苦难的深处崛现，并且坚持与苦难抗争，而后者则鼓励遗忘苦难、接受苦难，用现世的、短暂的欢乐来消解苦难的沉重面貌。"③ 在受难之后，她没有选择遗忘，而是拒绝遗忘、向往新生。在她不断的接生和生育中，我们看

---

① 胡学文：《有生》，江苏凤凰文艺出版社 2021 年版，第 834—835 页。
② 胡学文：《有生》，江苏凤凰文艺出版社 2021 年版，第 838—839 页。
③ 谢有顺：《余华的生存哲学及其待解的问题》，《钟山》2002 年第 1 期。

到了一种磅礴的勇气，一种巨大的生命的力量。

三

《有生》用了一半篇幅写乔大梅遭遇苦难与反抗苦难的历程，用另一半篇幅写了现实中的宋庄人内心遭遇的困境。困境和苦难同为人生中难以逃避的存在，但两者也有不同，后者一般是巨大的、从天而降的、突如其来的，前者则是缓慢的、从日常生活中生长出来慢慢把人包裹住的；后者给人的打击是沉重的，但前者却是一点一点消耗人的意志和激情，最后让人陷入绝望。也就是说，困境比苦难更为隐蔽、持久，也更加磨人。

《有生》写到的这几个宋庄人，无一不深陷困境之中。如花失去了世界上唯一支持自己爱好的男人钱玉，连臆想中钱玉的化身、寄托自己所有希望的乌鸦也被毛根不小心射杀。曾经孤傲、任性、冷硬，什么都不相信、什么都不在乎的毛根在不经意间被宋慧唤醒了情欲，整个人彻底变了，陷入对方完全没有察觉的单相思中，爱而不得却又无处宣泄。罗包虽然豆腐做得好，生意也做得红火，但婚姻不幸，千疮百孔的婚姻犹如"狂风中的鸟窝，破散、寒冷、灰暗无光"。镇长杨一凡永远处在无名的焦虑和失眠之中，收到几条匿名短信后更是焦灼不已，他对抗这些的方法是写诗，但他"天资愚钝"，写出来的诗从妻子那里得来的评价永远都是善意的"不错"，这令他更感绝望。对父亲和弟弟都恨铁不成钢的喜鹊，她的愿望不过是"有尊严有底气地活着"，终于遇上一个强悍的男人黄板，但黄板却因牢狱生活而萎靡下去，像一只鼹鼠一样，终年沉迷于他那伟大的盗墓事业中。

他们都深陷于各种困境之中，无法自拔。这些困境，很多都出于个人原因，是内在的、无解的。胡学文没有为他们找到破解困境的方法。如花在心里始终没有放下钱玉的死，她盼着他能够转世，在他还没转世之前，她要为他守着，她相信，在黑暗中有人惦记，在尘世里有人眷恋，钱玉才有可能活过来。哪怕全世界没有一个人理解她，她也不在乎。毛根最后在守卫胖女的坟墓时放下了对宋慧的执念，重新找到了活着的念想和生活的方向——那就是战斗，他心里只有一个声音，一定要守卫住胖女的墓地。

那种迷恋宋慧时没着没落、魂不附体的感觉终于消失了，但此时在他内心升腾起的却不是安宁，而是另一种躁动和不安。罗包始终畏惧着麦香，麦香就像一个放在身边的定时炸弹，罗包不知道她什么时候会炸开，这个炸弹一天没有解除，他的内心就不会安定。杨一凡无名的焦虑终究没有得到平息，几条无来由的短信最终也没有找到源头……在小说中，所有人的故事都戛然而止，所有问题都无疾而终。这或许就是胡学文所理解的生活，这就是他对人的处境的看法——我们永远无法躲避苦痛，无论是什么身份，无论是什么地位，都要面对这一恒久的折磨与煎熬。

困境的根源到底是什么？胡学文在小说中借方鸿儒之口说出了他的答案——欲望，他将所有烦恼和忧愁归根于欲望。"纵观古今，纵观世界，人类自直立行走以来，从刀耕火种到机器革命，再到互联网时代，确实是突飞猛进，瞬间万变。生存环境、生活方式包括情感方式的变化，都是颠覆性的。但有一样至今没有改变，人类仍被欲望掌控，所谓名缰利锁，难以排遣恐惧、贪婪、悲痛、哀伤、恼怒，自然也有欢愉、爱慕、吸引，但往往也成为恐惧与仇恨的根源。就说你的焦虑症，唐朝没有吗？宋朝没有吗？古埃及那些国王可能比你更焦虑，为什么活着就要修墓室，打造纯金棺椁？那是对死亡的焦虑。当然差别还是有的，比如幸福感，不同文化、不同朝代、不同地域、不同阶层的人感受肯定不同，有的人丰衣足食就很满足，有的人住在皇宫也如同牢笼。人类几千年前就解决了基本生存问题，无论渔耕还是狩猎，但就哀伤或焦虑，与人类形影不离，如同细菌无孔不入。"[1] 在胡学文看来，困境无可逃脱，但在小说中，他设置了一个纾解困境的出口，那就是祖奶这一角色。祖奶接生了几乎整个宋庄的人，尽管在晚年已经如植物人般丧失了行动和说话的能力，但依然被奉若神明，宋庄人一旦有了什么苦恼忧愁，第一想起的就是祖奶，他们跑去祖奶那里倾诉，他们渴望在祖奶那里找到答案，得到指引，哪怕祖奶只是像一尊雕像一样坐在那里。

祖奶唯一活跃的感觉是听觉，她可以"听见夏虫勾引配偶的啁啾，能听见冬日飞过天空的沙鸡扇动翅膀的鸣响，能听见村庄的呓语，亦能听见

---

① 胡学文：《有生》，江苏凤凰文艺出版社 2021 年版，第 782—783 页。

暗夜的叹息"。她能做的，"就是安安静静当个垃圾箱，让他们把自己的委屈、忧伤、悲愤和难解的心事倾倒出来"。人们在祖奶这里倾诉完以后，很多人都变得通透宽广了。"他们把不幸的遭遇、被抛弃的痛苦、陷入困境的绝望、寻死的念头像垃圾一样倾倒出来，心变得平静了。心安静下来，感觉就会发生变化，整个人也会变得通透。其实什么都没变，但也可以说，什么都变了。"所有的悲伤、愤怒、仇恨、苦闷、忧愁都在祖奶这里得到了平息，获得了安宁。

倾诉当然是一种有效的纾解方式，尽管没有在根本上解决问题，但至少可以让人活得不那么痛苦。胡学文无法给出关于人类困境完美的解决方法，但他探求这些本身是有意义的。他提醒我们，困境、烦恼、忧愁，乃至绝望才是人生的常态，提醒我们告别对人类生存状态浅薄的乐观态度。这令我想起鲁迅反抗绝望的生命哲学。鲁迅对人世怀有很深的悲观态度，他曾经试图用希望来抗拒空虚，"希望，希望，用这希望的盾，抗拒那空虚中的暗夜的袭来，虽然盾后面也依然是空虚中的暗夜"（《希望》）。到后来，他发现，所谓的希望是虚妄的。但他又说，"绝望之为虚妄，正与希望相同"（《希望》）。鲁迅的坚韧之处就于此，他没有被沉重的绝望压倒，他将之视为虚妄，并进而去反抗它，"虽然明知前路是坟而偏要走，就是反抗绝望，因为我以为绝望而反抗者难，比因希望而战斗者更勇猛，更悲壮"（《致赵其文》）。这就是鲁迅的生存哲学，虽然人世无处不弥漫着绝望，但人仍要在绝望的反抗中前行。从这个意义上来说，鲁迅对生命的态度是积极的、乐观的，他的乐观建立在对所谓的绝望的洞穿之上，就像郜元宝所说的，"他的积极和乐观绝不是廉价和盲目的，而是看穿了所谓悲观绝望的把戏，这才转向乐观和希望。他认为这才是生命应有的色调，这才是生命应有的意义"①。这种强悍、乐观的生命态度，或许正是胡学文所揭示的人生困境可能有的一种出路。

---

① 郜元宝：《反抗绝望》（外一篇），《天涯》2019 年第 5 期。

从声音出发的写作

——我读《金墟》

一

熊育群的长篇小说《金墟》是这样开头的：

> 新的一天是从声音开始的。
>
> 司徒誉打开房门，司徒氏图书馆的大钟就敲响了，钟声跟约好似的。幼儿园开始播放儿歌，镇政府大院同事们的小车嗡嗡开进来，马路上店铺卷闸门"哐当"作响，斜对面关帝庙的钟突然被人撞响，一家石材店传来电锯声，声音像氤氲的雾气，在清晨弥漫。①

"钟声"是全书的关键词之一。它代表一种现实时间的存在，也代表一种历史经验的回响。当钟声响起，历史和现实似乎就碰撞、会合了，它有时悠远，让人不由怀想起那些沧桑的岁月；有时又像是一种轰鸣，似乎在暗示着现实的沉重和尖锐。钟楼在图书馆的顶上，加上图书馆，有四层楼高，是《金墟》所写的赤坎镇上的标志性建筑。熊育群以"钟声"开篇，中间又不断让钟声响起，这个意象贯穿小说始终，很显然，钟声在小说中寄寓着心情、人情、世情。"世事皆变，唯有这座钟不变，'咔嚓、咔嚓'

---

① 熊育群：《金墟》，北京十月文艺出版社、深圳出版社 2022 年版，第 1 页。

声穿越朝朝暮暮，像个昼夜不曾停息的行者，走向暧昧不明的未来。这是世界上永恒的声音，把一种恒定带给了人间。"尽管《金墟》写了现实的纷乱、旅游开发、古镇再造、原住民与投资方的角力、文化遗存保护与现代性变革的冲突，等等，但熊育群想说，喧闹的现实事象背后，终究还有不变的、恒定的价值基座，它是中国文化在历史中的绵延，也是人心那涓涓细流在尘世里的呈现。

"钟声"就是恒定价值的象征符号之一。

《金墟》最初想取名《双族之城》，熊育群曾以此作过一篇同名散文，写的就是这个地处开平县的赤坎镇。这个镇曾被评为中国历史文化名镇、全国重点镇，也是首批中国特色小镇，是著名的侨乡，至今保留着大量中西合璧的特色建筑。"赤坎的历史非常独特。两大家族关氏、司徒氏于南宋时期先后从中原迁徙而来。明代关氏参与了上川岛海上丝绸之路的走私贸易。清代两族在潭江边开埠。鸦片战争后，有人到美国西部淘金，又修建太平洋铁路。古镇正是他们赚钱后修建起来的——一座欧陆风格的城池在潭江左岸出现了。同一时期，华侨兴起碉楼建设热，如今开平碉楼被评为世界文化遗产。"[1] 更名为《金墟》之后，仍有一条小说的主线，是写两大家族的故事，写他们是怎样造就这座小城的。"小城是一座罕有的家族之城，由两大家族竞争与合作得来，两大家族主导着宗族传统文化向现代城市文明的转型。"[2] 面对一个如此实证的背景，写散文不难，但要写成小说，难度是很大的。如何虚构故事？如何设置冲突？如何处理那些实有其名的人与事？《金墟》还是广东省作家协会"改革开放再出发"作家深扎创作项目之一，类似题材的写作，必然有清晰的价值指引，这些都决定了作者不能天马行空地虚构，他必须接受现实框架的约束。

熊育群在写作之初，也意识到了这个困难：

> 我踌躇着，用不用真实的地名、家族名和现实事件：不用，会失去很多精彩的内容，特别是小说求"真"的品性、真实的气

---

① 熊育群：《抹去虚构与非虚构的边界》，《长篇小说选刊》2023 年第 1 期。
② 熊育群：《双族之城》，《人民文学》2018 年第 2 期。

息；用的话，如何处理小说与现实中人和事的关系，我可能会被卷入现实的矛盾中。再者，小说是虚构的艺术，虚构与非虚构的关系又将如何处理？我想到了库切的《耻》，它写得极其逼真，同时小说味又十分浓郁。我想尝试把虚构与非虚构打通。这对虚构提出了极高的要求，要让虚构无迹可寻，让小说真实得像非虚构作品，还要确保它纯正的小说味，这无疑是一个巨大的挑战。[①]

要完成这个挑战，并不容易。赤坎镇是一个神奇的地方，可是当小说的主要人物司徒誉出场，开始面对的就是坚硬的现实了。司徒誉要把赤坎镇恢复成古镇的样子，打造成有侨乡风格的智慧小镇、人文小镇，不仅要让它成为粤港澳大湾区古镇文旅旗舰项目，还要让它成为在国际上有影响力的华侨华人交流平台。这种大项目一旦启动，各路人马就都来了，议论纷纷，暗潮汹涌。政府是主导力量，镇长司徒誉挺立在最前面，他支持这个项目是要赌上自己仕途的，但他义无反顾，身上鼓荡着一种改革精神。整个过程不可避免地会有冲突，司徒誉内心的压力可想而知，但基于小说是在写一个真实的地方、一群真实的人，作者根本无法把冲突设置得过于尖锐，更不能毫不留情地把人性的黑暗深挖出来。担心人物"对号入座"式的预设想象，严重制约了熊育群的写作自由，他在许多地方欲言又止，许多冲突都淡化处理，即便有价值撕裂，也会被轻轻地缝合起来。小说写得波澜不惊，迹近于纪实，那些大开大合、旁逸斜出的东西自然就少了。

小说的实感，是它赢得读者阅读信任的基石。

无实感，就无情理的逻辑，也无通往读者内心的那些细小丝线，过于空疏的叙事，无法建立起小说的物质外壳。小说只能立在实有的事实感上，它的核心是细节、经验、情理和逻辑的交互印证。可小说又是虚构的艺术，如果太实了，难免会失了想象的愉悦感，精神上本应有的神采飞扬的东西也会黯淡，那些匍匐在地上的写作，飞腾不起来，原因正在于此。受困于现实事象，顾虑于真实人事，想象力永远在日常经验的层面上滑行，这样的小说写的不过是事实，而并非现实。现实是事实和精神的总和，显在的

---

① 熊育群：《抹去虚构与非虚构的边界》，《长篇小说选刊》2023 年第 1 期。

层面是事实的堆积，潜在的层面是一种严密的精神结构，后者推动前者，后者也塑造前者。好小说总是能越过事实，看到它背后的精神图景，它对现实的抽象、变形和改造，也是为了更好地抵达一种精神真实。"物质和精神如何平衡，虚构与现实如何交融，这是艺术的终极问题。好的写作，从来都是实证精神与想象力的完美结合。"①

熊育群显然意识到了过于写实所带来的叙事困境，他需要通过一种悠远、诗意的想象来解放故事，以实写虚，让叙事的方向不断朝向历史，朝向未来，朝向那个若隐若现的文化意义上的古镇，才不会受困于现实的汤汤水水。于是，他写钟声、月光、雨珠、落叶、木棉花，这些邈远而虚无的事物，为《金墟》打开了另一个空间，一个和古镇的现实纷扰完全不同的空间。正因为有这空间的存在，《金墟》才具有了小说应有的艺术品质。

二

《金墟》最具文学性的部分，就是那些由实向虚的声音描写。

小说需要警惕只有一种声音存在；独语的小说是单调的，多声部的激荡、争辩、和解，才是小说的魅力所在。坦率地说，《金墟》里重点写到的古镇改造、文旅产业发展、住户拆迁、官场人际关系的较劲倾轧，等等。这类题材并不鲜见，甚至熊育群写的比其他作家写的还要温和许多，至少没有上演暴烈事件和煽情戏份，一切都在可控的范围内缓慢展开。但是，实写一个地方的真实发展过程，加诸作家身上的规范是很多的，比如，小说中反复出现的市委书记、组织部部长、宣传部部长，甚至镇书记、镇长，落实在具体时段，都实有其人，熊育群下笔之时不可能不顾虑重重。写作一旦受拘束，小说是很难写好的，这是一个矛盾，因为小说的情节设置要夸张、扭曲，冲突要剧烈，要把苦难不断堆在好人身上，要让恶人露出獠牙，要把美撕裂给人看，要让命运走向悲剧，要让失败成为人生的常态，要让希望变得极其渺茫，要历尽苦难而仍然坚韧地活着——这些，《金墟》迫于现实考量，都无法放开写，它的故事也就谈不上好看。但《金墟》仍

---

① 谢有顺：《现实、想象与实证》，《福建论坛》2019 年第 2 期。

有动人之处，那就是在城镇建设这个主流、响亮的声音之外，熊育群还写到了很多不经意的细小事物、细小声音，它能让人从过度写实的语境里超脱出来，进入人物的内心。

还是说钟声。"钟声从天井上空传来，阳光和清凉的风也从天井上下来，庭院里的月季、络石藤、簕杜鹃和爬山虎，仿佛受了钟声的催促和激励，一丛丛一片片，充满勃勃生机。"这样的描写告诉我们，钟声已经融入了赤坎的日常生活，它更像是赤坎自然生态的一部分，如同阳光与植物，生生不息。敲钟人司徒不徙负责打理钟楼，每周给大钟上一次发条，擦拭各种形状的金属器件，给铁链上油。在他看来，"'咔嚓、咔嚓'的响声从不停息，像膝下承欢的儿女"，"它们不是冰冷的器物，是彼此懂得的老朋友"。司徒不徙九十岁了，他转动大钟的手柄越来越吃力，这如同眼前这个老去的古镇，透着一种荒凉和寂寞，"他跟大钟在一起就是跟一生的往事在一起，只有它陪伴他穿越一生的时光"。小说回忆了钟楼落成典礼时，司徒不徙第一次听到钟声的情形：

> 从此，每一次大钟敲响，他都有一种愉悦的心情。他在钟声里醒来，在钟声里来到学堂，在钟声里摇头晃脑背诵，在钟声里下课，在钟声里端上香喷喷的米饭，在钟声中入眠，甚至梦里也是钟声。时间一长，没有钟声相伴，他会隐隐不安。[①]

钟声深深嵌入了司徒不徙的人生。这个人物的设置很有意思，他的身上，连接着历史和现实，但他终究难以适应时代的巨大变化，他的主要工作是回忆。"他在往事中穿梭，有无数的歧路，有无数人的面孔，在一个幽深的时空像气球一样飘浮，有时彼此遮蔽，彼此混淆，某些遗忘太久的脸庞浮现了尤其感到亲切，匆匆忽略他们之后，他还会回过头来寻找。""同龄人一个又一个离开他，他越来越孤独，唯有走进钟楼，向时间俯身，向它臣服，去寻得一份安宁。"司徒不徙与钟声仿佛合体了，这个事实，寄寓着作者对一个时代的敬重和缅怀；那个反复出现的钟楼、不断响起的钟

---

① 熊育群：《金墟》，北京十月文艺出版社、深圳出版社2022年版，第40页。

声，一次次提示历史不会消逝，它只会以它独有的方式参与对现实的重构。

《金墟》中写的那些名利、情爱、事功，一旦与现实人事胶合在一起，似乎只剩占有和争夺一途，若想要超越出来，必须学会倾听钟声，只有这个悠远的声音，能把人从现实中升腾起来，回到真实的内心。钟声是历史的一部分，也是文化的一部分，它象征天空和远方。我们经常说，文化是乡愁，在《金墟》里，钟声也是一种乡愁，也具有抚慰人心的柔韧力量。尼采说历史具有治愈创伤、弥补缺失、修复碎片的文化"可塑力"，能将过去的、陌生的东西与显在的、亲和的东西融为一体。《金墟》里的钟声，就如同历史，也具有同样的文化"可塑力"，它能把一个个涣散的人心重新召回，让他们都回到一个曾经完整的世界里。

司徒不徙就是一个有自己完整世界的人。尽管同龄人不断离去，他越来越感孤独，但只要走进钟楼，他就走进了自己的完整世界。那一刻，司徒不徙是幸福的。

《金墟》用了很大篇幅写民国十五年的赤坎城建设，就是想重现一个有历史感的完整世界。赤坎镇上两个家族的竞争与投入，共同造就了小城的辉煌。两个家族先是争土地，后来是拼文化；司徒氏先盖了一座图书馆，关氏接着盖了另一座图书馆，因为两大家族都重视文化，赤坎镇培养出了大批人才。他们在北美的拼搏史和家乡的建城史，是一段已经逝去的时光，但对这段时光的追忆，也可映照出新时代赤坎城镇建设的曲折和艰辛。小说有意建构这个历史维度，让以司徒文倡和司徒誉为代表的司徒氏两代人彼此呼应，其实是想揭示，没有历史的现实是不完整的，而没有现实的历史，也不会有未来。

不妨对比一下司徒誉在小说末尾听到钟声时的感受：

　　钟声在潭江两岸震荡，他把它想象成怒放的鲜花，天空于是出现了花海，云彩被赋予了声音。一瞬间，司徒誉明白大钟并不为古镇人而敲，它本无羁绊，无所用心，只依从自然的法则。①

---

① 熊育群：《金墟》，北京十月文艺出版社、深圳出版社2022年版，第583页。

　　司徒不徙是和钟声合体的，"没有钟声相伴，他会隐隐不安"，钟声已融入他个体的生命之中。他和钟声的合体，代表的是历史的整全性。司徒誉则代表现实的维度，现实中的他，敢干敢闯，有担当精神，具有世界意识和现代意识，他眼中的现实不是一幅机械、固化的图景，而是开放的、变革的、前行的、走向世界的，所以，他理解的钟声，不仅是属于一个族人的，而是可以让更多人共同拥有的。小说的开始，司徒誉听到的古镇钟声，是"我"和"我们"的钟声；到小说的最后，他听到的钟声已经是无所羁绊的来自他者的声音，是自然界声音的一部分，它"并不为古镇人而敲"，"只依从自然的法则"。

　　这是人生的省思和升华。从家族、个人的历史中走出来，走向现代社会，并和世界对话，这是新赤坎的诞生，也是一种文化的现代赓续。司徒不徙、司徒誉，这是两个不同时期的人物，代表着两种不同的价值观念，但熊育群巧妙地通过钟声这个细节，形成一种对比，通过二者内心的不同感受，写出了历史和现实的真实侧面。从"我"（"没有钟声相伴，他会隐隐不安"）走向"一切我"（"依从自然的法则"），既是从乡土走向世界，也是从传统走向现代。司徒誉作为一个有国际眼光的乡镇干部，和要购买赤坎镇的侨商关忆中一样，都是从内在维度理解赤坎的人，他们的文化视野和文化关怀，体现和传承的正是赤坎的精神。

三

　　除了钟声，《金墟》还写了很多令人难忘的声音细节。比如，熊育群写木棉花的声音：

　　　　春天的一个晚上，木棉花巨大的花瓣纷纷掉落，砸在地上"咚"的一声响，跟约好似的，一声接着一声响了一夜。[1]

---

① 熊育群：《金墟》，北京十月文艺出版社、深圳出版社2022年版，第100页。

又是一个春天，木棉花总是等不及枝叶冒芽，就在高空点燃了火苗似的花瓣，铁黑枝头蹿动的串串血红，像号角吹响。喧闹的春天，黄花风铃木、禾雀花、桃花、油菜花都是木棉花的伴奏。

司徒誉把木棉花跟春天画了等号，看到木棉花他会有生理反应，潮湿的春天是一股汁液，渗透并滋润硕大的花朵，也在他的身上渗透。①

这样的描写，一下就带出了南方的气息。木棉花掉落时，是"砸"在地上的，而能"砸"出一夜声响的花朵，可以想见，是多么饱满、硕大、汁液横流，由此写到司徒誉看到木棉花"会有生理反应"，也算是写出了一种隐秘的真实。《金墟》还写了血榕，"晚上，风吹血榕，小果子纷纷从树上掉落，传出各种异响，有时似人哭泣、低语，有时似阵阵跫音"；写了爬山虎，"今天的爬山虎嘀嘀嗒嗒，雨珠从叶尖一颗一颗滴落，像微语呢喃。经历了台风，有的叶片被吹得翻转，现在它们正在慢慢转身，有的叶子像受了惊吓，急速地转动着"。由声音再写到味道，"关忆中不顾危险，钻进每一栋房屋。空气中散发着浓烈的植物气息和阵阵陈年霉味。这就是废墟的味道吧"。这是典型的南方特有的潮湿、腐败的味道。

这些都表明，《金墟》所写的赤坎古镇，不仅是一个岭南文化古镇，一个文旅开发的样板，一个资本和权力争相上演的舞台，它还是岭南日常生活的博物馆。承载文化的最好容器就是日常生活，那些器物、植物、事物所散发的色彩、味道、气息，才是文化永不破败的肉身。在《金墟》里，熊育群大量写到岭南民间的生活样态，街巷、店铺、点心、炖汤、洗漱、照相、乘凉、小憩，包括小说人物的情爱抒发方式，都充满岭南生活独有的风格，而赤坎作为侨乡，又受到许多西方文化的影响，这种中西交汇而有的驳杂和开放，成就了赤坎人独特的生活景观：

"衣服重番装，饮食重西餐"成为时尚的同时，连说话也混入了英语，外来词汇这一时期纷纷进入开平方言，男女老少自觉

① 熊育群：《金墟》，北京十月文艺出版社、深圳出版社2022年版，第408页。

不自觉，见面叫"哈罗"，分手说"拜拜"，称球为"波"，饼干叫"克力架"，奶油叫"忌廉"，夹克叫"机恤"，杂货店叫"士多"，对不起叫"疏哩"，好球叫"古波"，球衣叫"波恤"，冰棍叫"雪批"，奶糖叫"拖肥"，蛋糕叫"戟"，沙发叫"梳化"，护照叫"趴士钵"，帽子叫"噏"，商标叫"麦头"，面子叫"飞士"……

华侨回乡，叶落归根，有人模仿西方建筑砌房，有人把西方的生活方式带回家乡，成功者衣锦还乡的冲动与改变家乡面貌的愿望混合着，带动开平生活风尚的变化。于是，融合中西建筑风格的碉楼、骑楼大量出现，赤坎街道一栋栋楼房比肩而起，俨然广州十三行的缩影。[①]

看得出，写作《金墟》之前，熊育群做了许多扎实的田野调查工作，他考据赤坎镇的历史，探究赤坎人的生活细节，这些都被他写进了小说，成为小说不可或缺的血肉和肌理。熟悉熊育群这段写作史的一木秋说，《金墟》有种真实的力量，当中细节几乎都是作者一步一步走在村野间，从砖瓦的缝隙里窥视的时代秘密。

《金墟》有一个以建设赤坎古镇为核心的故事架构，但在这个架构之外，还有一个生活架构。故事架构里的人是追求变化的，希望古镇日新月异、蓬勃发展；生活架构里的人是缓慢的、优雅的，一步三回头，经年不改地过着有岭南烟火气的日子。这种日子是有声音的，有钟声、雨声、风声、锅碗瓢盆的碰撞声、木棉花的砸地声、家长里短的寒暄声、孩童的打闹声、江船的鸣笛声……这些市声所构成的生活幕布，是赤坎不断被破坏又不断被重建的力量来源。建设的喧嚣会沉寂，但生活的动静从未停歇，甚至那些屹立在赤坎多年的图书馆、祠堂、碉楼、骑楼、教堂、瞻园、文璟庐、墓葬等，也从未静默，它们作为一种灵魂性的存在，一直代言着赤坎，也守护着赤坎。

---

① 熊育群：《双族之城》，《人民文学》2018 年第 2 期。

　　图书馆依标准的西欧建筑修建，每个细节都做得十分精美。设计者对大门进行了重点处理，正门两边各立了一根粗壮的科林斯柱、半根方柱，方柱另一半给人嵌入墙体的错觉。半圆形的拱门，拱门柱头向上升起如花似浪的雕饰，在繁简对比中柱头便是繁，恰如点睛之笔。

　　楼房三层，四根方柱从底升至顶，柱顶用一个涡券和缨络组成雕饰，饰作柱头。楼顶正中三角形门楣，饰卷草纹图案。屋顶的钟楼，做弧形处理。[1]

　　巷子里有一座高高的碉楼，这是赤坎墟有名的恒富按，仰头看见墙角悬挑的燕子窝角堡，很有欧洲中世纪之风。[2]

　　骑楼是岭南建筑的显著特征，有一定规模的城镇几乎都有骑楼街，街两边建长廊，上面住人，底楼临走廊设店铺，人行走廊，晴能遮阳，阴可避雨。[3]

这些标志性建筑，有传统文化的存续，也有西方文化的元素，这道中西合璧的奇观，它本身就是历史的见证，在诉说着一个地方的生活变迁。这些建筑，有的是近现代之后才出现的，它的身上浓缩着中西方观念激荡的印痕。赤坎有很多人远涉重洋，但是他们走得再远，那根灵魂的丝线还在，以祠堂、祖屋为代表的建筑就是这样的重要丝线。只是，在赤坎镇，多了别的地方所罕见的图书馆、钟楼，这些建筑的存在，昭示了赤坎人重文化、爱读书、敬惜字纸的传统，也显露出了赤坎人胸怀世界的气度。赤坎是开放的、现代的，洋溢着变革和奋进的力量，《金墟》里的司徒誉、关忆中就是这种精神的代表人物，有他们在，赤坎永远不会衰败。以赤坎墟为例，它经历了三起三落，第一次兴于明代海上走私贸易，第二次兴于

---

[1] 熊育群：《金墟》，北京十月文艺出版社、深圳出版社2022年版，第474—475页。

[2] 熊育群：《金墟》，北京十月文艺出版社、深圳出版社2022年版，第16页。

[3] 熊育群：《金墟》，北京十月文艺出版社、深圳出版社2022年版，第8页。

关氏牛墟和司徒氏东埠市场，第三次因为华侨，兴于民国十五年的城市建设。司徒不徒亲历过这些兴衰，如今，人到晚年，"看着墟镇兴建，又看着它一天天衰败，跟随自己的生命一起老去，他心中充满苍凉"。司徒誉不同，他看到了衰败之外的一些东西，尽管街上那些陈旧的标语令他发蒙，但他仍然认为，"古镇进入了一个诡异的时空，它不再是衰落或是衰败，而是空落，是人去楼空，所有的记忆已经卷走。它在经历一场先死后生的巨大蜕变，将有一群人、一种完全不同的生活降临"。司徒誉有失落，但他也在不知不觉地积聚信心，他希望自己所设想建造的赤坎城新貌，能长留世间，就像他的先辈司徒文倡所做的那样。司徒文倡从广州回乡主持筑堤和城建时，还是民国时期，时势动荡、战乱频发，许多事情都半途而废了，但只要是做成了的事，都积淀在了赤坎镇的文化血脉中。

这就是钱穆经常说的文化的存续、绵延。"文化与历史之特征，曰'连绵'，曰'持续'。惟其连绵与持续，故以形成个性而见为不可移易。惟其有个性而不可移易，故亦谓之有生命、有精神。一民族文化与历史之生命与精神，皆由其民族所处特殊之环境、所遭特殊之问题、所用特殊之努力、所得特殊之成绩，而成一种特殊之机构。"[①] 任何有个性的文化都是在历史的各种特殊境遇下生成的，有"不可移易"的文化个性持续绵延，这个地方才能有生命、有精神。赤坎镇是一个真实的历史遗存，也是一个在特殊境遇下生成的文化景观，它正在经历这个时代对它进行的改造和重塑，《金墟》记录了它的衰荣，也预示了它将获得新生，因为一种衰落从哪里出现，一种希望也将从哪里准备出来。

---

① 钱穆：《国史大纲》，商务印书馆 1994 年版，第 911 页。

《沉疴》与人情小说的终结

一

去年暑假，赵月斌将他新出的长篇小说《沉疴》①寄给我，后来又邀请我参加由山东师范大学主办的这部小说的研讨会，我为此把《沉疴》读了两遍。第二遍阅读时，那种刺痛感伴着一种沉重的辛酸，仍在心里挥之不去。我很久没有这样难忘的阅读记忆了。一方面是因为月斌所写的北方乡村的人情、习俗、礼仪和禁忌，和我生活、成长的客家山村多有相似之处，难免令人因文生情；另一方面也许更为重要，那就是《沉疴》这部小说引发了我对乡村伦理、血缘文化的重新思索。那个我们一直在苦苦坚守的人情世界的神话，不经意间已被赵月斌戳破，一个民族赖以存在的根基性的精神基础也开始分崩离析，甚至成了"沉疴"，急需批判和清理。

在写作日益轻化的时代，能有如此尖锐的问题意识和人性逼视的小说已经不多见了，因此，《沉疴》可视为2016年中国长篇小说的重要收获。

这是一部有艺术野心的小说。尤其是在小说叙事的形式上，作者探索了一种新的形式，使得故事的讲述变得有张力，也有新意。作者在开篇中说，"全书共九章，每章四部分，均以三、二、一、〇为序号，三为何斯自述，二为《沉疴》原文本，一为何斯父母口述，〇为何斯注解"。而全书又分上下两卷，上卷为小说的正文，下卷又有三个独立的篇章，即《一九六〇年的月饼》《十年怀胎》《寻父记》。"'卷下'三篇虽为虚构作品，却与《沉疴》有互文之效，其中的人物亦有互通，所以，卷上、

---

① 赵月斌：《沉疴》，东方出版社2016年版。

卷下完全可以合而为一，构成一部完整的书。"（《沉疴·后记》）这种结构上的精心设置，可以看出，作者不愿意做故事的奴隶，而是立志要把故事变成叙事。叙事不仅是一种讲故事的方法，它也是一个人的在世方式，当故事成了叙事，现代意义上的小说才算是真正诞生。赵月斌在《沉疴》中对叙事艺术的探索，暗藏着他的写作抱负，他要通过叙事的自我驳难，把故事背后的多种面相揭示出来。

　　德国批评家瓦尔特·本雅明曾把叙事能力的衰退，归结为现代社会人们交流能力的丧失和经验的贬值。他认为，新闻报道成了更新、更重要的第三种叙事和交流方式，它不但同小说一道促成了讲故事艺术的死亡（"讲故事这门艺术已是日薄西山"），而且也对小说本身的存在带来了危机。诚然，假若小说只是为了讲一个好看的故事，那不过是在和新闻争宠而已，小说存在的理由，乃是为了挖掘人性的幽深世界，以及探索人的精神的复杂性。《沉疴》每一章都从"三"开始叙述，这是何斯的自述，他是长房长孙，很自然的，这是一个晚辈的观察视角；"二"的部分，作者说这是中篇小说《沉疴》的原文本——是何斯极为不满的一种叙述，他觉得这样写太单薄了，所以他拿出他的笔记本要补充叙述，这无形中和小说中的"三"构成了互文，既相互补充，也相互消解；"一"为何斯父母的口述，是子一代的声音，也可看作是家族史的视角。这几个部分的视角转换，构成了一种立体叙事，同样的一件事情，同样的一种情绪，同样的一句话或一个眼神，从不同的角度，透露出的是不同的信息，于是，叙事就在不断的驳难中越来越接近生活的真相。

　　而我特别感兴趣的是小说每一章最后标为"○"的部分，这是作者对前面三部分的注释，分"礼俗"和"俚语"两部分。很显然，这部分作者花的心力是极大的，这种对一个地方的风俗、语言的考证，如同对人心的考古。和前面三部分的虚构文本比起来，"○"的部分是实证文本，完全是非虚构的，这种虚构和非虚构文本之间的对话，构成了赵月斌小说中奇特的真实观：他试图说服读者，"这一切都是真的"，"我放弃了小说家的想象力，老老实实地当了一回观察者、记录者，以非虚构的方式写出了《沉疴》"。明明小说中所叙述的人伦、事件都是极为不堪的，但作者却要不断证明这些都是真的，都是"我"所经历和所看见的，不难看出，作者的写作意图中有直面自己、直面人性暗疾的自我期许——这种残酷真实的确立，就是自我反省的完成。尤其是"○"所呈现的中国，是庄严的、重礼的，是有很多道德讲究的，可是，现实世界却是另一幅图景——这个充满礼仪、礼教的现实中国，给人带来的往往是持续的伤害，生活于其中的人，只能负重前行。这样的对照、落差，也揭示出一个以儒家文化为核心的乡土中国已经破败，它的困境就是现代人普遍要面对的困境。

文体的探索最终没有流于一种花哨的形式，而是演进为文本之间的互相呼应、互相辩驳、互相补充，这是《沉疴》的一大特色。赵月斌对小说叙事的重塑，既是一种可贵的艺术探索，也是对一种单一真实的不信任，他赋予历史性的叙事以一种共时态的效果，从而完成了对生活的多维度审视。

二

《沉疴》是对中国式的人情小说的终结，它也直接颠覆了家庭结构中的伦理基础。中国社会是一个情理社会，它的特点是以家为单位，重血缘联系，表现在中国的小说中就是多家族叙事。百年中国史的书写，也往往简化为几代人的家族史。家族叙事的核心要素是人情之美，所以鲁迅将《红楼梦》视为清代之"人情小说"。《红楼梦》的叙事是中国小说的一个重要源头，它把家族的、人伦的、现世的生活情态做了细致入微的描写，当代只要是类似题材的写作，必然会以《红楼梦》为参照。但《沉疴》是反《红楼梦》的，它要指证的是，一种人情、伦常、道德一旦僵化和自私化后，会变得怎么丑陋而令人厌恶。即便是残存的亲情之间的美好，更多的也是妥协、迁就之后的无奈，亲人之间的互相伤害有时比陌生人之间的伤害还甚。许多时候，人情正是自私滋生、道德沦丧的渊薮。

小说从"我"爷爷的死开始写起。小说的主体内容，也是写爷爷生病、亲人照护、丧事办理的整个过程。爷爷的死，可以说是一个象征，象征着一个家族中心和权威的解体、消失。当权威瓦解，维系亲人间的精神纽带也就断裂了，每个人都开始关心自己、维护自己，而人性的丑陋一旦失去了约束，亲情就成了负累，成了互相伤害的缘起。"我不仅亲眼看到了病重的爷爷痛苦万状的样子，也看到了爷爷的病、死产生的巨大冲击，原本一团和气的亲情关系瞬间倒塌，亲人们反目成仇，乱成了一锅粥。现在回过头去想，应该是爷爷的死打破了原有的平衡，大家惊慌失措，不知如何接受爷爷缺损的现实。"而另一方面，爷爷也是生命力的象征，他的求生意志极强，他生命的委顿、无力以及死亡，隐喻的也是一种文化命运的变迁——爷爷的生命力，是传统儒家文化所结构的社会生命力的寓言，爷爷的衰败、死亡，就是这种社会结构的衰败和死亡。固有的文化已无力完成对现代社会的再造，现代人又还普遍蜷缩于这个文化的壳中，矛盾就产生了。如果不能实现精神的突围，那就意味着一种伦理的寂灭、一种生活的死亡。因此，家庭的矛盾、亲人间的反目，预示的是一种陈旧的文化不仅不能滋养现代生活，还会成为一种人性的"沉疴"，使现代人困顿于此，穷于自我消耗。

如何冲破这个文化之"茧"，是现代中国的一大难题。而从人情这一个痼疾入手来探究现代人的困局和出路的作家中，赵月斌可能是做得最决绝的一个。《沉疴》仿佛是一个宣言，它告诉我们，回不去了，来路已经彻底毁坏，我们只能在一个礼崩乐坏的废墟上，重建一种现代生活，一种完全不同于过去的生活。鲁迅笔下的"新人"，是对吃人文化的反叛；赵月斌所召唤的新生活，也是对业已腐烂的人情文化的无情批判。人情本来也是美好的事物，但是，当它赖以生存的道德溃败之后，它就有可能变成人性的暗面，正如"礼"是中国文化的核心（这是钱穆的观点），但"礼"一旦成了"礼教"，就成了禁锢人性、戕害人性的文化糟粕。

在洞彻这一生活悲剧的过程中，《沉疴》最大的特色是创造了一个"坏奶奶"的形象。这个形象是独特的、不忍直视的，和之前我们在任何文学作品中所读到奶奶形象都大相径庭。这个奶奶，不再是传统文学中那种仁慈和爱的化身，她是自私的、无理的、愚昧的、不可理喻的，几乎是一切矛盾的源头。而她的几个女儿，就是"我"的几个姑姑，也慢慢成了奶奶的化身，在爷爷病重的过程中，她们都表现出了各种不亚于奶奶的自私和冷漠。这种基因的代际复制，蕴含着一种令人绝望的悲哀。

小说中的"坏奶奶"并非一天变成的。看起来只是亲人间的争吵和矛盾，骨子里却是一种文化基因的沉淀。爷爷的死，打破了之前的平衡，过去乡村伦理中极为推崇的人情文化也显露出了不堪一击的脆弱，亲人间开始互相指责、自我盘算、两面三刀，原来一团和气的下面，隐藏着各种自私和恶毒。"我"父亲作为长子，为了维护表面的平衡与祥和，忍气吞声，委曲求全，可终归也难讨"坏奶奶"的欢心，于是，亲情和生命就这样一点点被磨损、被异化。这是一种温水煮青蛙式的消耗过程，活在其中，人生慢慢地就走向了它的反面。"我"正是看到这一点，才想主动逃离这一切，因为"我"深知，无望是更彻底的绝望。

爷爷生命的衰颓和奶奶生命的蓬勃，形成了鲜明的对照，它表征乡土中国的沦陷已经不可避免。而奶奶、姑姑们对爷爷生命的救治，首选是求助于神婆"姨奶奶"，各种荒诞的背后，藏着的是一种精神的麻木和蒙昧。儿女们的孝心已经变质，亲人间各种辱骂、争吵甚至打斗也开始公开上演，以致连正在经历死亡折磨的爷爷都开始怀疑生的意义。小说的开篇，作者借何斯的口说，"不应该只注重死本身，因为对于人来说，死是次要的，重要的还是活"。爷爷最后对活的厌倦，表明这种绵延了几千年的家族伦理也已走到尽头。"我"的父亲何商元这一代或许还想坚守点什么，到"我"这一代，一切坚固的东西都烟消云散了，抛弃一切，否定一切，正如小说中的"○"所象征的，再伟大的礼俗，最后也都归于无了，那这个世界到底还剩下什么呢？恐怕连作者自己也回答不出来。这悲凉的一笔，读来真是让人百感交集。

三

这是一个"怨"的中国。在这块土地上，人与人，人与历史，都积怨太深，一旦把那层人情的面纱撕毁，积攒多年的怨气就会喷涌而出。而且这怨气会裹挟每一个人，把每个人都带到寒冷的深渊。面对这种充满"怨"的生活，难道我们就只能像自己的祖辈、父辈那样被动地接受吗？不能逃离或者反抗，抑或去寻找新的精神救赎吗？作品中的"我"也好，作者自身也好，对此都充满了迷茫和哀伤。

更多的人只能继续在"怨"中生活，比如奶奶，在爷爷死后，她又活了二十年，在这二十年里，她的生命会有新的亮色吗？小说没有直接写，但我估计不会有。毕竟，奶奶的人生已经被"怨"所异化，而"怨"的背后，站立着深厚的文化积存，她终归脱不开这种文化积存对她的影响。姑姑们呢，大抵也是如此。父亲的人生，是另一种方式的忍受，但他也没有勇气从这种生活中出走，乡村的文化积存同样在他身上有无法抹去的烙印。在家族中，"我"是最勇敢的，一度心如坚铁，但想到无法割舍的亲情，想到父亲的退让，"我"有时也只好在生活面前低头。为何"我"所批判的文化一直还有如此巨大的向心力？这不由得使人开始思考另一个问题：这种文化"沉疴"真的应该彻底抛弃吗？它真的到了一种无药可治的境地吗？

《沉疴》似乎没有写到这种声音。表现在小说中，那就是缺少了奶奶的视角和声音。小说中的奶奶形象，主要是通过何斯的口述、何斯父母的讲述、"我"的记录所共同塑造的，但奶奶自己会怎么说呢？从她的视角看，很多事情又将如何解释呢？不知道。因此，《沉疴》的叙事对奶奶是不公正的，因为她没有机会为自己辩解，更没有机会说出自己的故事。我们不妨假设，如果给小说增加一章，以奶奶的视角来叙述一遍爷爷从病重到死亡的过程，它一定会极大地扩展小说的想象空间。前面九章，"三""二""一"这几节的叙述，有时其实是互相解构的，如果有奶奶视角的第十章，就可以完成对前面九章的解构，本来日渐清晰的真相，一下又变得扑朔迷离了，叙事的维度因此也会丰富得多。真相也许并不存在，有的不过是每个人从自己的经验和观念出发的选择性叙述。我相信，如果让小说中的奶奶站出来说话，何斯他们的叙述完全有可能被反转，包括小说所写到的奶奶偷东西这件事情，很可能也会有另一种解释。这是一个非常有意思的假设，它让我想起日本电影《罗生门》，也让我想起法国作家克劳德·西蒙的小说《弗兰德公路》，正因为让每一个人物都有机会说话，导演、作家才在一种叙事的公正中逼近了更为内在的生存真实。

如果让"坏奶奶"直接发声，《沉疴》的叙事张力会更大，而就当前的文本看，每一章前三部分的叙事之间，一致性的东西较多，差异性、对立性的东西少了，人性辩论的力度还不够凸显。我在想，小说每一章后面"〇"部分的注释，也还可以处理得更加节制。这些注释，本是想从伦理和语言的角度呈现出一个庄严而理想的中国，不少注释的条目，本来就是很好的小说场景，是对小说主体叙事的延伸和补充，也写得很精彩。只是，作者在这些注释条目中暗藏了太多个人的情感、个人的判断，许多时候是在为"坏奶奶"的形象塑造加码，这种叙事的一致性也缩减了小说的想象空间。假若"〇"部分的注释尽量剔除个人的情感倾向，通过这些注释，客观地叙述出一个礼仪中国，这个礼仪中国的庄严感就会和现实中国的破败感形成反差，这种反差也会构成独特的叙事张力。

　　当然，小说如果照着我这想法来写，必然会减弱它的批判力度。不把乡村伦理的溃败往极致写，就不足以让人意识到这一问题的严峻性。之前的中国小说对这一问题的书写，多停留在城市生活、消费文化对乡村的冲击，在城与乡的对立中，乡村注定只能是节节败退的，这种观察也是真实之一种，但未免还流于表浅。赵月斌的写作显然更进一层，他对乡村的审视，触及的是乡村灵魂中最坚固的部分——亲情与人情，他对这个坚固堡垒的无情批判，终于让我们看到了一个失魂落魄的乡村、一个无所眷恋的乡村。乡村绵延几千年的魂丢了，一点小事、一点小利益就可让亲人之间大动干戈，这并非作家的夸张，相信每一个有乡村经历的人，都会有类似的见闻和记忆——我就有很多这样的见闻和记忆。多数人受制于俗见，不敢面对这个事实，正如我们很难接受现实中也有坏奶奶一样，以致乡村的真实图景有很多是被美化或被遮蔽的。在这点上，赵月斌是同代作家中极为勇敢的，他戳破了乡村神话的最后一层光环，撕下了人情文化的面纱，迫使我们正视这个已经崩败的礼仪中国。很少有作家像他这样，一点幻想都不留给自己，而决意要把灵魂中那条长长的阴影暴露在光中，包括自己灵魂的暗角，他揭露起来也毫不留情。他的勇敢还表现在艺术探索上，《沉疴》的叙事如此奇特、精致，充满审美的理想精神，令人赞叹，但这些终究也掩饰不了《沉疴》是一本绝望之书。而在我看来，这个时代唯一有力量的事物，就是绝望。

第三辑

现实的镜像

有喜剧精神的悲剧

——读《篡改的命》

一

说到对底层及小人物的书写，小说家们往往有两副截然不同的笔墨：一是沉重的悲剧氛围，在黑暗时局及枷锁制度下，在不可知或无法抗争的命运中，主人公做着各样的努力及挣扎，仍然逃不出宿命的结局，作者试图通过揭示和批判不合理的现状，来建构理想的生活及精神；二是谐谑的喜剧色彩，主人公既有可能是对自身的处境并不自知的蒙昧者，也有可能是看清时世的游戏者，一切的价值及理念都有着被拆解、嘲讽的可能，重建的无望，传达出来的也就是一种无奈、绝望。悲剧与底层书写有着天然的联系，喜剧模式在底层书写中也不少见。从《阿Q正传》，到张天翼、沙汀、艾芜的写作，再到当代王朔、王小波、刘震云等人的写作，特别是刘震云的底层书写，像《我不是潘金莲》《我叫刘跃进》等，借助这样一些写作，可以感受到同样彰显悲剧力量的喜剧精神。

东西新近出版的长篇小说《篡改的命》，就表现出了这样一种精神特质。

小说延续的是并不陌生的"乡下人进城"的故事。城市是乡土中国对"现代"的想象来源，甚至承载着关于"现代"的全部认知，传统到现代社会的转换，在多数国人的意识里被简化成了从乡村到城市的路程。而中国式的城乡分割状态及其两种文化的冲突，让进城的乡下人背负了太多的使命，既有个人生活及命运之变，也有家庭及家族兴衰之变，他们以卑微的，甚至是出卖灵魂的方式，艰难而又倔强地丈量着从乡村到城市的距离。从《骆驼祥子》，到二十世纪八十年代的《人生》《平凡的世界》，再到九十年代大量出现的"打工文学"，都是在重复这样一种叙事。

东西要讲的就是三代人关于"城市梦"的追逐和实现。父亲汪槐年轻时招工名额被人顶替，只好继续以务农为生，从而把所有的进城希望放在儿子汪长尺身上。汪长尺高考过线未被录取，汪槐前去抗议未果，还把自己摔成残疾。面对每况愈下的家境，汪长尺无心复读，选择进城打工。在城市的生活一难接着一难，他遭遇欠薪，不得不去替人坐牢换取生活费，又被人打击报复；妻子小文在洗脚城给人按摩，也顺带"接客"，渐渐从身体和精神上疏远了他。建筑工人的微薄薪水，自然无从支付孩子汪大志在城市生活的费用，更重要的是，无从改变他乡下人的内在"基因"。汪长尺最后选择将大志送给不能生育的有钱人家，让孩子过上城里人的幸福生活，小说以这种奇异、悲怆的方式，完成了三代人成为城里人的"使命"！

在有关这部小说的一次对话中，东西说，每写一部小说，都是对内心淤积的释放，在《篡改的命》中，倾吐的是一种绝望，是那些还站在村口回望自己命运，但终究难以改变命运的人们触及了他写作的冲动。汪长尺是作者关注的沉默的大多数，是期望改变命运的、微不足道的小人物。倘若要将他放置在文学史的脉络里，拿二十世纪八十年代的青年形象来做比照，在路遥、贾平凹、张炜所塑造的乡村青年高加林、金狗、李芒等人物身上，能够看到青年的朝气，他们果敢奋斗，敢作敢为，对于乡村的邪恶势力也勇于抗争。但是，在汪长尺身上，我感受更多的是小人物的卑屈、隐忍，他身上的血性慢慢冷却、消失，他很早就看清现实，不再争辩，进而"投降"，成为现实的奴隶。他身上的"奴性"是对现实的绝望，是长期生活于底层拒绝抵抗所形成的"惰性"，也是逼仄的生存空间里理想、尊严的一点点失落——他的城市经历，就是理想、尊严、自信如何被剥落干净的过程。刚开始高考上线未被录取时，他不愿跟父亲一起去争取名额，保留着那份不愿低声下气求人的自尊；看到父母在县城乞讨，他以为这是有损尊严的事，力劝父母回家。渐渐地，当现实不断露出狰狞的面相，他接受了小文"接客"的事实，接受了父母乞讨养家的事实。最后，他说服自己，把孩子送给林家柏——也就是拖欠他工资、他为其坐牢的那个人。

他看不到可以用抗争和奋斗带来改变的希望。

尽管东西在汪长尺身上堆加苦难，却无意让他以一种极为悲苦的形象示人，他对现实有自己的认知，虽也有懦弱、胆怯的一面，但他的精神格局并非那么狭小。他还保留着读书人的那份气质，感情丰富，内心的向善情怀仍然清晰可见，他想要做到的是凭着自己的努力过上城市的生活。刘建平怂恿他找工地开发商索赔工伤，他始终犹豫不决，其中固然有对正义、对权力的质疑，更重要的是他对情、理、法还保留着最基本的认识界限，他内心的道德感及自尊并没有全盘泯灭——无论现实是否将他逼向暗黑的角落。在送走孩子之后，小文想要离开他，而他担心小文不识字，在城市生活会遭遇困难，没有人会待她好，即使小文不顾他的反对做着肉体交易，他始终念及的也是她的善良与朴实。在平常的生活中，仍然可见一种苦中作乐的乐观精神，他也并不缺乏应对枯燥生活的智慧，他自己唱歌给孩子做胎教，面对小文在怀孕期的头晕，他每天从外面带点有用无用的东西回家……

这个人物，总会让人联想到鲁迅笔下那些被哄笑、奚落的弱者，如阿Q、孔乙己，汪长尺身上也有着他们一样的被看的喜剧色彩。他也会自我解嘲，甚至自轻自贱。填高考志愿时，他填的是清华、北大，想要幽权贵者一默；他将被人撞伤的大志送到医院后，反被大志诬陷为肇事者，他这样自我安慰："他好像已经不是我的儿子。多少年啦，我一直盼望着他变成他们，现在他终于脱胎换骨，基因变异，从汪大志变成了林方生。他变成了他们，只有彻底地变成了他们，他才不会吃亏，才不会输给任何人。他的心肠越硬，我就越高兴，爸，我们成功了，我们终于在城里种下了一棵大树。"[1]阿Q以自轻自贱的方式来换取廉价的自我安慰，汪长尺则是在这样一种自嘲与他嘲中表达底层的无奈。这种轻喜剧的色彩，掩盖了他内心那种巨大的悲哀和绝望，黑色幽默的背后是他更为立体和丰富的精神世界。当我们感受到这样一个内心还有着感念、坚持，还有着一份狡黠的生存智慧，也还有着道德罪孽感的小人物也在选择放弃和退守的时候，就足以让我们感受到喜剧背后的五味杂陈。那些苦难，其实并非那么轻易就

---

[1] 东西：《篡改的命》，上海文艺出版社2015年版，第289页。

能在他们的内心被过滤掉。

二

苦难一直是底层叙事的重要推动力，只是，在当下的不少作品中，作家笔下的苦难常常沦为感官消费的噱头。陈晓明在《无根的苦难》一文中对苦难叙事有过这样的省察，在叙事苦难时，大量的欲望化场景逐渐让苦难的本质难以被确认，从而偏离了苦难的主题。东西以往的小说也涉及苦难，生存生活之苦，精神存在之苦，但并非要以书写苦难来刻意展现底层的生存状态，以苦难来增加故事的感染力和文本的批判性，并制造极致叙事，彰显作家自身的道德关怀。其实，可以将东西对苦难的叙写看作是对一种存在之境的考辨，正如米兰·昆德拉所说，"小说审视的不是现实，而是存在"[1]。我想，这既包括社会境遇的存在，更是一种哲学意义上人之存在的探讨，最后回到的还是人类恒久而本质的问题，关于人之为人的命运、人的精神及信仰、人的灵魂与理想。换句话说，是作为社会制度，精神层面上人之为人处境的拷问——如果苦难无法成为一种境遇式的感知，苦难就是一种表象；如果苦难只是停留于现实的表层，也就难以生发更为深层的叩问。

东西是如何透过这样一个有点滑稽和尴尬的人物来撕开悲剧的面目的？《篡改的命》对存在之境的考辨，就是去察看从乡村到城市所经历的制度及文化的碰撞，乡村人必然所经历的一种思想及意识的蜕变，简单地说，就是在这一种境遇中他们是如何应对的，是怎样一种在世的方式。

小说中汪槐、刘双菊从要过一种有尊严的日子，一心一意供孩子上学，清清白白做人以期留下好名声，到他们放下所谓的尊严、面子，适应蜗居城市的贫民窟，以乞讨、捡垃圾为生，唯恐老弱病残成为没用的人，必须创造一些经济价值才算心安。小文也是如此，初到城市思乡情切，道德意识还那么清晰。她在张惠的诱导之下，对钱的感知越来越强烈，终以出卖

---

① 〔捷克〕米兰·昆德拉：《小说的艺术》，董强译，上海译文出版社2004年版，第54页。

身体来换取更多的"安全感"和"存在感"。"钱""经济价值"渐渐成为这个家庭的驱动力，改变着人的地位、言行，甚至也渐渐改变了汪长尺与小文之间的情感。小说中有两段关于小文言行的对照，一是汪长尺受伤，汪槐、刘双菊出去乞讨补贴家用，小文上完班回来是轻手轻脚，细声细气，体贴入微；一是汪槐、刘双菊从乡下把生病的大志送回来，汪长尺没有出工赚钱，索赔工伤之事也毫无希望，小文回来之后则是粗声粗气，以手中的一切物品表达着不满。还有刘建平，刚开始他跟在汪长尺后面，同样是个懦弱胆小的人，同样遭遇欠薪、工伤，他于城市而言也是一个弱者，并以弱者的姿态自居，而一旦他认识到弱者的效应与强者的软肋，便开始报复、伤害。他帮助更多同样无助的工友讨薪，理赔工伤，看似伸张正义，而曝光出来的也是来自人性私欲的咬噬。乡村与城市，乡下人与城里人，弱者与强者，也就这样开合张弛，进行着一轮又一轮的恶性循环。

　　然而，苦难、悲剧的本质到底是什么？汪长尺身上有多重苦难和悲剧：想要好好读书，名额被人顶替；想要打工养家，遭遇欠薪、工伤；想要踏实过日子，小文却开始有更多"不安分"的想法；狠下心来把孩子送给有钱人家，承受的更是骨肉分离、永失亲情的痛苦。如果依照王国维对悲剧发生的理解——由极恶之人造成；由盲目的命运造成；由普通之人物，普通之境遇造成，汪长尺的悲剧大概更接近于前面两种，细想之，他所遭遇的苦难其实称为困难可能更为合适，这些困难是一个乡下人想成为城里人，拥有城里人的尊严和待遇所遭遇的困难，这困难背后，是一种更为深广的制度及价值观的悲剧。我们是否可以将之理解为一种狭义的盲目命运？

　　再回到汪长尺这个人物。他其实就是对二十世纪八十年代那些乡村青年形象命运和人生的续写。在谈到路遥的《人生》《平凡的世界》中高加林、孙少平、孙少安这些人物时，有研究者以为他们终将会回到或者走向城市，而在新的社会转型中，乡村青年曾经所凭借的劳动力，还有个人奋斗、吃苦耐劳的精神都会在市场经济形势下面临贬值。这不光是劳动力本身的价值危机，更是一代人信仰的价值危机。相较之二十世纪八十年代进城的多重阻力，九十年代开始，乡镇企业逐渐萧条，城市及其各项经济兴起，带来大量就业机会，于是大批农民顺势进城谋生。但是，城市与乡村所扮演的角色及地位并没有根本改变。一方面，城乡制度所带来的社会福利、教育、文化、就业机会等的差别，还有其象征意味根深蒂固；另一方面，城市依旧像一只看得见的手，调配着农村的福祉、方向和命运。即使农民进入城市，他们的身份未变，"农民"亦如烙在额头上的"红字"，城市并没有因为他们的到来而满心欢喜地接纳他们，他们的境遇也就无从发生本质上的变更。与此同时，以经济为核心的价值观念逐渐深入人心，冲击着传统观念，也进一步加剧了乡下人在城里的处境。这也正是汪长尺们所面对的比制度、比城乡二元结构更为严酷且艰难的时世局面。

从汪长尺周围进城的乡下人身上，我们看到他们对城市、对现代价值理念的理解依然停留在最为基本的层面。"去城里"成为他们唯一的理想追求和人生方向。诚然，自有现代观念、城乡之分开始，乡下人就从未停止过这一想法及努力。"城市成了农民向往的地方，因为那儿有不尽的财富和诱人的享受和娱乐。同时还是个使人有出息的地方，农村的优秀人才都到了那里，那里有学问，更有权势。就某种意义而言，农村的正式领袖已经部分地流入城市，化为新市民。"[1] 金钱、权利、地位（身份）构成了对城市的全部认知，亦构成了人生价值观念的核心。小说里，汪槐将自己未完成的进城志向不由分说地强加于汪长尺身上，在城里从事服务业的张慧向汪长尺炫耀的是她的城市身份，而不管这些身份、金钱的获得是以何种方式。汪长尺最后与林家柏达成的协议是，给大志存上一千万，他就选择永远消失。而金钱是否真能保证大志的幸福呢？小说最后还写到汪长尺死后投胎，所有的呼声都是"往城里，往城里"。汪长尺的死，结束了自己一生奔波劳顿的生活，也就此完成了三代人进城的梦想，但是，从乡村到城市的距离就此缩短、完结了吗？很多时候，我们完成的是器物层面的城乡转换，却无法从制度、文化层面实现现代对接。如果说，汪长尺身上的悲剧感具有一种普遍性，我想，原因也就在这里。

故事讲到这，还没有结束。早已改名林方生的汪大志，最后发现了自己的身世，但他果断地销毁一切证据，这意味着他在自觉地切断与乡村、

---

① 张鸣：《乡土心路八十年——中国近现代过程中农民意识的变迁》，上海三联书店 1997 年版，第 129—130 页。

亲情的血脉关联，享受着既有的名利，并且从内心深处认同了这个现实。看似汪大志的乡村之命被改写，更深沉的命运悲剧恰恰是从他的身份得以改变开始。这是一个颇有意味的结局，城市远远地甩开乡村，而现今时代的人在无所顾忌地模糊生命的来路，我们看不到其中有任何的警醒、省思。

由此也可发现，如若按照传统悲剧的特征，是弘扬英雄人物的气概，以英雄人物的死亡或抗争来获得一种正义凛然的气势，而在今天消解英雄人物的现代悲剧中，则通过拷问生存的境遇、价值信仰的存在来逼视现代生活，这样一种悲剧力量，在《篡改的命》中，是以喜剧的方式来达致的。也就是说，以喜剧来讲述故事的作家，其实也不缺乏悲剧精神，更不缺乏洞察生存真相的悲剧体验，他们并没有放弃对社会及精神危机的追问。

三

大多数的底层叙事都习惯传统现实主义的写作路数，以批判现实的严肃面孔出现，这样一种书写其实极容易流俗：一是将主人公完全塑造为悲苦之人，读者看不到他生命的光亮，感受不到内心欲念的幻灭，也就感知不到更为真切的生命个体；二是将人的苦难和悲剧归结为社会和制度之罪，而无意向更深处探寻。事实上，中国现代小说发展到今天，已几经"变异"，特别是经过1985年前后的先锋思潮，即使外在的写作手法仍趋向现实主义，但内里还是有几分现代主义的色彩，或者说现代主义已经作为一种血液融入了现实主义的日常表现中。当代作家手里似乎都有几种先锋的技法，甚至在一些作家那里，现代主义的技法已经玩得相当娴熟。早有研究者说过，东西是"东拉西扯的先锋"——无论是现实还是现代，都能为他所用。罗伯-格里耶曾说，"我们之所以采取不同于十九世纪小说家的形式写作，并不是我们凭空想象出了这一形式，首先是我们要描写和表现的人的现实和十九世纪作家面临的现实迥然不同"①。反过来说，作家面对的现实已经难以再做单一的理解，并以现实主义的手法单一呈现，他们所采用的技法与他们理解世界的方式密切相连——有一点是相同的，无

---

① 转引自格非：《小说叙事研究》，清华大学出版社2002年版，第9页。

论先锋或传统，都是在力图表现自己内心的现实。

那么，东西是如何表现自己内心的现实，又是如何来呈现他所理解、体验的这个时代的？他依然选择了荒诞。荒诞是《篡改的命》中最为明显的"现代"特质，荒诞的意象、事件贯穿始终，有着现实的底色，也有着潜意识的作祟及夸张。从小文去医院打胎，汪长尺在工地上得到的强烈感应并跌落受伤；从小文在孕期没有活干没有挣钱就会头晕，到出生在城市的大志无法适应乡村的生活；从汪长尺把大志送走，小文离家出走，汪槐在家里所感应到的，他在"做法"的时候预感到一家人的结局；最后到汪长尺与林家柏达成协议，汪长尺投胎，都无不透露着荒谬。正是通过这些意象及事件，东西勾勒出这个时代如此纠结又如此真实的精神意绪，也就是出卖亲情和灵魂、出卖肉体和精神的时代病症。荒诞的外在形式，与时代内在精神肌理的相通，是东西在这部小说里想要传达的，但并非这部小说整体都是荒诞的，或者说他要以荒诞来命名这个现实世界。我觉得，他更在意的是，精神世界里价值观的荒诞、信仰的荒诞。荒诞只是现实中的一部分，却暗含着对现实的解释方法。

如果说，荒诞是个体或者说叙事主体在时代中的体验，那么，反讽则是与其相应的叙事策略。小说中的反讽，很大程度上是由语言来体现的，即一种修辞反讽。东西运用了大量的流行语，包括网络语言，只要看每章的标题就能知道一二："死磕""弱爆""屌丝""抓狂"，这些语言所产生的黑色幽默效应，大大增加了文本的可读性和叙事效果。而且，人物的语言有一种跟本然身份的反差性，也就是让人物说出另一个阶层或相异时代的话，比方，汪槐所说的"GDP"，汪长尺所说的"拉动内需"，小文在与汪长尺争吵时，竟将海子的那首《面朝大海，春暖花开》运用得异常熟练……

正像克尔凯郭尔说的，"根本意义上的反讽矛头不是指向这个或那个单个的存在物，而是指向某个时代或某种状况下的整个现实"[1]。反讽所带来的谐谑的叙事语调及喜剧感契合着当下社会的精神状态，东西正是通

---

[1]〔丹麦〕克尔凯郭尔：《论反讽的概念》，汤景溪译，中国社会科学出版社2005年版，第218页。

过这些人物语言背后的逻辑思维来透视时代本质——铺天盖地、接二连三的社会新闻和娱乐新闻，每一件事情我们都有着多重解读，再严肃的事件我们都可用娱乐的姿势来调侃、消解，再悲剧的事件也可以被新的新闻所掩盖。波兹曼在《娱乐至死》中说，我们这个时代娱乐业和非娱乐业的界线已经变得模糊，而让文化精神枯萎的方式之一便是"文化成为一场滑稽戏"①。质而言之，我们置身其中的时代缺乏一种真正的悲剧精神，我们来不及深度反思就坠入了遗忘，犹如主人公汪长尺的最后一跳，我们匆匆一瞥，他已沉入河底，随后，我们转身离去。

很显然，这个时代已无法再提供一种悲剧氛围，反讽就成了表达生存体验最贴切的方式之一。正是在这个意义上，先锋气质与喜剧精神的结合，就有了相得益彰的艺术效果。

荒诞、反讽的内面，在《篡改的命》里对应的更多的是内在于这个时代的实感经验，还有现实主义的写实笔法。所谓实感经验，就是"实际生活中的经验与感受"，写作或研究都应从最为触动自己的现实感受开始。"思想可以越来越深入，艺术也可以用手段进行虚构和发挥，然而各种宏大的构造，追溯到基础，仍然是实际的经验、体会和洞见，核心的悟解，追溯到源头，也经常只有少数的几点。"②从写作者的角度来讲，他们不再用一个既成的观念解释和构造世界，落实到文本中则体现为丰富细腻的感知、细节，这也就是我所说的小说所应当具备的坚实的物质外壳："有合身的材料，有细节的考据，有对生活本身的精深研究。"③

小说对实感经验的呈现，集中表现在对日常生活的描写上。描写日常生活并不难，最难书写的恐怕是如何探寻精神的深渊，表现出一种丰富而非单一的精神面貌——日常生活有寻常的悲欢，也有人性中的温暖和良善。比如，在刘震云的《一句顶一万句》中，可以感受到底层人的精神饥渴，他们不断地出走与回归，只为寻找一个能说得着话的人。东西的写作，一面还原日常生活的常态，也就是人性的常态，如汪长尺与小文

①〔美〕尼尔·波兹曼：《娱乐至死》，章艳译，中信出版社2015年版，第185页。
②刘志荣：《从"实感经验"出发》，广东人民出版社2014年版，第2页。
③谢有顺：《小说所共享的生命世界》，《小说评论》2012年第3期。

新婚后第一次去镇上赶集、去县城逛街的情形，他们在省城打工两个人开始过日子的场景；另一面是还原日常生活中一个人的所思所想、内心的纷争与跳腾，通过心灵的真实来强化世界的真实。比如，高考过线未被录取，汪长尺在考虑要不要与父亲一起去教育局抗议；受伤后在刘建平的鼓动下，要不要去找地产商理赔。再如，村民们集体阻止警察带走汪长尺，没几天大家就惶恐不安，担忧失眠，一个个又来劝汪长尺去自首。汪长尺最后真的去自首，又被告知没事了以后，包括汪长尺自己在内，大多不大相信，这个结果最后是通过村里人辨别汪长尺夜晚鼾声的真假来确认的。"汪槐说这孩子心里装不得半点假，如果心里有鬼，那他就不会睡得这么踏实。他们继续听着，久久不愿离去，汪长尺的鼾声仿佛能减压，专治他们的紧张、焦虑和胆怯。"[1] 这一细节，将人对权力之恐惧的集体无意识淋漓尽致地表现了出来。《篡改的命》中，这种精到的描写非常多，背后呈现的是一个充满生活实感和人性情怀的世界。

东西有扎实的写实功底，能以风俗、人性、人情作底，由日常生活来沟通人心，进而还原一种有温度、有深度的底层生活。

这令我想起迪克斯坦的一段话："现代主义者如卡夫卡和贝克特精心构造极端的寓言，用来探索人类忍耐力和心灵迷失的极限，由于他们的黑色喜剧和精确的环境细节描写，超现实的情境显得同样可信。他们做的正是所有艺术家做的，不是背叛现实，而是通过强化效果来产生意义。"[2] 这话非常适用于东西的写作追求，他的笔正是穿行于现代与写实之间，通过讲述一个貌似俗套的底层故事，以苦难叠加、让冲突戏剧化等方式，创造一种"超现实的情境"，目的是探求生存苦难的根源与本质，以及它变形之后的荒诞面貌。东西没有偏离现实的视界，"而是通过强化效果来产生意义"，所以，他笔下许多"超现实的情境"依然真实可信。我读《篡改的命》时，也曾不断地跳出对小说逻辑的怀疑，又不断地被作者的叙事说服，这个阅读过程是有意思的。有时候我们只看到巧合，却不追问巧合

---

① 东西：《篡改的命》，上海文艺出版社 2015 年版，第 102 页。

② 〔美〕莫里斯·迪克斯坦：《途中的镜子——文学与现实世界》，刘玉宇译，上海三联书店 2008 年版，第 8 页。

是为什么；有时候我们只看到重复，却不想为什么会重复。比如汪槐招工的时候被人顶替，到了汪长尺高考又被人顶替，这种巧合和重复是有力量的，它至少告诉我们改变的艰难，以及生活不断重复之后的悲哀。所以，关于三代人进城的故事，看似悲悯，亦含批判，表面嘻哈，内里沉重。东西写出了一个具有喜剧精神的悲剧，并用这个悲剧有力地祭奠了荒诞的生活。

还能悲伤，世界就还有希望

——关于《篡改的命》的一次对话

谢有顺： 平时我们闲聊多，谈严肃的文学问题的时间少。很多诗人私下都对小说家有偏见，认为小说是俗物，小说家也多热爱俗世生活，远没有诗人那样具有理想主义气质。一个诗人对我说，我们诗人聚会，还常会为着一个诗歌问题争得脸红耳赤，小说家却越来越世故，早已学会了妥协，不仅文学问题的论争已经进入不了他们的日常生活，就连普通百姓都洞若观火的社会问题，他们也不愿在公开场合发表什么意见。这其实也夸张了。据我所知，小说家之间也还是常有争论的，只是仅限于两三好友之间，不再慷慨激昂而已。在很多作家的内心，严肃的文学问题依然在折磨着他们。完成了一个长篇小说，就开始琢磨着下一个长篇怎么写，寻思着在写法上如何才能创新，这样的作家也大有人在。很多初次接触你的人，都会感受到你的幽默、欢乐，但未必每个人都能真正触及你的内心，了解你内心所隐藏的郑重、庄严的一面。所以，今天我们就来谈谈严肃的文学问题吧。

东西： 好的，小说家多用形象说话，对人与世界的理解多感性的描述，很多的想法可能确实需要经由你们批评家的诱导才说得出来。

谢有顺： 就说说你的新长篇吧。《后悔录》之后，我对你的长篇小说一直有期待，今年终于看到了《篡改的命》。看完之后，首先是感觉你的叙事语言发生了一些改变，《没有语言的生活》中那种苦难中的诗意语言少了，《后悔录》中那种大量的冷幽默语言少了，取而代之的是简洁、直白的语言，还有网络语言的大量使用，这种语言改变是基于什么考虑？

　　东西：第一问，就让我想起卡夫卡的句子，他在写一个人说话有力的时候用了下面的比喻：仿佛一根棍子从他的嘴里直直地戳出来。面对这样一个题材，可以说是比较沉重的题材，幽默和诗意确实少了一些，但简洁和直白非常有效。这些年，小说的语言在发生改变，特别是网络语言在改变我们的表达，像脑残、心塞、憋成内伤、拼爹、逆袭等网络语言，非常生动准确，如果不为我所用，就像刘备得不到诸葛亮，实在可惜。除了网络语言，我还让过去的人物说今天的话，让草根说高富帅的话，让白富美说屌丝的话，这种陌生化处理，能达到幽默的效果，更重要的是能让读者一下就记住这个人物，像小说里张鲜花催汪槐还债，汪槐实在没钱，就写了一张承诺书，说半年后还不了便把宅基地给她。张鲜花拿着承诺书到处炫耀，村民们说他们也借钱给汪槐为什么拿不到这么多的好处，张鲜花说这是资本运作。二十年前的农村人根本不会说资本运作，但这么写这个人忽然活了。我们必须承认小说的语言变了，写作者有义务敏感地去捕捉。

　　谢有顺：确实，一些作家的语言，十年前什么样，今天还什么样，他们只改变故事的形态，不改变语言，好像学会了贾平凹、莫言和先锋派的语言就掌握了一门先进技术，可以适用一生，再也不用改变了。其实，语言上的陈词滥调和价值观上的陈词滥调一样是无趣的。他们不知道，就连那些被模仿者的语言都改变了。文学的语言也是有生命力的，也是在不断生长和创造的。一直以来，我觉得你是一个敏感的作家，不仅对语言敏感，也对写作题材敏感。《篡改的命》表面上是一个老故事，所谓"老"，是指这是一个很多作家都曾经写过的改变命运的故事，但你这个故事却写出了新意；所谓"新"，是指你写的命运改变与众不同，甚至有悖常理，你是怎么想到让汪长尺这样一步步地篡改命运的？

　　东西：我在家乡和城市间穿梭，经常看见乡村里那些想改变命运而又改变不了的人，像我一样年龄慢慢地变大了。他们曾经雄心勃勃，曾经充满幻想，可是现在却站村头伸长脖子瞭望，瞭望谁呢？瞭望他们进城打工的孩子，瞭望他们曾经的梦想。每次回村看到这样的画面，心里酸酸的，就想他们这辈子没法改变了，但是他们的下一代能改变吗？少数也许能改变，但大多数还得重复父辈的生活，很不巧，他们出生在一个"拼爹"的时代，他们的爹只懂得伸长脖子瞭望，却帮不了他们升学、找工作。他们若要改变，除非出现奇迹。我像他们的家长一样，琢磨如何才能出现奇迹，想来想去，只有汪长尺的办法，那就是把孩子变成有钱人的孩子，自己做一个影子父亲。这个灵感是被逼出来的，是所有的想法都行不通了之后才产生的想法。

谢有顺：这其实就是荒诞，但又是当代社会的真实镜像。面对光怪陆离的当代生活，荒诞已经不是一种文学修辞，无须作家刻意去扭曲生活的逻辑，或者用夸张的手法去写一种貌似离奇的生活——荒诞已经成了生活本身，关键是，作家能否找到一种合适的方式来指证它是真实的。《篡改的命》中，汪长尺为了改变儿子的命运，决定把儿子送到仇人身边抚养，为了儿子，甚至不惜付出自己的生命，这样奇崛的情节，如果没有很好的性格和叙事铺垫，是很难说服读者相信你所写的是真的，这是你这部小说最大的写作难度，你如何在写作中解决这个难度？

东西：正因为要解决这个难度，所以小说前半部才有汪长尺那么多的悲伤情节。他是一个脱了几层皮的人，是一个被父亲寄予厚望的人，是一个尊严被一点点削掉的人，是一个看清楚了环境然后要为后代赌一回的人。这样一个人，如果我们不站在旁观者的立场，不俯视他，不以知识分子自己对待孩子的态度来要求他，那么他最后一"送"就是合情合理的。这一"送"并非绝情，恰恰充满了对孩子的爱，一种变形的爱，像一首歌里唱的"只要你过得比我好，过得比我好，什么事都难不倒"。汪长尺这一送，除了绝望，还夹带了些许希望，因为他觉得只要孩子进了林家柏这样的家庭，将来就会幸福，而只要孩子幸福，他什么事都可以干。其实汪长尺也是一个脆弱和敏感的人，他对生命的态度在小说一开始就埋下了伏笔，他高考没被录取被父亲汪槐大骂之后，曾经想到了自杀，虽然这个念头只一闪而过，但它是后来汪长尺选择结束生命的伏笔。像他这样的人生，即便林家柏不逼他，他也有可能选择消失，更何况这个绝望里还夹带了那么一丝丝希望。

　　谢有顺：汪长尺是被绝望劫持了，他选择把孩子送人，是他对生活所做出的奇异的"绝望的抗战"，他残存的那一丝希望是在荒诞和绝望中孕育的，是经过无数苦难之后积攒下来的一些希望的碎片，它甚至像爱情一样，有可能一夜之间就消失，所以它一出现，他就想紧紧地抓住它。这样的情节和叙述都是奇特的。这令我想起加西亚·马尔克斯在构思《百年孤独》的时候，曾经为找什么样的叙述方式犹豫，后来他决定用外祖母讲故事的方式来写这部小说。他在创作谈中说，外祖母讲故事的时候从来不怀疑她讲的故事是假的，也就是说叙述者首先要相信你的叙述是真实的，这样读者才会跟着你相信。说谎者如果连自己都不相信自己所说，如何能让别人相信？好的小说，就是要创造真实的谎言。我看见你在小说中构建了一系列的逻辑，让汪长尺的选择具备了合理性，但是你也为了这个合理性，在汪长尺的身上集中了太多的困难，这些年我们在媒体上看到的底层人物的困难，几乎让汪长尺都摊上了，你好像要把小人物可能面临的苦难全部压在他一个人身上，难道你不担心这过于巧合了吗？

　　东西：是的，大部分草根遇到的困难，我都集中在了汪长尺的身上，我需要这个典型人物，来完成我内心的表达。写作的时候，我曾经犹豫要不要在他的身上叠加那么多困难，想来想去，必须叠加，否则这个人物就不成立了。写作中，有一种方法叫"困境设计"，就是要不断地给主人公设计困境，让其选择，他在选择中被作者慢慢塑造。鲁迅说，人物的模特儿也一样，没有专用过一个人，往往嘴在浙江，脸在北京，衣服在山西，是一个拼凑起来的角色。显然，汪长尺也是一个拼凑起来的角色，他的身上集中了草根们的命运。写着写着，我就觉得这不是写作方法的问题，而是彻头彻尾的现实。有一位作者在看完本书后，给我发了一段微信，说："我最不能够认同的，是以荒诞来评价这部作品，也许把那么多的经历集中在汪长尺一家三代身上，的确有荒诞的表象，但是文学本身就是对生活的概括和提炼……我感觉就是现实，惊人的现实，那里面的每一个情节，都似乎在我自己，以及我们的现实生活里逼真地发生过……"

谢有顺：罗伯-格里耶曾在一篇文章里这样说，所有的作家都希望成为现实主义者，从来没有一个作家自诩为抽象主义者、幻术师、虚幻主义者、幻想迷、臆造者……大家都认为自己是在表达现实。在古典派看来，现实是古典的；在浪漫主义者看来，现实是浪漫的；在加缪看来，现实是荒诞的；在梵高看来，现实是模糊的；在毕加索看来，现实是割裂的。现实的图景一直都在变动，但它们在作家那里依然是真实的，这表明现实的边界正在扩展，我们需要用新的眼光来理解现实之于作家的意义。卡夫卡最初所描绘的世界图像被人看成是一种病态想象的产物，可现在，多数人都能领会他的作品所呈现的是一种现代的真实。所以，一个曾经不喜欢卡夫卡的思想家被无端监禁多年之后说，我今天才明白，卡夫卡是真正的现实主义者。这是多么痛彻的领悟。作家往往是时代的先行者，他的精神触角会敏锐地觉察到一些新的现实，他们是在拓展现实的边界，以呈现生活那无穷的可能性。能把生活的荒诞写成一种新的生活形态，并让读者觉得这是真实的，这才是现代小说的写法。比如，我注意到，你小说中的人物都有一个特点，就是性格都有点倔、有股劲、有现代感，这种现代感甚至也贯穿在你的叙事之中。对于接受过二十世纪以来现代艺术训练的作家，我觉得小说写得过于传统、陈旧是不可容忍的，你对小说应有的这种现代意识怎么看？

东西：我不太喜欢只写常识的小说，当然，由于小说的浮夸之风盛行，有人说能够让小说回到常识就不错了。我一开始写作就想标新立异，就想跟过去的小说不同，比如最早写《商品》，写《没有语言的生活》《肚子的记忆》，等等。我信奉小说是发现，写作要有贡献，哪怕是小小的贡献。但是，我的标新立异总是维持着跟现实的关系，比如我在二十世纪九十年代初写的《商品》，就用结构来说明小说开始商品化了。《篡改的命》貌似用传统写法，但是夹杂了先锋的、荒诞的、魔幻的、黑色幽默的元素，这些元素并非我有意夹带，而是写到此处时它自然地跳出来，为我所用。比如，我写汪长尺爬到墓地骂他爹，写汪大志有农村过敏症，写汪长尺投胎，写汪槐问鬼，写汪长尺和小文谈论小文的职业等，动用这些方法，全都是为主题服务。另外，我还用了电影中的剪辑和蒙太奇，小说的"引子"部分就是从后面抽出来的，让这一段提前是为了吸引读者。

谢有顺： 同时，你还大量地使用了戏剧写作中的巧合以强化人物的矛盾冲突，使小说具有了极强的可读性。你用巧合塑造了一个汪长尺的对立面林家柏，可以说汪长尺进城之后的大部分困难都是林家柏制造的，这种戏剧化的写作既古老又传统，打个比喻，就像是从莎士比亚、雨果、巴尔扎克那里借来的武器。这部小说充满了这种戏剧性，是不是受了影视剧本写作的影响？

东西： 如果我把在林家柏身上的故事分给三个人，他们分别是赵家柏、钱家柏，那么这个小说的巧合或者说戏剧性立刻就能弱化。但是，在戏剧或影视剧创作中有"合并角色"一说，能够用一个角色来完成作者的写作目的，那就绝对不用两个人物。这里用了批判现实主义的写作方法，也借鉴了戏剧或者说影视剧的创作方法，使用了"对抗原理"。能不能写好主人公，取决于对抗力量对他的影响，在这里汪长尺的对抗力量是林家柏。汪长尺原本只想把孩子送给方知之，但后来发现方知之的丈夫是林家柏，林家柏是汪长尺的仇人，要把孩子送给仇人，这个难度一下就加强了，或者就更有意思了。为了孩子的幸福，汪长尺不惜向仇人妥协，向命运投降，这样的投降更为悲壮。试想汪长尺若是向赵家柏、钱家柏投降，小说的力量就会大大削弱，因为穷人送孩子的事我们在社会新闻中经常看到，而送给仇人，定点投放，做影子父亲，则有了艺术的提炼。中国先锋小说之后，有一种反故事的写法，那种生活流、意识流仍然成为评价小说的重要标准。然而，即便是先锋小说作家，比如莫言、余华、苏童等，他们都大踏步地后退，有的吸取民间文学方法，有的重拾传统的写作方法。而新一代的网络写手，他们更是大张旗鼓地写故事，因而博得亿万粉丝。这些我们曾经丢弃的武器，被新一代创作者捡起来重新开火，火力还很猛。所以，没必要害怕戏剧性，今天我们为什么还读莎士比亚，有一部分原因就是在读他的戏剧性。法国存在主义文学大师萨特，也写过许多舞台剧本，至今我还在认真学习。

谢有顺：其实，戏剧性也好，巧合也好，作品能不能成功的关键在于你要说服读者，让他们相信你所写的是真的。我曾说，阅读是作家和读者之间的一种契约，这个契约要一直维系下去，就必须一直让读者觉得你所写的是真实的。这个真实，可以是生活表象的真实，也可以是情理的真实或想象的真实。合乎情理、合乎想象之逻辑的，即便适当扭曲生活的逻辑，读者也不会觉得你所写的是假的。"飞流直下三千尺""轻舟已过万重山"，谁都知道太过夸张了，但读者依然觉得好，就是因为读者知道，诗歌更多的时候不是服从于事实的逻辑，而是服从于情感和想象的逻辑。小说或许没有诗歌的自由度大，但小说依然有权利想象，有权利把人的情感、意志和灵魂放到生活的熔炉中去反复煅烧，通过一种绝境把人最复杂、深层的性格逼示出来。绝境意识往往会造就一种极致叙事，诞生一种极致真实，这也是一种现代艺术的修辞。不管如何戏剧性，我们需要看到作家想表达的内心深层的内容，你想表达的，至少我看到了。这使得你的小说有一种重要的品质，用汪曾祺的话说，"是有人物"。一部小说，人物立不起来，就算不上成功，小说的写法无论怎样探索、实验，最终还是离不开对人物的塑造。

东西：在中短篇小说里我可以空灵诗意，甚至反故事、反人物，但在一部长篇小说里，我必须塑造扎实的人物。没有人物，我的情感就没法寄托，像曾广贤（《后悔录》），他寄托了我的"后悔"，牛红梅（《耳光响亮》）寄托我的"迷茫"，汪长尺则寄托我的"绝望"。我之所以敬佩鲁迅，除了敬佩他的思想力，还敬佩他塑造了一系列扎心的人物，比如阿Q、祥林嫂、孔乙己、闰土，等等。陀思妥耶夫斯基在《罪与罚》里也是通过拉斯柯尔尼科夫这个人物来完成他的表达。人物是作者心灵中的一小块，这一块被发酵放大，最终成为一个活生生的人物，他们慢慢变成作者的邻居、亲人，甚至变成作者自己。在某种程度上，作者是通过人物彻底地融入小说的。所以，这部小说我写到最后真的很悲伤。我想，如果当年我没有考上大学，也许命运就和汪长尺差不了多少。在我的写作中，短篇小说会把思想排第一，语言排第二，但在长篇小说创作中，我会这样排位：思想第一，人物第二，故事第三，情感第四，语言第五，细节第六……因为长篇是个大结构，需要饱满的人物、好的故事框架、充沛的情感，然后再来讲究语言和细节。为什么思想总是排在第一？因为没有思想，那你写的人物也许就是一个空壳。思想力还包括创新与突破，比如我就很喜欢法国新小说派作家罗伯-格里耶的电影剧本《去年在马里安巴》，这里面有思想、有创新、有震撼，当然还有一个滔滔不绝的人物。

谢有顺：看得出你的写作深受新小说的影响，就是近两年的短篇小说，比如《请勿谈论庄天海》《蹲下时看到了什么》，都有那么一股新小说的味道。我们不知道"庄天海"是谁，却不敢谈论他，因为一谈论他，我们就摊上倒霉的事，他就像某种神秘之力，抑或是因为我们内心极其虚弱而产生的幻觉。而《蹲下时看到了什么》，答案是看到了人性。平时我们都是站着看，而这个小说是蹲着看，这是一个观察人性的绝佳角度。当然，你也深受荒诞派小说的影响。你的写作并不是简单地模仿生活，而是通过变形、荒诞的方式，写出生活的另一面，也是更深的真相，你是要触动人的灵魂，写出真正的灵魂冲突。当你、余华等人都说出"现实比小说更荒诞"的时候，你是把荒诞写作当成了作家介入当代现实的有力武器？

东西：所有荒诞的写作都是希望这个世界不再荒诞，但世界如果不荒诞那就不称其为世界。在这个小说写完交给《花城》之后，大约六月六日，我在广州接受李军奇先生的采访，当天我们都注意到了一则新闻，那就是一位贫困家庭的孩子身患怪病，父亲无钱医治，说如果他从楼上跳下去孩子的病能好，那他就跳下去了。这种父爱，多么像汪长尺对汪大志的爱。后来，大约七月中旬，我又看到一则新闻，说1988年有两对同卵双胞胎在哥伦比亚波哥大的一家医院同时出生，因为医院的一个失误，把他们四个搞混了，两个家庭以为是异卵双胞胎，就这样各领了一个自己的和一个别人的孩子回家抚养长大。在城里长大的两个孩子一个成了工程师，一个成了会计师，而在乡下长大的两个孩子都成了屠夫，在打理一家肉铺。后来这四人见面了，被错抱到乡下的那个有钱家庭的孩子，成了屠夫，而乡下被错抱到城里的那一个则成了会计师，这不就是"篡改的命"吗？这个新闻恰恰发生在《百年孤独》的作者加西亚·马尔克斯的家乡，难怪他要用魔幻现实主义来写作。现实虽然荒诞，但仍需要写作者提炼和概括。

谢有顺：生活每天都在上演各类的荒诞和传奇，这些不过是表象。作家的意义在于，他能通过苦难看到一种命运、一种存在的状态。许多时候，存在是一种宿命、一种无法修改的错误，这是存在的本质意义的黑暗。看到了这个本质，绝望就应运而生了。所以说，能写出绝望的作家，他的灵魂一定是生动的。从存在论上说，人无法修改自己的命运，但你塑造了一个人物，偏要改变这种命运的逻辑，事实上，你是在写改变的艰难与代价。表面上的改变，并不能影响命运的本质，甚至有可能走向命运的反面，接受命运本身的审判。你在小说中写汪大志被送到有钱人家后，从小变得势利、冷漠，甚至小小年纪就学会了诬陷好人（汪长尺救他，还遭遇他倒打一耙）。在汪长尺的设计下，他的命运改变了吗？改变的不过是外在的生活条件，命运深沉的底色依然如旧。这是多么沉痛的事实。《篡改的命》表面上是写城与乡的矛盾，核心还是关注人的命运，是写小人物的无奈、痛苦，无法抉择的绝望感，这是朝向绝望的书写，汪长尺最后是心如死灰，心死是一种最深的绝望，或许，希望只能在绝望中诞生。

东西：确实，绝望中还是有希望的。八月下旬我参加上海书展，一位读者跟我说，读完此书他有两个感想：一是改变命运是大家关注的问题，有共性；二是读完小说后，他觉得自己应该更善良，对那一些人要更好一点。他说他叫了一个修水管的上门修理水管，讲好价钱是三十元，但最后他给了他五十元。绝望的书写恰恰是不想让人绝望，我虽然是个悲观主义者，但从来没有放弃过希望。好像多年前，你曾经也写过一篇有关我小说的评论，题目叫《他写了悲伤，但不绝望》。这一部相比过去的小说，似乎冷一些，但是我相信仍有温暖，就像汪槐和刘双菊给汪长尺的温暖，就像汪长尺给汪大志的温暖。他们虽然困难，却都把温暖传递给了下一代。

谢有顺：我个人是很珍重这些有暖意的写作的。我总觉得，当下中国，心狠手辣的写作、黑暗的写作太多了，带着希望、暖意和亮光的写作太少。而我们需要后者。但这确实又是一个无所希望的时代，一个作家，只有把希望藏得越深，力量才可能越大。直白、浅薄地写希望，只会令人生厌。正因为如此，我们刚才谈到，绝望中的希望才是真正的希望。也就是说，没有经过苦难的碾磨，没有付出眼泪和代价的希望，都是轻浮的、廉价的。你的写作，一直是有这种生存论意识的。《后悔录》中的曾广贤，选择将"后悔"作为他对自己的救赎方式，但到了汪长尺，他不再选择"后悔"，而是选择了死亡，决绝一跳，向死而生，人物的这种心理变迁，也表征着作家本人对世界的理解发生了巨变。

东西：汪长尺这一跳也是拯救，他在拯救汪家，在拯救他的孩子汪大志，也就是林方生。因为他父亲汪槐给他的任务，就是要改变汪家的命运，所以他在跳之前写了一张字条："爹、妈，汪家的命运已经彻底改变，我的任务完成了。"我们在前面谈到过，汪长尺是带着些许希望跳下去的，因为他相信这一跳会换取汪大志一生的幸福。

谢有顺：如果用浪漫主义的写作方法，这里会写到幻觉，写到汪大志未来幸福的画面。但是，你没有写，相反，你让长大之后的汪大志（林方生）彻底销毁了自己在农村的痕迹（取走照片）。他后来知道自己生父是谁，知道生父的命运被人篡改了，自己的命运也被父亲篡改了，但他臣服于这种已被篡改的命运逻辑，他选择安于现状，承受利益，他身上有一种令人无望的庸俗和屈服性，从某种意义上说，汪长尺苦心孤诣的篡改，制造的不过是另一个命运悲剧而已。那种对城市的假想，能承载他当年的梦想吗？这样的"篡改"真的有意义吗？

东西：希望即幻想。城市向往田园生活，向往慢生活；乡村向往城市，希望在城里挣更多的钱。正如汪长尺的同学兴泽所说："出去还有改变的可能，不出去什么可能都没有。"模仿兴泽的话，那就是篡改还有可能，不篡改什么可能都没有。

　　谢有顺：所以，从小说人物的角度看，篡改完成之后，命运获得了阶段性胜利；但从更深的意义上讲，幸福并没有从天而降，命运呈现出来的是一种更大的虚无。恶是有力量的，但由恶所改变的世界，终究是灰色的，甚至是绝望的。《篡改的命》中，可以交易的死亡和可以篡改的命运一样，从终极意义上说，都是一种恶，只是，这种恶作为一种事实，并不为这个时代所批判，它更像是一种成功的力量，被时代的潮流所推崇所裹挟。我在你的小说中读到了这种可笑的荒谬感，读到了含泪的笑，读到了一种改变者的意志，但最重要的是，我读到了一种生命内在的凉意——我们终于走到了一个不再把人格、尊严、信念、灵魂的光辉当作价值来追求的时代，一个生命和灵魂可以随意买卖的时代好像正在到来。你是在预言什么吗？我希望这个预言是假的，我希望所有的读者都还能从你这部小说中读到悲哀之情。只要我们还能悲伤，世界就还有希望。

受难者的精神启悟

——读《镜中》

艾伟是一个对写作有自己独特思考的作家。一方面，他以小说的方式书写人类内心的复杂经验，另一方面，他又不断地通过创作谈的形式来辩明何为自己所追求的写作。艾伟的很多小说，都有观念先行的痕迹，但他的写作，又不是简单地图解自己的观念，而是在找寻一条日常经验和思想经验相融合的路子，以此探索一种有重量的写作。好的写作，往往是有思想光彩的，也不惧主题先行，重要的是，作家找到自己切入世界的角度，并以自己所创造的形象来有效诠释"主题"。只是，二十世纪九十年代以来，中国当代小说多半是对日常生活的关注和张扬，作家们主要遵循的是经验主义和感觉主义的写作路径，背后不乏经验崇拜和感觉崇拜的影子，这种叙事中的日常性和细节流，对于救治一种大词化、空洞化的写作是有力的，它在语言中所建立起来的实感，也是塑造个体真实性的重要基础。但是，仅仅由感觉和经验所构成的写作实感，很快就面临着一个根本的困境，那就是构成写作的那些经验有高度同质化的趋向。

直接经验是有限的，它常常是贫乏的代名词，因为以事实为准绳的自然思维，只能创造一个经验的自我，很难创造出那个精神的自我；写作除了自然思维，有时还需有哲学思维，才能在实事、经验之中完成对经验实感的内在超越。

正是在这个意义上说，艾伟这种带有哲学思维的写作，在当下中国尤显珍贵。他非常清楚，写作不能只沉迷于经验之中，而是要在驳杂、丰富的经验丛林里提纯出心灵的形状，进而为人类的精神塑形。"中国人的经验世界无疑是庞杂而丰沛的，如何去处理这个无比丰盛的经验世界，并从中找寻出属于中国人的内心语言，是一桩极其艰难的甚至是开拓性的工作，……我们都有责任去探寻一个最基本的问题，即身为今天的中国人我们生命的支柱究竟是什么，中国人的心灵世界究竟有着怎样的密码，我们如何有效地具有信服力地打开中国人的精神世界并找到中国人的'灵魂'，我觉得这一切还是值得作家们去探险的。"① 在经验与灵魂之间往返，写作既不能无视经验的塑形意义，也不能搁置灵魂问题，而是要尽可能地在经验之中建立起一种象征方式，让更多读者意识到生活下面还有一个隐秘的精神地带，那就是文学所要追索的广阔的心灵世界。艾伟很早就声称自己"是有志于'心灵问题'的"，"我希望在小说里展示世态的多极性，不能老是盯着那所谓的恶，要写出世界的丰富和价值的多极来"。② 这种价值省思，使得艾伟的小说从一开始就具有负重的面貌，比如，他的第一部长篇小说《越野赛跑》，在叙事艺术是先锋的、探索的，他想突破艺术的常规，但过重的隐喻色彩又使得他笔下的人物多少有点概念化，人物应有的丰富性和复杂性远远不够。

艾伟把自己这种隐喻指向过于清晰的写作称之为"寓言化写作"，并很快对这种写作做出了调整和反思。转折性的作品是《爱人同志》。《爱人同志》更重视人物内心的展开，它执着地挖掘人物的内心世界，甚至不断深入人物的潜意识世界，这部内心化程度很高的小说，因为人物立住了，作者在这部小说中所赋予的"寓言性"也获得了支撑。《爱人有罪》强化了这种写作方式。艾伟把罪与罚、自责与受虐这样的精神性母题，具体安置在鲁建这个人物身上，人物内心的深度就成了他要探讨的人性主题的深度。一直到《敦煌》，艾伟所探究的仍是中国人的罪感和耻感、欲望和道德的微妙关系，那些灵肉合一的故事，隐藏着人物对欲望的深度思考和对自我的艰难辨认。人性斑驳、复杂、多变，受难者的隐秘快感，施虐者的痛苦沦落，爱与恨在极点的交缠转换，人类赖以获得秩序感的安稳日常与

---

① 艾伟：《中国经验及其精神性》，《扬子江文学评论》2020 年第 4 期。

② 艾伟、何言宏：《重新回到文学的根本：艾伟访谈录》，《小说评论》2014 年第 1 期。

赖以证明存在感的官能刺激的剧烈矛盾，给读者带来的是极致而精微、荒诞又逼真、失重且深沉的阅读体验。人的内心深处的许多暗疾，好像都被艾伟打开了。"小说最重要之处是对人的想象。如何有效地打开人物内部，并建立可信的平衡感（其中蕴含有各种价值的混响），或许是构建小说和人物复杂性的方式之一。"① 而要实现对人的重新想象，最关键的是要越过生活那些平庸的表面，要善于在那些不经意的细微转折处发现人性的黑洞，从普通的日常性出发，但不放过任何一个细节，透过生活的表层，看见那个隐秘的核心，发现生活的不可思议，也惊叹人性的神秘莫测。

艾伟在写作中一直扮演的是质疑者和追问者的角色。他怀疑一切貌似合理的事物，尤其在那些生活惯性下做出的抉择，很容易获得人群的认同，但小说家所要反抗的正是思想的陈规，他要清理那些支配着我们生活的僵化看法，从而开辟出一条人性的小径，发现惯常生活下令人惊讶的一面。多数人面对自身的迷茫和生活的繁杂，都渴望找寻到一种已成定论、普遍有效的精神秩序或思想答案来安顿自己，世界正是这样被固化和机械化的。文学写作就是要反抗一切思想的定论，并对任何试图把生活秩序化、机械化的力量保持警觉。"小说是各种各样观念的对立面，是我们这个日益坚固的世界的对立面，是整齐划一的对立面。小说用自己的方法刺破我们习焉不察的、日渐麻木的惯常生活，照见我们习以为常的观念和生活的某些荒谬一面。当文字在某种程度上刺穿庞大而坚固的观念堡垒时，小说就可以将无限活力和可能性归还给生活，从而将自由归还给人类。"② 没有质疑和追问的写作是肤浅的，只相信一种价值就意味着交出人物的灵魂。灵魂的阴影、人性的幽深，都是在怀疑、分析、勘探、拷问下才一点点显形的。

《镜中》③ 就是一部在怀疑和追问中不断向人性深处掘进的长篇小说。

故事发端于一个日常的悲剧事件。庄润生的妻子易蓉开车时发生车

---

① 艾伟：《光亮与阴影以及平衡感》，《文艺报》2021 年 3 月 31 日。

② 艾伟：《文学的内在逻辑》，《花城》2021 年第 4 期。

③ 艾伟：《镜中》，浙江文艺出版社 2022 年版。

祸，车撞向了钱塘江大桥，一对儿女（一铭和一贝）在车祸中丧生，易蓉自己重伤住院并完全毁容。车祸的突然发生，彻底打乱了小说四个核心人物——润生、易蓉、世平、子珊——的生活，原先貌似平静的人生，开始呈现出各种不为人知的部分，生命自身的敏感和脆弱、爱与罪的深度缠绕、恨的滋生与释然，一直贯穿在《镜中》的叙事里。这部长篇的人物关系并不复杂，但艾伟的写作旨趣仍然是在人物的内心，他想探测一个人对苦难的承受能力，试图写出宽恕的力量，并探寻一条从受难走向救赎的道路。

最痛苦的是易蓉。她是一个母亲，这个因为自己的过错而失去了两个可爱孩子的母亲，内心的负罪感是可想而知的。孩子没了，自己所珍爱的美（容貌）也毁灭了，易蓉生无可恋，她无法再面对这个世界，也无法再面对自己。"一铭和一贝的离去已把她打入地狱，如同她对润生说的，是她亲手害死了他们，她是个刽子手。她并没有对润生说出'刽子手'三个字，但在心里她这样对润生承认了无数遍。也许她只配拥有骷髅一般的鬼脸，像鬼一样在人间生活，不配再成为一个人。"这种深重的愧疚和自责，让出院后的易蓉留下一封信后选择了自杀。她自杀前，回到了养母的老宅，那些过往的时光又回来了，纷繁的人世，混杂着污秽和美好，再一次蜂拥而来，她好像又经历了一次闪回的人生，但她在这个世界所得到的终究不过是空无。

负罪感接踵而来的是庄润生。易蓉和孩子们出车祸的时候，他正在酒店和情人子珊幽会，手机关机了。易蓉出事后打不通他的电话，这是润生第一重的负罪感；很快，他在一个偶然的机会查看监控后发现，自己那天和子珊幽会的情形，易蓉和孩子们原来都看到了，他的负罪感更重了。在医院的时候，易蓉直愣愣地看着他，这目光仿佛是在解剖他，里面不仅有哀伤，也有对他的审判。"至此，润生明白他是所有不幸的源头。他意识到自己罪孽深重，不可饶恕。"之前，他因为了解了是易蓉酗酒导致的车祸，有那么一刻，对易蓉的仇恨缓解了他的愧疚感，似乎恨可以转移负罪，但润生发现易蓉的酗酒是在怀疑他和子珊出轨之后，罪恶感又重新淹没了他。他也想到了死，并以打火机烧炙手心的自虐方式，来体会疼痛的感受。"他听到手心的皮肤发出滋滋声，好像猪油落在不粘锅里发出的声音。他几乎没有感到疼痛。有一道光进入了他的脑子，好像他的头脑此刻正在燃烧。"他与子珊很快就断了关系,并送子珊出国,然后在远方的乡村建了两所希望小学(分别用自己死去的孩子来命名这两所小学)。整个过程,润生任由伤痛从他的体内苏醒,无助、悲伤、愤怒、孤寂以及仇恨交织在一起,如影随形,像一个巨大的黑洞。内心的磨难真正开始了。后来润生在中缅边境被关押在监狱,历尽劫难,以及接受山口洋子的设计任务,苦思超脱之道,其实都是艾伟为润生预设的走向救赎之路。生病、酗酒、精神分裂、在死亡的边缘挣扎,润生正是通过这种自我惩罚来缓解内心罪恶感的,而真正让他获得释然和拯救的,主要还是做志愿者、做慈善,通过爱的付出来补偿内心的思念和负疚,以及在工作中不断体悟建筑美学所蕴含的某种神秘的宇宙意志对内心的抚慰。即便后来他读到易蓉自杀前留下的信,知道妻子与好友甘世平有私情,两个孩子也是他俩所生,几次都动了报复甘世平的念头,最终因为看到了一束光而放弃。在宽恕别人的同时,润生也宽恕了自己。

子珊的负罪感是她觉得自己介入了润生和易蓉的婚姻,润生儿女的死,令他们之间无法再续旧情,障碍如此清晰、确定,如同一座大山横亘在他们之间,他们再也回不到从前那种单纯的关系了。"从前中间只有易蓉,他们可以假装忘记,现在完全不一样了,润生儿女的死亡令他们的关系沉重到难以承受。"子珊后来远赴重洋,在美国有了新的恋人,但内心从未安宁过。她知道润生遇险的消息后,费尽周折前往缅北监狱救出润生,并帮他完成具有象征意味的动画稿制作,也可视为是她的自我救赎方式之一。

甘世平的悔悟似乎是最迟到来的。这其实是叙事制造的错觉,甘世平早就和易蓉有了私情,易蓉主动迎向他,他也很快就爱上了她。因为中间有一个润生在,他俩在欢悦的同时,内心也充满矛盾,尤其是甘世平,既迷恋易蓉的身体,又害怕伤害好兄弟润生,心里一直是冲突的、挣扎的。"世平自己都感到不可理解,他对易蓉抱有如此强烈的执念和热情,有时候他觉得自己像一只寻找某种幻觉的赴火的飞蛾。这世上有些事没有道理可讲,道理是一回事,但身体比道理更顽固。他和易蓉的约会成了世平情感生活的全部,那些曾经折磨着他的对润生的内疚感随着时光的流逝变得日渐淡漠。"差不多就在这个时候,车祸的惨剧发生了,甘世平一边照顾情绪低落的润生，一边忍受着愧疚感的暗中折磨。待他看到易蓉的邮件，再面对润生，他知道自己接受命运审判的时候到了。他没有逃离，而是以一种死的决绝来面对过去，他比任何人都更想救赎自己。而知道真相后的庄润生，有两次都想杀死甘世平，一次是在青岛潜水，脚抽筋的润生缠紧世平的脖子，想在海底掐死他；另一次是在日本打猎的时候，润生拿着猎枪对准了世平的脑袋，但世平不仅没有回头，还体会到了一种轻松感，"闭着眼睛等待润生给他致命的一击。他觉得这是他应得的，他松了一口气，也许从此后可以得到彻底的解脱"。最终，润生选择了原谅，尽管他的内心并没有完全放下仇恨，但他把那道光看作是神对他的启悟，他隐约觉得，该和这个世界和解了，这也是自我救赎的唯一通途。可是，甘世平的自我救赎还没有完成，为此，《镜中》专门设计了一次地震，润生的房间因蜡烛晃倒发生火灾，而长期服用安眠药的润生一直在昏睡之中，是甘世平冒死冲进大火中救出了润生，而他自己却因伤势过重而入院，并在住院时自行拔管而死。世平在肉身上救了润生的命，也在精神上救赎了自己。

死者已逝，但生者仍在精神的磨难之中。子珊在美国怀孕之后，陷入了更深的焦虑；去云南支教的冯臻臻被强奸而致怀孕，被迫落户当地，她当初怀着理想而来，收获的却是家暴和悲伤；润生看似在与神秘力量的会意中获得了某种抚慰，内心其实并没有实现真正的疗愈和解脱。尽管艾伟在《镜中》让润生设计禅院，并与释慧泽方丈谈论佛学；让润生遇见光，并在建筑美学中体悟一种宇宙意志，这个科学主义者也开始相信命运和最高存在者；让润生把《给世界的遗书》改成《给世界的情书》，表明他不再是一个望断一切的绝望的灵魂，而是又一次开始对世界用情的人。一种绝望从哪里开始，一种希望也从哪里准备出来，但润生的这种希望，是个体对宇宙意志的体悟，更是对人世的一种重新想象。

这并不是解脱，很可能是新一轮受难的开始。

《镜中》最可贵之处正在于此，它没有轻易消解苦难，而是充分肯定了受难的意义。没有经历内心的磨难，易蓉、子珊、世平、润生等人，都只是一个人在情欲中沉浮的轻浅的个体；是苦难的逼视、内心的负罪，让他们开始意识到有一个内在的我，这个"我"，从静默无声到日益不安，从自我审判到寻求解脱，最后到了以死来救赎自己的境地——个体的完整性正是在这个过程中建立起来的。"小说家总是要质疑这种看似正确的观念，要反思这种概念下的人，进入到个人的地带，当我们进入个人地带时，我们才能发现人之为人的一切。"① 在黑暗中发现光亮，在深渊里看见希望，既直面个体的破败，也积攒人性的暖意，正如润生历经九死一生之后，伤痕犹在，不同的是，多了苦难所馈赠的悲悯和智慧。现实和精神就这样互为镜像，在现实中失去的，在精神里了悟，这是个体的心灵历程，也是一种生命的循环，是命运，也是一种带着绝望的希望。

所以，《镜中》反复提及"镜子"这个意象。"山口洋子的家庭悲剧像是润生的一面镜子"，"司机就是一面镜子"，"润生像一面镜子一样矗立在子珊面前"，镜子照见各种事物，但更多的是照见自己。人与人、人与世界、人与自我其实都是一种镜像关系，所谓的他者，都可以成为自我的镜像，既真实，又虚无。通过养母，易蓉看见了自己；通过易蓉，世平看见了自己；通过世平，润生看见了自己；通过润生，子珊看见了自己。易蓉的死，让润生埋葬了过去的自己；世平的死，却让润生获得了新生。镜子的特点是一而多的，从自己身上看见他者，从他者身上又看见不同的自己，生与死，光与暗，美与寂灭，堕落与救赎，不断互为镜像，又不断逆转，精神正是在这种螺旋式的结构中上升，但它最终会去往哪里，艾伟却拒绝给出答案。尽管小说里的省思，指向了佛禅的宁静，但又不是简单地对佛禅的皈依，而更像是对这样一种精神旅程的自我确证。在润生关于长崎项目的设计图中，就可看出他对自己所走过的人生的回望："在青年的野心部分，润生保留了巢穴主义时期令人骚动不安的、混乱的、和宗教秩序相悖的光线；到了那个至暗时刻，光线变得幽暗，暗示这个人（未来的参拜者）怀着未能解脱的苦和恨，怀着生命的无解，怀着对至高的怀疑，以及自我的无助感；然后这个人来到佛前，光线变得明亮而平和，佛在光线下，沉静慈祥，无悲无喜，而这个人得到了大欢喜"，这是为日本的山口洋子所设计建造的道场，润生希望更多人由此能"领悟到建筑其实和个人生命体验息息相关"。作为著名建筑师的润生，是想通过建筑来探寻精

① 艾伟：《文学的内在逻辑》，《花城》2021 年第 4 期。

神的解脱之道，而建筑所暗合的宇宙意志对他的启悟，让润生有了重生的感觉，这种自我救赎的完成，意味着他开始接受和理解来自人世的一切污秽与高尚、黑暗与光明，就像他设想在长崎道场里摆放的那尊四面佛像，当人们穿过海水底下或黑暗或色彩斑驳的隧道后，"突然站在光之下，看到这样一尊既有天真相，又有温柔相，又有恐怖相，又有自在相，一尊既人间又圣洁，既复杂又单纯的佛像"。佛像的多面，喻示人世的纷繁与复杂，只有重生的人，才能平静地打量这一切，并宽恕一切，超越一切。

《镜中》所写的大量关于建筑的构思、想象与喻指，也是这种精神省悟的引申。光影、潮汐、风向，所有的细节都在影响建筑的设计风格，而那些伟大的建筑，不仅在模仿世界的美，更是在呈现令人震惊的宇宙意志。润生的内心，从波澜起伏到平静如水，与其说受了佛的启悟，还不如说是被这种宇宙意志所征服。从这个意义上说，《镜中》既是对人与宇宙意志相遇合的深情期盼，也是对受难与救赎这一人类精神母题的中国式探寻。

欲望的谜语

——苏童和他的《黄雀记》

"几年前的一个下午，我在一座火柴盒式的工房阳台上眺望横亘于视线中的一条小街，一条狭窄而破旧的小街……这是我最熟悉的南方的穷街陋巷，也是我无数小说作品中的香椿树街。"[①] 多年前，作家苏童的这段自述，已明白无误地向我们出示了他的写作根据地——香椿树街。这个虚构的街景，对苏童三十多年写作生涯的意义不言而喻。它的筑造，最早可追溯至 1984 年，那一年，初见香椿树街端倪的《桑园留念》问世。在那条神秘而又狭窄的老街上，"一群处于青春发育期的南方少年，不安定的情感因素，突然降临于黑暗街头的血腥气味，一些在潮湿的空气中发芽溃烂的年轻生命，一些徘徊在青石板路上的扭曲的灵魂"[②] 缓缓定格。之后，我们在《南方的堕落》《城北地带》《刺青时代》《白雪猪头》《人民的鱼》《舒农》《西窗》《河岸》《黄雀记》等作品中，一再与香椿树街相遇。"所有的小说家也许都只是用各种变奏写一种主题（第一部小说）。"[③] 米兰·昆德拉的这句话，堪称是苏童写作的真实写照。多年来，苏童一直书写着他的"香椿树街"系列小说，这些小说和"枫杨树"系列小说一起，共同构建起了一个属于苏童自己的写作世界。

---

① 苏童：《关于现实，或者关于香椿树街》，《青年文学》2005 年第 7 期。

② 苏童：《纸上的美女》，人民日报出版社 1999 年版，第 180 页。

③〔捷克〕米兰·昆德拉：《小说的艺术》，董强译，上海译文出版社 2011 年版，第 172—173 页。

苏童坦言，迄今为止最令自己满意的长篇小说是《河岸》与《黄雀记》。熟悉他的读者，不难发现其中似曾相识的叙事语码，"变调的历史，残酷的青春，父子的僵局，性的诱惑，难以言说的罪，还有无休止的放逐和逃亡等"。① 不少论者认为，苏童借《黄雀记》回归了香椿树街，"在某种意义上，苏童的新作《黄雀记》可视为他在漫长的写作历程中经过诸多不无艰难的探索后一部回归性的作品，即回归到他初登文坛时大展身手的'香椿树街'世界"②。但苏童自己却说，"其实，这条街，我从来没离开过"，他所描绘的这条香椿树街，"最终不是某个南方地域的版图，是生活的气象，更是人与世界的集体线条"。③ 确实，苏童的小说一直散发着纤细的忧伤和一种近乎颓唐的美，那种黯然和心痛令人难以释怀。他以轻逸写繁复，以叙事呼应抒情，以宽恕之心解读历史的专断和个人的欲望，他的写作，是关于灵魂的叙事，也是一门个体生命如何自我展开的学问。忧伤与颓唐，欲望和宽恕，无疑都是解读苏童小说，包括其"香椿树街"系列作品的关键词。

一、"欲"与"狱"的故事

苏童的小说大多和欲望有关。生活逼仄窘迫，欲望从未缺席。王德威曾以南方为线索，探讨了苏童小说叙事之中的欲望场景："在那个世界里，耽美倦怠的男人任由家业江山倾圮，美丽阴柔的女子追逐无以名状的欲望……南方的南方，是欲望的幽谷，是死亡的深渊。"④ 或食欲，或性欲，或贪欲，或权欲——各式欲望的粉墨登场，已然成为苏童小说的内在驱动力。然而，所有欲望的满足毕竟是有代价的，在苏童笔下，这种代价即是"狱"。所谓"狱"，既可指监禁罪犯的牢狱，亦可指困囿精神的心狱。苏童的小说，表面看是一个个关于"欲"的故事，事实上是一个个关于"狱"

---

① 王德威：《河与岸——苏童的〈河岸〉》，《当代作家评论》2010 年第 1 期。

② 王宏图：《转型后的回归——从〈黄雀记〉想起的》，《南方文坛》2013 年第 6 期。

③ 苏童：《我一直在香椿树街上》，《长篇小说选刊》2013 年第 6 期。

④ 王德威：《南方的堕落与诱惑》，《读书》1998 年第 4 期。

的故事，由"欲"而"狱"，讲的是故事，写的是人心，体现的则是欲望背后的罪与罚。《城北地带》里，"欲"与"狱"的脉络相对清晰，如果说沈叙德与金兰的私奔体现着"欲"的放纵，那么孙红旗因为强奸了美琪而锒铛入狱则体现着"狱"的规训；《河岸》中，"欲"与"狱"的显影相对晦涩，如果说河的意象隐喻着库文轩、库东亮父子及慧仙等人"欲"的泛滥，那么岸的意象则在上述人物找不到精神归宿时象征着"狱"的救赎；及至《黄雀记》，"欲"与"狱"的故事更加纵横交错，迷离恍惚。

《黄雀记》①延续了苏童"香椿树街"系列小说的风格，它讲述的是二十世纪八十年代发生的一起青少年强奸案，三个当事人，三个不同的视角，构成了三段式的结构，呈现了三个人不同的道路和命运。故事发生的时间背景，是当代风起云涌的转型期，时代变迁的光怪陆离和声色犬马，总是若隐若现于字里行间，造成人物悲剧命运的根本，源于青春期无法遏制的欲望，他们受侮辱、受损害，皆因冲动的惩罚。小说的结构，以"保润的春天""柳生的秋天"和"白小姐的夏天"作为故事主要内容。春天是播种的季节，种是因，欲望在春天勃发，罪恶亦在春天生根。夏天是生长的季节，预示着主人公生命的绚烂奔放与摇曳多姿，亦预示着欲望的泛滥和罪恶的弥散。秋天是收获的季节，但无论是保润、柳生还是仙女，秋天等待他们的，不是甜蜜的爱情，而是苦涩的命运。冬天是蕴藏的季节，但小说并没有讲述冬天的故事。空白的冬天，为我们留下了想象空间。没有足够的蕴藏，保润、柳生和仙女如何度过他们人生中那个寒冷的冬天？冬天的悬置，实际意味着他们命运的悬置。保润、柳生和仙女之间的命运纠葛，"从本然之爱开始，以悲剧贯穿终了"。青春的躁动、欲望的骚动、时代的惶惑和人性的黑洞缠绕在一起，成为小说叙事的基本元素。

对保润和祖父而言，"这是一个意外的春天。意外从照片开始，结局却混沌不明"。放弃自戕后活下来的祖父，每年都要为自己拍一张遗照。这个春天，祖父最新的照片被照相馆弄丢了，孙子保润却阴差阳错地收获了一个无名少女的照片。丢掉照片的祖父于是失了魂，收获照片的保润从此落了魄。丢了魂的祖父找不到家，却产生了寻根问祖的欲望，为觅祖先

① 苏童：《黄雀记》，作家出版社 2013 年版。

尸骨，他挖遍了香椿树街。很快，祖父的毁坏欲招致家人和街坊的不满，儿媳粟宝珍甚至放话，"倘若监狱肯收下老疯子，我就把他送监狱去"。不过，最终接纳祖父的，是井亭医院，一所专门收治精神病人的医院。精神病院虽非监狱，却胜似监狱。在那里，祖父丢魂的困境无人能解。他经常哭泣，充满焦虑，毫无尊严，后被保润以监管的名义，整天用绳索绑缚。他缚进而自缚，一事无成的祖父，逐渐适应了被缚的生活，行将就木却犹如困兽。祖父这一生注定是被缚的一生。最早是物质的束缚——祖父家以前阔过，用他自己的话说，半条香椿树街都是他家的，上海外滩的美国银行里有他们家一只保险柜。然而，这些物质财富并没有给祖父带来荣耀，在波诡云谲的历史风云面前，它们反而成了祖父命运急转直下的诱因，"可惜都保不住呀，多少房契地契也经不住一把火，多少金山银山也经不住抄家没收"。历史滚滚向前，祖父却从此活在过去的阴影里，精神的束缚也就如影随形，直至他丢了魂，最后导致身体的被缚。在某种意义上，作为受难者和预言者的祖父，充当了《黄雀记》的叙事背景，历史在这里回溯，命运在这里煎熬。祖父所见证的历史，犹如哲学家福柯眼中的疯癫的历史，"人们出于这种疯癫，用一种至高无上的理性所支配的行动把自己的邻人禁闭起来"。被家人和街坊送进精神病院的祖父，即以肉体和精神的双重"囚徒"身份，反证了一个时代的社会病象。

保润青春期的大好时光，则因监管祖父不得不挥霍在精神病院，那里亦成了他青春时代的精神炼狱。柳生的出现，让他的春天充满了邪恶与虚无、欲望与沉沦。原来，秘密收获的照片不过是圈套，"所有圈套都是以欲望编织而成的"，照片上的少女让他步祖父后尘而丢了魂。丢了魂的保润，迷上了捆人，迷上了精神病院花匠的孙女仙女——一个与照片上的少女有着某种宿命关联的女孩。这个春天，他开始想她，"他的身体隐约知情，而头脑一片茫然"。捆绑绝技是成全保润名声的特殊艺术，也是毁灭保润命运的罪魁祸首，"整整一个春天的欲望，从黑暗到黑暗，好不容易找到最后的出路，居然还是这条绳索之路"。带着绳索去接近仙女的保润，没想到收获的不是爱，而是悔与恨——因为仙女不愿陪他跳小拉（一种二十世纪八十年代流行于南京等地的交谊舞），保润便在精神病院的水塔里捆绑了仙女，闯入现场的柳生，在欲望的驱使下强暴了仙女，保润却被诬陷锒铛入狱。

　　一场与青春期荷尔蒙有关的欲望，滋生了一起错综复杂的罪案，于是，"欲"的故事变为"狱"的故事。保润、柳生和仙女三位少年，终其一生都活在欲望的牢笼里，精神之狱使他们活得艰难而又狼狈。十年牢狱之灾让保润失去的，不仅仅只是青春、自由和对爱情的美好想象，更是心灵上难以抚平的创伤。对于保润来说，爱恨情仇诚然是一种刻骨铭心的体验，第一次因爱与情，被柳生施加给他的冤案投进监狱；第二次因恨与仇，自己选择杀死柳生而再次走向监狱。曾经的保润，依靠一根绳子，在井亭医院征服了许许多多陌生的身体，他也因此成了一名特殊的艺术家。但好景不长，艺术家成了强奸犯（被冤枉），进而成了杀人犯（主动）——别人的春天鸟语花香，保润的春天充满罪薮。究竟是什么让他从一个艺术家沦为杀人犯？欲望。征服的欲望，爱情的欲望，复仇的欲望……"欲"的放逐，带给保润的是"狱"的惩戒。

　　如果说，井亭医院是囚禁祖父的监狱，那么，井亭医院里的水塔就是囚禁仙女的监狱。水塔是她此生的梦魇，更是她的身心之狱。自从在水塔中被保润捆绑并遭到柳生的侵害后，仙女蹀躞的命运，便与那座水塔纠缠不清。奇异的岁月，"仿照她少女时代的兔笼，编织了一个天蓝色的笼子，她像一只兔子，被困在笼子里了"。困境让她迷失了方向，她的生活，一次又一次陷入被侮辱与被损害的旋涡。她既对自己的贪欲没有把握，也对自己的爱恨估计不清，为了告别过去，她把自己交给了这座城市，城市新兴的高楼大厦吞噬了她的影子；为了寻求幸福，她从一个男人奔赴另一个男人，而这些男人却都是和她逢场作戏。水塔就像一张巨大的疏密有致的渔网，随时准备放纵她的欲望，或者打捞她的灵魂。她的世界，在水塔事件的影响下，逐渐变得狭窄、孤独、阴郁，谁都拒绝她，谁都厌弃她，连保润家世世代代的鬼魂也不例外。到头来，别人欠她的，她努力追索；她欠别人的，往往无法偿还。她的厄运，始于水塔，终于水塔，水塔成了她的纪念碑，成了她此生不愿回首却又无法挣脱的牢狱。

　　小说中，井亭医院还是箍桶巷郑老板的监狱。郑老板白手起家，生意越做越大，很快成为城南首富。不幸的是，来得太快、太多的荣华富贵，使郑老板一时无法适应而得了妄想症，总怀疑有人要暗杀他。年轻的郑老板被恐惧击垮了，只好送进井亭医院。虽然井亭医院为他提供了最好的治疗，他的恐惧症却愈来愈重，财富暴增带给郑老板的不是满足，而是精神紊乱综合征，对此，医疗专家与心理学家组成的治疗小组束手无策。但郑老板有一个奇特的病理现象，那便是对美色的极度依赖，唯有美色能减轻他的狂躁，也唯有美色配合，能让他愉快地接受所有的治疗手段。欲望的极度释放，让郑老板失去了自我，精神病院成了他的最好去处，对于腰缠万贯的他而言，那里何尝不是一座物质与精神的监狱。

由"欲"而"狱"的书写，是《黄雀记》关于欲望叙事的重要风景。无论是现实之狱，还是精神之狱，其实都是关于时代和个人的隐喻，映照出一个国家在发生巨大转型和变化时，时代和个人所遭遇到的最大窘境，这窘境便是："在奔跑的欲望和诉求中，似乎很少有人能够停下来思考，盘整自己业已膨胀的内心。"欲望无所不在，内心一片疮痍。对此，捷克已故总统哈维尔在狱中写给妻子的信中曾说："监狱给了我整个存在提供了一个不言而喻、不可避免的框架、背景和坐标系，在某种程度上，只有监狱环境才能够成为人类普遍境遇的隐喻。"所谓普遍境遇，不过是人类普遍欲望造成的困境。

二、重述逃亡与回归

逃亡与回归，是苏童在欲望叙事中惯用的主题之一。对此，苏童曾这样解释："'逃亡'好像是我所迷恋的一个动作，尤其是前些年的创作。人只有恐惧了、拒绝了才会采取这样一个动作，这样一种与社会不合作的姿态，才会逃。我觉得这个动作或姿态是一个非常好的文学命题，这是一个非常能够包罗万象的一种主题，人在逃亡的过程中完成了好多所谓他的人生的价值和悲剧性的一面。"[①]《1934 年的逃亡》开启了苏童小说"逃亡与回归"之旅的序幕，他以"回归"的情感姿态讲述了一个关于"逃亡"的故事：在一场场由本能欲望引发的饥荒、瘟疫、仇杀和淫乱中，灾难和死亡的阴影笼罩着"我"的先祖，"我"于是想逃离"父亲的影子"，却

---

① 苏童、林舟：《永远的寻找——苏童访谈录》，《花城》1996 年第 1 期。

又始终无处逃遁，恰如"我"曾写下的诗句：我的枫杨树老家沉没多年 /
我们逃亡到此 / 便是流浪的黑鱼 / 回归的路途永远迷失。带着这种迷惘和
虚无的意绪，苏童在"枫杨树"系列和"香椿树街"系列作品中，一次又
一次地演绎着"逃亡与回归"的宿命轮回。《罂粟之家》以罂粟隐喻人的
原始欲望，正是这种原始欲望，导致了家族衰败的厄运。无从更改的宿命，
注定了无法阻止的逃亡。而之所以逃亡，不过是因为人内心深处的某种恐
惧，恐惧自身那神秘莫测的宿命，更恐惧周围那觊觎已久的欲望。《米》
"是一个关于欲望、痛苦、生存和毁灭的故事"，苏童说："我写了一个
人具有轮回意义的一生，一个逃离饥荒的农民通过火车流徙到城市，最后
又如何通过火车回归故里，五十年异乡漂泊是这个人生活的基本概括，而
死于归乡途中又是整个故事的高潮。"[1]乡村青年五龙迫于饥荒逃亡城市，
城市的罪孽却让他在原始欲望的侵蚀下，一步步坠入人性之恶的深渊：杀
人越货、强奸性虐、疯狂复仇。欲望的释放带来欲望的满足，欲望的满足
又导致生命的沉沦。最终，染上花柳病的五龙，希望随着一车大米"衣锦
还乡"后"叶落归根"，却终究逃不过客死归途的命运。无论是作为乡村
的逃亡者，还是作为城市的逃亡者，五龙都未曾找到逃亡的栖息地。生命
消逝之际，他隐约知道"自己仍然沿着铁路跋涉在逃亡途中"。有学者认为，
苏童笔下的逃亡者家族，从《1934 年的逃亡》中的陈宝年和狗崽、《米》
中的五龙，到《平静如水》中的李多、《逃》中的陈三麦、《离婚指南》
中的杨泊、《红粉》中的秋仪、《三盏灯》中的扁金、《我的帝王生涯》
中的端白，"他们的悲剧性在于他们的逃亡与回归同时是欲望与存在的
产物，无法超越欲望的逻辑和存在的匮乏本身"[2]。欲望无边无涯，逃亡
没有归宿，苍白、沉重、脆弱且无常的生命，"总在途中"（马原语）。
生命的困境就此循环往复：从一个困境逃向另一个困境，生命不止，困
境永恒。

逃亡与回归的对立统一，在《黄雀记》中同样得到充分发挥。小说以

---

[1] 苏童：《米·序言》，江苏文艺出版社 1991 年版，第 1 页。
[2] 程文超等：《欲望的重新叙述——20 世纪中国的文学叙事与文艺精神》，广西师
范大学出版社 2005 年版，第 215 页。

祖父丢魂被关进精神病院开始，以仙女诞下怒婴后不知所终结局，通篇讲述的莫不是有关"逃"的故事。无论祖父还是仙女，抑或保润和柳生，面对生存困境，唯有选择一逃再逃，"逃"成为他们命运变幻莫测的基本形态。祖父几次从精神病院逃回家，又几次被绑回精神病院，有家不能回的他，以逃亡的姿态宣告着他的反抗与清醒。当香椿树街所有人都视他为精神病患者时，他自己十分清楚他的症结所在；当香椿树街所有人备受欲望的折磨而丢魂时，只有他执拗地要去找回失去的灵魂。此时的祖父，不再是那个苍老、猥琐、怯懦的疯子，而是一个大智若愚的思想者，他的屡次逃亡，也因此具有了某种形而上的意味。

经历了强奸事件的仙女，仓皇逃离了井亭医院那个伤心地。然而，她的逃亡之旅注定此路不通。"她像一条不安分的鱼，自以为游得很远了，最终发现一切是个幻觉，游来游去，还是逃不脱这个城市的渔网。"她在这个城市来来去去，这个城市终究没能成为她的归宿，那里埋伏着她的许多冤家。这么多年，身份早已更换为白小姐的仙女，在与男人们的周旋中自以为得计，最后仍然要用自己的身体买单。怀上有妇之夫的骨肉后，一无所有的仙女更是无处可逃。逃不过宿命安排的她，唯有失魂落魄地逃回香椿树街，等待她的却似乎只是一个阴谋——在柳生的周旋下，她被困在一所陌生而老旧的房子里，而房子的主人竟是保润。命运的绳索，再次将他们三人捆绑在一起，让她无法脱身。说到底，这条街道和这所房子，毕竟不是她身心的避难所。当她决定远离此地时，逃是唯一的选择。逃离的结果，是回归井亭医院。她带着刚出生的怒婴，被迫住进了水塔。就这样，逃来逃去，仙女还是没能逃离宿命的轮回。小说结尾，仙女抛下怒婴，再次独自踏上了逃亡之旅，无人知晓她生命的下一站在哪里。她又能逃到哪儿呢？苏童没有告诉我们，仙女的命运就此留下一个大大的问号。在《娜拉走后怎样》一文中，鲁迅告诉我们："人生最苦痛的是梦醒了无路可以走。"仙女不是娜拉，但仙女的确已走投无路。从其命运轨迹来看，再次逃离后，她"或者也实在只有两条路：不是堕落，就是回来"。

逃亡与回归的宿命，凸显的其实是人物的困境。对祖父和仙女来说，逃离旧的困境不过是暂时的幻象，回归新的困境才是他们的存在状态。"从苏童小说中逃遁者的最后结局来看，逃遁完全是无望的挣扎，因为新的可能总是迅速变为不可能，新的希望总是迅速变为绝望。"① 恰如小说《逃》里终其一生都在逃亡的陈三麦所言："我逃到天边也逃不掉了。"《黄雀记》中的仙女，生命状态和陈三麦何其相似，逃无可逃是他们共同的宿命，小说由此散发出一股浓郁的悲凉和创伤气质。"作为对一种过往经历的叙事，创伤故事远非对现实的逃离——逃离死亡或者相关力量，而是对生活无尽影响的明证"，所有创伤故事，"核心在于死亡危机与相关的生存危机之间的震荡：创伤事件的不堪忍受性与创伤之后幸存的不堪忍受性之间的一种双重叙事"。② 在某种程度上，《黄雀记》正是通过这样一种双重叙事，来讲述一个过往的创伤故事。

当然，苏童将中国转型时期纷繁芜杂的欲望及其困境，简化为一种宿命的叙事方式，在有力揭示生活世相的同时，也可能陷入一种写作惯性。王德威就曾指出："苏童一辈的作者从不积极探求死亡之所以发生的动机。宿命成了最好的借口"，不仅如此，"就算是最具有'时代意义'的题材，也常在他笔下化为轻聲浅叹，转瞬如烟而逝"。③ 对此，葛红兵有着相近的观点："苏童常常不能为自己笔下的人物的遭际提供一个社会性的解释，苏童笔下的人物常常是宿命的。"④ 面对困境，苏童和他小说中的人物一样，找不到出路。于是，他将笔下人物统统交给了宿命。所幸的是，苏童对此并未袖手旁观，在演绎宿命悲剧的同时，他还希望对因欲望而陷入宿命困境中的个体施以救赎。

三、欲望、罪与救赎

苏童说："在《黄雀记》的写作过程中，我一直在想着俄国伟大作家

① 陈娟：《记忆和幻想》，上海文艺出版社 2000 年版，第 343 页。

② 凯茜·卡鲁斯语，转引自刘玉杰：《回忆叙事中的迷失与无家可归——〈四十一炮〉中的罗小通与〈德语课〉中的西吉·耶普森比较研究》，《世界文学评论》2014 年第 4 期。

③ 王德威：《南方的堕落与诱惑》，《读书》1998 年第 4 期。

④ 葛红兵：《苏童的意象主义写作》，《社会科学》2003 年第 2 期。

陀思妥耶夫斯基的《罪与罚》《被侮辱与被损害的》两部代表作。"① 在某种意义上，陀思妥耶夫斯基这两部小说，内在地影响了《黄雀记》的叙事脉络和精神取向。祖父和仙女的被侮辱与被损害令人扼腕，保润和柳生的罪与罚亦令人揪心，他们对于灵魂的救赎，则更加令人唏嘘。

保润的春天在欲望中沉沦。"春天一到，他的灵魂给身体出了很多谜语，他的身体不懂。他的身体给灵魂出了很多谜语，他的灵魂不懂。"当他游刃有余地为井亭医院的精神病人打着花样繁多的结时，他哪里知道，他的命运也被绳索就此套牢。捆绑病人让他成了艺术家，捆绑仙女却让他成了劳改犯。出狱后，尽管保润对过去蒙受的冤屈耿耿于怀，但当他得知仙女已怀孕时，他立刻选择了宽恕，并将自己的房子让给无家可归的她居住，他说："我们清账了，不算朋友，也算熟人，孩子要紧，你就好好在这里待产吧。"故事发展至此，总算让我们看到了保润和仙女之间的裂缝在变小，温情在滋生。然而，苏童执意要让这种温情化作悲情——一场误会，将保润的宽恕付之东流，他从一个假强奸犯变成了一个真杀人犯。阴差阳错的宿命，无法拯救的宿命，不给保润留下任何生机。

柳生的秋天在欲望中颓败。作为那场冤案的真正主角，柳生始终活在罪恶的阴影里。多年前的那个黄昏，他的欲望犹如金灿灿的稻浪，在仙女的身体里快乐地歌唱。只是，短暂的快乐过后，他就过上了夹着尾巴做人的生活。他侥幸躲过了一场牢狱之灾，却拖累了整个家庭，这种沉重的负罪感，抑制了他青春期特有的快乐，使他变得谦卑而世故。对仙女的强暴和对保润的诬陷，让他深受罪恶与救赎的重压。为了赎罪，他的母亲每年要给老花匠一家送礼三次；他自己则受母亲指派，先是给保润家送猪下水，接着是去井亭医院照料保润的祖父；他两次想去监狱探视保润，却又临阵脱逃，保润出狱后，他处心积虑，称兄道弟，只求和解。为了赎罪，他将水塔装修成香火庙，抢磕了第一个响头，希望改过自新得到菩萨保佑；仙女回来时，他鞍前马后，百般讨好，只求宽恕。当仙女流露出要嫁给他的意愿时，他却又嫌她不干净，残忍地拒绝了她。"你欠我的债一辈子也还不清，我不过是瞧不起你，懒得让你还。"仙女的话，顿时让柳生的救赎

---

① 苏童：《我一直在香椿树街上》，《长篇小说选刊》2013 年第 6 期。

显得苍白无力。说到底，"柳生不是拉斯柯尔尼科夫，无宗教信仰，无抽象的思考习惯和能力，他是以人情世故对待一切的，包括赎罪。他自以为无所不能，其实没有能力完成自我救赎，他所承受的'罪与罚'，因此也无可赦免"①。他欠保润十年自由，保润则让他用生命来偿还。

仙女的夏天在欲望中堕落。逃离香椿树街后，她在时代洪流中成了依靠出卖色相谋生的白小姐。她试图遗忘过去，过去的噩梦却总是像祖父房间那条蛇一样缠住她，让她活得气喘吁吁。她希望过上好日子，好日子却总是遥遥无期。爱与被爱，带给她的不是幸福，而是损害。万念俱灰之际，她想通过自杀来救赎自己，未完成的遗书却暴露出她的不认输和不宽恕："我恨死了这个世界，我恨死了这个世界上的人。"死里逃生的她，决定对始乱终弃的庞先生实施报复。但庞太太那本《如何向上帝赎回丢失的灵魂》的书，以及庞太太尖利的哭声击溃了她，她觉得自己真的有罪了。"我饶了姓庞的，救我自己。"当她做出这个决定的时候，她的救赎开始具有了形而上的意义。她甚至打定主意，准备做一个母亲，并愿意接受河水的训诫，洗一洗自己身心的罪恶。

"生活仍在演进，时代步伐的每一个阶段正在制造着香椿树街的新内容，但灵魂依然是我们的人生难题。"②在困境面前，香椿树街的所有救赎不过是无望的挣扎。天性善良的保润，当初用绳索捆绑精神病人，希望以此拯救别人，没想到最后连自己都拯救不了。失去的青春和自由，无法重来；曾经的冤屈和伤害，无法放下。尽管保润愿意宽恕与和解，宿命却将他再次推向了绝望的深渊。多年来，柳生一直试图为自己犯下的罪进行自我救赎，终究徒劳无功。在他内心深处，"保润是一个梦魇，说来就来，不分白天黑夜"。他对仙女的牵挂与付出，也越来越像一个道义的负担。当他向菩萨祈求宽恕的时候，其他香客留下一张"柳生是个强奸犯"的纸条，立即将他打回罪恶的原形。就在他自以为得到保润和仙女的宽恕，完

---

① 傅小平：《作家与现实生活的美好关系，其实是高度三公尺的飞行》，《羊城晚报》2013年8月4日。

② 程德培：《捆绑之后——〈黄雀记〉及阐释中的苏童》，《当代文坛》2014年第4期。

成了自我救赎的时候，醉酒的保润一刀结果了他的性命，他以他的死亡，彻底终结了自我救赎的过程。而仙女在他救与自救的矛盾救赎中，同样没有抵达救赎的彼岸。她与台商庞先生的情感纠葛，在信仰上帝的庞太太面前不堪一击："有罪，你们都有罪！……你们太脏了，宽恕不了了，拯救不了了，上帝也救不了你们了！"而她最后诞下的那个红婴，似乎也宣告了她救赎的失败。因为红脸婴儿的红脸，据说代表着母亲的羞耻，以致被称为耻婴、怒婴，怒婴整天暴躁而绝望地恸哭，为自己，也为他的母亲。

在欲望的支配下，保润、柳生和仙女的宿命注定是一出出悲剧。他们的悲剧，无疑是那个时代无数个体悲剧的缩影。面对困境，他们选择了逃离；面对罪薮，他们又选择了救赎。在他们身上，不难发现我们每个人的影子。无论逃离还是救赎，都充分体现着人性的悖论，这也正是《黄雀记》的价值所在，恰如苏童所言："作家的使命是审视社会与时代，挖掘人性这一永恒主题。"①欲望中的复杂人性，让保润、柳生和仙女的过去与未来，呈现出希望与绝望交织的矛盾状态，他们的被侮辱与被损害，他们的罪与罚，就在这种矛盾状态中逐渐走向了虚无。

"南方屹立在南方，香椿树街则疲倦而柔软地靠在我一个人的怀抱里，多少年过去了，我和这条街道一样，变得瘦弱而又坚强。"②写作《黄雀记》的苏童，是感性而坚毅的，那条街道早已成为他的文学图腾。时光无声，可以想见的是，关于那条街道的逃亡行动，必定会继续；关于那条街道的救赎故事，也依然会继续。就此而言，苏童还在路上，他视之为一种精神仪式的写作，也还远没有完成。

---

① 贾梦雨：《作家的使命是审视社会与时代——访第九届茅盾文学奖得主苏童》，《新华日报》2015 年 8 月 17 日。

② 苏童：《香椿树街故事》，封面语，上海人民出版社 2008 年版。

现实裂变中的人

——从《艾约堡秘史》看张炜的写作之变

一

小说是活着的历史，它保存着日常生活的具体形态。那些每天都在流逝的日子，是文学书写最重要的内容，也是人类精神永不破败的肉身。然而，时间越迫近的生活，越难写好，以致多数作家热心于写家族史、战争史或宫斗史，而有能力把握好当代现实的，不是太多。即便是写当代，写得较有光彩的，也多是普通小人物，另外一些层面（比如富裕阶层）的形象却很少。张炜的新作《艾约堡秘史》①，通过淳于宝册这一形象的刻画，写出了另外一些人物类型的生活日常与精神脉络。

主人公淳于宝册生活富裕，公司业务涉及金矿、地产、贸易、渔业等，居住在豪华舒适的艾约堡里，饮食起居皆有专人照顾。在普通人的想象中，这样一个"土豪"，生活中一定隐藏了许多不可告人的秘密。"秘史"二字，也确实吸引了读者的眼球。但张炜以淳于宝册的感情故事为线索，照见的却是现实中的一些重要侧面。

淳于宝册青年时代经历了亲人离去，四处辗转讨饭度日，还被抓进监狱做苦工，可以说是吃了许多苦。"艾约堡"来自"哎哟"二字，山东方言里的"递了哎哟"，就是被人殴打跪地求饶所发出的声音，如淳于宝册自己所说："那是绝望和痛苦之极的呻吟，只去掉了那个'口'字。"淳

---

① 张炜：《艾约堡秘史》，湖南文艺出版社 2018 年版。

于宝册无法忘怀那些痛楚的记忆，把自己居住的地方取名"艾约堡"，以提醒自己不忘过往。作为狸金集团的创立者，他是善良、充满同情心的大老板，听到矿难死伤员工的细节会禁不住流下眼泪，并坚持追究总经理的责任；他是天分很高的文学少年，少时读书就在校办刊物、发表作品，大半生嗜读，拥有极为丰富的藏书；他是虚荣的作家，把自己平时兴之所至的言论交给秘书处分类整理，扩充成一大排"烫金仿小牛皮的棕色精装书籍"；他也是专断、霸道的总裁，给员工限定时间完成开发小渔村的计划，为此不惜一切代价……这是一个复杂、多面的财富拥有者的形象。

在张炜的早期作品中，常常能见到一个绝对意义上的道德正面形象，他们正直、疾恶如仇，不能容忍任何虚假邪恶的存在。但在《艾约堡秘史》里，作家不但首次涉及富有企业家的形象，而且将淳于宝册塑造成一个善恶并存的人物。在淳于宝册身上，既能看到他善良的存在，亦能感受到他在时代的裹挟中产生的邪恶一面。淳于宝册这个人物打动读者的力量不是来自道德说教，而来自那些真实鲜活的瞬间，他在良心和欲望之间的徘徊和纠结，他在夜深时分的痛苦反思和呐喊。张炜在十卷本《你在高原》中呼唤的那种饱满的理想人格，到了《艾约堡秘史》，成了贴近生活肌理、内心充满矛盾的人物。

矶滩角的村头吴沙原是另一种类型的人。他接受过良好的教育，有机会留在北京却选择回到自己的小渔村，并且以一腔热情带领村民走向致富的道路。吴沙原高大、坚毅，他坚守的道德抱负，让人想起张炜在《古船》里写的隋抱朴。他们都是作家心目中理想的寄托。吴沙原似乎是站在淳于宝册对面的一个人物，他代表了另一种生活方式。从他的穿着打扮和生活习惯上看，他是一个农民，但他的思想和行动有时却像一个实实在在的知识分子。小说中没有详细介绍吴沙原的教育背景，但说到他嗜读，家里有很多书，他的说话方式也是十足的书生气，如书里写到吴沙原跟淳于宝册对质时说的话：

> "流血，是的。二十年来死伤多少人，总能统计出来。过去有个词儿叫'巧取豪夺'，今天已经过时了，因为太麻烦，不如'豪取豪夺'。可以说狸金的巨大财富中，占绝大比例的都是不

义之财！你们毁掉了水、空气和农田，还把财富转移到国外！可是真正的大罪并不是这些，不是……"

吴沙原双手按住桌子，气息变粗。

淳于宝册瞪着他，想捕捉下面每一个字。没有，只有静静的夜色。他不得不问："是什么？"

"是因为有了狸金，整整一个地区都不再相信正义和正直，也不信公理和劳动，甚至认为善有善报是满嘴胡扯……"①

"豪取豪夺""正义""公理"这些词汇，从一个村头的嘴里带着强烈的感情说出来，多多少少会让人觉得"隔"。与其是吴沙原在谴责，不如说是作者本人借着吴沙原的口说出自己的观点。当人物成为传达理念的发声筒时，吴沙原的行动逻辑就显得不够合理。作家在塑造心目中的理想人物时，一旦回到此前的人物设定，将太多的道德理念寄托到人物身上，吴沙原整体的形象反而没有淳于宝册那么鲜活和动人，甚至显得有些苍白和虚空，给人飘浮之感，这也是之前张炜的作品常常被人诟病的地方。只是，《艾约堡秘史》不再一味地升华和务虚，而是有了深沉的现实情怀，多数的时候，人物的很多感觉是落到实处的，而这个"实"，就是当下，就是此时正在发生的现实，这种触手可及的真实感，充分体现出了一个作家对现实境遇的介入精神。

二

回望张炜的写作，《古船》是在洼狸镇的历史讲述中反思，《九月寓言》本身就是一部充满隐喻色彩的寓言，《柏慧》更是通过第一人称的自剖心迹直指社会的道德沦陷，到体量庞大的十卷本《你在高原》，叙述者／主人公和作者之间的界限几乎消失。读这些小说，那种道德反思的逼迫感和强烈的象征意味非常明显。"虚"不是架空，"虚"的是作家那种形而上的思索力量。作家多从历史和魔幻的角度来处理小说，故事情节多少带有

---

① 张炜：《艾约堡秘史》，湖南文艺出版社 2018 年版，第 313 页。

一些夸大的色彩。如《你在高原》里常见的善恶对立的斗争模式，在宁伽与黑暗势力的斗争过程中，个人的人格魅力被放大到极致，而作为对立面的地质所所长"瓷眼"（《家族》）、"霍老"（《海客谈瀛洲》）、"柏老"（《忆阿雅》）、"老革命"（《无边的游荡》）等人，无不是作恶多端、恶贯满盈。作家选取的都是欺诈、强奸、偷窃、暴力等极端故事情节来突出反面形象的丑恶。在面对这些丑恶的人物和现象时，宁伽们选择与这些人物划清界限，选择出走与离开。

2016 年出版的《独药师》，讲的是百年前胶东半岛养生方士的传奇，故事本身就充满了民间的神秘和荒诞色彩，但作家并没有将之处理为《九月寓言》那样的寓言故事，而是一板一眼搜集史料，将主人公季昨非的日常生活细节复原出来。小说中徐竟和辛亥革命领导者徐镜心、王保鹤和王叔鹤以及麒麟医院和教会怀麟医院等之间的还原关系，会使人误以为这是一本"非虚构"的传记。张炜自述其中的人物和情节"所写大半都有史实依据"。季昨非炼丹、修道，完全没有想象中的怪力乱神场景，甚至以养生为毕生追求的季昨非自己患了牙病久治不愈，只能到西式医院进行治疗。季昨非对小白花胡同里白菊的情欲痴迷，与长兄徐竟对革命的不同态度，通过对陶文贝的爱达到心灵的拯救，都在历史的宏大叙事中得到了细微的表达。张炜自己说："书中有些人物的烟火气蛮重的，他们在土地上蜿蜒如蚯蚓，很忙也很辛苦。"[1]季昨非身上的迷人力量，来自他的自省，来自他的动摇与困惑。

《独药师》已经有了转变的迹象。到《艾约堡秘史》，更是有了许多当下正在发生的生活细节：狸金集团勾结贪官掩盖矿难真相、女副总为求上位出卖色相、暴力拆迁引不满村民神秘消失……这部小说的很多描写都是落到实处的，除了在吴沙原身上偶尔溢出了作家不自觉的说教，淳于宝册、蛹儿、老政委、老肚带、女副总，这些人物多是贴着生活细节来写的。由"虚"到"实"的写作，是将那些较为生硬的形而上的思索从人物身上剥离，使人物具有日常的肌理和光泽，从这个角度说，淳于宝册这个人物

---

① 韩春燕、张炜：《海客谈瀛洲——关于〈独药师〉与张炜对话》，《小说评论》2018 年第 1 期。

是成功的。

《艾约堡秘史》里的淳于宝册，年轻的时候也是一个满怀梦想的文学青年，一样经历了许多苦难，有着游历与出走的经历。不同的是，作家把时间拉长，观察了这一群"出走"的知识分子富有之后的状态。淳于宝册在市场经济的浪潮下抓住机遇，快速地成长为一个富裕的企业家，和之前那些彷徨的知识分子相比，淳于宝册算是在物质欲望催化下出走的人，他的大半生虽读书无数，手握巨大财富，但内心仍然是空虚的。

淳于宝册每年秋天都会犯一种叫"荒凉病"的病症，这种病来势汹汹，可将一个体力充沛、生机勃勃的人击倒。这个不满六十岁的集团总裁，得病之后"臃肿虚弱"，一夜之间"仿佛变成八十岁的老人"。小说多次写到淳于宝册没有犯病时的身体，健康饱满，像一头鲸鱼或海狮，充满不可思议的能量，与生病之后的他形成了鲜明的对照。

与其说"荒凉病"是一种肌体的病症，不如说是一种精神的匮乏。给淳于宝册治病的老中医一语道破天机："现在的病根儿说到底是'人心不古'……名利声色一旦动摇人的心志，就得用大力去震慑。"这"荒凉病"的病根，得从内心深处去寻找成因。作者借此探究的正是财富激增的这几十年，人们有了财富之后怎么办的问题。也许外面的喧嚣退去之后，大家才会发现，精神的富有、心灵的满足、爱情的慰藉、尊严的建立才是最重要的。

淳于宝册正是历经了欲望的沉浮，才有了对生命全新的领悟。在他身上，可以看见一个时代的变化——在反思中前行，在各种挫折的体验中积攒善意和美好。当一个人重新相信爱、相信正义，就意味着他开始重新出发。绝望从哪里诞生，希望也从哪里准备出来，那些闪光的心灵碎片聚拢在一起的时候，同样会焕发出坚不可摧的力量。

有淳于宝册的出走，也有吴沙原的坚守。面对矶滩角未来的命运，吴沙原首先想到的不是合并之后有多少拆迁补偿款，而是合并后村民如何生活以及渔村的文化传承。"他们交出了祖祖辈辈过活的地方，马上要拍拍屁股走人。用不了几代，谁还记得有这两个村子！你们各种办法都用上了，他们手无寸铁。你们夺走了土地，等于夺走了全部……他们穷，你们就趁机把他们一锅端了。穷是暂时的，土地是永久的，你们把土地从他们脚底下抽走了！"吴沙原的呐喊，有无奈、愤怒，也有一种珍贵的坚守和情怀。他知道，对于一个农民来说，失去土地意味着什么。

淳于宝册偶然看中了矶滩角这个海边小渔村，一定要将这片海滩纳入自己的财富视野。在追求女性（或是追求财富）的过程中，淳于宝册虽然遇到了阻力，但他始终有一种势在必得的决心。他追求在渔村考察拉网号子的民俗学家欧驼兰失败了，但吞并矶滩角的事业一定不能失败。就连吴沙原自己都说，在这场战役中，狸金集团一定会胜出。小说中有大量对淳于宝册内心的欲望、良心和善恶交替斗争的描写："我那天从海边草寮回来时突然明白，自己流浪了十一年，原来一直在找一条回家的路。那些油印刊物和书全丢在路上了，这也是我迷路的原因……这让我痛苦，心神不宁。我处在一生中又一个犹豫不决的时刻，不知该怎样对待那个小渔村。我怕误伤了那个女子，因为时下她与他们在一起，已经不能分开。"面对劣迹斑斑的狸金集团发家史，作为董事长的淳于宝册肯定不会一无所知，财富背后的肮脏，暴富之后的人性沉沦，都使得淳于宝册陷入一种内心的矛盾之中。

张炜在《你在高原》里写到过，淳于家族是东方大地上古老的游牧民族，宁伽就是淳于家族的后裔，所以他一直"在路上"。在之前的写作中，淳于家族系列人物的命运已经初现端倪。淳于宝册作为游牧民族的后人，身上流淌着的血脉中也有流浪的因子。《艾约堡秘史》花费了不少笔墨来写淳于宝册年轻时流浪的生活，这是作家人物谱系中的精神传承。年轻时代的淳于宝册，身上带有宁伽的影子，而《艾约堡秘史》所探讨的，正是宁伽们走向富裕的中年困境。

从《你在高原》开始，张炜就对"五十年代生人"的心路历程格外关注，宁伽、庄周、吕擎、余泽等人在欲望年代的生存困境，他们的坚守与撤离。淳于宝册也是"五十年代生人"，但他的精神轨迹要复杂得多，既有年轻时代老师李音所影响的善良和单纯，又有流浪与漂泊生活养成的机敏和圆滑，还有发迹之后的虚荣和空虚。尤其是淳于宝册的"荒凉病"，正是一代人的病症。身体的病症可以用药医治，那时代的病症怎么办？作家借淳于宝册这样一个工业化时代成功企业家的内心独白，提出了自己尖锐的疑问。

三

如何解决这一精神困境？在《艾约堡秘史》里，淳于宝册"荒凉病"的治疗，不是寻求一个安放精神的乌托邦，而是通过爱情。在追求民俗学家欧驼兰的那个秋天，淳于宝册的"荒凉病"居然没有再犯。爱情是淳于宝册精神净化的方式，追求爱情，其实是追求一种洁净的精神，以此来填补空空荡荡的内心。"我从第一眼看到那个姓欧的女子就被闪电击中了"，"我还想实打实地研究一门学问，它们都是关于'爱情'的"，"随着年纪的增长，我除了爱好民俗、嗜读，还专心研究起'爱情'来了"。淳于宝册自己也承认，兼并这个渔村与得到欧驼兰的心是同一件事情，不能分开。在淳于宝册看来，得到了欧驼兰的爱，内心的空虚就会减轻。但这种方式真的有效吗？在欧驼兰屡次拒绝之后，小说的结尾，淳于宝册狼狈地逃到蛹儿的书店里，躲进另一个女人的温柔乡。显然，试图通过感情来净化心灵、抵御困境并不现实，现代化进程中产生的各种精神问题，包括如何找回那些消失的美德，不可能有一个简单的解决方案。

在几十年的写作中，张炜一直试图建立起一个道德乌托邦。"野地""葡萄园""高原"等意象的核心归旨，正是作家心中念兹在兹的理想国。无论从《古船》和《九月寓言》里对现代科技文明的恐惧与拒绝，还是《你在高原》里宁伽一次又一次从城市逃回到乡村的选择，我们都可以读到作家建立一个以"大地"为核心的乌托邦的执着与坚定。然而，仔细考察张炜的写作会发现，这个想象的乌托邦其实一直是语焉不详的神秘存在，连作家本人也没有给出过具体的定义："我的希求简明而又模糊：寻找野地。我首先踏上故地，并在那里迈出了一步。我试图抚摸它的边缘，望穿雾幔；我舍弃所有奔向它，为了融入其间。跋涉、追赶、寻问——野地到底是什么？它在何方？野地是否也包括了我浑然苍茫的感觉世界？"①

令人惊讶的是，到《艾约堡秘史》，张炜一直精心构建的那个乌托邦

---

① 张炜：《张炜自选集：融入野地》，作家出版社1996年版，第19页。

不见了。回望淳于宝册的成长史，青年时代李音老师给他的教育，他读过的那些文学刊物，给了他生命的滋养。在流浪的日子里，他随身携带油印刊物，用打工的钱买纸和笔，都是一种超然的精神追求。后来他与"老政委"结合，走上经商道路，也是个人选择。充满象征意味的"油印本"丢了，但作家并没有把它处理为理想丢了；作为远离城市的渔村矶滩角，也不再是淳于宝册的乌托邦，尽管他曾经非常喜欢住在那里。作家曾经执着融入野地、朝向高原的决绝不见了，取而代之的是面对现实的清醒与无可奈何。矶滩角和存在了几百年的拉网号子，终究会在城市化进程中逐渐消失，连代表了矶滩角一方的吴沙原都认识到了这一点：

> 我和我的朋友始终认为，这一场下来，胜的一方会是狸金。可见我们矶滩角的人从来没有高估自己。不过我今天想要告诉您的是，你们虽然会胜，但不会"完胜"，不会胜得那么痛快和彻底。[①]

诚然，村子没有保住，农田变成了高楼大厦，渔村变成了高档游艇会所。但也必须看到，城市化进程带来了很多需要面对的新问题，但也敞开了不少机遇。一味地固守旧有的生活方式和土地情结，可能也是一种落后的观念，毕竟，人类的发展不能只是回望，也要前瞻。生活的环境、形态发生变化了，任何人都不可能站在原地不动，他必须与时代同行，在传承中创造，在痛苦中升华。矶滩角的命运，是改革的阵痛与新生；吴沙原的抗争，是坚守，也是对现代生活的重新理解。

与其哀叹一种生活的消亡，还不如为一种新生活再造希望。"这是一个什么时代？""拆毁重建的时代。"从吴沙原和淳于宝册的对话中，可以看到作家对这个时代精神病灶的深切认识。

"大地乌托邦"式的理想，在现实面前是脆弱的。"野地""葡萄园"这些意象，更多的是中国传统知识分子遇挫之后退隐山林的心理安慰。面

---

① 张炜：《艾约堡秘史》，湖南文艺出版社 2018 年版，第 313 页。

对现实的污浊，生活在生命力委顿的城市，童年经验触发的对于乡土的天然亲近召唤着宁伽这样的知识分子，退回到葡萄园种植，过上远离城市的生活，这与古代知识分子晴耕雨读的田园生活是相似的，可这种生活方式真的有力量吗？张炜说，面对吵闹喧嚣的外部世界，他反抗的方法就是逃回童年的野地："我对付它的方法就是不断地靠想象返回自己的过去，进入我的那片莽野。我觉得四十多年了，自己一直在奔向自己的莽野。"①淳于宝册不想面对复杂的人际关系，想要给自己一个清静的空间，就独自一人驱车到矶滩角，在这里喝酒吃鱼冻，附庸风雅地聊一聊民俗——这个小渔村至多是一个暂时安顿身心的去处，它承担不起更大的精神寄托。

因此，张炜笔下的"大地"，还只是自然范畴的大地，与海德格尔"诗意地栖居"意义上的大地是两个不同的概念。常有人将张炜的"大地"概念阐释为海德格尔式的哲学概念，其实，他的"大地"思想来源，更多的是传统文化中审美的、道德的存在，而不是神性的存在。返回大地的内心冲动，更多的是"道法自然""天人合一"这样的传统资源在起作用。将自然人格化，人类与自然成为一种不可分割的整体，如作家所说"人实际上不过是一棵会游动的树"，要成为"故地上的一个器官"，其实也是按照人类社会关系来比附自然万物之间的关系。一旦作家对它不再坚持诚挚的道德热情，幻灭感也会随之而来。

从早期的《古船》《九月寓言》，到《你在高原》系列，再到最近的《独药师》和《艾约堡秘史》，张炜一直在追问道德与理想之光的存在。与之前小说不同的是，《艾约堡秘史》里的道德理想，不再是如野地和高原般的诗意存在，矶滩角也不再是可以避世的乌托邦。作者显然有了更加坚定的直面现实的勇气。逃离与缅怀，多半是一种苍白的思乡病，并不能有效地应对剧烈的现实变化。轰隆隆前进的推土机也许非常刺眼，但它并不都是罪恶的，正如牧民下山、渔民上岸、农民进城，告别过去的同时，会有痛惜，但也会有现代生活带给他们的便利和惊喜。

---

① 张炜：《我跋涉的莽野——我的文学与故地的关系》，见《张炜散文》，人民文学出版社 2008 年版，第 169 页。

现实的纷繁复杂，也许正是现实的希望所在。

神化一种古老的乡土式审美，并以此来批判、对抗现代化进程，是简陋而无力的；真正睿智的作家，不能光抒发一种空洞的文化乡愁，而是应该回到内心，让人物在时代的各种喧哗与裂变中站立起来。在重建一个故乡的过程中，更需要重建的，是丰盈的内心、坚定的信念，以及任何挫折也无法让他停下脚步前行的韧劲与激情。《艾约堡秘史》所隐含的这个主题，值得深思。

比权力更广大的是人心

——范小青与《女同志》

一、小说的"元气"

当代小说中活跃着越来越多可疑的经验。很多作家，都在书写经历性的生活，并把这种经验加以神圣化，希望它具有不容侵犯的真实面貌。于是，一种对经验的迷信正在当下的写作界流行——私人的、大胆的、隐秘的、肉欲的、黑暗的、变异的……这些可以进入消费文化流通领域的经验类型，轻易就能获得隆重的书写地位，相反，那些"孤独的个人"[①] 的经验类型，则注定只能继续孤独、寂寞下去了。

消费语境的变化确实改变了小说的出场方式。今天，统治小说家写作的，更多的是经验和故事，而不再是语言和精神。写作日益成为一种妥协的产物——向自己的内心妥协，向商业主义的规则妥协。经验和故事，天生就具有妥协的品质，因为它的背后隐藏的总是一种可以预测和把握的阅读口味；语言和精神，则很容易把写作带向一种极致，从而拒绝被过度消费。消费主义需要的是妥协，但文学的自由精神、创造风格，却常常要求作家将写作推向极致。因此，任何一次文学革命，都是源于作家对极致写作的向往，对人类精神境遇的不懈追问，以及他对重绘语言地图的探索热情。

[①] 瓦尔特·本雅明说，小说的诞生地是孤独的个人，因此，他并不认为经验是小说唯一的材料。

　　本雅明说，"写一部小说的意思就是通过表现人的生活把深广不可量度的带向极致"①，走向极致，拒绝妥协，这是一种令人尊敬的写作精神，然而，这种精神在中国当代小说界似乎已成绝响。越来越多的作家，都在寻找一条新的写作道路，以期达成和这个消费社会的秘密和解。在这个过程中，首先被使用的小说材料就是经验，那些大胆的、身体的经验，只要假借一个故事的形式出现，往往就能被热情地消费。写作和消费之间的甜蜜合唱，大多就是在这种经验书写中完成的。可是，我们是否想过，当小说过度依赖经验来取悦消费的时候，小说的精神和元气却正在受损。

　　我并不轻视经验之于写作的意义，相反，我认为，经验在小说中的重新崛起，对长期沉迷于观念和形式的小说写作而言，曾经起到了解放的作用。它使作家们意识到，生动的细节，真实的生活，同样能够有效地抵达一个时代的精神核心。然而，当经验在今天的写作中过度泛滥，我则看重那些不被经验所奴役，而在经验中依然贯彻着存在眼光的写作。

　　也就是说，我们不仅要看到经验的力量，也要省察经验的可疑。

　　我曾在一篇文章说，如果说二十世纪八十年代文学革命的主角是"语言"的话，那么，九十年代以来，这个主角则成了"经验"。作家们似乎更乐于书写日常生活和身体细节。这种书写的核心内容是描绘生活经验的细节，以及把生活艺术化和仪式化。按照波德里亚的分析，消费社会的一个重要特征是抹平日常生活与艺术虚构之间的界限——艺术可以是一种生活，生活也可以被包装成一种艺术。这个时候，回忆本雅明在二十世纪上半叶所说的"经验的贫乏"和"经验的贬值"的论断，是颇有意味的。尽管经验是恢复文学真实品格、此在关怀的重要凭借，但我们也应该看到，经验并不能完全拯救文学。经验只有在语言的创造中形成叙事伦理，它才能获得精神品格。我甚至认为，写作最终创造的并不是经验，而是语言。但是，当下的文学写作在消费潮流的鼓动下，几乎集体转向了经验书写，并最终被经验所统治，此时，必要地疏离经验、转而使经验获得存在的品格，就显得异常重要。经验必须被存在、灵魂所照亮，它才能获得自己独

---

　　①〔德〕瓦尔特·本雅明：《本雅明文选》，陈永国、马海良译，中国社会科学出版社1999年版，第295页。

立的价值，因为经验总是贫乏的，尤其是在消费社会，任何的经验都在被各种写作者所重复，所谓"日光之下，并无新事"，唯独存在的光芒、灵魂的颤动才能永恒。

在这个意义上说，范小青的《女同志》[①]是一部表达经验，同时又反经验的重要小说。和范小青以前的小说相比，《女同志》更加细腻、绵密，她在经验层面上所提供的"女同志"的生活细节，使整部小说肌理丰满、纹路清晰。无论是对权力社会微妙关系的洞察，还是对女性心理细小变化的把握，《女同志》都堪称典范。更重要的是，范小青能够将自己这种琐细具体、不动声色、丝丝入扣的写作精神贯彻始终。她那罕见的叙事耐心，在这部近四十万字篇幅的小说里，一点点地被建立起来，最后呈现出了一种近乎辉煌的景象。这是范小青小说中特有的"元气"，丰满而温润的"元气"。

在当代，有叙事才华的作家很多，但有叙事耐心的作家并不多见，因为在这个凡事都以加速度前进的时代，叙事耐心正在成为写作界的稀有品质。没有耐心，就不可能辨析出经验的细小纹路；没有耐心，也不可能进入精神的隐秘境地。范小青所具有的叙事耐心，使她得以用一些琐碎、日常、不经意的细节，建构起一个密实的小说世界。就经验层面而言，范小青的这种写实能力是可以傲视当代的，但她在《女同志》中，并未放纵自己在经验表达上的长处，而是不时地流露出对经验本身的省察和警惕。她更看重的显然是经验之下那些微妙的人心，以及人心内部那些精神的潜流。

因此，范小青的小说，表面看是在描绘密实的经验、喧嚣的现实，其实她真正渴望触摸的依旧是人性的核心。这部《女同志》，就为人性的丰富和复杂提供了生动、准确的注解。在此之前，我还没有看见哪一个作家能够将官场女性的隐秘心理雕刻得如此精细、逼真，尤其是女主人公万丽的进取、挫折和每一次心碎，以及她对现实的温柔反抗，的确让我们重新认识了一个广大的、被忽略的人心世界——这个世界不乏人性被格式化之后的虚假，但也残存着一种无法被消灭的温暖和坚韧。范小青在叙事上的仁慈和耐心，正是通过解析这些人性的缝隙而获得了辽阔的生长空间。

---

① 范小青：《女同志》，春风文艺出版社 2005 年版。

二、微妙的权力场

"女同志"这一称谓意味深长。在相当长的时间里，"同志"是体制对人的统一定位，它所隐含的特殊意义，以及它对个体身份的抹平，使它成了一个意识形态的特殊符号。到今天，"同志"除了在个别情况下被作为暧昧的称呼使用，大多数时候，它已经缩略成了官场专用的身份标签，"女同志"尤其如此。一边是体制对人的重重束缚，另一边是女性身份对权力规则越界之后所面临的复杂处境，这正是《女同志》一书的核心主题。主人公万丽本来的身份是"老师"，在一次偶然的干部招聘中，她成了南州市的妇联干部、别人眼中的"女同志"，这种身份转换，使她开始步入另一种完全不同的人生。

万丽刚到妇联的时候，宣传科代科长余建芳对万丽说："我们做工作，不是为了让别人知道，但也不能不让别人知道，知道也是一种监督。"这是典型的官场话语，暗藏着一种被权力训练之后的分寸和智慧，它让万丽看到，机关可是藏龙卧虎之地。"余建芳虽然朴素得有点土，发型，服饰，气质，像农村老大妈，但说话却有水平。人不可貌相。"就个性而言，万丽显然不适合在权力中生存，但她一旦被置身于权力的旋涡，就会被权力所塑造和改变，并慢慢适应官场的规则，从而学习在权力面前如何过小心翼翼的生活。

和那些流行的官场小说所不同的是，《女同志》的着力点并不在于描绘权力的黑幕和欲望的沉浮，相反，作者似乎还有意淡化这一背景，好进一步向人物的内心挺进。体制和个人的冲突，权力和人心的关系，在万丽身上，范小青做了全新的诠释。她是一个小人物，没有经历过大的官场风暴；她没有政治背景，很少攀龙附凤；她有理想，所以一直不曾失去对权力的警惕；她看重感情，所以常常心疼和流泪……这是一个复杂的人。然而，万丽的复杂更多的是来自内心的冲突：权力的规则总是想把她改造为一个体制的顺民，但万丽的内心却对现实一直保持着微弱的抗议；她适应体制，但也从来没有放弃挣扎；她意识到了权力对人的异化，不过还是希望在自己的内心深处，能有一块属于自己的柔软的地方。范小青的笔是隐忍的，她善于在平静的生活下面，写出潜藏在人物内心的风暴，尤其是她对权力场中女性心理的精微把握，用批评家洪治纲的话说，极力彰显了"微妙"的审美质感。"'微妙'既是权力结构中一种重要的制衡方式，又是女性心理纠葛的自然表现形态。在'微妙'中，作者不仅缓缓地打开了权力意志在运作过程中的特殊形态，展示了权力自身的话语体系、生存规则与人性之间的种种意味无穷的自然碰撞，而且凸显了女性在这种体制内部行走的内心之苦和精神之困。尽管万丽不断地选择退守和回避，尽管万丽从未放弃自己的个性和内心的尺度，但是，在新的单位和新的同事之间，在新的责任和新的挑战面前，一切该来的还是如期而至，一切想绕过去的终究还是绕不过去。而万丽也终于由惧怕'微妙'慢慢地学会了处理'微妙'，并在'微妙'之中渐渐地领会了'女同志'的特殊内涵。"①

微妙是丰富的重要表征。正是因为不放过人物内心的每一次细小转折，《女同志》的叙事才会显得复杂和丰富。确实，复杂的世界，需要一种复杂的形象和复杂的精神来诠释它，这是小说的基本使命，也是小说所要面对的艺术难度。假如小说不再表达复杂的世界，而只满足于讲故事，或者只专注于单一、贫乏的经验，那么小说的存在价值就会变得相当可疑。本雅明说，真正优秀的小说，是"在生活的丰富性中，通过表现这种丰富性，去证明人生的深刻的困惑"②。《女同志》的丰富，就在于范小青对生活、对人心世界的复杂有着真实的描绘，同时，小说中的每一个人都充满着矛盾、困惑和痛楚：即便像"朴素得有点土"的余建芳，在朱部长临终的时候，也会扑在朱部长身上痛哭，"谁也拉不起来"；即便像伊豆豆这样有点玩世不恭的人，有一天也会对万丽说，"你心肠没有我硬"；而万丽呢，随着她深度卷入权力生活，她越来越觉得，"自己心里那块坚硬的东西，继续一点一点地在扩大，在扩大。她想制止它扩大，但她制止不住"。

这是非常重要的一笔。一个被动卷入权力场并被权力所格式化的女性，

---

① 洪治纲：《权力叙事中的性别挣扎——评范小青的长篇小说〈女同志〉》，《当代作家评论》2005 年第 6 期。

② 〔德〕瓦尔特·本雅明：《本雅明文选》，陈永国、马海良译，中国社会科学出版社 1999 年版，第 295 页。

还能对自己的内心变化保持这份警觉，这充分说明，万丽完全不同于一般官场小说中的人物，她的内心有一股拒绝被权力异化和奴役的冲动，但她对自己的处境也并非时时清醒，许多时候，她的面貌会陌生得令她自己都不敢相信。在一次争吵中，伊豆豆提醒她说，"你大概很久没有照镜子了吧，你为什么不照照镜子？凶悍的女人，权力欲望太强的女人，脸整天拉着沉着，时间长了，五官都往下挂，你照照你自己吧，从前那个靓丽光明的万丽到哪里去了"。万丽一心想做一个觉悟的人，可她终究没能逃脱权力的宿命，至少在旁人眼中，她的权力欲望正越来越明显地写在脸上。到后来，万丽自己也承认，"我的心在一点一点地坚硬起来，而且是越来越坚硬，我要是不硬起心肠，我就工作不下去"。而在此之前，万丽觉得，自己的心间挤进了太多的东西，她快承受不了了，心脏快要被挤破了，万丽知道唯一的办法就是把自己的全部身心放到工作中，让工作再把那些东西挤出去。可见，在心与工作之间，在权力和爱情之间，属于万丽自己的选择空间太小，她越来越不属于自己了，最后，伊豆豆给她下了个结论，她是"一个越变越强悍的女人"，"动辄一挥手，动辄一挥手，真像铁娘子"。

三、有个性的个人

万丽也试图对伊豆豆的结论做出抗辩。她心里不服。"如果她不是一个女同志，而是一位男领导，她的所作所为，会被认为是'强悍'吗？在男同志身上，这是能力，是魄力，是威信，是强大的信心。可是，因为她是一个女同志，一个女人，她就没有权力大声地说话，不可以挥手，不可以生气，更不可以发脾气……女同志就应该和风细雨地工作，轻声轻气地说话，可是，如果真的和风细雨轻声轻气，她能坚持下去吗？田常规给她压担子的时候，可没有把她当成一个女同志啊！"——在一个依照男性想象来建构的社会体制里，"女同志"一直处于弱者和被照顾者的地位，尤其是在官场，女性更是处于不利的位置。用伊豆豆的话说，女人权力欲太强，令人讨厌，但偏偏大家又认为这样的女人有能力，能当官；反过来，权力欲不强的女人，别人就会认为她太软弱，没有能力，不适合当官，世界就是这样荒唐。

　　要想在这种权力规则中生存，女性有时要比男性付出更惨重的代价。以万丽为例，她从一个老师到妇联干部，再到处长、房地产公司老总，能走到这一步，首先是她自己做出了牺牲，她正在失去自我，"从前只是听人说，一个人手里有了权，脾气就会变，当时还不相信，想，我要是有了权，决不会变，哪里想到，这权抓在手里还没有热呢，倒已经把自己烫成一个悍妇的形象了"。除此之外，一直深爱万丽的康季平，更是为了万丽的仕途顺利昼夜操劳。对于万丽而言，康季平像影子一样存在着，每时每刻都在为她出主意，做决策，跑关系。康季平英年早逝之后，他的太太姜银燕对万丽说，"这许多年来，他永远都在后悔，永远都在弥补，不断地弥补，最后把自己的生命都补进去了。你还记得那次你在省委党校学习，他特意去替你安排一个什么见面，喝酒喝得回来大病一场，以他的身体状况，是要严格禁酒，滴酒都不能沾的。从那以后，他的身体就一日一日地垮下去了"。很显然，康季平爱万丽，万丽失去康季平之后，也觉得自己的心被掏空了，"整个的人，整个的世界也都空空如也，毫无意义了"，可这两个亲密的人，自从权力卷入他们的生活之后，他们的感情方式也发生了变异：康季平更多的是为了"弥补"，才不遗余力地帮助万丽实现她的梦想；万丽呢，更多的是因为喜欢"听他对她的官场谈长论短"，并为她人生"深刻的困惑"做出精神指引，才依赖于他。这是一种独特的互相取暖的方式，但一直以来，如何在权力中求生存，才是他们真正的谈话主题。

　　权力磨损了他们的感情，甚至可以说，他们的爱情被权力所劫持。为此，万丽和康季平虽然心心相印，但在性爱上却完全没有感觉。他们仅有的一次做爱，似乎也只是为了完成一项仪式，并无快乐可言。这或许是更大的悲剧。权力把人格式化，权力劫持爱情，权力最终使人的生存变成一片荒漠——对于人心而言，权力粉碎了一切，但它并没有为心提供新的幸福和欢乐。

　　尽管范小青在《女同志》中，有意淡化了权力对个人的挤压，在个人与体制的对抗上，也做了温和的处理，但我们依然能在万丽等人身上看到，个人在权力的缝隙中，为争得一点自己的梦想和自由，唯有艰难地挣扎。万丽是小人物，以良知面对世界，她想做事情，想为民众谋幸福，但在现有的规则中，她也无法阻止自己的心一点点地变得坚硬和冷漠。康季平死后，有那么一天，她想陪康季平度过，什么也不想干，什么也不想听，就想无声无息地坐在他的墓前。可是，一接到领导秘书小邢的电话，"她又不由自主地以最快的速度离开了那里，把康季平远远在抛在了墓地里"。她终究成了体制的一个组成部分，个人的生活、个人的感情，只能退到幕后，退到无关紧要的位置上去。

到此时，万丽的困境已经不再是"女同志"的困境，她在权力面前的迷茫，也超越了性别，它所关涉的是一种政治伦理。万丽哭过、痛过之后，又会振奋起来，往前走，但她所面对的更大的难题并没有因此而得到解决。万丽也为自己的处境挣扎过、反抗过，但是，她的理想的实现、她的个人空间的维护，显然需要通过建构一种新的政治伦理来完成。但是在今天的中国，政治伦理的维度还显得过于单一，个体和权力之间的紧张关系也还没有得到有效缓解。这个时候，呼吁一种更为健康、和谐、人性的政治伦理，有着重要的意义，因为政治远比权力要广阔得多，好的政治应该是一种人心政治。按照捷克前总统哈维尔的解释，政治不应仅仅被理解为对权力的欲望和追逐，或任何控制人的权术和伎俩。也许阴谋可以使得某个人登上某个宝座，但这也就是他成功的顶峰了，因为不可能以阴谋改进和推动社会。在哈维尔看来，"政治是求得有意义的生活的一种途径，是保护人和服务人的一种途径"，"我们必须相信我们良心的声音，甚于所有抽象推论的声音，不去捏造任何企图超越于良心的呼声上的责任"。换言之，人们有权拒绝为适应政治需要而压抑自己内心深处感到的道德要求。而要摆脱这种压抑，"必须回到政治的原点——有个性的个人，必须唤醒个人的良知"①。类似这样的看法，其实在中国古代也并不鲜见。孔子早就说过，"士志于道"；顾炎武也说，"君子之为学也，以明道也，以救世也"；范仲淹更是留下两句名言，"宁鸣而死，不默而生"。中国人自古以来就讲天道人心，可见，人心是通达于天道的。一个知识分子，一个官员，如果没有以"道"为人生准绳，他对政治的卷入越深，危害也就越大。

---

① 李慎之：《无权者的权力和反政治的政治》，见《哈维尔文集》，北京出版社2003年版。

　　《女同志》中的万丽，虽然还没有这种政治伦理上的自觉，但她竭力活在自己的内心世界里——在某种程度上说，她的心就是她的"天道"之所在。这也是她为何一直没有在官场中沉沦的根本原因。但她离"政治是求得有意义的生活的一种途径"，离"拒绝为适应政治需要而压抑自己内心深处感到的道德要求"，离"明道""救世"的境界还很远，或许她也承担不了这么重大的使命，因此，她是渺小的，但也是真实的。她身上的矛盾和挣扎、理想和迷茫，以及那些残存的个性和良知，可以看作是对我们这个变革年代最为温暖的见证。

消费社会的暖色幽默

——《桃李》与当代知识分子形象的转型

一、成为一个知识分子

根据齐格蒙·鲍曼的研究，"知识分子"一词在二十世纪初刚被创造出来的时候，是为了重申并复兴知识分子在启蒙时代的社会核心地位，重申并复兴知识分子在启蒙时代的与知识的生产和传播相关的总体性关怀。"知识分子"一词是用来指称一个由不同职业人士所构建的集合体，其中包括小说家、诗人、艺术家、新闻记者、科学家和其他一些公众人物，这些公众人物通过影响国民思想、塑造政治领袖的行为来直接干预政治进程，并将此看作他们的道德责任和共同权利。而"成为一个知识分子"的意向性意义在于，超越对自身所属专业或所属艺术门类的局部性关怀，参与到对真理、判断和时代之趣味等这样一些全球性问题的探讨中来。是否决定参与到这种特定的实践模式中，永远是判断"知识分子"和"非知识分子"的尺度。① 鲍曼这种对知识分子身份和意义的理解，参照的显然还是启蒙时代的集体记忆，与"知识／权利"之共生现象这个现代性特征紧密相连，它更多的是指知识分子的理想状态。

但在知识分子漫长的思想史和生活史中，真正处于这种理想状态的知识分子并不多，大多数时候，由于权力对知识分子独立思想的压制，导致

---

① 参见〔英〕齐格蒙·鲍曼：《立法者与阐释者——论现代性、后现代性与知识分子》，洪涛译，上海人民出版社 2000 年版。

许多知识分子都随波逐流，无所事事，有的还成了权力的附庸，使他们身上本应有的责任、理想和批判精神成了一句空谈。美国学者苏珊·桑塔格就曾尖锐地指出："大多数知识分子和大多数人一样，是随大流的。在前苏联苏维埃政权七十年的统治中，甚至连帕斯捷尔纳克和萧斯塔柯维奇都不能始终坚定。……在上一世纪和这一即将结束的世纪，知识分子支持了种族主义、帝国主义、阶级和性别至上等最卑鄙的思想。"[①]难怪一直以来，知识分子在备受尊敬的同时，也遭遇到了猛烈的嘲讽和指责。美国第三十四届总统艾森豪威尔就曾说过："我听说过一个关于知识分子的非常有趣的定义：一个人用比必要的词语更多的词语，来说出比他知道的东西更多的东西。"这话虽是借用，但里面的鄙薄之情可见一斑。而英国的保罗·约翰逊则在《知识分子》[②]一书中对知识分子进行了更加极端的攻击："随便在街头挑十个人，他们对于道德和政治事物所能提供的合理见解，至少不亚于知识阶层的代表性人物。"在这些义愤的言辞中，我们可以看出，知识分子形象在现代社会已经发生了巨大的变化，至少，他们不再被看作是神圣的代言人角色，也不再被认为是真理和道德的传播者。

这种情形在中国就更复杂了。中国是一个具有悠久的知识分子思想传统的国度，这一点充分体现在中国的典籍记载里，我们通常所说的"士"或"士大夫"（其实就是古代的知识分子）都是庄严而富有使命感的，从中便可略知一二。尤其是从孔子开始，古代的士人就多以"道"自任，无论是儒家、墨家，还是道家，虽然"道"各不同，但在要求士人代表"道"这一点上却是一样的。特别是儒家强调"士志于道""士尚志""士不可以不弘毅，任重而道远"等超越精神，希望以此来维护社会的精神谱系和道德良心，并批判现实世界。按理说，中国"士人"（知识分子）有两千多年这样的"明道救世"（顾炎武语）的传统，应可发展出一套很完整的知识分子的精神体系，可是，为什么直到现在，现代意义上的知识分子意识一直无法在中国得到真正的确认和实践呢？

①〔美〕苏珊·桑塔格、贝岭、杨小滨、胡亚非：《重新思考新的世界制度——苏珊·桑塔格访谈纪要》，《天涯》1998年第5期。

②〔英〕保罗·约翰逊：《知识分子》，江苏人民出版社1999年版。

尽管到了近代以后，也曾有过以知识分子为主体的戊戌变法、辛亥革命、五四运动、国民革命等，它对于推动中国的社会进程意义深远，但就知识分子自身的性格而言，其实并没有发生革命性的变化。这里面的原因是多方面的。余英时对此多有研究，他在《中国知识分子的创世纪》一文里说："中国有一个顽固的道德传统。但是和西方相对照，为知识而知识、为真理而真理的精神终嫌不足。中国人对知识的看法过于偏重在实用方面，因此知识本身在中国文化系统中并未构成一独立自足的领域。这一点自然也影响到知识分子的独立精神。知识和道德之间必须取得平衡，这在今天已是有识之士所共同承认的。"①另外，维护中国几千年的精神传统和道德良心的士人（知识分子），绝大多数尊崇的是儒家和道家，尤其是儒家型知识分子，一直以来都坚持"道"高于"势"（此观点由孟子正式提出，所谓"民为贵，社稷次之，君为轻""闻诛一夫纣矣，未闻弑君也"），坚持用"道"来"纲纪世界"；而道家型知识分子则更强调个体的自由，在此基础上，也坚持用他们的"道"（无论是魏晋时期的嵇康、阮籍，还是明代的李贽，"道"的内涵都多为"自然"的观念）来批判"名教"和"礼教"。这些观念在今天看来，积极作用显著，可局限性也一目了然。

传统的知识分子虽然坚持"道"与"势"对抗，但是中国的"道"是无形式、无组织的，不像基督教或伊斯兰教那样可以通过有组织的教会和政治权威公然抗衡。除了极少数以外，大多数的中国知识分子都经不起政治权威的巨大压力。另一方面，政治权威对于所谓"道"也自有种种巧妙的运用。吕坤虽然可以说"势者，帝王之权；理者，圣人之权"，但实际上帝王却从来不甘于仅以"势"自居，他同时也要独占"道"和"理"。所以帝王必须兼有"圣人"的美名。"作之君、作之师"在中国政治史上本是一个古老的传统。在这种专制传统的长期压迫之下，多数知识

① 余英时：《中国知识分子的创世纪》，见《中国知识分子论》，河南人民出版社1997年版，第130页。

分子不但逐渐丧失了自信和自尊，而且同时还滋长了一种自疑和自罪的潜意识。这在过去是叫做"臣罪当诛，天王圣明"；我们今天则可以称之为"知识分子的原罪意识"。这种原罪意识仍深藏在近代中国知识分子的心底。知识分子在参加革命时尽管表现出勇往直前的大无畏精神，然而在革命领袖的新政治权威面前，他们便完全为原罪意识所支配，因此也就失去了最起码的独立判断的能力，当然更谈不上有什么批判精神了。①

余英时的这一精辟见解，道出了知识分子曾经的两难处境。自古以来，知识分子就被看作是"社会良心"的代表，并被视为是对权力集团唯一的监督者和直言人，没有知识阶层站出来承担这一使命，权力就会失去警觉和约束，走向泛滥。

二、知识和道德之间的平衡

随着经济全球化时代的到来，知识分子也获得了一个重新审视自身和发挥作用的机会。现代化的社会越来越重视知识，也越来越走向多元化，这种多元化的直接结果，就是使政治权威的势力在减弱，知识分子的作用逐步加强。这趋势无疑为知识分子再一次找回自己的位置、发出自己的声音创造了有利的条件。

发生在这二十几年来的一系列文学革命、思想论争、社会变革都证实了这一点。谁都无法否认，主要是知识分子担当了这些社会和文化进程中的变革力量。但是，并非每个知识分子都能及时地醒悟，并承担自己的使命，如意大利思想家安东尼奥·葛兰西所说："我们可以说所有的人都是知识分子，但并非所有的人在社会中都具有知识分子的职能。"② 正因如

---

① 余英时：《中国知识分子的创世纪》，见《中国知识分子论》，河南人民出版社1997年版，第129页。

② 〔意〕安东尼奥·葛兰西：《狱中札记》，曹雷雨等译，中国社会科学出版社2000年版，第4页。

此，中国人的精神现代化进程比起物质现代化进程来，才会显得过于缓慢。但我们依然没有必要悲观。如同一种物质的腐烂是从局部开始的，我想，一种精神的复兴也将从局部开始，从少数觉悟的知识分子身上准备出来。特别是经过了二十世纪八十年代过于激进和浪漫而导致的挫折之后，知识分子在九十年代对于自己的身份和使命的反思，显露出了更加成熟而坚定的面貌，要求知识分子承担责任、追求信念、拒绝强权、回到个人的呼声也越来越高。

> 今天知识分子的最可悲悯的一面，就是他们实际上已经无所信，而一个国家，一个社会，如果知识分子都走到了无所信的地步，那就确实是危机深重了。[1]

> 在我看来，一个社会最大的危机是失去支撑它的精神结构。具有终极关怀的价值系统是将一个社会凝结为整体的粘结剂，它赋予个人行为收敛性，从而使社会保持稳定。……中国社会的精神结构本已百孔千疮，若是惟一担负对其进行重建、更新和修补之职能的知识分子放弃坚守，自甘堕落，并且再"反戈一击"，对于未来危机，中国知识分子恐怕是难以摆脱自身责任的。[2]

> 由于中国没有俄罗斯式的知识分子，没有那种与官方对立的思想意识传统，没有民间传播的渠道，独立支持的坚卓者一向是罕有的。[3]

类似的思索，有一段时间，在中国思想界层出不穷，参与者众。更有

---

[1] 摩罗：《文学与精神认同——与王晓明先生访谈录》，见贺照田主编：《学术思想评论》（第三辑），辽宁大学出版社 1998 年版。

[2] 王力雄：《渴望堕落——谈当代中国知识分子的痞子化》，见《自由人心路》，中国电影出版社 1999 年版，第 213—214 页。

[3] 林贤治：《五十年：散文与自由的一种观察》，《书屋》2000 年第 3 期。

一些人，对知识分子的要求近似于苛责：

> **摩罗**：知识分子是应该而且可以为维护社会正义承担责任的，
> 因而真正的知识分子是具有道德含量的。……但是，1999 年以
> 来，每一个中国知识分子都立时清楚了：如果知识分子不是一个
> 职业称谓而是一种道德形象的话，中国就基本上没有机会使用这
> 个词语。
> **朱竟**：确实如此，中国没有西方意义上的知识分子，没有左
> 拉、伏尔泰、甘地、托尔斯泰那样的知识分子。也许曾经有过？
> 但至少现在是没有的。①

持这种观点的人，多半是从俄罗斯文学、法国大革命、民主和专制思
想等背景出发思考问题的，它在出示一种决绝的道德勇气的同时，也可能
陷入一个精神陷阱：以道德激情来决断一切，而忽视知识分子对知识和文
明的具体贡献。为此，有一种更理性、更平衡的思想反而获得了知识界的
广泛认同：

> 对于一位知识分子来说，成为思维的精英，比成为道德精英
> 更为重要。②

> 知识分子……真正的职责在于对科学和文化有所贡献；而这
> 种贡献不是仅从道德上可以评判的，甚至可以说，它和道德根本
> 就不搭界。……在我看来，知识分子可以干两件事：其一，创造
> 精神财富；其二，不让别人创造精神财富。中国的知识分子后一

---

① 摩罗：《我们对知识分子要求什么》，见《因幸福而哭泣》，中国工人出版社
2002 年版，第 160 页。
② 王小波：《思维的乐趣》，见《沉默的大多数》，中国青年出版社 1997 年版，
第 29 页。

样向来比较出色，我倒希望大伙在前一样上也较出色。①

> 我们不能要求任何时代只有一种知识分子，不能认定只有固守书斋才是知识分子的上策。……在不同的时代知识分子必然以不同的方式生存于历史之中，不是知识分子选择了历史，而是历史选择了知识分子。②

所有这些关于知识分子的思索，汇聚成了一个精神平台，使知识分子的真实使命延伸到了当代生活之中。它当然不是简单地接续中国古代"士人"的传统，也不是照搬西方意义上的知识分子意识，而是试图以开放的姿态把知识分子精神中国化，使之契合本土经验。在这个过程当中，知识分子最突出的特点是开始使用自己的头脑思考问题，并开始使用自己的语言来表达。"知道如何善用语言，知道何时以语言介入，是知识分子行动的两个必要特色。"③一旦个人的语言被凸显，就意味着知识分子的独立性得到了加强，对知识分子这一概念的理解也随之出现了许多歧义，这是好事，因为大一统的话语体系从来就不是知识分子的福音，唯有个人性和差异性，才是知识分子精神的真义。

知识分子的精神觉悟首要的就是回到个人的立场上来。但我们如果由此就以为解决了知识分子问题的历史死结，那也未免想得过于简单了。纯粹个人的知识分子其实是不存在的，因为他的言论和文字一旦发表，就已经进入公共领域。知识分子的个人性，从来就不是指自己一个人在自言自语，而是指从个人出发，面对公共事务发言。

个人超越于个人之上，实现对人类的总体性关怀，这无论在何时都是

① 王小波：《道德堕落与知识分子》，见《沉默的大多数》，中国青年出版社1997年版，第68—72页。
② 陈晓明：《反激进与当代知识分子的历史境遇》，见孟繁华主编：《九十年代文存》（上卷），中国社会科学出版社2001年版，第133页。
③〔美〕爱德华·W.萨义德：《知识分子论》，单德兴译，生活·读书·新知三联书店2002年版，第23页。

知识分子精神中必不可少的维度，用康德的话说是"有勇气在一切公共事务上运用理性"，用柏林的话说是"站在公共的舞台上作证"。为此，尽管知识分子的内部一直争论不休，但经过这几年的独立思索，在"何为知识分子"这一根本问题上还是有以下一些共识的：一、要有反思意识。由于知识分子曾经扮演了不光彩的角色，没有勇气在一切公共事务上运用理性，甚至还犯下了不可饶恕的罪行，现在普遍认为，知识分子必须反思自己，必须在自我检讨中重获自我警觉和批判立场；二、要背负道义责任。如班达所说，真正的知识分子在受到形而上的热情以及正义、真理的超然无私的原则感召时，叱责腐败、保卫弱者、反抗不完美的或压迫的权威，这才是他们的本色。他们应该是特立独行的人，能向权势说真话的人，耿直、雄辩、极为勇敢及愤怒的个人，对他而言，不管世间权势如何庞大、壮观，都是可以批评、直截了当地责难的。① 真正这样实践的人可能不多，但心里认同这种理念的人却不在少数。没有人会否认，知识分子担负着比别的人更明确和公开的道义责任；三、要有专业精神。一个人被称为是知识分子，一定是在自己的专业上有建树和造诣的，否则，他即便具有庄严的道德外表，对人类的贡献也毕竟有限。因此，我们不能怂恿知识分子都往道德圣人的方向发展（这种成功者只是少数），而是要更多地鼓励他成为知识的专家，以丰富人类的智能活动。事实上，我们所推崇的知识分子的典范（如鲁迅、陈独秀、陈寅恪、顾准等人），无一不是专业成就卓著者。反过来说，专业上的成就也会促使知识分子形成自己的信念，并坚守它。

　　如何取得知识和道德之间的平衡，这或许是现代意义上的知识分子性格中最重要的一点。美国社会学家希尔斯对这种现代知识分子有一个经典定义：

　　　　每个社会中……都有一些人对于神圣的事物具有非比寻常的敏感，对于他们宇宙的本质、对于掌理他们社会的规范具有非凡的反省力。在每个社会中都有少数人比周遭的寻常伙伴更探寻、

① 〔法〕班达：《知识分子之背叛》，转引自〔美〕爱德华·W.萨义德：《知识分子论》，单德兴译，生活·读书·新知三联书店2002年版，第13—15页。

更企求不限于日常生活当下的具体情境，希望经常接触到更广泛、在时空上更具久远意义的象征。在这少数人之中，有需要以口述和书写的论述、诗或立体感的表现、历史的回忆或书写、仪式的表演和崇拜的活动，来把这种内在的探求形诸于外。穿越当下具体经验之屏幕的这种内在需求，标示着每个社会中知识分子的存在。①

希尔斯后来又说，知识分子站在两个极端，不是反对盛行的准则，就是以某种基本上调和的方式存在着，以提供"公共生活中的秩序和延续"。在中国，它同样找到了响应者。对于借着改革开放而初步获得现代性格的中国来说，重要的也许不是有多少人认同了这些观点和争论，而是要看到已经有一些人走在其中了。哪怕只是非常少数的人，也是值得高兴的。

三、知识分子的隐秘形象

让我感到奇怪的是，文学在见证知识分子这一形象的变化上，大多数时候是迟到者，甚至是完全缺席的。也就是说，作家们是真正意义上的知识分子、"社会良心"，但他们笔下迄今为止写得最成功的却多是关于农村生活的作品。我不是题材决定论者，也不会幼稚地以为中国的现实就是指农村生活，但这些年来中国作家写得比较好的小说，却大多不是关于知识分子自身的，这也是事实。可见，如果从处境学的意义上说，农村生活似乎更便于作家了解中国人真正的生存状况。尽管中国已经加入了WTO，尽管中国富裕阶层的生活水平已经不亚于西方的中产阶级，但中国人骨子里的精神或许还是农村的——大多还面临着物质和精神的基本匮乏，那种西方式的因意义过剩而有的都市焦虑远没有来临。物质的饥饿和精神的饥饿深深地交织在一起，这才是中国人当代生活的真实面貌，

---

① 〔美〕希尔斯：《知识分子与权势：比较分析的一些角度》，转引自〔美〕爱德华·W.萨义德：《知识分子论》，单德兴译，生活·读书·新知三联书店2002年版，第35页。

因为还有太多的人的生存体验还在现代性的经验模式里——空间与时间、自身与他人、希望与绝望、幸福的承诺、生活的可能性和危险的经验等，这些问题还在折磨着中国的基本人群。①

当然，偶尔也有对知识分子形象的突入，但它的真实性一直值得怀疑，至少，它未能恰当地表现知识分子在一个转型时期的精神变化和思维成果。比如，王朔笔下的知识分子偏于游戏，这其实是一种表面化的东西，因为调侃具有强大的消解功能，而消解则容易掩饰内心的真相；张炜笔下的知识分子流于空洞，他试图以自己构筑的农业理想来对抗现代文明的扩张，在我看来，这不过是一个虚假的精神姿态而已（估计连张炜自己也不相信它在现实中会是有效的）；李洱算是新一代中关注知识分子比较多的作家，但他笔下的知识分子则太过抽象了，尤其是他的长篇小说《花腔》中的主人公葛任，已经被他抽象成了一个无。在这些作家那里，知识分子的身份焦虑更多的还是观念性的东西，还有一些虚拟的前提，在走向现实的过程中，他们对知识分子的定位并不清晰。

但我最近读到的两部长篇小说，却改变了我对文学中知识分子形象的看法。一部是尤凤伟的《中国一九五七》②，一部是张者的《桃李》③。我认为这两部作品对关注知识分子自身命运而言是有特殊意义的：《中国一九五七》针对历史，《桃李》针对现在；《中国一九五七》对知识分子的历史命运有一种总体性的反思和审视，《桃李》对知识分子的当下处境有一种贴身的呈现和关怀；《中国一九五七》有一种现代主义式的沉重和悲愤，《桃李》则弥漫着后现代主义式的轻松和幽默。一句话，这两部小说都为文学如何面对知识分子形象提供了新的样本。

《中国一九五七》的主人公是一个大学生，叫周文祥，时代背景是反右时期。尤凤伟通过这样一个善良、软弱、时而妥协时而坚定的"右派"分子，写出了整代"五七人"的屈辱、无奈、软弱、斗争，以及和人性的

① 谢有顺：《现实主义是作家的根本处境——〈2001年中国最佳中短篇小说选〉序》，《当代作家评论》2002年第2期。
② 尤凤伟：《中国一九五七》，上海文艺出版社2001年版。
③ 张者：《桃李》，人民文学出版社2002年版。

丑陋相混杂的悲剧命运。类似的题材，已经有不少人写过，思想界也多有研究和分析，但多半是以控诉和揭露为主题，将知识分子置于被审判的地位，目的是追问他们的历史阴影和精神软弱。现在回首那场运动，多数人是把责任推到了知识分子身上，认为是他们的软弱和怯懦，最终导致了知识分子精神的全面溃败。《中国一九五七》的崭新意义在于，尤凤伟不仅将反右当作集体意志下的政治事件来审视，还将反右当作个人性的精神事件来内省和追问。由于个人维度的引入，加上作者是带着同情和宽容的眼光来重新打量这段历史的，"右派"这种已经被历史定格已久的知识分子形象，因此也敞开了新的精神边界。其中最重要的一点，我把它概括成尤凤伟为知识分子伸张了"软弱也是一种权利"的人性观念，为他们在苦难面前赢得了一个喘息的机会。

当历史沉重的一页翻过去之后，假如一个人要站在道义的立场上对知识分子的软弱和失节进行控诉、揭发或严厉谴责的话，那实在是太容易了，相信也没有什么人会站出来反对；但这样做，在我看来未免过于残酷。作为受害者的知识分子，在没有任何防备的情况下，一夜之间就以言获罪，被置于阶级敌人的地位上，不容辩解，不讲证据，或者被批斗，或者被流放，或者被下到监里，从此与亲人失去联系，与世界完全隔绝，这样的打击，对于一个从自由时代走过来，怀着满腔热情准备报效祖国的知识分子来说，是无论如何承受不起，也意想不到的。在这样的境遇下，一个人会软弱，会恐惧，会委曲求全，甚至会萌生出苟活的念头，只要他没有以迫害人的方式来达到保护自己的目的，我认为都是可以理解的。如同坚强是人应有的品格一样，软弱也是人性合理的一部分，理应得到尊重和谅解，因为我们不能要求每一个人都做圣人，都做战士，毕竟，像顾准、张志新、遇罗克、林昭这样的人，属于人类精神史上的理想一族，是少数；而对于大多数人来说，在强大的压力和死亡的威胁面前，只能选择屈辱地活着。——我们又怎么忍心去谴责他们？

　　一个真正自由、民主和人性的社会是允许人软弱的，它相信人承受压力的能力有限，也就会致力于解除加在每个人身上的压力，使每个人尽可能自由轻松地活着。相反，只有强权社会才不允许人软弱，因为它要求每个人都成为革命者，都为着某个社会理想或革命目的不惜牺牲自己，完全无视你的个人意愿，更不关心你的心灵是否会受到伤害。活在这样的社会中是可怕而令人绝望的。①

　　是人，就有软弱的可能，也有软弱的权利，要求五十多万"右派"都像冯俐（《中国一九五七》中的主人公）那样不顾性命抗争到底是不现实的。《中国一九五七》将政治运动中的知识分子还原成了一个个活生生的人：他们也会软弱，也会妥协，为了争取活下去的权利，他们还可能说谎，但他们依然值得同情，因为人性是丰富的，知识分子的生存形态也应该是多种多样的。换句话说，高尚的生活值得追求，平庸的生活也同样值得尊重。《中国一九五七》所体现出的宽容精神，为知识分子的人性观察找到了新的空间。

　　正是因为这些年来中国社会开始慢慢走向宽容、慢慢告别日常生活的政治化，才为知识分子创造了一个投身专业的工作环境、自由思考的精神缝隙；也正是因为人们日渐尊重人性的丰富性、尊重日常生活的合法地位，知识分子才脱离单一的面貌，实现了自身的多元化。除了继续坚持形而上的精神追求之外，知识分子现在也面临着大规模俗世化的趋势。一些知识分子在心灵攀缘、精神追问的道路上继续前行，另一些知识分子则卷入市民社会，成了大众文化的支持者和消费者；前一种知识分子正在萎缩，后一种知识分子却在不断地扩展。这是一个严峻的事实，也是经济全球化的产物之一。面对这种无法阻止的知识分子的俗世化趋势，我们仅仅出示一些"人文精神"的空洞法则，或者以平庸和媚俗为借口对其大加批判都是无济于事的，唯一的办法是，正视知识分子的这种内在变化。

---

　　① 谢有顺：《一九五七年的生与死》，《当代作家评论》2001 年第 3 期。

四、从立法者到阐释者

张者的《桃李》之所以值得关注，就在于它正视了知识分子所遭遇的俗世化的新现实，率先为转型期的知识分子、为消费社会的到来写下了新的文学肖像。《桃李》的故事也取材于大学，主人公是一帮教授、博导、博士生、硕士生，但和《中国一九五七》比起来，《桃李》的用力之处不是知识分子面对精神强迫时的心灵挣扎，而是写知识分子在金钱和欲望的碾磨下，如何把自己逐步改造为快乐的消费者——物质和精神都在消费文化的扩张中呈现出了新的面貌。

《桃李》就是消费社会中的一则暖色幽默。它的主要人物是法学院的博士生导师邵景文教授以及他带的一批学生。本来，"法学是一种实用的学科，是一种法度，是市场经济不可缺少的游戏规则"[1]，可是，如此严肃的法学精神，在消费社会已经被知识分子悄悄地改写成了获取名利的资本。尤其是在年轻一代的观念中，法学不再仅仅是捍卫社会正义、维护生活秩序的崇高法度，它同时也是一种可以进行利益换算的技术和专业。所以，在张者的小说中，不仅邵景文教授利用自己的专业攫取金钱和美女，就连他的学生也知道通过自己的所学提前享受消费社会的各种快乐。肉体对欲望和物质的渴求已经解禁，身体的快乐就摆在每个人的面前。而坚守传统法学研究和道德规范的蓝其文教授等人，在这种语境里则显得迂腐而不合时宜。整个大学，做学问与办公司并行，教学与揽生意打官司同步，法律的代言人最懂得钻法律的空子，知识的宠儿最知道如何利用知识来获取美女的欢心……大学再也不是简单的受教育、做学问、搞研究的神圣场所了，它早已被市场、商业、消费和欲望刺激得蠢蠢欲动；大学也不再以培养"不对任何人负责的坚定独立的灵魂"（贾克比语）为骄傲了，那些以专业技术适应市场经济并赢利的人反而能受到足够的尊敬。在这方面，《桃李》中的邵景文就是一个成功的典范，他既能在课堂上滔滔不绝，又

---

[1] 王干、张者：《走进麦田，拿出手机——关于〈桃李〉的对话》，《大家》2002年第2期。

能开着宝马与美女出入宾馆、酒吧，他不仅得到法学院的赞赏，也成了学生的偶像。

从道德精英向知识精英转化，从精神向技术位移，从倔强地与世俗精神相抗争到全面投身于消费社会，这正是后现代社会中知识分子最重要的角色转型。《桃李》生动地写出了消费社会的特征和知识分子的这种后现代性格。"根据后现代的看法，宏大叙事被具有地方特色的情境（local situations）和语言游戏（language games）所取代：后现代的知识分子现在看重的是能力（competence），而不是像真理或自由这类的普遍价值。"① 确实，《桃李》中的邵景文教授虽然名满天下，但他展示给他的学生们的只是他的能力——这种能力最主要的方面就是如何用自己的名声和法学知识使自己过上贵族式的物欲生活。传统意义上那种用老师的人格来影响学生成长的模式已经荡然无存。

同样，传统意义上那种作为精神楷模和社会良心的知识分子也不再成为主流。一切都在发生着深刻的变化。"社会日益发展起来的官僚化整体及其不断加强的封闭性，以及大众文化的类似发展，将导致知识分子失去在近现代西方世界中拥有的地位。即使避免了极权主义的发展，知识分子最多也只能在社会的缝隙间发挥作用，在多少受到宽容的边缘地带生活，占领舞台中心的将是脑力技术人员、专业脑力工作者和各种各样的专家。那时将需要大量的生产工程师和灵魂工程师，但是在这个'美丽的新世界'里，知识分子当然就成了无用的废物。存留下来的那些人，由于在有欣赏力的读者和听众中找不到共鸣，充其量只能成为早期文明残留下来的古董。"② 是的，像《桃李》中的蓝其文教授就成了"无用的废物""早期文明残留下来的古董"，真正"占领舞台中心"的是邵景文教授这样的"专家"。用齐格蒙·鲍曼的说法是，当代知识分子正从"立法者"（现代型知识分子）的角色向"阐释者"（后现代型知识分子）的角色转变。社会

---

① 〔美〕爱德华·W. 萨义德：《知识分子论》，单德兴译，生活·读书·新知三联书店 2002 年版，第 22 页。

② 〔美〕刘易斯·科塞：《理念人——一项社会学的考察》，郭方等译，中央编译出版社 2001 年版，第 282 页。

已经不欢迎"立法者"（制定普遍的是非和道德标准的人）了，代之而起的是更为严格的"阐释者"（在多元文化中寻求对话和沟通策略的人）。"他们的角色变了，由原来受人信赖的教育者，一个由对自己的口味鉴赏判断力充满自信，对为理想模式社会作贡献充满自信的人，变成了注释者和评论者。"① 利奥塔也有类似的观点，他说，当代知识分子应该在更为有限的意义上定义他们的职业，降低为人类代言的愿望；应该认识到他们的每一种申言都是有局限性的。因此，后现代主义的核心特征，就是与知识分子角色功能的变化有关。

由于张者敏感地看到了知识分子的这种角色变化，以及旧有的大学精神的解体，《桃李》便意味深长地写出了当代知识分子的后现代情状。

另外，《桃李》还让我们看到，在市场经济这股世俗化的力量支配之下，当代社会已经成功地把公民（包括每一个知识分子）转换成了消费者。从立法者到阐释者，从阐释者再到消费者，知识分子这一路的精神直落，彻底消弭了自身与世俗社会的间距，最终把自己改造成消费链条上的一个环节。以这个现实为背景，张者在《桃李》中紧紧地抓住金钱和情爱这两条线索，把知识分子推到了时代的旋涡中，进而为我们制作出一系列新的时代标本——消费社会崛起之后的知识分子群像。我们都知道，金钱表征物质，情爱表征性，而物质和性正是消费社会最重要的两个特征。无论是邵景文，还是李雨、雷文、孟朝阳，或者蓝娜和刘唱，他们人生中的大部分时间，都辗转于物质和性之间；比起做知识和精神的宠儿，他们似乎更害怕自己被消费社会的潮流所抛弃。他们比谁都更努力地为物质和性而奋斗。

这是当代社会中最为重要、最不容忽视的力量——消费文化。它既是一种物质的生产和传播，也是一种精神的存在方式。尤其是市民社会和大众文化的全面崛起，使一切都被改写成了消费和被消费的关系。如《桃李》所展示的，人们不仅消费物质，也消费精神和知识，即便是爱情和性，同样也是一种特殊的消费品。"'消费者文化'成为我们时代的一个不可

①〔英〕迈克·费瑟斯通：《消费文化与后现代主义》，刘精明译，译林出版社2000年版，第202页。

阻挡的特征，这一制度通过生产和再生产对它的一种总体性依赖的能力，使其地位不可动摇，这一制度是由作为当代西方社会枢纽的市场制度支持的。消费者文化使男人与女人被整合到一个首先是作为消费者的社会中。消费者文化的特征，只能用市场的逻辑来予以解释，从这里产生并发展出当代生活的所有其他方面——假如还有不受市场机制影响的其他领域的话。这样，文化的每一个方面都成为了商品，成为市场逻辑的从属者，不管是通过一种直接的经济的机制，还是通过一种间接的心理的机制。"① 就连当代的艺术或政治，也需要求助于市场逻辑来理解了。这就是消费社会的真相。

五、消费社会的危险性

在研究消费者文化的学者当中，皮埃尔·布尔迪厄可能是造诣最深的一个，他指出，消费者时代的来临，意味着社会整合的核心统治模式发生了实质性变化。新的统治模式的独特之处在于：以诱惑取代镇压，以公共关系取代警察，以广告取代权威性，以创造出来的需求取代强制性规范。今天，使个人联结成社会的力量，是他们作为消费者的活动，是他们的由消费而构成的生活。因此，个人的本能冲动不必受到压抑，他们的那种使行为服从于快乐原则的倾向，也不必受到压抑，他们不必被严加看管（这一功能已经由市场接管了——通过使信息技术成为私人消费的对象，正如雅克·阿塔利所说，一个"受到监控的"社会已经为一个"自动监控的"社会所取代）。另一方面，市场经济是一种民主制度，它向每个人开放，就像豪华旅馆。在它的内部，它不需要通行证或特别许可。男男女女们要进入市场，钱是唯一需要的东西。没有这个玩意儿，他们只能待在外边——在外面，他们发现了一种性质完全不同的世界。使钱具有如此可怕的魅力，并使人们殚精竭虑去赚钱的力量，严格地说，就是为走出这第二个世界买一条出路。与这个世界相对，市场经济如同一个自由的王国，一个解放的

---

① 〔英〕齐格蒙·鲍曼：《立法者与阐释者——论现代性、后现代性与知识分子》，洪涛译，上海人民出版社 2000 年版，第 221—222 页。

化身，闪烁着迷人的光芒。① 这似乎正是《桃李》所要着力表达的东西。它里面的知识分子遵循的就是"快乐原则"：个人的本能冲动不必受到压抑。而实现这种快乐的通行证——钱，也就成了这群知识分子奋斗的动力。

金钱和情爱是《桃李》一书中知识分子获得快乐的两个核心因素。而对于人物如何实现这一快乐的过程，张者采取了与之相呼应的叙述方式：乐观、幽默和反讽。有意思的是，这群从人文主义的象牙塔里走出来的知识分子，在走向消费社会的过程中，并没有胜利可言。他们也常常遭到时代的嘲笑。比如，王莞和041小姐、张岩和王愿的关系，就是典型的知识分子感情的幽默版本，它带着知识分子的幼稚和单纯，收获的却是滑稽和痛苦。往往就在这个时候，知识分子将会调动起他们的全部理性，用来对付生活中所遇见的难题。被称为"老板"的邵景文教授尤其如此：

> 老板能和梦欣肆无忌惮、惊天动地地在宾馆做爱，却在师姐面前保持着一个为人师表的庄重形象。老板对师姐的无情并不是因为师姐没有梦欣漂亮，也不是因为师姐没有梦欣有才华，在这两个指标方面双方恰恰相反。老板拒绝师姐的原因是他不想投入感情，不想再谈一次劳神的恋爱，这种师生恋不但会毁掉老板十分美满的家庭，也会毁掉老板的美誉。老板和师母在读大学时也是一对郎才女貌的玉人儿。后来两个人出国留学，又一起回到母校任教，感情深厚，亲情悠远。虽然师母已近四十了，可风韵尚存，对老板又体贴入微，他们的千金也在国外读书。这样一个家庭第三者想插足是千难万难的。②

一个知识分子的理性，已经不在公共事务上运用，而只是处心积虑地用来对付个人的欲望满足和生活安定，这是多么巨大的改变！知识分子从"有勇气在一切公共事务上运用理性"，到今天普遍成为生活的享乐者，

① 参见〔英〕齐格蒙·鲍曼：《立法者与阐释者——论现代性、后现代性与知识分子》，洪涛译，上海人民出版社2000年版，第223—225页。

② 张者：《桃李》，人民文学出版社2002年版，第263页。

成为消费快感的追求者，这中间的差别已经不是观念上的差别，而是生活上的差别——后者的变化是深刻、细致而全面的，它对过去的一切具有真正的摧毁性的力量。我们知道，观念植根于生活之中，一旦生活被改变，那就意味着过去的观念也将不在。这就是我在上面说消费文化是当代社会最重要、最不容忽视的力量的原因：它改变的是生活的基础。过去的知识分子的生活是要符合某种精神标准的，现在在消费快感的怂恿下，标准被取消了，代之而起的是纯粹私人的快乐原则。一个人如果完全被这种快乐原则所捕获，那他势必会有一种无法缓解的渴望和焦虑：我如何占有越来越多的商品、性爱和快乐？邵景文后来不惜冒险到 B 城赴约，就是受这种渴望和焦虑驱使的结果。而这种渴望和焦虑是永远无法得到缓解或满足的，它最终的目的就是彻底摧毁生活本身。

因此，我们在正视消费社会到来这一事实的同时，也必须警惕消费成为新的神话而反过来谋杀生活。苏珊·桑塔格很早就预见到了这一点：

> 传统的专制政权不干涉文化结构和多数人的价值体系。法西斯政权在意大利统治了二十多年，可它几乎没有改变这个国家的日常生活、习惯、态度及其环境。然而，一二十年的战后资本主义体系就改变了意大利，使这个国家几乎是面目全非。在苏维埃风格的共产主义，甚至极权的统治下，多数人的基本生活方式仍然植根于过去的价值体系中。因此从文化的角度讲，资本主义消费社会比专制主义统治更具有毁灭性。资本主义在很深的程度上真正改变人们的思想和行为。它摧毁过去。①

《桃李》的叙述虽然是乐观而幽默的，但到最后，它还是为我们留下了一副警觉的表情。我们看到，那些知识分子即使把自己的理性都倾注在自己的生活中，生活也并未向他们支付长期的快乐，最终，他们的生活还是无可避免地走向溃败（雷文被孟朝阳所杀，孟随之自杀；邵景文婚姻破

① 〔美〕苏珊·桑塔格、贝岭、杨小滨、胡亚非：《重新思考新的世界制度——苏珊·桑塔格访谈纪要》，《天涯》1998 年第 5 期。

裂，最后死于情杀等）。这是《桃李》一书中深刻的一笔。它揭示了消费社会的根本悖论：消费文化在为知识分子提供新的自由和快乐的同时，也为他们设下了精神陷阱。"消费社会比专制主义统治更具有毁灭性"，这是真的，它要求消费者必须有效地阻止自己对商品的无穷无尽的欲望，转而寻求"真诚的生活"、人格自律和自我完善，提升自己对公共事务的兴趣，恢复个体与理性社会的联系。所有这些努力，并不是要知识分子再次回到"立法者"的立场，这是不可能的，但面对一批又一批的知识分子被整合到市场中来，知识分子也不得不冷静地反省思考，重新审视自己的处境、地位和作用，调整自己的策略，在多元的价值体系中寻求对话、沟通和解释，如鲍曼所言，去同人们交谈，而不要同他们作战；去理解他们，而不要把他们作异类打发或消灭……

同时，知识分子也要接受德怀特·麦克唐纳对新的消费社会状况中存在的内在危险性提出的警告："一种温吞水式的、软弱无力的平庸的文化正在缓慢地产生，这种文化像是一摊正在蔓延的淤泥，吞没着一切，威胁着所有的东西。"[①]知识分子要免于在这种文化中沦落，就必须意识到自己的独特身份：你永远做不到"和别人一样"，批判和创造精神永远是你的标志；你虽然不能阻止消费社会的到来，但你可以阻止消费社会把你变成技术和欲望。

在一切哪怕是最个人的日常生活实践中，知识分子都需要成为了解他的时代，并对他的时代保持警觉的人。《桃李》向我们呈现了消费时代到来时知识界的一个有趣的镜面，而将更多的话题和困境留给了我们每一个人。

---

① 〔英〕齐格蒙·鲍曼：《立法者与阐释者——论现代性、后现代性与知识分子》，洪涛译，上海人民出版社 2000 年版，第 214 页。

革命、乌托邦与个人生活史

——格非与《人面桃花》

一、"眼界始大，感慨遂深"

王国维在论到李后主的词时，用"眼界始大，感慨遂深"一说来形容，并称作为词人，李煜"不失其赤子之心"。[①] 确实，以阅世经历而言，李煜是风流才子"误作人主"，但以他词中的性情而言，他透过家国败亡所描述的人间之普遍悲苦，却达到了词的极高境界。"胭脂泪，相留醉，几时重，自是人生长恨水长东。""独自莫凭栏，无限江山，别时容易见时难。流水落花春去也，天上人间。"这种旷世哀伤，今天读来依然令人感慨万千。正如《红楼梦》，曹雪芹虽然写的是一个家族的兴衰，但里面的人生诸相，可说是写尽了世间的伤心和眼泪。因此，脂砚斋才说林黛玉是"泪尽而亡"，而曹雪芹则是"哭成此书"。李煜的词，通达的也是这样的境界——他们的文字里，都只有哀伤和眼泪，没有丝毫仇恨和杀戮之气，这在中国文学史中是不多见的。

由此我就想，中国文学其实自古以来都有"通而为一"的大境界，不过多数时候被过重的现世关怀所遮蔽了而已。"眼界始大，感慨遂深"，设若眼界困于现世得失，或为世俗之心所累，文学的格局、气象势必越来越小，直至趋于庸常。中国当代文学的困局似乎都与此相关。尤其是二十

---

① 参见王国维：《人间词话》，安徽文艺出版社 2003 版，第 19—20 页。

世纪九十年代以来，中国作家普遍标榜个人写作，崇尚私人经验，并视此为写作的唯一通途——现在看来，"个人"和"经验"之中也有诸多可疑的地方，需要认真辨析，否则我们就很难判定这样的个人、如此的经验，究竟要把人类带往何处。比如，"身体写作"本是一个很好的概念，但一些作家在竭力为身体正名，使身体在写作中恢复合法地位的同时，是否想过：如果把身体等同于生理性的自我，等同于性和欲望，写作会不会从一种思想专制走向另一种身体专制？身体专制即肉体乌托邦。如同政治和革命是一种权力，能够阉割和取消身体，肉体乌托邦也同样是一种权力，会扭曲和简化身体。因此，文学找到了身体，并不等于解决了所有问题，因为它还需要辨析这个身体所接通的究竟是哪一条精神血脉。身体并非只是肉体，它也有自身的伦理性和丰富性，简化身体自身的丰富性，其实是对身体的践踏。正如汉娜·阿伦特所言，私人领域的自我就像我们的内脏器官，毫无殊异之处，"如果这个内部自我显现出来，我们将是千人一面"[1]。这话尖锐地指出了某种肉体崇拜思想可能有的局限性。由此反观当代文学，我们不难从一些所谓的"个人写作"中，看出"千人一面"的写作面貌。

"个人经验"所面临的困境也一样。在相当长的时间里，中国作家习惯沉迷于观念和技术，以为这才能使自己的小说突破庸常、走向深刻。后来，这种写作时尚开始发生变化，越来越多的作家意识到，结实的细节和场景，真切的生活经验，同样能够有效抵达一个时代的精神核心。我不否认，经验在文学写作中的全面崛起，强化了写作的真实感，并为文学如何更好地介入当代生活提供了新的视角和资源。但经验并不是当代生活的全部，也非写作唯一用力和扎根的地方——在复杂的当代生活面前，经验其实常常失效。一个作家，如果过分迷信经验的力量，过分夸大经验的准确性和概括性，他势必被经验所奴役。经验如果无法被存在所照亮，经验在写作中的价值就相当可疑：

---

[1] 转引自 B. 霍尼格：《提倡一种争胜性女性主义：汉娜·阿伦特和身份政治》，见王逢振主编：《性别政治》，天津社会科学院出版社 2001 版，第 163 页。

在一个传播和信息疯狂增长的时代，古老的叙事艺术正被新闻报道式的文体所代替。一方面，新闻事件、文化符号、欲望细节越来越多，另一方面，个人生活的价值领域却在萎缩甚至消失。任何的事件和行为，一进入现代传播中，被纳入的往往是公共价值的领域，以致无法再获得"个人的深度"（克尔凯戈儿语）。任何的个人经验只有被贴上巨大的历史标签或成为特殊的新闻事件之后，它才能被关注和获得意义——当下文学界，会有那么多的无谓争执和耸人听闻的炒作，正源于此。它看起来是在伸张自己的个人经验，其实是在抹杀个人经验，因为这个所谓的"个人经验"，带上的总是公共价值的烙印。从这个角度说，尽管现在的作家们都在强调"个人性"，但他们进入的恰恰是一个个性模糊、经验不断被公共化的写作时代。①

"个人写作"背后活跃着的是"千人一面"的思维，"个人经验"领域面临着"公共价值"的改写——这就是当代文学中出现的重大悖论。真正的"个人"其实一直处于隐秘之中，因为这样的"个人"更多的只是经验的、表象的不同，支配作家写作的依然是某种社会公论，是某种思想的总体性，精神的个性却相当模糊。它的直接后果是缩减了文学的精神空间，也使写作变得日益表浅化。这个时候，重申王国维所说的"眼界始大，感慨遂深""赤子之心"等不凡见地，当有特别的价值。扩大作家的精神"眼界"，以从一种"千人一面"的写作思维里解放出来；唤醒作家的"赤子之心"，进而像李煜那样成为"以血书者"，抵达"俨有释迦、基督担荷人类罪恶之意"②的内在维度，以终止在经验表面滑行的写作境况——这些，对于解救当代文学的困局，可说是十分有益的提醒。毕竟，文学是一种心灵的事业，它在任何时候都是人类隐秘的奢侈念想，也是人类了解自身存在境遇的一条细小管道，如台湾作家张大春所说，文学带给人的往往

---

① 谢有顺：《重回"孤独的个人"——写在 2004 年的小说随想》，《天津师范大学学报（社会科学版）》2005 年第 1 期。

② 王国维：《人间词话》，安徽文艺出版社 2003 年版，第 22 页。

是"一片非常轻盈的迷惑",它既不能帮助人解决人生问题,也不会减少这些问题,它的存在,或许只是"一个梦、一则幻想"而已。[①]假如文学不再集中描述存在的景象,也不再有效解释精神的处境,那么,人类就将失去某种做梦的权利,文学也将不再处于它自己的世界之中。

我们不难在当下的文学境遇中,察觉到这是一个日益粗糙的写作狂欢时代:优雅的汉语正在失传,写作的难度日益消失,长篇小说的数量在剧增,缺乏基本艺术训练的写作者正在凭借媒体炒作获取利益——小说的品质正面临着前所未有的恶化。写作平庸化的时代似乎已经来临。它的背后,显然昭示着一种不容忽视的巨大危机:当代作家正在丧失文学抱负。

"文学抱负"是秘鲁作家略萨喜欢用的词,他在《给青年小说家的信》一书中,把"文学抱负"和"反抗精神"一词紧密地联系在一起:"重要的是对现实生活的拒绝和批评应该坚决、彻底和深入,永远保持这样的行动热情——如同堂吉诃德那样挺起长矛冲向风车,即用敏锐和短暂的虚构天地通过幻想的方式来代替这个经过生活体验的具体和客观的世界。但是,尽管这样的行动是幻想性质的,是通过主观、想象、非历史的方式进行的,可是最终会在现实世界里,即有血有肉的人们的生活里,产生长期的精神效果。""关于现实生活的这种怀疑态度,即文学存在的秘密理由——也是文学抱负存在的理由,决定了文学能够给我们提供关于特定时代的唯一的证据。"[②]假如一个作家丧失了"文学抱负",那就意味着他在美学和精神上的探索都已停止——文学从根本上说是一种理想,一旦将它降低成为获利的工具,或者把它变成一种毫无难度的语言废品,文学还有存在的理由吗?

因此,我敬重那些有"文学抱负"的作家。他们未必是写得最好的,但他们的作品却总能一次又一次地唤醒我对文学的热望。格非的长篇小说《人面桃花》[③]就是这样一部优秀作品,它至少在以下三方面显示出了格

---

① 参见张大春:《小说稗类》,广西师范大学出版社2004年版,第1页。

② 〔秘鲁〕马里奥·巴尔加斯·略萨:《给青年小说家的信》,赵德明译,上海译文出版社2004年版,第6—7页。

③ 格非:《人面桃花》,春风文艺出版社2004年版。

非不同凡响的价值：一是这部作品的语言优雅、精湛，达到了古典和现代的完美结合，并且是彻底中国化的——很难想象一个主要是在西方文学背景里成长起来的先锋作家，会企及这样一种语言高度；二是格非的写作依然保持着良好的叙事自觉，《人面桃花》在叙事上的考究、细密，以及它在叙事风格上的探索姿态，为越来越粗糙的当代文学写作树立了一个醒目的界标；三是格非通过这部作品告诉我们，一个作家面对整体性的世界和历史发言，不仅是必要的，也是可能的。"因为我知道，自己遇到的并非一个局部性的修辞问题，而是整体性的。也就是说，它涉及到我们对待生存、欲望、历史、知识、相对性、传统等一系列问题的基本态度和重新认识。我坚信，整体的问题不解决，局部的问题也无法解决。"①

——这些都对当代文学深具启发意义。长期以来，由于受消费文化的影响，小说写作正被一些作家简化为讲故事。以私人经验为内容，以故事为载体，这样的小说模式已成主流，但它所遗忘的恰恰是小说最重要的方面——语言探索、叙事自觉、建构作品的精神核心，等等。《人面桃花》改变了我对当代小说的固有看法。它那纯粹的文学性和精神性，让我重新发现了一个写作者的虔诚，也让我重新领会了语言和梦想的清脆质地。因此，我曾坦率表达我对格非及其《人面桃花》的阅读感受：

格非的写作坚韧、优雅而纯粹。他的小说曾深度参与二十世纪八十年代以来的文学革命，他的叙事研究也曾丰富中国小说的美学肌理。他的写作既有鲜明的现代精神，又承续着古典小说传统中的灿烂和斑斓。他的叙事繁复精致，语言华美、典雅，散发着浓厚的书卷气息，这种话语风格所独具的准确和绚丽，既充分展现了汉语的伟大魅力，又及时唤醒了现代人对母语的复杂感情。他出版于 2004 年度的长篇小说《人面桃花》，作为这一话语理想的延伸，在重绘语言地图、解析世道人心、留存历史记忆上，都富于创造性的发现。他对这一发现的深刻表达，不仅达到了中

---

① 谢有顺：《我遇到的问题是整体性的——与格非谈〈人面桃花〉及写作问题》，《南方都市报》2004 年 6 月 28 日。

国作家所能达到的新的艺术难度，还为求证人类的梦想及其幻灭这一普遍性的精神难题敞开了一条崭新的路径。[①]

二、尘世与梦想

《人面桃花》写了这样一个故事：

光绪二十七年春，罢官回籍的陆侃突然从普济消失，不知所终。其女陆秀米开始第一次正视她所面对的这个世界。几天后，革命党人张季元以养病为名来到了普济。在秀米的眼中，张季元就是这个神秘世界的象征：他查访一个六指木匠，联络地方革命党，购运枪支，准备起义；他去过日本横滨，与母亲的关系也令人生疑。而对于张季元来说，这个他暗中渴慕的美貌少女的存在使他对革命的信念产生了动摇。两人之间的情感于暗中滋生并迅速成长，但随着革命活动的失败，张季元以被害而告终。

秀米于出嫁途中遭遇土匪绑票，被劫至偏野小村花家舍的一处湖心小岛上。但同一时间，土匪云集花家舍亦在酝酿着一场重大事变。在岛上，秀米从一名尼姑韩六的口中得知了花家舍的所有秘密。她对父亲在普济建立桃花源的疯狂举动似有所悟，而阅读张季元留下来的一本日记，也使她了解了革命党人创立大同世界的真正动机。随着土匪头领们一个个神秘死亡，花家舍这个"人间仙境"于一夜间变成一片瓦砾，而暗中活动的革命党人六指木匠则控制了局面，并收编土匪于第二年发动起义，攻打府州梅城。起义失败后，秀米被送往日本。

几年之后，陆秀米受革命党人指派从日本带着年幼的孩子返回普济，联络地方豪强，进行革命准备，并建立普济学堂。在当地人的眼中，秀米已经变成与父亲一样的"疯子"。她的革命蓝图中混杂了父亲对于桃花源的梦想、张季元的"大同世界"，当然还有花家舍的土匪实践，带有强烈的乌托邦色彩。在清兵的一次"围剿"中，秀米被捕并押解至梅城，她的孩子也于乱中被杀。就在秀米被清廷处死的前夕，辛亥革命爆发。秀米被

---

① 这是本人在格非的《人面桃花》获得"华语文学传媒大奖·2004年度杰出成就奖"时为之撰写的"授奖词"。

关押一年半后获释，回到普济。回到普济后的秀米发誓禁语，将自己变成了一个哑巴……

　　尽管要对以上的故事进行叙事学分析，大有文章可做，但我更看重格非理解历史的方式，以及他所揭示出的现代中国的这种精神景象在今天有何种现实意义——因为当代作家身上普遍匮乏这种"眼界"和问题意识。中国小说沉迷于一己之经验太久了，它若要前进，显然需要转向一个更广大的世界，建构一个更具精神性的文学空间，诚如格非自己所说："中国作家在经过了许多年'怎么写'的训练之后，应重新考虑'写什么'这一问题。"①是啊，二十世纪的中国发生了那么多伟大的事件，作家们如果无视它们的存在，也无法找到表达它们的途径，那绝对是一种无能，因为如何处理历史、现实、梦想与个人命运之间的关系，一直以来都是伟大文学的使命——《人面桃花》试图接续上的，正是这条伟大文学的血脉。

　　《人面桃花》有很清晰的历史背景，也有准确的故事时间——二十世纪初的辛亥革命前后。但格非显然无意于简单地复现历史，他更多的是想通过一种真实的历史场景，书写世道人心，并表达他对尘世的悲悯和伤怀。小说以罢官回籍的陆侃离家出走、少女陆秀米初潮来临、革命党人张季元突然来到普济开头，这本身就是一个象喻：一切都是恍惚、慌乱、充满秘密和玄机的，俨然就是一片乱世的景象。少女秀米的生命刚刚觉醒，就得面对这些严峻的现实，可她又还没有参悟世事、洞悉人心的能力，只能带着疑问和不安观望着这个世界。谁会理会一个少女心中的疑问呢？格非在书中写道："地上的花瓣、尘灰，午后慵倦的太阳不理她；海棠、梨树、墙壁上的青苔，蝴蝶和蜜蜂，门外绿得发青的杨柳细丝、摇曳着树枝的穿堂风都不理她。"这是何等的感伤和落寞！另外，"秀米觉得这个村庄里正在发生的一切都是神秘的，所有的神秘都对她缄口不语。她的好奇心，就像一匹小马驹，已经被喂养得膘肥体壮，不由她做主，就会撒蹄狂奔"。秀米有时觉得自己是清醒的，但这何尝不是一个更大、更遥远的梦的一部分？尘世和梦幻、现实和记忆，本就交织在一起，难以分清，连父亲尚

---

　　① 谢有顺：《我遇到的问题是整体性的——与格非谈〈人面桃花〉及写作问题》，《南方都市报》2004 年 6 月 28 日。

且"寂然一笑，满脸成灰"，连张季元都觉得"我们正在做的事，很有可能根本就是错的"，身处其中的少女秀米又如何能够把握自己的命运？

> 她多次想到了死。如果必须一死，她也不愿意一丈白绫，一口水井，或者一瓶毒药了此一生，但除此之外她也想不出另外的死法。那应该怎么去死呢？"黄沙盖脸"是戏文中唱的，不知是怎样一种死法，每当她看到戏文中的杨延辉唱到"黄沙盖脸尸不全"的时候，就会激动得两腿发颤，涕泪交流，既然要死，就应当轰轰烈烈。昨天中午，她在上楼的时候，偶然瞥见从村中经过的官兵的马队，看到那些飞扬的骏马，漫天的沙尘，樱桃般的顶戴，火红的缨络以及亮闪闪的马刀，她都会如痴如醉，奇妙的舒畅之感顺着她的皮肤像潮水一样漫过头顶。她觉得自己的脑子里也有这样一匹骏马，它野性未驯，狂躁不安，只要她稍稍松开缰绳，它就会撒蹄狂奔，不知所至。①

内心的躁动、思想的狂野，既是秀米动荡一生的开端，也在秀米的内心播下了诸多大胆、疯狂的种子。这颗无法驯服的心，充溢着一种内在的迷乱，如同她所处身的乱世，凄冷中充满喧嚣，茫然中尽是变数。这个时候，张季元的出现，进一步混乱了秀米的生活——张季元和秀米母亲的暧昧关系，以及他对秀米的情不自禁，使得本已像谜团一样的生活，又徒增了许多纷乱。在秀米眼中，张季元"皮肤白皙，颧骨很高，眼眶黑黑的，眼睛又深又细，透出女人一般的秀媚。虽说外表有点自命不凡，可细一看，却是神情阴冷，满脸的抑郁之气，似乎不像是活在这个世上的人"。可就是这样一个人，把她带向了一条"疯狂"的不归路——秀米的一生，其实都是在追逐张季元的影子，因为在她的眼中，张季元就是那个遥远的梦想，这个梦想能带她离开这个纷乱的尘世，能抚慰她迷茫的内心。

后来，张季元为"革命"牺牲，留下一本日记，详细记载了他对秀米

---

① 格非：《人面桃花》，春风文艺出版社 2004 年版，第 18—19 页。

的爱意和性想象，读着日记中的文字，秀米越发觉得张季元是一个梦。甚至在她的梦中，也会不断出现张季元的脸。"忘却是无法挽回的，比冰坨更易融化的是一个人的脸，它是世间最脆弱的东西。""当初，她第一眼看到张季元的时候，就觉得那张脸不属于这个尘世，而是一个胡思乱想的念头的一部分。渐渐地，这张脸变成了椅子靠背上的一方绿呢绒，变成了空寂庭院中闪烁的星斗，变成了天空浮云厚厚的鳞甲；变成了开满了花的桃树，露珠缀满了花瓣和梗叶，风儿一吹，花枝摇曳，花蕊轻颤，无休无止的忧伤堆积在她的内心。"因此，与其说秀米爱上了张季元，不如说她爱上的是张季元那些"胡思乱想的念头"；她的忧伤也非因为张季元已经不在，而是随着他的离去，"不像是活在这个世上""不属于这个尘世"的脸所代表的梦也在消逝。

　　一边是尘世的"喧嚣嘈杂""全然无趣"，一边是"如痴如醉"的梦想，这便是陆秀米和张季元之间隐秘关系的写照。而张季元这张"不属于这个尘世"的脸，过早地激发了秀米对尘世的伤怀和厌倦，她后来的命运，就这样深深地烙上了张季元的印痕。"只有在阅读张季元的日记时，秀米才觉得自己还活在这个世上。在普济的时候，那里的一草一木、一沙一石都蕴藏着无穷的奥秘，云遮雾罩让她看不透，也想不出个头绪。可如今她一旦知道了事情的底细，又觉得那些事是那样的无趣无味，让人厌腻。"面对这样无趣、厌腻的人世，一般来说，有好几条路可走，一条路是逃离，秀米从一个地方到另一个地方，从一个梦到另一个梦，如同小说中的翠莲，对逃跑上了瘾，陆侃问她，你打算跑到哪里去，她说，不知道，先逃了再说。大凡有梦想者，一遇到挫折，或对现实不满意，首先想到的就是逃离，就连孔子这样的入世圣人，也曾发牢骚，想逃离到一个纯朴的远方去实现自己的理想，所谓"道不行，乘桴浮于海"，道不行了，我就乘一个木筏子到海上去，这和另一些士人逃离到山林里去是一样的意思。另一条路是作践自己，或者游戏人生。张季元死后，秀米常常想到他，有一次，她读着他的日记，"忽然又悲从中来。咬着被角呆呆地出神，随后无声地哭了起来，把枕头的两面都哭湿了。最后她长长地嘘了一口气，恶狠狠地在心里对自己说：嫁吧嫁吧，无论是谁，只要他愿意要，我就嫁给他，由着他去糟蹋便了"。"由着他去糟蹋便了"，这是一句多么寒冷的话！以致秀米在小岛上遭五爷庆德糟蹋时，她不仅"放弃了抵抗"，事后也没有像普济的其他女人那样寻短见，因为"张季元早已经不在人世，时光也不能倒流"。

失去了张季元的秀米，内心一片寂然。尘世已经无可眷恋，梦想却显得愈发清晰。可这个梦想，恰恰又是张季元生前给秀米制造的：

> 看见秀米推门进来，张季元道："这件宝物颇有些来历。你来听听它的声音。"说罢，他用手指轻轻地弹叩下壁。瓦釜发出了一阵琅佩相击之声，清丽无比，沁人心扉。秀米觉得自己的身体像一片羽毛，被风轻轻托起，越过山峦、溪水和江河飘向一个不知名的地方。
>
> "怎么样？"张季元问她。
>
> 随后，又用指甲弹了弹它的上沿，那瓦釜竟然发出当当的金石之声，有若峻谷古寺的钟磬之音，一圈一圈，像水面的涟漪，慢慢地漾开去，经久不息；又如山风入林，花树摇曳，青竹喧鸣，流水不息。她仿佛看见寺院旷寂，浮云相逐，一时间，竟然百虑皆忘，不知今夕何年。
>
> 秀米听得呆了，过了半晌，心中暗想，这世上竟还有如此美妙的声响，好像在这尘世之外还另有一个洁净的所在。
>
> ……她用手指轻轻地叩击着釜壁，那声音让她觉得伤心。那声音令她仿佛置身于一处寂寞的禅寺之中。禅寺人迹罕至，寺外流水潺潺，陌上纤纤柳丝，山坳中的桃树都开了花，像映入落日的雪窗。游蜂野蝶，嘤嘤嗡嗡，花开似欲语，花落有所思。有什么东西正在一寸一寸地消逝，像水退沙岸，又像是香尽成灰。再想想人世喧嚣嘈杂，竟全然无趣。[1]

瓦釜又名"忘忧釜"，它发出的声音如此美妙，让人想象在尘世之外还有另一个洁净的所在。这个所在，对罢官回家的陆侃来说，就是桃花源；

---

[1] 格非：《人面桃花》，春风文艺出版社2004年版，第68—69页。

对革命党人张季元来说，是天下大同；对土匪"总揽把"王观澄来说，是花家舍（它是王观澄按照世外桃源来设计的）；对秀米来说，是普济学堂（它混杂着前面三者的乌托邦实践）。可以说，这些中国式的乌托邦，目的都是为了逃离乱世，救治人心。然而，就像爱情经常走向欲望一样，革命也常常走向它的反面，成为杀戮和灾难的缘起。《人面桃花》很清楚地告诉我们，既然一切的灾祸、混乱都由心生，那么，救治的良方也应从心发起。众多的革命蓝图、乌托邦实践之所以纷纷走向失败，有些甚至还酿成大祸，都因为在其中掺杂了太多个人的私心和欲望。因此，中国人自古以来注重天道人心，意思就是说，"人心"和"天道"是可以通达于一的。中国小说为何专注于写人的性情？就在于作家们相信，人情之中也有天地清明、天道人心。《红楼梦》被称为"清代之人情小说的顶峰"，但在这人情的极处，又何尝不能见出"天道"之所在、"人心"之归宿？

　　《人面桃花》不仅写了尘世的纷扰和无奈，更重要的是，它还写了尘世里的天道和人心。离开了天道人心做参照，革命可能会变成杀人游戏（张季元组织的反清"蜩蛄会"，不就准备颁布残酷的《十杀令》吗），连土匪实践也会蒙上一层理想主义色彩（谁也不能否认土匪"总揽把"王观澄是一个理想主义者）——说到底，脱离了天道人心，革命冲动和乌托邦实践距离疯狂也就一纸之隔而已。正因为此，康有为才说，"一切仁政皆从不忍之心生"，而托克维尔则说，"革命家们仿佛属于一个陌生的人种，他们的勇敢简直发展到了疯狂"。

三、人心的政治

　　乱世多疯狂，这是千古定律。世道一乱，受损的往往是人心。因此，中国的儒家传统一贯讲究教化人心、约束人心，其要旨就在以人的"本心"治天下。所谓本心，用陆九渊的话说，"是者知其为是，非者知其为非"，此即本心；用孟子的话说是，"人之有是四端也"，所谓"四端"，即恻隐之心、羞恶之心、辞让之心、是非之心。而《人面桃花》中的尼姑韩六则说得更加直接：

> 人的心思最不好捉摸。就像黄梅时的天，为云为雨，一日三变，有时就连你自己也捉摸不透。要是在太平盛世，这人心因着礼法的约束，受着教化的熏染，仿佛人人都可致身尧舜；可一逢乱世，还是这些人，心里所有的脏东西都像是疮疔丹毒一般发作出来，尧舜也可以变作畜生，行那鬼魅禽兽之事。史书上那些惨绝人伦的大恶，大都由变乱而生……①

秀米生逢乱世，目睹了几场事变，对人心的复杂和多变感触尤深。《人面桃花》写出了这场人心的变乱，并探查了二十世纪初中国革命中的乌托邦实践及其后果。二十世纪的人类面临前所未有的溃败，"在这个世纪里，一切都变得更真实，一切都变成了更真实的自己？士兵变成了职业杀手，政治家变成了罪犯，资本变成了用焚尸炉装备的、庞大的杀人工厂，法律变成了肮脏游戏的游戏规则，世界的自由变成了大众的监狱，反犹太主义变成了奥斯维辛，民族意识变成了集体屠杀"②。这个世纪的主题词就是革命，温和的、激进的都蜂拥而来，但尘世的诸多问题并未因此而获得完满解决，相反，还出现了凯尔泰斯所说的巨大灾难。可见，心魔不除，天地绝无清明之日。

《人面桃花》为我们呈现了一个广大的人心世界，从而为解答二十世纪初的革命和乌托邦实践的困境，提供了新的文学图景。"人面桃花"这一用典出自一首古诗，"人面不知何处去，桃花依旧笑春风"。但就作品本身而言，"人面"与"桃花"却分别代表着两个意味深长的符号——革命与爱情，或者说政治与欲望。爱情里总是挣脱不了欲望的纠缠，而革命却不断走向乌托邦，走向那破灭的梦想，这似乎是一种人类历史的宿命。爱情和革命本属理想主义范畴的事物，然而，它们在《人面桃花》里将面对一个共同的，但潜藏在人心之中不易觉察的敌人——欲望。先是陆侃在院里栽种桃花，想把普济变成一个现代桃花源，然而陆侃这样的疯狂举动

---

① 格非：《人面桃花》，春风文艺出版社2004年版，第132页。
② 〔匈牙利〕凯尔泰斯·伊姆莱：《另一个人》，余泽民译，作家出版社2003年版，第70—71页。

在陆秀米的老师丁树则眼中却是另一种解释："虽然父亲满嘴是归隐哀世之叹，也曾模仿陶渊明到塘边篱畔采点野菊来泡茶，可他的心却没有一刻离开过扬州府的衙门。所谓'翩然一只云中鹤，飞来飞去宰相衙'。……说来说去，还是贪恋官场声色。你看他，这么一把年纪，还要养个雪白粉嫩的妓女在家做甚？"看来，陆侃所构想的那个令人悠然神往的现代桃花源，不过是他官场失意之后的荒唐之举，它的根底依然是声名色欲。接下来是张季元，试图建立大同，但他一边和秀米的母亲保持着性爱关系，一边在心里恋慕着秀米。张季元死后，秀米看了他留下的那本不乏"令人难堪的段落"的日记，感叹道："张季元啊张季元，你张口革命，闭口大同，满纸的忧世伤生，壮怀激烈，原来骨子里你也是一个大色鬼呀。呵呵。"或许正因为情欲的折磨，张季元一度对"革命"产生了怀疑。有一天，他向秀米披露了自己的真实心迹："可是，不知为什么，最近的这些天来，我觉得我们正在做的事，很有可能根本就是错的，或者说，它对我来说一点都不重要，甚至可以说毫无价值，的确，毫无价值。好比说，有一件事，你一边在全力以赴，同时，你却又明明怀疑它是错的，从一开始就是错的。再比如你一直在为某件事苦苦追索答案，有时，你会以为找到了这个答案。可突然有一天，你发现答案其实不在你思虑之中，它在别的地方。"是什么导致张季元突然觉得"革命"对他而言"一点都不重要，甚至可以说毫无价值"？是秀米。如果说革命是未来，是梦想，那秀米就是现在，是现实，二者之间原来竟有冲突，叫人如何取舍？难怪张季元会在日记的末了发出至为沉痛的哀叹："没有你，革命何用？"

尔后，秀米在出嫁途中被劫持到花家舍。花家舍是"总揽把"王观澄按照世外桃源设计的地方，它最终却变成了一个土匪窝。但王观澄自己不这样看："在外人看来，花家舍是个土匪窝，可依我之见，它却是真正的世外桃源。我在这里苦心孤诣，已近二十年，桑竹美池，涉步成趣；黄发垂髫，怡然自乐；春阳召我以烟景，秋霜遗我以菊蟹。舟摇轻飏，风飘吹衣，天地圆融，四时无碍。夜不闭户，路不拾遗，淘然有尧舜之风。就连家家户户所晒到的阳光都一样多。每当春和景明，细雨如酥，桃李争艳之时，连蜜蜂都会迷了路。"令秀米惊讶的是，父亲的疯狂设想竟然在一个土匪窝里变成了现实。这是深刻的一笔。张季元以"革命"的方式建立大同，王观澄以土匪的方式建立世外桃源，二者目标相似，只是手段不同。王观澄的手下杀人越货，可张季元在日记中不也说"行大事不免流血""在此危急之秋，清帮、土匪皆可为我所用。大功告成之日，再图除之不迟"？都是在一个崇高的理由下杀人，本质上并无二致。所不同的不过是，张季元的革命理想里混杂的是情欲，而王观澄的桃花源实践则脱不了名、利二字。对此，韩六给秀米做了精辟的分析：

> 人的心就像一个百合，它有多少瓣，心就有多少个分岔，你一瓣一瓣地将它瓣开，原来里面还藏着一个芯。人心难测，说的就是这个意思。一个人看透生死倒也容易，毕竟生死不由人来做主，可要真正看透名利，抛却欲念，那就难了。
>
> 这王观澄心心念念要以天地为屋，星辰为衣，风雨雪霜为食，在岛上结庐而居。到了后来，他的心思就变了。他要花家舍人人衣食丰足，谦让有礼，夜不闭户，路不拾遗，成为天台桃源。实际上还是脱不了名、利二字。那王观澄自奉极俭，粗茶淡饭，破衣烂衫，虽说淡泊于名利，可他要赢得花家舍三百多号人的尊崇，他要花家舍的美名传播天下，在他死后仍然流芳千古，这是大执念。
>
> ……
>
> 开始，他只是动了一个念头，可这个念头一动，自己就要出来做事，不由他来做主了。佛家说，世上万物皆由心生，皆由心造，殊不知到头来仍是如梦如幻，是个泡影。王观澄一心想在花家舍造一座人人称羡的世外桃源，可最后只落得一个授人以利斧，惨遭横祸的结局，还连带着花家舍一起遭殃。……
>
> ……那王观澄心心念念要造一个人间天国，只是在追逐自己的影子罢了，到头来只给自己造出了一座坟墓。[1]

秀米又何尝不是在"追逐自己的影子"？她后来也投身革命，建立"普

---

[1] 格非：《人面桃花》，春风文艺出版社 2004 年版，第 129—134 页。

济学堂"，这是一个混杂着父亲的桃花源梦想、张季元的大同世界、花家舍的土匪实践的现代乌托邦。一切梦想最终都走向了失败，而梦想中的每一个人都为自己的"疯狂"付出了代价——陆侃被一张桃源图所折磨，离家出走，不知所终；张季元未及实现大同就为"革命"就义；王观澄在自己打造的"人间天堂"里被手下所杀；秀米也为"革命"被囚，并远逃海外，直至理想破灭，她禁语多年，"流出了悔恨的泪水"，"她不是革命家，不是那个梦想中寻找桃花源的父亲的替身，也不是在横滨的木屋前眺望大海的少女，而是行走在黎明的村舍间，在摇篮里熟睡的婴儿。她悲哀地想到，当她意识到自己的生命可以在记忆深处重新开始的时候，这个生命实际上已经结束了"。这是悔恨，也是觉悟，是经过许多苦难之后积攒下来的泪水。梦想是多么脆弱，而人世生活反而显得如此真实和坚韧，这是另一面的人生真理，但这个真理是秀米付出了许多代价之后才领会的，正如哲学家阿多诺在"奥斯维辛"和"布拉格之春"之后，才开始对任何一种乐观的启蒙主义和乌托邦设计持审慎的态度，并说，"根本就不存在不再会有邪恶的世界"[1]。

其实，陆侃、张季元、王观澄、陆秀米像是同一个人，"他们和各自梦想都属于那些在天上飘动的云和烟，风一吹，就散了，不知所终"。格非在这些人的乌托邦实践中看到：任何一个梦想的形成，以及这个梦想之所以会走向它的反面，都是因为梦想的主体是人。是人，就无法规避他与生俱来的私心和欲望，也无法完全放下他心中的"执念"，这也就是任何一种乌托邦冲动付诸实践之后所面临的难题和困境——如康德所言，"从扭曲的人性中造不出完全笔直的东西来"[2]；而卡尔·波普尔干脆在《二十世纪的教训》一书中说，"想在世界上建立天堂的人，都把地球弄成地狱"。[3]

---

① 〔德〕阿多尔诺：《否定的辩证法》，张峰译，重庆出版社1993年版，第214页。

② 〔德〕康德：《从世界公民立场设想的一般历史》，转引自张汝伦：《良知与理论》，广西师范大学出版社2003年版，第145页。

③ 〔英〕卡尔·波普尔：《二十世纪的教训》，王凌霄译，广西师范大学出版社2004年版，第138页。

四、乌托邦期盼及其幻象

二十世纪种种乌托邦式的革命实践，何以会给人世带来如此深重的灾难？这个问题值得深思。陆侃的现代桃花源、张季元的大同世界、王观澄的花家舍、陆秀米的普济学堂，作为现代乌托邦，在理念上都各有动人之处，然而它们无不以悲剧告终。造成这些悲剧的缘由，固然有人心的局限，但更重要的是，这些人的乌托邦设计完全越出了人世的轨道，存在着致命的缺陷。《人面桃花》里的乌托邦实践是如此，人类生活中的乌托邦实践也是如此。

问题出在哪里？首先，乌托邦主义者普遍相信有一种适用于任何人的善和幸福，并希望通过一种强力手段来推行这种善和幸福。比如，陆侃"要在普济造一条风雨长廊，把村里的每一户人家都连接起来"，"他以为，这样一来，普济人就可免除日晒雨淋之苦了"。张季元相信，"在未来的社会中，每个人都是平等的，也是自由的。他想和谁成亲就和谁成亲。只要他愿意，他甚至可以和他的亲妹妹结婚"。王观澄也在花家舍建造了一座长廊，"这座长廊四通八达，像疏松的蛛网一样与家家户户的院落相接。……家家户户的房舍都是一样的，一个小巧玲珑的院子，院中一口水井，两畦菜地。窗户一律开向湖边，就连窗花的款式都一模一样"。秀米心中的梦想更是大同小异，"她想把普济的人都变成同一个人，穿同样的颜色、样式的衣裳；村里每户人家的房子都一样，大小、格式都一样。村里所有的地不归任何人所有，但同时又属于每一个人。全村的人一起下地干活，一起吃饭，一起熄灯睡觉，每个人的财产都一样多，照到屋子里的阳光一样多，落到每户人家屋顶上的雨雪一样多，每个人笑容都一样多，甚至就连做的梦都是一样的"，"因为她以为这样一来，世上什么烦恼就都没有了"。所有这些乌托邦设计，都希望把所有的人都变成一样的，不仅生活一样，连心中所想都一样，从而使每一个人都享用共同的善和幸福，这个图景看起来很诱人，其实毫无实现的可能。因为它忽略了人是一种有限的个体存在，抹杀这种个体的差异性、特殊性，无视个体与个体之间的细微不同，势必使一切变为泡影。"从扭曲的人性中造不出完全笔直的东西",从不同的个体之中又怎能产生出一种"每个人笑容都一样多,甚至就连做的梦都是一样的"生活?这到头来只会给自己造出"一座坟墓"罢了。

其次,任何的革命都是为了让人生活得更好,再好的乌托邦设计也得和当下的人世生活对接。正因如此,鲁迅才说,"革命是并非教人死而是教人活的"[1]。可是许多革命者内心的乌托邦冲动,往往腾空而起,不顾人世生活的基本境遇,希望直抵彼岸,这样的激进思想一旦付诸实践,造成血流成河的惨局也就不足为奇了。当年的康有为正是害怕出现"死人如麻",才反对用革命手段推翻清朝政府——这遭到了章太炎等人的严厉驳斥。现在看来,革命固然可能是"启迪民智、除旧布新、补泻兼备的救世良药"(章太炎语),但革命一旦成了蔑视人世生活的乌托邦实践之后,同样也可能祸害人间。因此,革命经常会演变成为一种乌托邦,而乌托邦则不能仅仅是对彼岸的玄想,它也必须试图回答来自尘世的困惑和疑难。

> 但迄今为止,人所追求和所向往的乌托邦却实在糟糕得很,仅给人以美感的晕眩,而一付诸实践,便演为貌似的完美、自由、合人性,便以幻象欺骗人。追究起来,这是乌托邦混淆了"恺撒"与上帝,混淆了这个世界和那个世界。这样,乌托邦想建设完美的生活,想养成人的应有的善良,想实现人的悲剧的理性化,但由于它匮乏人与世界之间的转换,最终总是既没有新的天堂,也没有新的尘寰。[2]

乌托邦不能混淆两个世界的界限,并且必须在人与世界之间"转换",才能真正实现"天堂"和"尘寰"的对话。也就是说,绝大多数的乌托邦

---

① 鲁迅:《二心集·上海文艺之一瞥》,见《鲁迅全集》(第 4 卷),人民文学出版社 1981 年版,第 297 页。

② 〔俄〕尼古拉·别尔嘉耶夫:《人的奴役与自由》,徐黎明译,贵州人民出版社 1994 年版,第 182 页。

实践之所以走向失败，就在于它普遍蔑视尘世的规则，拒绝进行人性的转换。在《人面桃花》中，像陆侃梦想"要在普济造一条风雨长廊，把村里的每一户人家都连接起来"，像张季元他们商定的《十杀令》（居然出现"缠足者杀"的可怕刑罚），像王观澄设计的世外桃源（管理者居然是一帮土匪），这些乌托邦实践都是典型的未经"转换"的反人性、"以幻象欺骗人"的玩意。后来秀米组织成立"普济地方自治会"，创办"普济学堂"，在某种程度上汲取了陆侃、张季元、王观澄的教训，她对自己的革命理想做了一些必要的"转换"——她向张季元学会了"清帮、土匪皆可为我所用"，身边渐渐聚集起了一帮人马，除了翠莲之外，还有舵工谭四、窑工徐福、铁匠王七、王八蛋两兄弟、二秃子、大金牙、孙歪嘴、杨大卵子、寡妇丁氏、接生婆陈三姐……用喜鹊的话来说，都是一些不三不四的人，再加上穿梭往来于梅城、庆港、长洲一带的陌生人和乞丐，声势一天天壮大起来；她像王观澄那样，睡简易的床，穿棉絮外翻的旧夹袄，过简朴的生活；所不同的是，她比张季元、王观澄等人多了"不忍之心"。她的"转换"有了更浓的人情味，但她仍然被人视为"疯子"。

在一个把"革命"理解成"想干什么就干什么。你想打谁的耳光就打谁的耳光，想跟谁睡觉就跟谁睡觉"，或者认为"革命就是杀人，和杀猪的手艺按说也差不了多少，都是那白刀子进，红刀子出的勾当"的人群中，不经过痛苦的"转换"，如何奢谈"革命"？又如何能使梦想和乌托邦带着诗意的光芒？或许，秀米选择了这条道路，今生就注定只能守着失败和寂寞生活了。

但是，革命的乌托邦尽管走向了失败，格非却没有简单地否定乌托邦对于人类自身的意义。当历史正在进入一个实利时代，怀想和追问一个远逝的梦想（梦想正是另一种形式的乌托邦），这对于重新思索中国人的生存境遇和精神出路，有着不容忽视的价值和启示。据《南方周末》前些年报道，一个关于"今天，我们怎么梦想"的调查，在中国京沪渝港四城市完成，"令人始料未及的是，当所有数据、结果摆在一起，它们纷纷指向一个令人震惊的结论：中国人已经没有梦想了"。许多人的梦想变得非常现实和单一，"一位重庆司机说自己是公安局局长就好了；北京一位退休工人的梦想是：没有腐败，为官清廉"①。在这样的背景下，重申梦想的超越性质，再一次发现乌托邦的精神意义，极为重要。因为"乌托邦不是可以被取消的事物，而是与人一样长期存在下去的事物"，"要成为人，就意味着要有乌托邦，因为乌托邦植根于人的存在本身。……没有乌托邦的人总是沉沦于现在之中；没有乌托邦的文化总是被束缚在现在之中，并且会迅速地倒退到过去之中，因为现在只有处于过去和未来的张力之中才会充满活力"。②神学家蒂利希的话，从另一个角度证实了格非所关注的问题的重要性。或许，正因为格非对乌托邦冲动进入现代生活之后的状况有着精微的解剖，《人面桃花》才被视为中国作家重新面对整体性的历史和现实发言的一次有益探索。

按照哲学家布洛赫的解释，乌托邦冲动来源于"对一种缺乏的感受"，因为缺乏，就会产生"试图结束缺乏的状态"，此状态会转化成一种愿望，从愿望再发展成为一种"乌托邦期盼"。《人面桃花》的感人之处在于，格非分析了多种乌托邦愿望和期盼里的心理成分，但他并没有在小说中沉湎于乌托邦玄想，而是处处表露出渴望回到个人生活的真实图景中的冲动。无论是陆侃、张季元、陆秀米，他们在小说中都不是革命或乌托邦的符号代码，而是一个个真实的人，他们拥有自己独特的生活边界。尤其是秀米，格非为她编织了令人感叹伤怀的个人生活史。小说最后在温暖的人世生活中着陆，读之更是叫人不禁潸然泪下。

其实在普济的革命实践还未彻底失败之前，秀米的脸上已经有了悲哀的神色，"连她冷不防打个嗝，都能让人闻到悲哀的气息"，她之所以继续做事，也只是为了忘记那些伤心的记忆，所谓"做一件事，才能忘掉其他事"——这是一种多么沉痛的悲哀！等她被囚，她反而觉得"浑浑噩噩的大脑，倦怠的身体，日复一日的静卧，略带悲哀的闲适，这一切都很适合她"。她以不说话来惩罚自己，她还训练自己忘掉张季元，忘掉自己曾经经历过的所有的人和事：

---

① 见《南方周末》1998 年 11 月 6 日。

② 〔美〕保罗·蒂里希：《蒂里希选集》（上卷），上海三联书店 1999 版，第 89 页、134—136 页。

　　不管是张季元、小驴子、花家舍的马弁，还是那些聚集在横滨的精力旺盛的革命党人，所有这些人的面孔都变得虚幻起来。他们像烟一样，远远的，淡淡的，风一吹，就全都散了。她重新回过头来审视过去的岁月，她觉得自己就如一片落入江中的树叶，还没有来得及发出任何声音，就被激流裹挟而去，说不上自愿，也谈不上强迫；说不上憎恶，也没有任何慰藉。……惩罚和自我折磨能够让她在悲哀的包围中找到正当的安慰。除了享受悲哀，她的余生没有任何使命。①

　　当她在享受悲哀和绝望时候，当她心如死灰的时候，一种新的希望和生命自信却在她的内心暗暗滋生。诚如海德格尔所说，绝望从哪里开始，一种希望也从哪里准备出来。秀米的放弃，是为了获得；秀米的心死，是为了新生。张季元死后，长期心无所依的秀米，居然在"那些歪歪的店铺，一片连着一片的行将坍塌的黑瓦，堆砌在黑瓦上的一朵朵白云，无精打采的卖水人，瓜摊下亮着大肚皮熟睡的肥汉，还有街角抖着空竹的孩子"面前，感到"新鲜而陌生"。"她还是第一次正视这个纷乱而甜蜜的人世，它杂乱无章而又各得其所，给她带来深稳的安宁。"这种真切的生活感受，这份"深稳的安宁"，是经过了漫长的跋涉，经过了许多年的寻找，经过了众多苦难的碾磨之后才获得的，它来之不易，并充满生命的庄严。而秀米多年以来在"革命"实践中所没能达成的心愿，却在饥荒年代以一袋大米就显出模型。"看着村里的男女老幼井然有序地在孟婆婆家门口等着分粥，秀米的心里真是悲喜交集。原先担心的哄抢局面并没有发生，甚至当队伍中混进来几个来历不明的外乡人和乞丐，村里人也没有赶走他们，一人一勺，一个也不少。这一幕多多少少让她想起了张季元以及他尚未来得及建立的那个大同世界；想起了自己在花家舍的日子，那个夭折了的普济学堂；还有父亲出走时所带走的那个桃花梦。"

---

　　① 格非：《人面桃花》，春风文艺出版社 2004 年版，第 232 页。

人世如此温暖，个人生活如此真实；人心的困局一旦解开，天地便变得清明，生命也有了些许的欣悦。秀米阅尽尘世的沧桑，最后可以说是心如止水。她终于了悟了人生真义，今后，再大的动荡，再深的迷乱，再凄凉的场景，也不能撼动她内心那份"深稳的安宁"了。她为这份安宁付出了一生的代价，任何人，任何时代，都不能再漠视她的存在了，因为她的心已经完全苏醒：

> 所有这些往事，秀米以为不曾经历，亦从未记起，但现在却一一涌入她的脑中。原来，这些最最平常的琐事在记忆中竟然那样的亲切可感，不容辩驳。一件事会牵出另一件事，无穷无尽，深不可测。而且，她并不知道，哪一个细小的片刻会触动她的柔软的心房，让她脸红气喘，泪水涟涟。就像冬天的炉膛边正在冷却的木炭，你不知道拣哪一块会烫手。①

梦想的旅行终止之时，生活本身那细碎的真实就显得弥足珍贵。从这个角度说，《人面桃花》描述了中国人在那一历史时期的整体性失败，但它却为个人如何获得幸福和慰藉敞开了一条细小的路径。它的优雅和绚丽，它的哀伤和苍凉，堪称中国作家近年来所创造的最为美好的文学记忆。

---

① 格非：《人面桃花》，春风文艺出版社 2004 年版，第 246—247 页。

英雄归来之后

——麦家与《人生海海》

  麦家是一个独特的小说家，他所创造的新的谍战小说类型，读者众多，也直接为一种谍战影视剧的风行打下了重要的文学基础。可以说，他在艺术性和大众性之间走通了一条路，这个写作经验是如何取得成功的，值得研究。麦家是一个苦苦追索自己叙事风格的作家，但他又紧紧握住故事和人物命运这两条主线，试图在阅读趣味上与读者和解。要平衡好二者之间的关系，似乎并不容易。谍战、破译、听风、捕风、在密室里寻找潜伏者，这样一种小说类型的成立，必须有严密的故事逻辑、严丝合缝的细节、出人意表的智力较量，还要有足够的叙事耐心，才能让读者在享受猜谜般的阅读乐趣的同时，在精神上也被作者说服。由于麦家所塑造的人物具有独异的英雄品质，如何把人格与信念以及人性的强悍与脆弱融为一体，使之成为小说的筋骨，并由此写出一种雄浑而孤绝的力量，这同样是有很大的艺术难度的。而麦家出版的《解密》《暗算》《风声》这几部代表性作品，以及与之相关话题的讨论，也就成了这十几年来重要的文学现象之一。

  和之前的英雄叙事的模式不同的是，麦家新出版的长篇小说《人生海海》[①]讲的是英雄归来之后的故事——他被抛回早已变得陌生的俗世之中，远离危机四伏然而又像智力游戏的冒险生活，被迫接受普通人的崇拜、质疑、抗拒、不解、好奇和以讹传讹，试图在平庸的、泥沼般的日常生活中找回存在的意义。在英雄的神性和人性之间，麦家这一次更多的是选择还

---

  ① 麦家：《人生海海》，北京十月文艺出版社 2019 年版。

原后者，主人公"上校"的传奇色彩虽浓，作者却在他的脆弱、痛苦与无能为力上也用心很深。

一

即使不从麦家自身的写作来看，而是放诸当代小说中去比较，《人生海海》的叙事手法也是相当复杂的：多视点、零散化、非线性的书写，对作者与读者都是一种挑战。上校这个人物，没有在纷繁的话语中变得暧昧不清，或者自相矛盾，而是作为一个独特人格站立了起来。

不像之前困在单一上帝视角里的《风语》，《人生海海》回归了多视点的叙述，但和《风声》又有区别：《风声》虽然由"我"、潘教授、顾小梦、"老鬼"等互相角力的讲述，为真相铺陈了不同的可能，但主要还是采用第三人称叙述；《人生海海》中上校的故事，则纯以第一、第二人称交代出来。这样的写法，使英雄和我们之间不再隔着一个全知全能的讲述者，读者和最主要的讲述者"我"一样，都是听故事的人，"我"在听故事时的紧张、激动，尤其是偷听老保长藏了一辈子，为医治爷爷几乎致死的心病才讲，且只对爷爷一个人讲的上校往事时那种触碰禁忌的快慰，特别能引起读者的同感——听故事本身也成了一场小小的冒险。同时，麦家在要紧关头对叙事的有意打断，比如老保长在说故事的中途，又去撒尿，又去拿烟，这种延宕，一来给读者以节奏感，避免阅读的倦怠，二则和"欲知后事如何，且听下回分解"有异曲同工之妙，刺激了听故事的欲望。在小说的思想底蕴、文体实验价值被普遍强调的今天，麦家仍然追求小说的可读性，这是他能够贯通雅俗的重要基础，也是他的写作得以接续上传统民间叙事气脉的地方。

《人生海海》的讲述者，如老保长、爷爷、父亲、林阿姨等，多是平凡人，相较《风声》中的教授、作家和全国政协委员的母亲，精英气要少得多。麦家把书写英雄形象的大部分工作交给了普通人：爷爷的又恨又怕，林阿姨的又爱又怨，老保长的羡慕与叹息，父亲的内疚与珍重，"我"的好奇、崇拜与悲哀，这些情绪缠绕着上校的不同侧面，形成了不同的价值判断，但又殊途同归地指向"骨头比谁都硬，胆量比谁都大，脾气比谁都犟，认领的事十头牛拉不回"的蒋正南。在普通人和英雄的相处中，英雄不仅得以摆脱单一的光明色彩，露出有缺陷、有人味的一面，还与俗世的物质建立起了紧密的联系。当读者去触摸上校这个人时，就知道他不仅是属于大时代的，也是属于小地方的，双家村的气候、作物、饮食、建筑等，都是真切的、有温度的。麦家以往笔下的英雄，多少带着点儿石头缝里蹦出来的"飘"，而上校却有一种坠手的扎实感，这显然和麦家在准备写作材料时回到童年、回到故乡的选择大有关系。

小说里上校出场的时间并不很明确，但至少已是二十世纪五十年代末抗美援朝志愿军全部撤回中国后，他的事迹都以既是插叙也是倒叙的讲述，极其灵活地散布在"我"的自叙中。由此，大体遵循线性时间的"我"的故事，就和时而线性时而非线性的上校的故事，形成了一种错落有致的双线叙事，读者既免于单一时间线索的疲劳，又可激起他拼贴、还原上校时间线的兴趣。同时，这也符合我们对一个人的认知顺序：我们认识同事、朋友、长辈时，也是既在不可逆的线性时间中与之相处，又在他自身或第三方的叙说中断续地得知他的从前，于是，读者会发现自己很容易代入"我"的角色，同样急不可耐地想知道上校每一桩奇闻逸事，因为每一次听故事的机会都遽然而来，戛然而止，也就会特别投入，这种微小的意外之喜，构成了读者的阅读动力之一。并且，相较于上帝视角的回忆和追述，读者对人物的回忆会更宽容，允许一些模糊、一些美化，在这种带感情的讲述中，真相不再是唯一有价值的了，人们乐于享受花园的歧路，沉迷于故事本身，甚至主动为它增加传奇色彩。更重要的是，英雄的过去和现在，他属于"上校"的光辉而惊奇的冒险历程，与属于"太监"的平庸而冷漠的归来生活，在这种叙事手法下得以并置呈现，令我们为人物无解的命运产生更深的共感与同情——当然，也隐含着自己是否有资格同情上校的拷问。

二

无论神话里的英雄叙事，还是章回小说中的英雄传奇，对英雄通过考验的奖赏或考验本身，常常是与一个美丽的女神／女人结婚。"神秘婚礼象征着英雄对生命的全面掌握；因为女人就是生命，英雄是生命的知晓者和掌握者。英雄在其最后的考验和功绩之前所受的考验象征认识上的关键时刻，这些关键时刻使他的意识得到扩大，从而能够经受对他那注定会有的、既是母亲又是毁灭者的新娘的占有。"①与神话故事不同，上校没有因为通过了考验而得以登上新娘的婚床，是在失败后才获得和新娘重逢的可能；但林阿姨既是毁灭上校的直接原因之一，也是上校灵魂的终极拯救者，这一点却是合乎神话逻辑的。

　　麦家为何不愿把《人生海海》处理成一个英雄美人的故事，让上校熬过所有的批斗，在拨乱反正之后再和林阿姨修成正果？其中当然有宿命论的缘故，作者借爷爷、老保长、"我"等人的口，反复地、不容置喙地给上校下过"命苦"的判词，而一段苦尽甘来的爱情无疑会冲淡上校的悲剧感，也会消解部分崇高感。但单以英雄和爱情的关系而言，《人生海海》对英雄叙事模式的反叛在于：英雄不是一定要通过考验才能获得爱情的。通过把两人重逢的情节设置在上校因不堪受辱发疯，而且已经再无好转可能之后，麦家其实原谅了英雄的脆弱——英雄不必是无坚不摧的，即使在和命运的战斗中，他失去了自己，但这无损曾经的荣光，也不会伤害英雄的本质，上校仍然拥有人该当有的爱与被爱的权力。爱情不再是一种奖励，而是一种离功利主义更远也更为可靠的人与人的联结，正是这种联结，使上校的被救赎成为可能。

　　林阿姨毁灭者与拯救者的双重身份，首先和麦家小说中一直时隐时现的"你用右手挖人左眼珠，人用左手捏碎你右眼珠"②的果报观念有关：正因为林阿姨检举了上校，令他被遣返回家，结束了英雄生涯，多年后当她得知上校发疯了时，这份带有愧疚的爱才沉重到足以推动她去找他，并像母亲一样，背负起一个中年男人的下半生；其次，或许可以用"菩萨"这一意象的内涵来解释：小说中，林阿姨多次被形容为甚至就被叫作"菩萨"——"村里人都叫她'小观音'，也把她当观音菩萨待，她也像观音

　　①〔美〕约瑟夫·坎贝尔：《千面英雄》，张承谟译，上海文艺出版社2000年版，第117页。

　　②麦家：《风声》，南海出版公司2007年版，第9页。

菩萨一样待全村老小"。中国传统的民间思维里，"菩萨"总是与美貌、善良、救苦救难相连，这和林阿姨的拯救者身份是契合的。在深层的神话思维中，菩萨因其雌雄同体的性质，使神话中对立的两个冒险（"与女神相会"和"与天父和解"）合二为一，"去和天父相会的英雄的难题是毫不恐惧地极度敞开他的灵魂，使自己成熟得能够理解这个残酷无情的巨大宇宙的令人厌恶的疯狂悲剧在上帝的威严之中变得完全合法"①。而上校所面临的难题，即是如何面对过去：他是否已做好准备，向林阿姨毫无恐惧地敞开灵魂？他是否能够摆脱身体上由别人也由自己加之的罪恶感，以至进一步反驳灵魂上的侮辱？上校曾经的逃避，招致了林阿姨带来的毁灭，但借由与女神的再会，通过他反复设计、由林阿姨亲手文制的文身，上校终于不再害怕面对自己的身体，与"命"达成了和解——在人生的最后，英雄找到了修改过去的方式，而这修改其实在他愿意让林阿姨文下第一针时，就已完成了。

作为"新娘"，林阿姨的意义，不仅在于她的毁灭与拯救使故事得以进行、圆满，还在于她超越了传统英雄叙事中"新娘"只是功能性人物的地位——固然，她有不够精彩的地方，一个人生意义是救赎单一的、特定的别人的人，格局难免有些小了，总不如志在"鬼杀奸除"的上校光芒四射。而麦家的写作趣味也并不在于挖掘这"小"里的"大"，她是一个人，一个有情有欲、有对有错的人："有人会同情我吗？我想不会有，包括我自己，有时我也懊悔把他毁成那样。但我不是神，我是人，我就那水平，人的水平，所以更多时候我并不懊悔。我认了，是把刀子也得吞下去，没有选择。人就是这待遇，熬着活，你看我和老头子，现在活成这样还不是熬着在活？"这不仅是一个在当代小说中极为难得的、逻辑可以自洽的人，更是一个在思索生命意义之后仍能坦然处之的人，一个不是英雄，却同样坚韧而伟大的灵魂。麦家塑造的这一女性，对当代很多只顾形塑"英雄"本身，而把其他人物作为垫脚石的军旅类小说是一种警醒和突破。

---

① 〔美〕约瑟夫·坎贝尔：《千面英雄》，张承谟译，上海文艺出版社2000年版，第141页。

三

如果根据悲剧的成因来观照《人生海海》，会发现，它首先是一个命运悲剧，但并非古希腊式的常以神谕的形式在最初有所昭示，英雄无论怎样抗争也无法逃离注定失败的悲剧，而是中国传统的惯以小人物为主角的，"在天人合一的整体框架中展开，人面对天命不是抗争，而是发出无可奈何的哀叹"①的宿命论悲剧；具体来说，可以解读为英雄归来之后，无法融入普通人社会的宿命悲剧；其次，上校的悲剧，也和狂热而颠倒秩序的社会历史背景、他既大胆又怯懦的性格，有着相当的关系。以小说中反复强调的"命"来看，作者本人似乎更倾向于将它主要理解成一个"一切都是命"的命运悲剧，但实际上，《人生海海》中的英雄悲剧成因，可说是命运、性格、社会历史环境三者杂糅的，三者环环相扣，倘缺其一，都不至于使上校走向最后的神智失常。

英雄悲剧的宿命性，在于一个人之所以能够成为英雄，首先必须具有某种超人的特质，而超人的特质总是不能被人完全理解，同时也是被人抗拒着、眼热着、歪曲着的。英雄是夹在神与人之间的尴尬存在，他既没有神那样足够的强力，令人维持畏惧与崇拜，对于人群而言，又始终是一个无法彻底融入的异质分子，一个不安定、不可控的因素。即使神话里给王国带回拯救性力量的英雄，都常常遭到普通人的质疑与敌视，何况《人生海海》中并没有直接惠泽双家村每一个人的上校？"战场上早迟要当英雄"的上校，从离开战场伊始，也就走向了悲剧，尽管他曾一度在双家村找到一种微妙的平衡——任凭大家津津有味地为他的裤裆编造各色传说，默许自己背后有个"太监"的外号，即使小孩子调皮，当面叫他太监，多数时候他也不加理睬，上校才能以一个无害的、被阉割了的"英雄"形象在村庄里生存下来。但这种平衡终究是昙花一现，当动荡的、秩序的颠倒成为可能的时代来临，最先倒下的总是上校们。

《人生海海》怎么才能写出不一样的悲剧？麦家的尝试，是去回答英

---

① 梁海：《智性与人性的双重解密——麦家小说论》，《当代文坛》2019 年第 2 期。

雄何以在"文革"中分外悲惨，普通人又在英雄的受难中扮演了怎样的角色。那个特殊年代之所以能让人普遍狂热，就在于它不仅提供了一个颠倒秩序的机会，还把英雄的特质由"超人"篡改为"忠诚"——由此，小瞎子、胡司令等人，才有了取英雄而代之的可能，更有了打倒英雄的理由，革命成了普通人的狂欢，英雄则成了狂欢中首当其冲的祭品。如果说英雄的悲剧是一种必然，那么"文革"这一特殊的历史语境，则加速和放大了这种必然。叙写普通人对英雄的感觉，麦家用得最多的一个词是"好奇"，因为好奇，上校在受小瞎子审问时，"我"和矮脚虎不觉难过与愤怒，而是"听得津津有味"；因为好奇，当潜逃的上校被押送回双家村，没人关心他的冷暖哀乐，"大家的目光都没看他脸，而是盯着他的小肚皮，希望用目光扒下他裤子"；大家好奇的并非上校本身，而是要求一个足够有娱乐性、可以千变万化、反复咀嚼的"真相"，在传来传去的瞎话中，英雄的崇高性被粉碎了，"超人"的特质被扭曲了，传奇的一面被消费了，而就连村民对他人的同情，也多少带着仪式性的虚伪——在得知告发上校的人是爷爷后，村民集体对"我"一家人的孤立、恐吓甚至身体攻击，与其说是为上校报仇，更近于满足自己内心对暴力的欲求。在英雄的受难里，普通人是冷漠的旁观者，尽管对于这种旁观，他们未尝没有愧疚，但弥补的途径却也只是将愤怒施加给更弱小的对象而已。

西方的悲剧传统中，起先以亚里士多德的"情节中心说"影响最大，性格只能屈居情节之下，自卡斯特尔维屈罗始，是否成功地表现性格成为悲剧的评价关键，到黑格尔、狄德罗，都对悲剧中心灵的、性格的冲突有所强调，马克思、恩格斯则进一步将理想的悲剧根源归结为主人公的性格矛盾。上校的性格矛盾，在于他并存的大胆和怯懦：面对战争和性，他是无所畏惧的，于公，敢跟鬼子肉搏，也敢独身到京深入女汉奸的虎穴；于私，不惮睡老友轧的骈头，还在日本女人"不准和中国人上床"的禁令下和"大婊子"搞在一起——如果在性上节制一些，他就不会在妓院名声大噪，进入日本女人和女汉奸的视线，甚至他只要稍微谨慎一点，不在卧底期间和中国人上床，则终生带给他耻辱、悔恨和无能为力的绣字将不复存在，上校将是一个清白无瑕但也可能失去辨识度的英雄了。面对别人的爱、自己的过去和不再作为英雄被承认的可能，他又是懦弱的：神志尚清时，上校只吻过林阿姨一次，"是那种吻，只有仪式，没有欲望"。要到他彻底疯了之后，两人才玉成夫妻之实。一个清醒的上校是自我放逐的、以失去被爱的资格来自我惩罚的，只有儿童般懵懂的上校，才敢回应林阿姨的欲求，表达出自己对她母亲般的依恋；直接引致上校发疯的，是在公判大会中瞎佬的弟弟等人要在众目睽睽下扒他裤子，而使他宁愿失去神志也要回避的，是关键部位上的字在众人面前展露无遗，从此钉实了自己曾做过汉奸的传言，没有了最后一点以英雄形象存在的可能。上校可以容忍自己是"太监"，在别人眼中不是个男人，却不能容忍自己是汉奸，在别人眼中是个背叛者——在上校眼中，自己早已是个背叛者了：他付出了做男人的尊严，甚至付出了做中国人的尊严，即使立下再多汗马功劳，也已失却资格做中国式的宁为玉碎、不为瓦全的英雄了，况且他还没有获得真正有价值的情报；这是上校终极意义上的无能为力，又因为身体上的绣字，而永不能有哪怕片刻的自欺欺人。有着这样的痛苦，上校的疯狂或许才是一种解脱，事实上，也是在疯狂之后，他与林阿姨才得到了至少维持在表面的平静生活。

四

对于麦家自身的写作而言，《人生海海》无疑在叙事、结构、语言上都有很大的突破。叙事上的探索，前面已有论及。从结构来讲，《人生海海》摆脱了"解密"和"密码"的自我复制，变成了一个讲"隐藏秘密"的故事，褪去了原本"智力游戏"的设定所带来的精致感，变得更粗粝、诚恳、有分量。推动读者往下看的，已经不再是对"秘密"本身的好奇，而是对上校命运究竟会走向何方的在意，是一种又想去看、又不想面对人物残酷结局的好奇与悲悯的混合心情。在语言上，《人生海海》有意规避涩词、深词，尽量以明白如话的语言，去写人物的所看、所感，同时也追求语言效果的个性化，比如"人是铁，饭是钢，肉是梦"，一句"肉是梦"，不仅解构了"人是铁，饭是钢"的庸常，又和它们浑然地糅在一起，而且符合人物的说话习惯和时代背景。这种精当的书写，在小说中不少。此外，麦家也适当地运用了方言，像"我看你早迟要吃生活""上校的聪明体现在四四面面"等句子，就是他对方言的选择性使用（多以词语和语序调整的形式融入行文，出现不算十分频密，几乎不会用到方言中常有而普通话表达习惯所无的字词），为小说增加了陌生化的美感与物质细节的扎实感。但在语言上，有些地方也有过于繁复之嫌。如小说的第二十章，频繁以"报纸上说"来引出一些哲理、感悟或社评，但其内容并非总是和下文形成良好的互文，多少影响了整部小说的协调。至于结局部分，如能纯用叙事而更加克制抒情，把哀戚的情绪留给读者自己去补全，小说的余味也许会更冲淡而持久。

当然，这些都不能掩饰《人生海海》的重要性，尤其是上校与太监一体两面这一复杂人物形象，是此前的中国文学作品中所未见的，那种苦难中的辉煌、污秽中的道德，那种在罪恶中开出的精神之花，那种信念的建立、垮塌、畏首畏尾而又无所畏惧的矛盾对立，那种渺小中的光辉、光芒中的阴影，那种人性的坚韧、坦荡以及自私、暗黑，都在上校与太监一体两面的形象中呈现出来了。麦家通过《人生海海》的写作，检索自己的童年、少年记忆，以一种特殊的方式回到故乡，并通过一个人的存在与命运，写下了一个地方的灵魂——这个灵魂里，有光荣，也有猥琐，有凡俗的乐趣，也有等待清理的罪与悔。

这样的重新出发，见证了麦家对自己写作的超越。

雷达曾撰文说，有两条道路摆在麦家面前："一条是继续《暗算》《风声》的路子，不断循环，时有翻新，基本是类型化的路子，成为一个影视编剧高手和畅销书作家，可以向着柯南道尔、希区柯克、丹布朗们看齐。另一条是纯文学的大家之路，我从《两个富阳姑娘》等作品中看到了麦家后一方面尚未大面积开发的才能和积累。"[①] 现在，虽然不能确定地说《人生海海》走的就是"另一条"路，但从这部小说中可以看出，麦家还有很多写作资源可以调动，他在人物身上所寄寓的精神追求，表明他的写作一直着迷于人物的内心，一直追索人物内心世界里极为幽深而又轻易不为人所知、任何力量都不可摧毁的部分，他要通过人物来向世界说话，并一再证明人身上有着不可穷尽的可能。而从《人生海海》的叙事形态上看，麦

---

① 雷达：《麦家的意义与相关问题》，《南方文坛》2008 年第 3 期。

家是一个没有失去写作抱负的作家，他不满足于讲一个好看的故事，他总想创造一种有新意的讲故事的方式，也总想通过叙事探索而使故事摇曳多姿，增加艺术的曲折、暧昧、无解的审美意味，让读者在享受故事的同时，也思考故事。

《人生海海》不仅留下了令人难忘的人物和故事，而且也让我们在阅读中不断地思考时代与命运、性格与命运的关系，并让我们认识到，一种人格的站立、一种精神的流传，背后可能经历的痛苦与风暴，以及心灵通过受难所能企及的高度。

召唤一种新的现代小说

中国当代小说一直没能较理想地平衡好两种关系，概括起来说，就是实与虚、小与大的关系。很多写作困境由此而来。

二十世纪八十年代中期后的小说革命，常常在极端抽象和极端写实这两种思潮之间摇摆。先锋小说时期，语言和结构探索的极致状态，写作被抽象成了一种观念、一种形式法则或语言的自我绵延，代表作有格非的《褐色鸟群》、孙甘露的《信使之函》、北村的《聒噪者说》等；后来的新写实小说，写日常生活琐细的困顿，孩子入学难、乡下来亲戚了、豆腐馊掉了，走的又是极端写实的路子，"一地鸡毛"，精神意蕴上飞腾不起来。九十年代以后，对日常生活书写的张扬，走的就是这种经验主义、感觉主义的写作路子，物质、身体、欲望是叙事的主角，"新状态""身体写作""70 后""80 后"等写作现象背后，都有经验崇拜、感觉崇拜的影子，叙事中的细节流指向的多是日常生活的繁难和个人的私密经验，这种由感觉和经验所构成的实感，对于认识一种更内在的生存而言，敞露出的往往是一种空无感。经验的高度同质化是一个不争的事实，经验的贫乏其实就是意义的贫乏、精神的贫乏。一味地沉迷于生活流、细节流的书写，只会导致肤浅情绪的泛滥，或者满足于一些生活小感悟、小转折的展示，这样的写作对于生活下面那个坚硬的核心并无多少解析能力。

依靠直接经验的写作，塑造的往往是经验的自我，经验与经验之间发生冲突时，也是通过经验来解决矛盾，这种以事实为准绳的自然思维，还不足以创造出意义的自我——我们经常说的精神可能性，其实就是要在写作中让经验从个别走向一般和普遍。除了自然思维，写作还需要有一些哲学思维，才能在实事、经验之中完成内在超越。

　　诗歌写作也是如此。短小，写实，貌似意味深长的转折，不乏幽默和警句，这类诗歌现在成了主流，写作难度不大，写作者众多，给人一种诗歌繁荣的假象；但细读之下，会发现这些诗歌写的不过是一些细碎瞬间和浅易的一得之见，对自我和世界的认识还多停留在生活的表面滑行。而在二十世纪九十年代末发生的关于"知识分子写作"和"民间写作"的诗学论争，也是诗歌写作在极端抽象和极端写实之间摇摆的生动例证。过于强调知识分子的身份，很多诗歌就被抽象成了知识、玄学、修辞、语言符码；过于强调口语和民间，也会流于松弛、庸常、细碎、斤斤计较的写实。写诗不是炫耀修辞、堆砌观念，不能牺牲生命的直觉和在场感，但也不是放弃想象，仿写日常，被生活的细节流卷着走。口语是一种语言态度，目的是为了达到言文一致，写出诗人真实所感，进而确立起有主体意识的写作精神，反抗一种没有身体感的虚假写作。正如"五四"白话文运动，重点不在于用白话（仅就白话而言，晚清就有不少人在用白话作文、用白话写小说了），而是在于用白话文创立一种新的现代书写语言，建构一个新的现代主体。白话和白话文是不一样的。晚清无论是报刊白话文还是白话小说，都是针对汉字的繁难而想找一条新的语言出路，为此，哪怕激进到废除汉字、改用拼音这一步，一些人也在所不惜（这种思想或许受了日本的影响），可见晚清对白话的认识还是工具论层面的，还未意识到旧语言（文言文）对于新思想、新观念的传播有巨大的局限，更没有建构现代个人意识的觉悟；而"五四"白话文运动是要通过建构现代书写语言来重塑现代人的主体意识，来解放被传统语言束缚了几千年的思想，这就超越了工具论，而把语言的选择当作了现代人自我意识觉醒的一种方式。现代文学史称鲁迅的《狂人日记》为中国第一篇现代白话文小说，原因就在于《狂人日记》里有一个觉醒了的"我"在省思和批判，有了这个现代主体和内在自我，才是它区别于晚清白话小说的重要标志。不看到语言背后暗藏的思想变革的力量，文学的革命就会流于表浅。今天很多诗歌写作者对"口语"的理解即停留于工具层面，并不懂何为有主体性、创造性的"口语写作"。

　　这里面也有一个待解的虚与实的问题。

　　实的一面，就是语词、经验、细节、感受，似乎越具体就越真实；但虚的一面，还有一个精神想象和诗歌主体建构的潜在意图，它才能真正决定诗歌的质地如何。小说的误区似乎相似。有那么一段时间，小说不断地写实化、细节化、个人化，作家都追求讲一个好看故事，在涉及身体、欲望的经验叙写方面，越来越大胆，并把这个视为个人写作的路标之一，以致多数小说热衷于小事、私事的述说，而逐渐失去关注重大问题、书写主要真实的能力。二十世纪八十年代中期以前的中国当代小说，偏重于宏大叙事，艺术手法单一，价值观善恶分明，而且脱不开在末尾对作品进行精神升华的叙事模式，整体上显得空洞、虚假，缺乏个体精神意识的觉醒；即便到了寻根小说时期，韩少功说，"在文学艺术方面，在民族的深层精神和文化特质方面，我们有民族的自我。我们的责任是释放现代观念的热能，来重铸和镀亮这种自我"①，这个时候的"自我"，主要还是"民族的自我"，"根"也还是传统文化之根，带着鲜明的类群特征。但此时作家转向传统和民间，仍有积极的意义，它是对之前的小说（伤痕小说、知青小说、改革小说等）过分臣服于现实逻辑、缺乏想象力的一种反抗。"'实'是小说的物质基础，但太'实'常常损伤艺术的自由，这时，有文化自觉的写作者就会转向民间、向后回望，骨子里是想借力'不入正宗''流入乡野'的'异己的因素'，来获得'更新再生的契机'，进而获得一种精神想象力。民族文化混沌时期的拙朴、苍茫、难以言说，正适合想象力的强劲生长。匍匐在地上的写作是没有希望的，必须激发起对人的全新想象，写作才能实现腾跃和飞翔。"②而到了先锋小说时期，写作对个体意识的张扬可谓到了随心所欲的地步，小说不再顾及普通读者的感受，不讲述逻辑连贯的故事，不突出人物形象的典型和饱满，不再是线性叙事反而迷恋一种复杂的迷途结构，语言上也充满自我指涉、自我繁殖的呓语，一切旧的写作规范都被打破了——这种探索的直接后果就是，写作越来越像个人的语言游戏，这和后来的"身体写作"沉迷于个人私密经验的展示，在思维路径上是相似的。

① 韩少功：《文学的"根"》，《作家》1985 年第 4 期。

② 谢有顺：《思想着的自我——韩少功的写作观念对中国当代文学的启示》，《南方文坛》2022 年第 4 期。

极端的个人化写作，必然会拒斥多数读者的阅读期待，写作也会因为失去必要的开放性而损耗大众影响力。现在回头看，那时的先锋写作更像是一种具有价值幽闭性的密室游戏，每个任性的探索者都想把一种形式感推到极致。先锋就是自由，写作就是描画个人的语言地图。本雅明说，"小说的诞生地是孤独的个人"，"写一部小说的意思就是通过表现人的生活把深广不可量度的带向极致"。① 先锋写作不仅是要把生活带向极致，还要把话语方式也带到极致，这种艺术冒险充满着对大众的阅读惯性和审美趣味的蔑视——彼此分道扬镳也就在所难免了。

有一个误解似乎值得澄清，那就是大家普遍认为，文学大众影响力的式微、文学期刊订数和文学图书销量断崖式下跌，是从九十年代初市场经济大潮来临之后开始的。其实这是错觉。有资料显示，从八十年代中后期开始，文学期刊订数和文学图书销量就下滑得很厉害了，只是那时基数还很大（不少文学期刊征订数多达百万或几十万），即便订数和销量跌去一半或更多，剩下的数字仍是可观的，维系刊物生存完全没问题。直到九十年代中后期，跌无可跌了，问题的严峻性才真正显露出来。可见，文学影响力的萎缩，固然有市场经济的冲击，但也不能忽略把写作变成个人的密室游戏之后导致的对读者的疏离。当时影响力最大的刊物，如《收获》《钟山》《花城》《人民文学》《作家》等，主推的往往是可读性不强的先锋小说、探索小说，整个文坛都洋溢着一种艺术至上的氛围，都在为探索者开路，被创新的鞭子追着跑，作家们孤傲地认为，需要改变的不是自己，而是读者那日益陈旧的文学趣味，如法国新小说派作者所言，巴尔扎克已经过时了，必须扔下船去，在中国作家眼中，卡夫卡、博尔赫斯、罗伯-格里耶、福克纳、马尔克斯等人的作品才预示着艺术革命的方向。必须承认，这种孤绝感和大众审美是错位甚至对立的，那时的青年作家不顾一切地走在这条孤绝的艺术道路上，是需要写作智慧和艺术勇气的，这也是至今还有很多人怀念八十年代的原因之一。不能否认当年的文学革命、先锋实验对于文学回归艺术本体的重要意义——这种写作自觉，使文学不再是

---

① 〔德〕瓦尔特·本雅明：《本雅明文选》，陈永国、马海良编，张耀平等人译，中国社会科学出版社1999年版，第295页。

各种社会思想的附庸，使之获得了独立的审美空间；语言也不再是工具，而成了现代小说叙事艺术的主角。

但标新立异并不是现代小说唯一的道德。如果写作只是修辞和技艺，任何一种变着花样的探索很快就会模式化和雷同化，谁都可以玩一次意识流，谁都可以荒诞一把，博尔赫斯的圈套、马尔克斯的开头也可以模仿得像模像样。写作除了要有方法论的革新，也要有丰富的现实信息和审美信息，叙事才不会变成语言的空转，因此，文学该如何向公众发言并重获大众影响力，这并非是一个无关紧要的问题。当年的先锋作家，如余华、格非、苏童、叶兆言、北村等人，后来都发生了写作转向，并写出了《活着》《人面桃花》《黄雀记》等故事性很强、深受读者喜爱的作品，这本身也表明，不再坚持过于乖张的艺术面貌，未必就是向大众妥协，而可能是通过艺术的综合和平衡，让小说回到了小说自身的道路中。同样是讲故事，经过了现代艺术训练的作家，他的讲述方式必然会有很大的不同，像格非的《人面桃花》，试图借鉴和激活中国传统的叙事资源，甚至不乏向《金瓶梅》《红楼梦》致敬的段落，但格非这个关于乌托邦的故事仍然讲得哀婉、忧伤，充满了现代叙事的空缺策略和观念思辨。

很多人把这种写作转向看作是先锋作家的叙事突围，并不是没有道理。艺术革命大可以把小说改造成另一种艺术形式，但离开了故事和读者，就未必有必要再称它为"小说"。小说的基本面是故事、人物、命运感，完全打掉这些基本面，小说就会空心化，叙事就会失禁，过度创新和过度守旧一样，都需警觉。"我觉得实验性的小说最好是短篇，顶多中篇，长篇则完全没有必要。因为一个作家如果想要玩玩观念，玩玩技法，有十几页就完全可以表现了，没必要写那么大一本来重复。"[1]确实，像格非、苏童这样的先锋作家，包括后来写出了《檀香刑》《蛙》的莫言、写出了《云中记》的阿来、写出了《人生海海》的麦家，在写作转型上之所以成功，就在于他们在长篇小说写作中实现了传统与现代的综合，重塑了自己的小说面貌。在写实与抽象之间、经验与超验之间、小事情和大历史之间，不

---

① 韩少功：《鸟的传人——答台湾作家施叔青》，见《大题小作》，上海文艺出版社 2017 年版，第 208 页。

偏向于任何一方，而是走了一条日常性和意义感、艺术性和大众化相平衡的中间道路。

"中间道路"这样的概括也许过于粗疏了，但从极端抽象的艺术探索中撤退，同时又避免沦入经验主义、感觉主义的泥淖，让写作变得既感性又理性，既实又虚，甚至用寓言的方式来写人间万象，这种综合和平衡所带来的写作突破，是近年来中国文学最大的收获之一。

好的小说，总是游走于纪实与虚构、微观与宏大之间，让自我、意义、价值关怀、精神追问等，隐身于细节、经验、语言和结构之中，进而实现某种综合和平衡；它既有坚硬的物质外壳，又能在意蕴上显出一种浑然和苍茫，有限的讲述好像敞开着无限的可能。而综合、平衡、杂糅、浑然，正是文学精神的核心。尤其是当我们把西方各种艺术流派都模仿、借鉴一遍之后，文学如何才能建构起真正的中国风格，就得借力于对各种艺术力量的综合。文学要想对"中国"做出重新体认，不是简单依靠回望传统、激活传统叙事资源就可以了，它还要处理好与现代世界、现代艺术之间的关系。

只有融汇了东方和西方、传统和现代的文学，才能称之为面向未来的中国文学。

之前几十年，中国文学是在补课，一方面是通过艺术革命来探索文学的多样化，另一方面也通过借鉴各国的文学资源，使文学重获世界主义的品格。都说艺术是没有国界的，但精神有根性、心灵有故乡，文学最终要确证的，仍然是一个作家活在此时此地的存在感受，所谓的真实感，就是要写出自己所面对的人群和生活所独有的面貌；完成了对一个时代的概括与书写，文学才算达成了它的使命。而在当下的语境里，"使命"成了一个大词，是个人主义的文学不太关心的，在他们眼中，写作似乎就是为了不断地强调和建构这个"我"。但是，真正的文学既是有"我"的文学，也是无"我"的文学，如庄子所说"吾丧我"——它既是对一种自由精神的张扬，也是要把这种自由精神变成普遍性的精神平等。从"我"到"吾丧我"的存在性跳跃中，作家才有可能实现更大的写作抱负。

小说是当下最重要的文体，理应担负起文学变革的使命。

米兰·昆德拉在论到小说的使命时，以穆齐尔和布洛赫为例，说他们俩"给小说安上了极大的使命感"，"他们深信小说具有巨大的综合力量，它可以将诗歌、幻想、哲学、警句和散文糅合成一体。这种糅合，目的也就是要重新对人类的命运有一个整体性观察"。①中国文学是否有这种"使命感"和"综合力量"，并获得"整体性观察"这个重要维度，对于写作空间的拓展至关重要，因为艺术风格的局部调整，叙事策略上的细小变革，可能并没有我们想象得那么重要，真正改变文学大势的，还是那些能让现状做出整体性翻转的写作观念。

"现代"观念的确立，是现代小说发生的基础，它带来了世界范围内的文学观念的大翻转。马克斯·韦伯认为，"现代"社会的来临，和西方的理性传统促成了社会向世俗化转变密切相关，而在康德看来，"在理性面前，一切提出有效性要求的东西都必须为自己辩解"②。既然"现代"世界是将理性主义当作思想武器，便据此认为有了超越过去时代的进步性和优越性，它的合法性就无法再从过往的历史中获得，只能从自己内部来完成自我确证、自我立法，并把自我当作客体来思辨和审视。因此，承载了反思和批判精神这一现代品质的小说，才称得上是现代小说。而对世俗生活的关注、个人意识的省悟、精神困境及其出路的探求，正是现代小说的特征之一。现代小说通过虚构来建构想象的真实，它打磨自我意识而使个体变得纤细、敏感而脆弱，它书写人与社会、他者的疏离感并由此强化孤独、绝望的情绪，它因为诠释了这些现代人的精神处境而获得崇高的文学地位。

但这种以"自我"这一现代主体为基础的写作，正在走向精神的穷途，个人的经验、感受所固有的局限性，已无法有效解释现代世界，更无法实现与他者的真正沟通。要突破这一困境，小说须从"自我"这个茧里走出来，重构"自我"与"世界"的关系。"世界"是"我"的世界，"我"也应是"世界"中的"我"，前面说的平衡实与虚、小与大这两种关系，

---

① 美国《巴黎评论》编辑部编：《巴黎评论·作家访谈.1》，黄昱宁等译，上海文艺出版社 2015 年版，第 189 页。

② 转引自〔德〕于尔根·哈贝马斯：《现代性的哲学话语》，曹卫东译，译林出版社 2004 年版，第 23 页。

谢有顺

其实就是平衡"自我"与"世界"的关系。这并不是什么新议题，却有可能从这种思考中建构起新的写作路径，毕竟，现代小说要真实对话一个还在急剧变化的现代社会，必然会遭遇新的问题，也必然会向写作者提出新的问题。现代小说的核心要旨就是不断地提问，它或许不能给出确定的答案，但它理应一直保持着提问的姿态。极端抽象或极端写实的写作路径，都曾在某个时期让中国作家写出了具有现代感的小说，在这些小说中，最响亮的字眼就是"自我"，这么多年过去了，它的成就和它的局限也都充分显现出来了。接下来需要的是平衡、综合、拓展。而平衡和综合好实与虚、小与大、自我与世界之关系后的重新出发，很可能会再一次翻转中国作家的写作观念。

新的观念催生新的小说。当一个现代社会来临，我们不仅希望作家告别陈旧的写作方式，写出真正的现代小说，也希望他们能不断地写出新的现代小说。

长篇小说的深意

后记

一

可能每个文学爱好者都有过作家梦。我在大学期间也写过小说，还正式发表过几部短篇小说，写法上走的是先锋小说的路子，责任编辑说我语感很好，鼓励我多写。后来不知怎么就做起了文学评论，而且坚持至今。我有一个观点：如果你不是天才，一生也许只能做好一件事情，把自己磨得足够尖锐，才能让人意识到你的存在。我深知以我的资质，要想创作和评论兼具，很可能将一事无成，还是专心做研究吧。理论有时是比较枯燥的，但更多的时候，我享受到的是思虑的快乐。

我一直力图在自己的理论文章中保持个人性、感受性的话语，以增加文章的光彩。我喜欢的也多是有强烈生命关怀和精神觉悟的作品。我们经常说文学写作也是一门学问——生命的学问，就在于文学既然是对心灵的勘探，必定要研究生命的情状，探求生命的义理，留意生命展开的过程，对生命进行考据、实证、还原、追问。看到了文学所共享的这个生命世界，研究文学才不会演变成单一的对知识、材料或写作技艺的解析，而会去体察作者的用心、细节的情理、灵魂的激荡，进而认识生命的丰富性和复杂性。

最具体的细节、材料、经验，往往通向最内在的心灵。我把这个写作原则概括为：从俗世中来，到灵魂里去。这也是我经常说的"文学的常道"。在相当长的时间里，它也是我一直持守的一种批评观念。我据此给各地的作家班讲过课，这是和我在大学讲课完全不同的经验，它必须贴近写作的实际，掌握写作的方法，理解写作的进程，并且尽可能少用术语和概念。你不试着去理解写作的甘苦与秘密，也许可以长篇大论地做学问，作家们却未必买账。很多评论家学问很好，却很难赢得作家发自内心的尊敬，从而造成了创作界和研究界的断裂，这可能是核心原因之一。

而我发现，自从到大学工作以后，就不时会有出版社约我写文学史。好像在大学当文学教授，不写一部文学史，就没有学术地位似的。我至今没有写，以后是否会写，也难说。不久前就有一份高等教育出版社的文学史合同在我案头，我犹豫了几天，最终还是没有签。但我这些年读了不少文学史，也产生了一些想法。在当下学术体制里面，文学史的学术地位在文学批评之上，但也有写文学史的学者告诉我，他们对具体作家作品的研究，是以一个时代的文学批评成果为基础的，如果不参考这些成果，文学史就没办法写。

为什么会如此？因为很多学问做得好的学者，未必有艺术感觉。他可以把学问做得很好，但是他未必懂得鉴赏小说和诗歌。学问和审美不是一回事。举大家熟悉的胡适来说，他写了不少权威的考证《红楼梦》的文章，但对《红楼梦》的文学价值并没有什么特别的感觉。胡适甚至认为，《红楼梦》的文学价值不如《儒林外史》，也不如《海上花列传》。胡适考证古典白话小说的方法和成就，到现在也没人可以超越他。但他只是对其中的知识谱系、史料钩沉考证得好，个人的艺术感觉却很贫乏，正如他对新诗有开创之功，但自己的诗写得并不好。他从未很好地进入《红楼梦》的艺术世界。

从写作类型来讲，鲁迅是真正的作家，胡适却是一个学者。胡适对知识的兴趣远远大于他对审美的兴趣，他的研究文章重学理、重证据；鲁迅则有很强的艺术直觉，他对民间的事物一直有浓厚的兴趣，即便治小说史，也多个人的感受和自悟，他是一个精神色调上既驳杂又深邃的艺术家。鲁迅像士人，一直有挫败感和压抑感；胡适则是君子，明亮、简易，以致在创作和研究上，他们都呈现出了完全不同的面貌。但我认为，这种类型意义上的割裂并不合理。理想的文学研究，应该二者兼具。夏志清的《中国现代小说史》有那么大的影响，其实和他对作品文本强大的解析能力有很大的关系。在国内，还很少有这类的文学史家，可以像夏志清一样，面对作家的文本展示出一种具有个人创见的、精湛的细读才能。没有文本的细读，文学史写作就会变得空洞，郜元宝曾经把这种文学史形容为作品缺席的文学史。

二

现在有很多人做文学批评，包括写作家论，其实缺少对作家的整体性把握。仅凭一个作家的一部作品，或者是某一个阶段的作品，都不足以看出这个作家的重要特点。比如，很多人都做贾平凹小说的评论，但是没有涉及他的散文，这对于一个作家的理解就不完整了。他的散文可能和他的小说一样重要，共同构成了他多侧面的写作面貌。阿来出版过诗集，如果研究阿来的人不读他的诗，可能就不能有效理解他小说里面一些特殊的表达方式。于坚也是一个典型的例子。很多人都只关注他的诗，其实他的散文写得非常好，在我看来，他是中国当代几个重要的散文家之一。许多批评家也写诗，你会发现，他写批评文章的方式也与众不同，因为他是一个诗人，诗与评相互影响。

如果没有整体性把握一个作家的作品，我们就不太容易把文学批评做好。

基于这一点，我觉得我们应该重识作家论的意义。无论是文学史书写，还是批评与创作之间的对话，重新强调作家论的意义都是有必要的。不说远的，就说 1980—1990 年代的文学批评，它们对于作家的影响和塑造极为有效。据我所知，很多作家当年对陈晓明尊敬有加，就因为他们希望陈晓明做先锋文学研究时，可以关注到自己的创作。那个时候的先锋文学评论，对于处在上升通道中的作家还是有很大影响的。所以，文学批评和作家论一直有其独特的意义。

事实上，在1920—1930年代，作家论就已经做得很好了。比如茅盾写的作家论，影响广泛。沈从文写的作家论，主要收在《沫沫集》里面，也非常好，甚至被认为这是一种实验。从这个角度讲，我觉得当下一些有影响力的批评家，很多都已经是多年的教授了，也不评职称了，可以不必太在意一些所谓的学术秩序的制约，可以尝试恢复批评文章本身的意义和价值。李健吾的文章评了很多作家，他评的有些作家，我们都不知道他们是谁了，但是李健吾的文章到今天依然可读。美国批评家哈罗德·布鲁姆的批评文章，里面涉及的很多作家的作品，我们都没有读过，但是他的批评文章也可读，具有独立的价值。甚至在1980年代，你会发现批评家与批评家之间、批评家与作家之间的通信也可当作批评文字发表出来，为后来的研究者提供有用的信息。我们没必要被困死在规范过于死板的学术论文里，而是要回到文章中来，让批评本身变得有意义、有风采。

古人讲，"文章千古事"，不是讲思想千古，思想往往大同小异，而是讲文章千古。思想可能过时了，有谬误了，文章本身好，依然可以流传，正如很多以前革命年代的歌曲，歌词有些老套了，但只要旋律好，照样有人传唱。苏东坡的《念奴娇·赤壁怀古》，连赤壁在哪儿都搞错了，这本来是致命的硬伤，但它并不影响这首词成为千古名篇。

这就是"文章千古事"。

有文章风采的批评文章，我相信读者爱读，作家爱读，我们自己也爱读。从这个角度讲，以后批评家获得诺贝尔奖也是有可能的，前几年我曾说，下一个诺贝尔文学奖得主很可能就是哈罗德·布鲁姆。如今布鲁姆已去世，当然没可能了，但我坚信以后一定会有文学批评家获奖。

好的批评是可以唤醒人心的。批评的现状，需要批评从业者来努力改变。我曾在中山大学中文系主持过一次题为"重识文学批评和作家论的意义"的会议，我说不要印论文集了，也不要每人报发言题目了，大家围绕一个具体的题目自由漫谈，才有中心，才有碰撞。我们之前开了太多过于规范的学术会议，大家各说各话，话题没有交集，更没有交锋，会后收获甚微。不如换一种方式，大家围绕一个话题，现场发言，有所思，有所针对，而不是拿出会议论文就念。当下学术秩序太过沉闷，但现状是可以改变的。现在大家都在诟病学术体制、学术评价体系，都不满意现状，却一边抱怨一边迎合，流于空谈，无所作为。大家似乎都忘了，文学批评也曾经是传播新思潮、推动文学进入民众日常生活的重要武器，尤其是新时期初，它对一种不公现实的抗议声，并不亚于任何一种文学体裁，但随着近些年来社会的保守化和精神的犬儒化，文学批评也不断缩减为一种自言自语，它甚至将自己的批判精神拱手交给了权力和商业，它不再独立地发声，也就谈不上参与塑造公众的精神世界。

文学批评的边缘化比文学本身更甚，原因正在于此。

三

在我看来，文学批评只有进入一个能和人类精神生活共享的价值世界，它的独特性才能被人认知，它才能重新向文学和喜欢文学的人群发声。李健吾说："批评之所以成为一种独立的艺术，不在自己具有术语水准一类的零碎，而在具有一个富丽的人性的存在。"李健吾做批评不是根据那些死的学问，而是根据他对人生的感悟和钻探。他的着重点是在人性世界，所以他的文字有精神体温，有个性和激情，不机械地记录，也不枯燥地演绎，他是在通过文学批评深刻地阐明他对文学的热爱和发现。

长期的价值幽闭，导致了当下的文学批评贫血和独语的面貌。这个时候，强调对话和共享，就意味着强调批评作为一种写作，也是人性和生命的表白，也是致力于理解人和世界的内在精神性的工作，它必须分享一个更广大的价值世界——在这个世界中，站立着"富丽的人性的存在"。离开了这个价值世界，文学批评的存在就将变得极其可疑。我同意批评家李静的观点："文学批评，这种致力于理解人类精神内在性的工作，随着'精神内在性'的枯竭而面临着空前的荒芜。人们看起来已不需要内在的精神生活，不需要文学，因此，更不需要文学批评。"而真正的批评，就是要通过有效地分享人类内在的精神生活来重申自己的存在。一种有创造力和解释力的批评，是在解读作家的想象力，并阐明文学作为一个生命世界所潜藏的秘密，最终，它是为了说出批评家个体的真理。

这种"个体的真理"，是批评的内在品质，也是"批评也是一种写作"的最好证词。

批评当然也有自己的学理和知识谱系，批评如果没有学理，没有对材料的掌握和分析，那是一种无知；但如果批评只限于知识和材料，不能握住文学和人生这一条主线，也可能造成一种审美瘫痪。尼采说，历史感和摆脱历史束缚的能力同样重要，说的也是类似的意思。以一种生命的学问，来理解一种生命的存在，这才是最为理想的批评。它不反对知识，但不愿被知识所劫持；它不拒绝理性分析，但更看重理解力和想象力，同时秉承"一种穿透性的同情"（文学批评家马塞尔·莱蒙语），倾全灵魂以赴之，理解作品中的人生，进而完成批评的使命。

这种批评使命的完成，可以看作是批评活动的精神成人，因为它对应的正是人类精神生活这一大背景。生命、精神、想象力、艺术的深呼吸，这样一些词汇，不仅是在描述批评所呈现的那个有体温的价值世界，它同时也是对应于一种新的批评语言，那种"能迸发出想象的火花"的语言——所谓批评的文体意识，主要就体现在批评语言的优美、准确并充满生命的感悟上，而不是那种新八股文，更不是貌似有学问、其实毫无文采的材料堆砌。好的批评家都有很强的批评文体的自觉意识，他们不仅有智慧和学识，还有优美的表达。只是，由于批评主体在思想上日益单薄（二十世纪九十年代以后，批评家普遍不读哲学，这可能是思想走向贫乏的重要原因），批评情绪流于愤激，批评语言枯燥乏味，导致现在的批评普遍失去了和生命、智慧遇合的可能性，而日益变得表浅、轻浮，甚至多被知识所劫持，没有精神的内在性，没有分享人类命运的野心，没有创造一种文体意识和话语风度的自觉性，批评这一文学贱民的身份自然也就很难改变。

批评也是一种写作，一种精神共享的方式。伏尔泰说，公众是由不提笔写作的批评家组成，而批评则是不创造任何东西的艺术家。批评也是艺术，也有对精神性、想象力和文体意识的独立要求，它不依附于任何写作，因为它本身就是一种独立的写作。

四

本书名为"长篇小说的深意"，收录的也确实都是与长篇小说相关的文字。第一辑"小说的写法"中的四篇文章，有些是根据我在各地作家班的讲座录音整理的，考虑到现在的作家写长篇小说居多，所举例证也多是长篇小说，所论大致也指向长篇小说的写作要义。其中《通往小说艺术的途中》一文中的各节，多为我大学毕业前后的少作，观点不乏肤浅和稚嫩之处，尽管后面有修改，但也难以消除早年文字的空疏气息。聊作纪念吧。

第二辑"乡土的再思"，重点论述了莫言、贾平凹这两位乡土作家，他们的长篇小说，有对乡土故事的重新讲述，也潜藏着强烈的现代批判意识，这种面对乡土的重审与再思，极大地扩展了我们对现代中国的认识。其他几位作家的长篇小说，探讨的也多是乡土变革，以及这种变革下面所贯穿的人性的挣扎、斗争与突围。

第三辑"现实的镜像"，论及了八部长篇小说。这里所说的"现实"，并不完全指时间意义上的当下，而是指这些长篇小说充满对此时此地的关怀，书写的也多是"无论如何与我相关"（蒂利希语）的生活和事物。这些小说为我们重新认识自我、认识世界提供了不同角度，也尖锐地呈现出了现代人在现实、历史、道德、精神等方面的诸多困境。同时，我在最末尾的《召唤一种新的现代小说》一文中认为，以"自我"这一现代主体为基础的写作，正在走向精神的穷途，毕竟，个人的经验、感受、想象都是有限的，很难再有效解释现代世界，更难真正实现自我与他者的沟通。突破这一困境的方法，就是要在小说中重构"自我"与"世界"的关系。"世界"是"我"的世界，"我"也应是"世界"中的"我"，二者关系的重构是写作的大势。相比，艺术风格的局部调整、叙事策略上的细小变革，并没有我们想象得那么重要，真正改变文学大势的，还是那些能让现状做出整体性翻转的写作观念。有新的写作观念的人，才能不断地写出新的现代小说。

书中所收篇章，都曾在《文学评论》《文艺争鸣》《当代作家评论》《小说评论》《南方文坛》《当代文坛》《中国当代文学研究》这几本刊物上发表，个别篇章的写作，分别得到了我的研究生苏沙丽、樊娟、唐诗人、张云鹤、李浩、陈劲松、高旭、岑攀等人的协助，有些篇章曾与他们联名发表。张琦帮我统一了全书的注释格式。在此一并致谢。

特别要感谢吴义勤先生的邀约，以及崔庆蕾和出版社编辑所付出的辛劳，拙作能忝列"新时代文学批评丛书"，我深感荣幸。

谢有顺

2024 年 1 月 15 日